CB130785

A ESCÓRIA DA TERRA

ARTHUR KOESTLER

A ESCÓRIA DA TERRA

ARTHUR KOESTLER

Tradução do inglês e notas por Felipe Damorim

© 2006, Arthur Koestler
Título original: Scum of the Earth

Publicado em conformidade com os direitos de Arthur Koestler em conjunto com a Intercontinental Literary Agency Ltd.

Grafia atualizada segundo o Acordo Ortográfico da Língua Portuguesa de 1990, que entrou em vigor no Brasil em 2009.

Edição: Felipe Damorim e Leonardo Garzaro
Assistente Editorial: Leticia Rodrigues
Tradução e notas: Felipe Damorim
Arte: Vinicius Oliveira e Silvia Andrade
Revisão: Carmen T. S. Costa e Lígia Garzaro
Preparação: Ana Helena Oliveira

Conselho Editorial:
Felipe Damorim, Leonardo Garzaro, Lígia Garzaro,
Vinicius Oliveira e Ana Helena Oliveira.

Dados Internacionais de Catalogação na Publicação (CIP)
(Câmara Brasileira do Livro, SP, Brasil)

K78

Koestler, Arthur
A escória da terra / Arthur Koestler; Tradução de Felipe Damorim – Santo André - SP: Rua do Sabão, 2022.

Título original: Scum of the Earth

360 p.; 14 X 21 cm
ISBN 978-65-86460-44-5
1. Literatura húngara. 2. Nazismo. 3. Segunda Guerra Mundial. I. Koestler, Arthur. II. Damorim, Felipe (Tradução). III. Título.

CDD 894.511

Índice para catálogo sistemático
I. Literatura húngara
Elaborada por Bibliotecária Janaina Ramos – CRB-8/9166

[2023] Todos os direitos desta edição reservados à:
Editora Rua do Sabão
Rua da Fonte, 275 sala 62B - 09040-270 - Santo André, SP.

www.editoraruadosabao.com.br
facebook.com/editoraruadosabao
instagram.com/editoraruadosabao
twitter.com/edit_ruadosabao
youtube.com/editoraruadosabao
pinterest.com/editorarua
tiktok.com/@editoraruadosabao

Nota para a Edição Brasileira

A escória da terra foi escrito por Arthur Koestler entre os meses de janeiro e março de 1941, incorporando anotações feitas no período de 1939 a 1940. Nessa época, a União Soviética ainda não tinha declarado guerra à Alemanha, o que só ocorreria em junho de 1941, e o Reino Unido permanecia como o último bastião de resistência ao avanço de Hitler pela Europa. Essa situação é refletida no livro, tanto no crescente desespero de Koestler, que se vê cada vez mais encurralado à medida que a Europa vai caindo nas mãos dos nazistas, quanto na amargura com que ele trata os partidos comunistas europeus e o governo soviético, cuja inação diante do avanço do fascismo apenas cimentou sua opinião já crítica do stalinismo.

Nascido em Budapeste em 1905, Arthur Koestler teve uma vida de notável produção intelectual e relações pessoais. Atuando ora como jornalista, ora como ensaísta ou romancista, Koestler foi amigo de renomados intelectuais como Walter Benjamin, George Orwell, Bertrand Russel, Albert Camus e Jean-Paul Sartre. Após estudar em Viena, e morar alguns anos em um kibutz na Palestina, Koestler se mudou para Berlim em 1929, e poucos anos depois acabou se filiando ao Partido Comunista Alemão. Foi atuando a serviço da Terceira Internacional que Koestler usou suas credenciais jornalísticas para se aproximar do governo de Francisco Franco na Espanha e obter evidência de que este estava recebendo apoio dos governos nazista alemão e fascista italiano, fato que até então os nacionalistas espanhóis tentavam acobertar. A revelação fez com que Koestler fosse sentenciado à morte pelo governo de Franco, o que quase chegou a acontecer quando o autor húngaro foi capturado em Sevilha em 1937, enquanto atuava como correspondente de guerra junto ao Exército Legalista. Libertado após uma troca de prisioneiros, Koestler se mudou para a Inglaterra. Decepcionado com o totalitarismo stalinista, o alinhamento automático dos partidos comunistas europeus aos desmandos de Moscou e a ineficácia no combate ao crescente fascismo na Europa, Koestler se desligou do Partido Comunista Alemão, em 1938, e adotou uma postura antitotalitarista, porém ainda defendendo o socialismo democrático. No período tratado em *A escória da terra*, Arthur Koestler estava morando na França com a escultora inglesa Daphne Hardy (mais tarde conhecida como Daphne Hardy Henrion), que é chamada no livro apenas de "G.", como forma de proteger sua identidade na eventualidade de a Inglaterra cair em mãos germânicas. Apesar de permanecerem amigos até a morte de Koestler, em 1983, o casal se separou em 1943.

Após a guerra, Koestler renunciou por completo ao comunismo, chegando a realizar uma breve série de palestras de tema anticomunista pelos Estados Unidos. A partir de 1951, temas políticos saíram do foco de sua produção intelectual, que passou a ser dedicada à filosofia da ciência e à paranormalidade, por vezes defendendo posturas criticadas por cientistas de fato pela sua falta de embasamento. Em 1998, surgiram alegações de que Koestler teria abusado sexualmente da esposa de um amigo, durante uma festa em 1951. Embora exista polêmica sobre essas alegações, é possível divisar que Koestler teve contínuas atitudes misóginas no decorrer de sua vida, incluindo o abandono parental da filha Cristina e recorrente infidelidade. O ponto culminante foi o pacto de suicídio que firmou com a esposa, em 1983. Vinte e dois anos mais nova e saudável, Cynthia Koestler disse em sua carta de despedida que jamais tinha contemplado suicídio e temia a morte. Não se sabe se Koestler a convenceu a se matar; mas, certamente, podia tê-la convencido a não o fazer.

A decisão de publicarmos *A escória da terra* no Brasil se deu porque este é um relato único sobre a ascensão do fascismo na Europa, deslindando as complexas razões internas pelas quais a França caiu e como algo como Hitler e Mussolini pôde acontecer. Instruído e agudo em suas observações sobre as mentalidades dos franceses no período pré e pós-ocupação, e sobre a barbárie e abusos vivenciados no campo de concentração, o testemunho do autor húngaro permanece não apenas historicamente relevante, como é assustadoramente atual e pertinente. Mais de um trecho ecoa sentimentos e percepções completamente cabíveis aos dias de hoje.

Escrito no calor da hora, para um público que acompanhava atentamente o drama que se desenrolava no continente europeu, Koestler por diversas vezes não se preocupa em explicar quem são as personalidades que menciona, ou em detalhar fatos históricos que descreve *en passant*, e que, para seu leitor da época, eram memórias vívidas de acontecimentos que tinham acabado de estampar as páginas dos jornais. Notas foram incluídas nesta edição brasileira, para servir de ponte para o leitor dos dias de hoje e o de 1941. Infelizmente, muita coisa permanece imediatamente compreensível, quando melhor seria se tivessem sido esquecidas, abandonadas na lata de lixo da história.

Koestler também usa com frequência expressões e termos em francês, assim como algumas outras línguas, o que teria sido compreensível para o leitor médio inglês de sua época, mas não o é necessariamente para o leitor contemporâneo. Esses termos são traduzidos nas notas, e mantidos na língua original no corpo do texto. Para evitar um uso excessivo de anotações, termos cujo significado é evidente, seja pelo contexto, ou pela semelhança com o português, permanecem sem tradução. No decorrer do texto, Koestler também, por vezes, utiliza termos pejorativos para se referir a grupos minoritários, particularmente pessoas com deficiência. A tradução optou, nesses casos, por usar termos igualmente ofensivos em português, refletindo o texto de Koestler como ele de fato foi escrito, sem esconder suas falhas.

Nota do autor para a primeira edição

Este livro foi escrito entre janeiro e março de 1941, antes do ataque alemão à Rússia; ainda assim o autor não vê razão para modificar suas observações sobre os efeitos psicológicos do pacto Germano-Soviético de agosto de 1939, ou sua opinião sobre as posições políticas do Partido Comunista Francês. Contrabandear elementos de conhecimento posterior ao descrever os padrões mentais de pessoas em um período anterior é uma tentação comum aos escritores, a que se deve resistir.

Agosto, 1941

Prefácio

A escória da terra foi o primeiro livro que escrevi em inglês. Foi escrito entre janeiro e março de 1941, imediatamente após eu escapar da França ocupada para a Inglaterra. Meus amigos estavam ou nas mãos da Gestapo, ou tinham cometido suicídio, ou estavam encurralados, aparentemente sem esperanças, no continente perdido. A agonia do colapso francês reverberava pela minha mente como um grito de terror o faz por um ouvido. Nos últimos quatro anos eu tinha sido aprisionado em três países diferentes: na Espanha, durante a Guerra Civil; como um imigrante indesejável na França; finalmente, tendo escapado para a Inglaterra com documentos falsos no ápice da histeria sobre os Quinta-Colunas, eu fui jogado na cadeia, no aguardo de maiores investigações, na prisão de Pentonville. O livro foi escrito na Londres de luzes apagadas das blitze noturnas, no curto período de descanso entre minha liberação de Pentonville e o alistamento nas Tropas Pioneiras.[1] Não apenas o tempo era curto, mas o dinheiro também. Tendo perdido todos os meus bens na França, cheguei à Inglaterra sem um tostão, e tive que viver do adiantamento que os editores originais do livro me pagaram: cinco libras por semana durante as dez semanas que demorei para escrevê-lo, e mais dez libras ao entregar o manuscrito, debitados o custo de contratar uma datilógrafa e várias outras despesas descontadas das cinco libras semanais.

Relendo o livro após todos esses anos, percebo essas pressões externas e internas refletidas em seu

1 "Pioneer Corps", tropa do Exército Britânico que realizava tarefas simples de engenharia no front. Era a única unidade militar britânica que aceitava estrangeiros vindos de nações inimigas.

tom apocalíptico, sua espontaneidade e falta de requinte. Algumas páginas agora parecem insuportavelmente melodramáticas; outras estão salpicadas de clichês que, na época, eram vistos como descobertas originais por um inocente explorador de uma nova linguagem; acima de tudo, o texto trazia o fato que não tinha havido tempo para revisá-lo. Remediar essas falhas significaria reescrever o livro, e essa seria uma tarefa fútil — pois, se esta história tem algum valor, é por seu caráter de documento de época. Eu me restringi em apenas corrigir os mais salientes galicismos, germanismos e lapsos gramaticais — e jogar fora alguns trechos de prosa púrpura aqui e ali.

O caráter de obra de época do livro é particularmente evidente em sua visão política. É a visão esquerdista romântica e ingênua dos Anos Rosados da década de 1930. Eu tinha sido membro do Partido Comunista por sete anos; tinha saído desgostoso em 1938, mas certas ilusões sobre a Rússia Soviética e a solidariedade internacional das classes trabalhadoras como a melhor garantidora da paz ainda permaneciam, e refletem por todo o livro. Isto também era típico do período — uma época em que meu falecido amigo George Orwell, que tinha uma disposição menos romântica que a minha, podia escrever que:

"*...a guerra e a revolução são inseparáveis... Nós sabemos muito bem que com sua presente estrutura social, a Inglaterra não poderá sobreviver... Nós não podemos vencer a guerra sem introduzir o Socialismo. Ou nós transformamos esta guerra em uma guerra revolucionária ou a perdemos.*"[2]

Se tudo isso está datado, outros aspectos da história, infelizmente, permanecem dolorosamente atuais. A doença do corpo político francês, que levou à *débâcle* de 1940, se expressa hoje em dia de forma

2 Do ensaio "O Leão e o Unicórnio", publicado em português na antologia *Por que escrevo e outros ensaios*, Antígona, 2008.

diferente, mas mais uma vez ameaça perturbar a unidade do mundo ocidental.

Para proteger as pessoas que aparecem no livro da perseguição da Gestapo, tive que camuflá-las; por razões similares, passei ao longo de certos episódios em silêncio. Os amigos que estavam me escondendo da polícia francesa em Paris eram o falecido Henri Membré, secretário do Clube PEN[3] da França, e aquela admirável mulher das letras, Adrianne Monnier. O verdadeiro nome do "Père Darrault" é Père Pieprot, O.D., no momento secretário-geral do Congresso Internacional de Criminologia. "Albert" era o autor teuto-americano Gustav Regler. Entre os diversos personagens no alojamento número 33 no campo de concentração de La Vernet, a quem me refiro só pelas iniciais dos nomes, estavam os líderes comunistas alemães Paul Merker e Gerhardt Eisler. Por fim, há um "Mario" sobre quem preciso dizer um pouco mais.

Seu verdadeiro nome é Leo Valiani. Ele não tinha ainda nem trinta anos quando nos conhecemos, mas já havia passado nove anos na prisão como membro do movimento clandestino antifascista. Ele escapou de La Vernet em outubro de 1940, e em 1943 voltou para a Itália com ajuda dos ingleses, para se juntar à Resistência. Em 1945, ele era um dos três membros do Comitê Insurrecional Central que organizou o levante contra os nazistas e ordenou a execução de Mussolini. Em 1946, ele foi eleito para a Assembleia Constituinte. Três anos depois, aposentou-se da política e publicou suas memórias do período da Resistência, além de toda uma sorte de livros dedicados a temas variados, como a História do Movimento Socialista, até a avaliação crítica da filosofia de Benedetto Croce. Ele

---

3 Acrônimo para "Poets, Essayists, Novelists" ["Poetas, Ensaístas, Romancistas"]. Associação internacional de escritores fundada em Londres, em 1921, e que se dedica à difusão da literatura, à defesa da liberdade de expressão e à luta contra a perseguição política de escritores.

permaneceu sendo um dos meus amigos mais próximos através dos anos.

A narrativa de *A escória da terra* se encerra em agosto de 1940, com minha chegada ao quartel-general da Legião Estrangeira em Marselha, disfarçado como o legionário Albert Dubert. Lá, me juntei a três oficiais ingleses e a um sargento-chefe, que tinha escapado do cativeiro alemão e fora internado pelos franceses em Fort S. Jean. Por razões de segurança, a história de nossa fuga via Orão para Casablanca, e então em um barco de pesca até Lisboa, e, enfim, para a Inglaterra, não pôde ser contada na época; e não faz sentido se expandir sobre o assunto agora. Foi uma história de fuga como dezenas de outras que foram contadas depois, exceto por um aspecto. Esta envolve um membro do Serviço de Inteligência Britânico, com quem fizemos contato em Casablanca e que conhecemos pelo nome de sr. Ellerman. Foi graças ao seu gênio para improvisação que nós quatro, e mais por volta de cinquenta outros fugitivos, pudemos subir a bordo daquele barco pesqueiro, que em quatro dias conseguiu de alguma forma nos levar sacolejando através da barreira de submarinos alemães até o porto neutro de Lisboa.

Todos concordamos que nosso salvador era o personagem mais misterioso e impressionante que já tínhamos conhecido. Qualquer que seja a ideia que alguém tenha de um oficial de Inteligência Militar, ele não se encaixava. Ele estava nos seus quarenta e tantos anos, alto, elegante, respeitável, charmoso, sofisticado e aristocrático. Poderia ter sido inventado por Evelyn Waugh ou Nancy Mitford, mas nunca por Ian Fleming. Com relação à política, ele era surpreendentemente ingênuo; seus principais interesses pareciam ser arqueologia, poesia, gastronomia e o sexo oposto. Em resumo, nosso Ellerman pertencia a uma espécie extinta, como um fabuloso unicórnio: ele era um *grand seigneur* europeu. Eu digo europeu porque ele falava cinco ou seis línguas continentais sem nenhum sotaque, além de hebraico e árabe.

Eu sabia que Ellerman não era seu nome real. Desde que nos despedimos em Lisboa, tentei descobrir sua identidade para poder contatá-lo, mas as autoridades que aí estão não quiseram cooperar. Em certo ponto, fui levado a entender que ele foi assassinado em uma missão, e então desisti. Em maio de 1967, vinte e seis anos após o evento, eu li a seguinte reportagem no *London Times*:

Irmão de Diplomata Era Nosso Espião

Pode logo ser contada pela primeira vez a espantosa história de um membro de uma das mais proeminentes famílias da Alemanha pré-guerra que se tornou tão repugnado com o regime de Hitler que abandonou tudo — carreira de sucesso, fortuna e fama — para se tornar um agente britânico. O barão Rüdiger von Etzdorf, irmão mais velho do dr. Hasso von Etzdorf, embaixador da Inglaterra de 1961 a 1965, morreu em Londres três semanas atrás, aos setenta e dois anos, desconhecido e desprestigiado.

Von Etzdorf — ele abandonou seu título de nobreza alemão quando adotou a nacionalidade britânica em 1946 — esteve na marinha alemã na Primeira Guerra Mundial e lutou em Jutland. Seu pai era amigo íntimo do Kaiser e visitou Sandringham nos dias do rei Eduardo VII. Sua história extraordinária começa em 1935, quando ele foi abordado em Londres pela Inteligência britânica e indagado se trabalharia para eles. A essa altura ele tinha se tornado algo como um cidadão do mundo, depois de alertar seu irmão Hasso que Hitler avançava diretamente para a guerra — e ouvir como resposta que não fosse ridículo.

Uma das suas primeiras missões foi na Itália, enviando para Londres informações sobre as relações entre Itália e Alemanha. Quando a guerra começou, ele estava em Trípoli e organizou uma rota de fuga para os soldados britânicos depois da queda da França. Uma pessoa que ele trouxe dessa forma foi Arthur Koestler...

Em um comboio através do Atlântico, a sua embarcação foi a única a escapar ilesa. Antes da guerra ele foi apresentado diversas vezes a Hitler e, diz a sra. Etzdorf, "ele achava tudo sobre o nazistinha desagradável". Depois da guerra, a vida não foi fácil para Von Etzdorf. O relacionamento com sua família era de certa forma frio, embora ele tenha visto o irmão enquanto este era embaixador em Londres... mas, diz um amigo na embaixada alemã, ele nunca se tornou uma pessoa amarga — "um homem de grande coragem e determinação — um dos últimos genuínos cavalheiros".[4]

Depois de sermos felicitados por nossa fuga das autoridades britânicas em Lisboa, meus quatro companheiros voaram no dia seguinte para a Inglaterra, enquanto eu fui informado que não poderia ir, pois não tinha documentação válida nem visto de entrada. Aguardei por dois meses, mas o visto nunca foi concedido; "Ellerman" tentou ajudar, mas não tinha força contra a burocracia governamental. No fim, decidi entrar na Inglaterra sem o visto — apesar de ter sido alertado que, diante da recusa do Ministério do Interior e do medo coletivo de espiões infiltrados, isso significaria outro período de prisão ou internação. Ainda assim, com a conivência do cônsul-geral britânico em Lisboa, Sir Henry King, e com a ajuda do correspondente do *The Times*, Walter Lucas, eu consegui subir a bordo de um aeroplano holandês destinado a Londres. Em Bristol, onde pousamos, entreguei ao oficial de Imigração uma declaração por escrito explicando meu caso — e fui, como esperava, prontamente preso.

4 NA: *The Times*, 25 de maio de 1967.

Passei uma noite na delegacia de polícia de Bristol, fui levado sob escolta até Londres e permaneci seis semanas na prisão de Pentonville em confinamento solitário durante a blitz. Não foi uma jornada agradável, mas eu sabia que cada um dos meus amigos encurralados no continente ocupado teriam alegremente trocado de lugar comigo.

Fui liberado de Pentonville alguns dias antes do Natal de 1940 e comecei a escrever este livro.

Arthur Koestler

Londres, Primavera de 1968

Em memória dos meus colegas, os escritores exilados da Alemanha que tiraram a própria vida quando a França caiu:

WALTER BENJAMIN	CARL EINSTEIN
WALTER HASENCLEVER	IRMGARD KEUN
OTTO POHL	ERNST WEISS

E para

PAUL WILLERT

Sem cuja ajuda esse livro não poderia ter sido escrito.

Agonia

"Como o entalhador de camafeus de Herculano, que, enquanto a terra irrompia e a lava borbulhava e as cinzas caíam dos céus, calmamente seguiu esculpindo em sua pequena tábua."

Robert Neumann, *By the Waters of Babylon*

I

Em algum momento durante os últimos anos do reinado da rainha Vitória, o príncipe de Mônaco teve uma amante anglicizada que desejou ter um lavatório só para si. Ele lhe construiu uma *villa*, com um lavatório de verdade, com piso de parquet e gravuras coloridas de cavaleiros de armadura e senhoras alimentadas com Benger's Food vestindo saias de anquinha decorando as paredes. Ele a construiu a uma distância prudente de sua própria residência em Mônaco: por volta de oitenta quilômetros subindo o vale do rio Vésubie e apenas dezesseis quilômetros da fronteira italiana, na paróquia de Roquebillière, *departement des Alpes Maritimes*. Com a passagem do tempo e o alvorecer do século XX, a refinada cortesã se tornou uma velha e respeitável *rentière*,[7] deixou o lavatório decair, plantou repolho no jardim, e enfim morreu. Por uns vinte anos a casa permaneceu vazia e o jardim cresceu livremente.

Então, nos anos finais da década de 1920, um deslizamento de terra ocorreu no vale do Vésubie, destruindo por volta de cinquenta das cem casas de Roquebillière e matando sessenta de seus quinhentos habitantes. Como resultado, o aluguel de imóveis em Roquebillière caiu, e, em 1929, Maria Corniglion, esposa do Corniglion-da-Ponte-Acima, convenceu o marido a comprar a *villa* com o lavatório dos herdeiros de sua falecida senhora.

Ettori Corniglion era um camponês que ainda cultivava por si mesmo seus dois hectares de terra, usando um arado primitivo e uma junta de bois, mas Maria Corniglion era uma mulher empreendedora que trouxera consigo um dote respeitável. Os Corniglion-da-Ponte-Acima eram pessoas bem de vida — mais do que os Corniglion-da-Mercearia ou o Corniglion--Açougueiro. Mme. Ettori Corniglion tinha ela mesma nascido uma Corniglion — em uma área que se estendia por uns trinta quilômetros descendo o Vésubie vindo de St. Martin, um terço da população era constituído de Corniglion. Eles frequentemente se casavam entre si, produzindo um admirável número de aleijões e idiotas, e tinham as mais imponentes lápides de mármore e criptas familiares nos cemitérios da velha Roquebillière, nova Roquebillière e St. Martin. O único filho homem de Ettori e Maria Corniglion era coxo; ele era professor de escola em Lyons; durante as datas festivas, que ele passava em casa, dificilmente falava uma palavra, e lia Dostoiévski e Julian Green. A filha deles também era professora: ela tinha por volta de trinta anos, mas se tornava rapidamente uma solteirona idosa. O fato de que ambos os filhos dos Corniglion tinham se tornado membros do *corps d'enseignement* oferecia testemunho da personalidade ambiciosa de Mme. Corniglion. Ela deu outra prova disso quando, no ano anterior ao deslizamento, pregou nos portões de sua fazenda um aviso com a inscrição "HOTEL ST. SÉBASTIEN". Sua terceira admirável conquista foi a compra da *villa*. Mas aí o velho Ettori pôs um ponto final em sua extravagância: ele não ia ouvir uma palavra sequer sobre reparar ou reformar a *villa*. Ele plantou vários tipos de vegetais na maior parte do jardim, e instalou um porco na casa de veraneio. A *villa* em si permaneceu intocada, e ficou vazia por outros dez anos. Trinta anos haviam se passado desde que a proprietária falecera, e os ratos e camundongos originais já tinham sido sucedidos por sua tricentésima sexagésima geração de netos, quando nós ali aparecemos.

Éramos três: Theodore, G. e eu. Nós tínhamos buscado na Riviera durante as últimas três semanas, de Marselha a Menton e subindo os vales dos Baixos

Alpes e dos Alpes Marítimos, por uma casa adequada para morarmos. Embora nossas necessidades fossem modestas, ainda não tínhamos achado a casa que desejávamos. Queríamos uma casa com um lavatório. G. é escultora; ela queria um recinto adequado para servir de estúdio, com janelas que satisfizessem certos requisitos de iluminação. G. também queria que a casa fosse silenciosa, sem vizinhos, e sem rádios em um raio de meio quilômetro, uma vez que pretendia fazer todo o barulho ela mesma, com seu martelo e seus cinzéis. Eu queria terminar de escrever um romance, que seria chamado *Darkness at Noon*, então a casa tinha que ser velha, com paredes grossas e sólidas, que abafariam o som de G. martelando; meu aposento seria mobiliado de forma muito simples e sóbria, como a cela de um monge, mas com um certo toque de conforto doméstico. E, por fim, queríamos uma moradia para Theodore. Theodore era um Ford nascido em 1929 e com o nobre *pedigree* de oito donos anteriores. O terceiro proprietário lhe tinha instalado um novo chassi, e o quinto, um novo motor. Se é verdade que um ser humano se renova completamente a cada sete anos através do contínuo descarte e substituição das células constituindo os órgãos vitais, Theodore era um carro novo. Sua única inconveniência era que tínhamos sempre que carregar dois galões de água no bagageiro, pois ele era incapaz de conter sua água no radiador — ela escapava parte em direção ao céu como vapor e espuma e parte em direção à terra através de diversos vazamentos. A garagem na casa que estávamos buscando, portanto, tinha que ser de fácil acesso, o que pouparia Theodore dessas arrancadas trêmulas para a frente e para trás que o aborreciam particularmente — após a terceira mudança de marcha, ele tinha um ataque de megalomania e começava a soprar fumaça branca, acreditando ser uma locomotiva. Além disso, a saída da garagem tinha que ser em um barranco para ajudar a acionar o motor, já que a única resposta de Theodore ao botão de ignição era algumas sacudidelas e soluços, como se o botão lhe fizesse cócegas. Nós amávamos muito Theodore; ele ainda era muito bonito, particularmente de perfil.

Chegamos ao Hotel St. Sébastien em uma madrugada, por volta das duas da manhã. Tudo estava escuro e muito quieto. Nós tocamos nossa buzina por algum tempo e Theodore rugiu para a noite como um leão faminto, até que finalmente Mme. Corniglion apareceu. Nossas relações se iniciaram com um desentendimento mútuo: nós acreditamos que St. Sébastien era um hotel de verdade e Mme. Corniglion acreditou que éramos ricos turistas de verão. Mas na manhã seguinte, quando ela viu Theodore, uma súbita expressão de sagacidade surgiu em seu olhar de velha camponesa. Ela se sentou em nossa mesa de café da manhã, e, após uma certa enrolação preliminar e um olhar furtivo em volta para se assegurar que ninguém estava ouvindo, ela se ofereceu para nos alugar uma *villa* com jardim, um lavatório, um armazém grande que serviria de garagem, uma sala de recepções sem uso que poderia virar um estúdio e um pequeno e silencioso sótão onde o cavalheiro poderia escrever sua poesia, e todas as conveniências modernas. Claro, ela precisaria de alguns dias para arrumar e providenciar tudo, já que a casa tinha permanecido desatendida por umas poucas semanas, por conta da doença de uma tia em Périgueux. Nós demos uma olhada na casa e gostamos dela de pronto. Era exatamente o que estávamos buscando.

Concordamos que nos mudaríamos para a casa em três dias. Nós faríamos nosso almoço e jantar no Hotel St. Sébastien, e o café da manhã seria trazido por uma empregada que viria toda manhã para fazer a faxina. Pagaríamos trinta francos por cabeça por dia, ou cinco libras esterlinas por mês, pela *villa*, jardim, refeições, serviço e *vin à discrétion*[5] — o quanto quiséssemos ou conseguíssemos aguentar.

Pretendíamos ficar três ou quatro meses, e trabalhar e beber *vin à discrétion*. Nós estávamos muito felizes. Mudamos para a casa no começo de agosto de 1939, por volta da época em que o Senado-fantoche de Danzig decidiu se juntar ao Reich de Hitler.

5 Em francês: "vinho à vontade".

II

Uma companhia de soldados franceses maltrapilhos estava sentada debaixo do sol em um muro coberto de vinhas selvagens, balançando as pernas. Eles enrolavam cigarros e jogavam pedras para um vira-lata preto. Era um cãozinho engraçado e eles o chamavam de Daladier.[6] "*Vas-y, Daladier*", diziam, "*dépeche-toi. Cours, mon vieux, faut gagner ton bifteck*".[7] Quando nós surgimos em nosso carro, eles não pareceram constrangidos. Fizeram alguns comentários jocosos sobre Theodore, que estava fumegando e cuspindo como costumava fazer depois de uma subida íngreme, e então continuaram instando Daladier a correr e ganhar seu *bifteck* do dia. Eles falavam em francês conosco e com o cachorro, mas entre si conversavam em um tipo de dialeto italiano, o *patois*[8] da região.

Todos os sonolentos e ancestrais vilarejos de montanha dos Alpes Marítimos ao norte da Riviera estavam agora lotados de soldados — resmungando, bebendo vinho tinto, jogando belote,[9] e entediados. Nós estávamos na estrada de novo, aguardando nossa casa ser preparada para nós; com o pobre Theodore, escalamos as tortuosas estradas vicinais indicadas no mapa Michelin por uma linha pontilhada com borda verde — a linha pontilhada queria dizer "perigo" e a borda verde, "vista pitoresca". Houve Gorbio e St. Dalmas e St. Agnès e Valdeblore e Castellar — todos pa-

6 Édouard Daladier era o primeiro-ministro da França no início da Segunda Guerra.

7 Em francês: "Venha, Daladier, apresse-se. Corra, meu velho, pegue seu bife".

8 Do francês: linguajar.

9 Jogo de cartas muito popular na França, um pouco similar ao truco.

reciam iguais; ninhos de águia em rochas nuas, cavados na própria pedra, construídos com os produtos da erosão de rochas, pedras e barro. As casas, com paredes de pedra tão grossas quanto fortalezas medievais, estavam construídas em níveis diferentes, o andar de baixo de uma fileira na mesma altura que o andar de cima da fileira do outro lado da rua, e algumas das ruas eram na verdade túneis, contendo espaços abobadados enormes, frescos e com a luz esmaecida mesmo no sol flamejante, como suques[10] árabes. Mas ninguém andava por essas ruas, exceto por um gato furtivo, um rebanho de cabras, ou uma senhora muito idosa vestida de preto, seca e retorcida como os ramos mortos de uma oliveira. Quando alguém subia ao topo da vila, podia ver a temerária estrada serpenteante pela qual tinha acabado de chegar ali, e, seiscentos metros abaixo, o vale; e bem atrás das montanhas diminutas, o mar com Nice e o Cap d'Antibes e Monte Carlo, encobertos pela névoa. Lá descansava a Costa da Vaidade, e lá estava o reino da Bela Adormecida; mas de uma Bela Adormecida italiana e das montanhas, repousando escondida atrás de uma pedra, descalça, com barro seco entre os dedos do pé, com cabelo negro de cigana, emaranhado, caindo por sobre a face jovem, mas ainda assim enrugada, e um odre de pele de cabra cheio de vinho tinto ácido aquecendo em uma pedra quente ao alcance da mão. Isto foi o que encontramos em St. Agnès e Gorbio e Castellar um ano antes; mas agora os soldados tinham invadido as montanhas, e esticado arame farpado através dos pastos e instalado metralhadoras e cozinhas de campanha nos terraços de oliveiras. E eles tinham despertado a Bela Adormecida contando a ela que os franceses iam enfrentar os

10 Também conhecido em português como "soco". Alternativamente grafado como "souq" ou "souk". Um mercado de rua tradicional em regiões de cultura árabe.

italianos porque os alemães queriam uma cidadezinha na Polônia. Mas, como ela não tinha acreditado nisso, eles lhe ofereceram vinho e fizeram cócegas em seus pés descalços para matar o tempo.

Nós conversamos com muitos dos soldados. Todos estavam cheios da guerra antes mesmo de ela começar. Eles eram camponeses, e a época da colheita estava chegando; queriam voltar para casa e não davam a mínima para Danzig[11] e o Corredor.[12] A maioria tinha vindo de distritos falantes de italiano, da região da fronteira. Haviam se tornado, em seu jeito de viver, mais franceses do que eles mesmos tinham consciência; achavam que Mussolini, com sua grande *gueule*,[13] era uma figura sobremaneira ridícula e toda aquela história de Camisas Negras que tinha começado logo depois da próxima cordilheira era um tipo de ópera cômica. Eles até gostavam de *La France*, mas não a amavam realmente; não chegavam a gostar de Hitler por causa de todo o distúrbio que ele causara, mas não o odiavam realmente. A única coisa que eles de fato odiavam era a ideia de uma guerra — e qualquer tipo de crença política que poderia levar à guerra. E este era o ponto em que esses descendentes de imigrantes italianos tinham se tornado mais acentuadamente franceses: eles tinham adquirido muito rapidamente a convicção do francês médio de que a política era uma falcatrua, que se tornar um deputado ou um ministro era só um jeito de alguém conseguir seu *bifteck*, e um bem grande aliás; que todos os ideais políticos

---

11 Cidade na Polônia localizada na costa Báltica, na época uma cidade-estado livre. Sua anexação pela Alemanha foi um dos eventos precipitadores da Segunda Guerra Mundial.

12 O Corredor Polonês foi um território estabelecido pelo Tratado de Versalhes, que deu à Polônia controle sobre um trecho de território alemão de forma a lhe garantir acesso ao mar Báltico, efetivamente separando a província alemã da Prússia Oriental do resto do império.

13 Em francês: boca; bocarra.

e os "ismos" eram só conversa de vendedor e a única coisa que um homem razoável poderia fazer era seguir o conselho de Cândido e cultivar seu pequeno jardim.

Por que, por qual razão na Terra, eles deveriam morrer por Danzig? Os jornais que eles liam — o *Eclaireur du Sud-Est*, o *Paris Soir* e o *Petit Parisien* — tinham lhes explicado por todos esses anos que não valia a pena sacrificar vidas francesas em troca da vida do Negus[14] ou por um Schuschnigg,[15] ou algum Negrín,[16] ou dr. Beneš.[17] Os jornais tinham explicado a eles que apenas os fanáticos beligerantes da esquerda queriam precipitar a França em tal abismo. Tinham lhes explicado que a Democracia, a Segurança Coletiva e a Liga das Nações eram todas lindas ideias, mas qualquer um que quisesse lutar por essas ideias era um inimigo da França. E agora esses mesmos jornais, de repente, queriam convencê-los que seu dever era combater e morrer por coisas que até ontem não se valia a pena lutar; e eles provaram isso com exatamente os mesmos argumentos que ontem mesmo tinham ridicularizado e insultado. Por sorte, os soldados só liam as seções de crimes e de esportes. Eles tinham aprendido fazia tempo que tudo nos editoriais era só tolice e fanfarronice.

Eu me pergunto se o Comando Francês tinha conhecimento sobre o estado moral de suas tropas. Talvez eles tenham preferido não investigar muito

---

14 "Negus", em etíope, "rei". No caso, se refere a Haile Selassie da Etiópia, cujo império foi invadido pela Itália em 1935, em um dos eventos que prenunciaram a Segunda Guerra Mundial.

15 Kurt Schuschnigg foi chanceler austríaco, de orientação fascista, que se opôs à anexação da Áustria pela Alemanha. Após renunciar ao cargo, foi preso e enviado ao campo concentração.

16 Juan Negrín foi líder do Partido Socialista dos Trabalhadores Espanhol e último primeiro-ministro legítimo da República Espanhola, antes do golpe de Estado perpetrado pelo general Francisco Franco.

17 Edvard Beneš foi presidente da Checoslováquia. Durante sua administração, a Alemanha tomou o território de Sudentenland e, posteriormente, todo o país, forçando Beneš ao exílio.

profundamente, e pensaram que as coisas se acertariam quando os combates de verdade começassem. Eu perdi meu diário junto de tudo o mais na França, mas lembro de escrever nele no dia em que a invasão da Polônia teve início: "Essa guerra começa com a moral nos ares de 1917".

Havia apenas uma única consideração que impedia o soldado francês médio de ver a guerra como completa loucura e lhe dava pelo menos uma vaga noção de que se tratava: e isso era resumido no slogan "*Il faut en finir*".[18] Seus ideais tinham sido retalhados durante os anos desastrosos do governo Bonnet-Laval-Flandin;[19] o cinismo da era de Munique tinha destruído qualquer crença digna de se defender; mas ele tinha sido mobilizado três vezes durante os últimos anos e estava cheio de ter que deixar seu trabalho e família a cada seis meses para retornar poucas semanas depois, sentindo-se ridículo e trapaceado. Era hora de "*pour en finir*" — de dar um fim a isso de uma vez por todas. "*Il fault en finir*" era o único slogan popular, mas não carregava nenhuma convicção real. Era mais o resmungo de uma pessoa completamente exasperada do que um projeto pelo qual morrer. Lutar uma guerra apenas pelo propósito de encerrar a ameaça de uma guerra é um absurdo — como se a pessoa sentada sobre um barril de pólvora devesse se explodir deliberadamente, por conta de pura irritação por não poder fumar seu cachimbo.

E, além de tudo isso, eles não acreditavam, é claro, que realmente haveria uma guerra. Era apenas outro blefe, e quando chegasse a hora certa haveria outro

18 Do francês. "Vamos até o fim."

19 Georges Bonnet, ministro das Relações Exteriores, Pierre-Étienne Flandin e Pierre Laval, primeiros-ministros da França.

Munique.[20] Os jornais mais uma vez voltariam atrás, e explicariam gentilmente que não valeria a pena morrer por Danzig. Marcel Déat[21] já tinha feito isso no *L' Œuvre*. E assim outro quinhão da carne sangrenta da Europa seria atirada ao monstro para mantê-lo quieto por seis meses — e outro pedaço na próxima primavera e outro no próximo outono. E, pelo que se sabia, na devida hora, o monstro poderia morrer uma morte natural por indigestão.

Até agora, a França não se deu muito mal sacrificando seus aliados. "*Tout est perdu sauf l'honneur*",[22] um nobre francês disse certa vez. Agora ele poderia dizer: "*Nous n'avons rieu perdu sauf l'honneur*".[23]

---

20 Referência ao Acordo de Munique, no qual França e Inglaterra concordaram com a anexação do território checoslovaco de Sudentenland pela Alemanha, em um esforço para impedir uma guerra na Europa. Posteriormente, Hitler tomaria todo o território da Checoslováquia, e o Acordo de Munique passou a ser lembrado como uma tentativa fútil de apaziguamento.

21 Fundador do partido colaboracionista francês Reunião Nacional Popular, Déat foi posteriormente integrante do governo fantoche de Vichy.

22 Em francês: "Tudo está perdido, exceto a honra".

23 "Nada perdemos, exceto a honra."

III

Mudamos para a casa nova. Foi um completo sucesso.

Às sete da manhã, Teresa, a servente do Hotel St. Sébastien, nos trazia o café da manhã. Ela era uma jovem negra e impassível que trabalhava dezesseis horas por dia por um salário de cinquenta francos, ou cinco xelins e vinte e cinco centavos de libra por mês. Às vezes, Teresa estava muito ocupada, e nosso café da manhã era trazido pela filha de Corniglion, a diretora de escola. Depois do café, íamos ver Teresa alimentar o porco na casa de veraneio. Seu espaço era tão estreito que o porco mal conseguir se virar; só comer, fazer digestão e dormir. Nunca tínhamos visto um porco tão fascinantemente repulsivo. Então andávamos afundados até os joelhos na grama alta do terreno, e inspecionávamos a nossa figueira. Havia dezessete figos na árvore, em diferentes pontos de maturação, a maioria nos ramos mais altos; nós mantínhamos um olho neles e os derrubávamos com pedradas ao julgá-los quase maduros, antes que Mme. Corniglion, que também ficava de olho neles, tivesse oportunidade de colhê-los. Então, trabalhávamos até o meio-dia, e depois íamos até o hotel para o almoço e *vin à discrétion*. Vinha então a sesta, e voltávamos ao trabalho até a hora do *apéritif*. Permitíamos que Theodore descansasse bastante e dormisse calmamente em seu celeiro; seus pneus estavam murchos e ele parecia encolhido, como acontece com pessoas muito velhas; de tempos em tempos, soávamos sua buzina para ver se ele ainda estava vivo.

Nós éramos muito felizes. Tudo estava calmo no país da Bela Adormecida. Verdade, aquelas guarnições barulhentas a tinham despertado, mas ela ainda estava esfregando os olhos sonolenta, e se esticando e bocejando, e tinha apenas mostrado a língua para o monstro que rosnava. Não, não haveria guerra. Nós sacrificaríamos outro pedaço de nossa *honneur* — quem se importa com *honneur*, afinal? — e seguiríamos jogando belote. E escrevendo romances, e esculpindo pedras, e cultivando nosso jardim, como pessoas sensatas devem fazer durante sua breve estadia nesta Terra. Até porque, além disso, Hitler não conseguiria lutar contra os soviéticos e o Ocidente ao mesmo tempo. E se o Ocidente mantivesse uma posição firme dessa vez, os soviéticos avançariam de pronto. Não haveria guerra. Você só tinha que repetir isso com frequência o suficiente, até estar cansado de ouvir a si mesmo dizendo.

E durante todo esse tempo sabíamos que esse seria nosso último verão por um longo tempo, talvez para sempre.

Em meados de agosto, pôsteres verde e amarelo apareceram na Prefeitura de Roquebillière, convocando os homens das categorias 3 e 4 para se juntarem aos seus regimentos dentro de quarenta e oito horas. Pequenos grupos de pessoas se reuniram em frente aos pôsteres, e os homens mais jovens apareceram na venda da vila com os olhos inchados, e as mulheres mais velhas, as viúvas de 1914, desceram pelas ruas em suas roupas pretas e com uma aparência tristonha e triunfante.

Então, a quermesse anual em homenagem ao santo patrono local foi cancelada. O palco de danças foi desmontado e as bandeirolas trazidas abaixo.

E, em certa manhã de domingo, uma nuvem persistente de poeira se levantou no ar e um barulho confuso contínuo de balidos, mugidos e latidos veio descendo as colinas; as ovelhas, as cabras e o gado estavam voltando de seus pastos na fronteira italiana. Toda a vila se reuniu na ponte para vê-los passar. Foi uma longa procissão, com pastores cansados, xingando, e ovelhas balindo incessantemente, empurrando e dando encontrões umas nas outras em um pânico generalizado e sem sentido. O povo na ponte tinha a aparência de quem assistia a uma procissão funerária.

E ainda assim, não haveria guerra. Tínhamos que reassegurar não apenas para nós mesmos, mas também para os Corniglion e o pessoal da vila que nos perguntava nossa opinião; pois, sendo estrangeiros e pessoas bem-educadas, nós deveríamos saber. Nossa mera presença já os reconfortava; se houvesse um perigo real de guerra, nós teríamos voltado para casa. Toda manhã, depois de nos trazer o café da manhã e alimentar os porcos, Teresa tinha que informar o açougueiro se ainda estávamos na vila. Nós tínhamos nos tornado uma espécie de talismã para o povo de Roquebillière.

Os dias passaram. Tentamos trabalhar. Amigos da Riviera nos telefonaram: eles estavam partindo; todo mundo estava partindo. Nós zombamos dos *paniquards*.[24] No ano anterior, na época de Munique, G. tinha encerrado mais cedo sua estadia em Florença e eu tinha desistido de um trabalho jornalístico no México na última hora. Dessa vez não nos permitiríamos ser enganados.

Havia ainda cinco ou seis hóspedes no Hotel St. Sébastien, que faziam e desfaziam as malas de acordo com as últimas notícias da rádio: um padre asmático da Saboia, melancólico e parecendo estar com o nariz entupido, que lembrava um daqueles *curés*[25] montanheses medievais das novelas fantásticas de Georges Bernanos. Também um vendedor italiano de vinhos vindo de Marselha e uma viúva de um oficial subal-

24 Em francês: uma pessoa à beira do pânico; medroso.

25 Em francês: cura. Um pároco católico.

terno vinda de Toulon com três filhas desinteressantes, mas coquetes, a mais velha dada a ataques histéricos. Eles todos faziam suas refeições juntos em uma longa mesa da sala de jantar; nós preferíamos comer no terraço, até mesmo quando chovia, para escapar de suas companhias.

Mas nós não podíamos escapar dos internados do asilo na estrada abaixo de nossa *villa*. Era o asilo regional para os mendigos idosos, os aleijados, os idiotas das vilas e os lunáticos inofensivos do distrito. Ele ficava no meio de nosso caminho para o hotel, e alguns de seus internos estavam sempre sentados na frente da instituição em um banco de madeira encimado por um crucifixo pintado. Lá ficava Tia Marie, tricotando um suéter invisível com lã invisível; e a outra senhora de idade, chacoalhando sua cabeça encolhida, não muito maior que uma toranja; e uma terceira, fazendo caretas e contando uma história engraçada a qual ninguém ouvia; e um homem silencioso, sempre bem-vestido, com lindas mãos e uma carranca desprovida de nariz. Nós tínhamos que passar por eles quatro vezes ao dia, em nosso caminho até St. Sébastien e daí na volta, e eles sempre nos encaravam com visível desprezo. Durante o dia, tentávamos não notar; mas não gostávamos de passar pelo asilo à noite.

Roquebillière era um lugar estranho. As casas destruídas pelo deslizamento de terra em 1926 nunca tinham sido reconstruídas e os destroços não tinham sido recolhidos. Embora o desastre tivesse acontecido treze anos antes, metade da vila consistia das ruínas vazias de casas abandonadas e pilhas de entulhos. Eles diziam que não havia dinheiro para reconstruir as casas e recolher os entulhos, mas tinham colocado uma grande placa de mármore, como um memorial de guerra, na entrada da vila, com os nomes entalhados de todas as vítimas, a maioria Corniglion.

Eles pareciam ter carinho pelas memórias de *la catastrophe*. Quando ainda éramos novos em Roquebillière e ouvíamos a expressão comum, "*Il a péri pendant la catástrofe*",[26] enunciada com certo orgulho, nós pensávamos que se referiam à Guerra de 1914. A inscrição na placa de mármore tinha sido redigida com um tom de repreensão patriótica. Eles se sentiam como se Deus tivesse contraído uma dívida com relação a Roquebillière, e apenas dele fosse possível se esperar que algo fosse feito sobre isso.

No ano seguinte ao deslizamento, porém, alguns dos moços mais jovens de Roquebillière embarcaram em uma empreitada verdadeiramente extraordinária. Eles tinham ouvido falar da chuva de ouro que desabava sobre a Riviera; e se perguntaram por que a mesma coisa não haveria de ocorrer no vale do Vésubie. Haviam recebido uma quantia decente dos fundos de assistência do governo e do Departamento dos Alpes Marítimos; então, em vez de reconstruir a Velha Roquebillière, eles decidiram construir uma Nova Roquebillière, por volta de um quilômetro e meio atravessando o vale em direção do outro lado do Vésubie, e fazer dela um elegante balneário de férias, um tipo de Juan-les-Pins ou uma Grasse. Eles acharam alguns corretores de terras rurais para ajudar, e se puseram ao trabalho. Dois anos depois novas placas apareceram por toda a estrada de St. Martin du Var até o Vale:

TOURISTES!
VISITEZ LA NOUVELLE ROQUEBILLIÈRE,
LA PERLE DE LA VÉSUBIE — *a 4 Klm.*[27]

A Pérola do Vésubie tinha por volta de cento e cinquenta moradores, mas acomodações para qui-

26 Em francês: "Ele faleceu durante a catástrofe".

27 "Turistas! Visitem a Nova Roquebillière, a Pérola do Vésubie – a 4 km."

nhentos turistas. Havia três hotéis e um bar, duas lojas chiques e outra venda para souvenires, e um prédio para a Prefeitura com um relógio elétrico como de uma estação ferroviária. Tudo estava pronto para os turistas, mas os turistas não vieram. Os moços esperaram por eles, com esperança a princípio, e então com desespero crescente, e enfim se resignaram. Alguns dos pioneiros retornaram para a Velha Roquebillière, os outros permaneceram. Como fantasmas em uma cidade de mineradores abandonada do Alasca, eles se arrastavam pelas ruas asfaltadas, passando pelo bar fechado e pelas lojas chiques fechadas. Eles tinham tanto uso para a cidade pretensiosa na qual moravam quanto a esposa de um mineiro tem para um vestido de gala; mas isso havia engolido todo o dinheiro deles e não restara mais nada para arrumar os destroços de sua antiga casa; então eles reuniram seus últimos trocados e ergueram o memorial de mármore como uma segunda censura ao Destino.

Demoramos um bom tempo para descobrir que a principal razão dos infortúnios de Roquebillière era seu clima. Os alvoreceres eram radiantes, mas por volta das quatro da tarde o céu sobre o vale se tornava cinzento e carregado. A tensão atmosférica nos deixava cansados e irritadiços; uma vez por semana uma tempestade furiosa limpava os céus, mas normalmente todos os promissores trovões e relâmpagos davam em nada e a opressão permanecia.

Talvez fosse tudo culpa do ogro — uma montanha sombria enorme do outro lado do vale, que o obstruía e dominava, se encurvando sobre ele, como se quisesse observar de forma malevolente por sobre as nuvens o que se passava aqui embaixo. O ogro tinha um perfil estranho; uma grande fratura na rocha tinha aberto sua vasta bocarra devoradora de homens, com um único dente irregular apontando de sua mandíbula inferior escancarada. Nós podíamos escapar dos jornais, desligar o rádio, e olhar para o outro lado quando passávamos em frente aos lunáticos — mas o ogro estava sempre lá, especialmente à noite, nos vigiando e vigiando o vale.

Essa Roquebillière tinha se tornado um lugar sinistro e depressivo. Talvez sempre tivesse sido assim, mas agora a víamos com olhos diferentes. Sabíamos que era o nosso último verão, e tudo a nossa volta assumiu um significado sombrio, simbólico. Mesmo assim, era agosto ainda, e o sol ainda estava vigoroso e brilhante, e os figos ainda amadureciam em nosso jardim. Nós nunca amamos a França como a amamos naqueles dias tardios de agosto; nós nunca estivemos tão dolorosamente conscientes de sua doçura e decadência.

IV

Eu sou definitivamente um Continental: ou seja, sempre senti a necessidade de sublinhar uma situação dramática com um gesto dramático. G. é definitivamente inglesa: ou seja, ela sempre sente a necessidade de suprimir a necessidade original; e normalmente esse segundo reflexo precede o primeiro.

Quando, em 23 de agosto, eu vi a inconspícua nota da Havas[28] na terceira página do *Eclairer du Sud-Est*, dizendo que um tratado de não agressão tinha sido assinado entre a Alemanha e os soviéticos, comecei a golpear minhas têmperas com os punhos. O jornal tinha acabado de chegar. Eu o tinha aberto enquanto caminhávamos até St. Sébastien para o almoço. "Qual o problema?", disse G. "Este é o fim", eu disse. "Stálin se juntou a Hitler." "Ele o faria mesmo", disse G., e isso foi tudo.

Tentei explicar a ela o que isso significava — para o mundo em geral e para mim e meus amigos em particular. O que significaria para aquela melhor, mais otimista metade de humanidade que era chamada de esquerda porque acreditava em evolução social e que, a despeito de qualquer oposição aos métodos empregados por Stálin e seus discípulos, ainda conscientemente ou inconscientemente acreditava na Rússia como o único experimento social promissor neste século desgraçado. Eu mesmo tinha sido comunista por sete anos; tinha deixado o Partido, decepcionado, apenas dezoito meses atrás. Alguns dos meus amigos tinham feito o mesmo; alguns ainda hesitavam; mui-

---

28 Agência de notícias francesa. Foi rebatizada de Agence France-Presse em 1944, após seus escritórios serem retomados do governo de ocupação pela Resistência Francesa.

tos tinham sido fuzilados ou aprisionados na Rússia. Nós tínhamos percebido que o stalinismo tinha maculado e comprometido a Utopia Socialista da mesma forma que a Igreja Medieval tinha maculado e comprometido a Cristandade; que Trótski, apesar de ser mais agradável enquanto pessoa, era em seus métodos nada melhor que o seu oponente; que o mal central do bolchevismo era sua adoção incondicional ao princípio que o fim justifica os meios; que uma ditadura bem-intencionada da estirpe de Torquemada--Robespierre-Stálin era até mais desastrosa em seus efeitos que a tirania escancarada do tipo neroniano; que todos os partidos da esquerda tinham vivido além de seu tempo, e que um dia um novo movimento deveria emergir do dilúvio, cujos pregadores provavelmente vestiriam capuzes de monges e andariam descalços pelas estradas de uma Europa em ruínas. Nós tínhamos percebido isso tudo e tínhamos dado nossas costas à Rússia, mas ainda assim, onde quer que repousássemos nossos olhos buscando conforto, não encontrávamos nada; e assim, no fundo restara uma débil esperança de que talvez, no fim das contas, nós estivéssemos errados e em longo prazo os russos tivessem razão. Nossos sentimentos com relação à Rússia eram como os de um homem que se divorciou de uma esposa muito amada; ele a odeia e ainda assim é uma espécie de consolo para ele saber que ela ainda está lá, no mesmo planeta, ainda jovem e viva.

Mas agora ela estava morta. Nenhuma morte é tão triste e definitiva quanto a morte de uma ilusão. No primeiro momento após alguém receber um golpe, a pessoa não sofre; mas ela já sabe que em breve o sofrimento começará. Enquanto estava lendo aquela nota da Havas, eu não estava deprimido, apenas agitado; mas eu sabia que estaria deprimido amanhã e no dia depois de amanhã, e que esse sentimento de amargura não me deixaria por meses e talvez por anos que ainda viriam; e que milhões de pessoas, representando a metade mais otimista da humanidade, talvez nunca se recobrassem dessa depressão, mesmo sem ter consciência da razão. Toda época tem sua religião e esperança dominantes; apenas muito raramente, em seus momentos mais sombrios, a humanidade foi deixada sem uma fé específica pela qual viver e morrer. Uma guerra estava para ser travada. Eles lutariam, os homens da esquerda, mas lutariam com amargor e desespero; pois é difícil para homens lutarem se eles sabem apenas contra o que estão lutando, e não pelo quê.

Isso é o que tentei explicar para G., que nascera no ano do Tratado de Versalhes e não conseguia entender por que um homem de trinta e cinco anos fazia tanto estardalhaço sobre o funeral de suas ilusões — uma vez que ela pertencia a uma geração sem nenhuma.

Na manhã seguinte, 24 de agosto, a notícia tinha ido da terceira para a primeira página. Não nos pouparam de nenhum detalhe. Lemos sobre a visita-relâmpago de Von Ribbentrop[29] para Moscou e sobre como foi cordialmente recebido — e eu lembrei de como nossos jornais do Partido tinham se divertido às custas do ex-vendedor itinerante de champanhe que tinha sido promovido a chefe diplomático de vendas do Genuíno Medo Vermelho, engarrafado em Châteu Berchtesgaden. Nós fomos informados sobre todos os detalhes pitorescos de como a suástica tinha sido hasteada sobre o aeródromo de Moscou e como a banda do Exército Revolucionário tinha tocado a Canção de Horst Wessel[30] — e lembrei das explicações sussurradas por lideranças do Partido após a execução

29 Joachim von Ribbentrop, ministro das Relações Exteriores da Alemanha nazista.

30 Hino do Partido Nazista, e posteriormente da Alemanha, até 1945. Horst Wessel foi um membro da SA nazista alçado à condição de mártir do partido após seu assassinato em 1930.

de Tukhachevski e outros líderes do Exército Vermelho. A explicação oficial (Versão A, para os devotos e os simplórios) dizia que eles eram traidores comuns; Versão B (para a *intelligentsia* e uso interno) nos informou que, embora não exatamente traidores, eles tinham defendido uma política de entendimentos com os nazistas contra as democracias ocidentais; e logo, portanto, Stálin estava certo em fuzilá-los. Nós aprendemos sobre o monstruoso parágrafo 3 do novo tratado,[31] um encorajamento direto para que a Alemanha atacasse a Polônia — e me perguntei como o Partido explicaria a mais nova conquista da diplomacia socialista para as massas inocentes, desta vez. Na manhã seguinte, descobrimos: *Humanité*, o veículo oficial do Partido Comunista Francês, explicou que o novo tratado era um esforço supremo de Stálin para impedir a ameaçadora guerra imperialista. Ah, eles tinham uma explicação pronta para cada ocasião, da ampliação da idade-limite para aplicação da pena de morte para os doze anos de idade, para a abolição do direito de trabalhadores soviéticos de fazerem greve, para o sistema de eleição unipartidário; eles chamavam isso de "dialética revolucionária" e lembravam um desses prestidigitadores de teatro que conseguem fazer surgir um ovo de cada um dos bolsos de seu casaco e até mesmo do nariz de um inofensivo espectador. Eles explicavam tudo tão bem que o velho Heinrich Mann,[32] na época um grande "simpatizante", gritou para Dahlem, líder dos comunistas alemães, durante uma reunião de comitê: "Se você continuar me pedindo para entender que essa mesa aqui é um laguinho, então eu temo que minhas capacidades dialéticas chegaram ao fim".

---

31 A disposição clássica em tratados de não agressão tinha sido até então prometer neutralidade caso o parceiro fosse *atacado* por uma terceira entidade: no Tratado Alemão-Soviético, pela primeira vez, foi prometida neutralidade caso o parceiro se *envolvesse* em uma guerra.

32 Romancista alemão. Irmão mais velho de Thomas Mann.

Pobre velho Heinrich Mann — e André Gide,[33] e Romain Rolland,[34] e Dos Passos,[35] e Bernard Shaw:[36] imaginei como eles reagiriam às notícias. Quão espertos tinham sido esses prestidigitadores para fazerem aparecer ovos dos narizes da *élite* intelectual de todo o mundo. E todos os velhos trabalhadores da Citroën e os jovens operários nos calabouços da Gestapo e os membros do Left Book Club[37] em Birmingham e os mortos nas valas comuns na Espanha — nós todos tínhamos caído direitinho na maior farsa que o mundo já tinha visto.

Era um dia claro, ensolarado, este 24 de agosto de 1939. Eu li o jornal como sempre fazia enquanto caminhávamos descendo a estrada até St. Sébastien, para almoçar. Eu gesticulava e falava muito alto. Tia Marie, sentada ao sol e ocupada tricotando seu suéter invisível, nos olhou com cara de choque enquanto passávamos pelo asilo.

---

33 Romancista francês, ganhador do Nobel de Literatura de 1947.

34 Romancista, dramaturgo e ensaísta francês, ganhador do Nobel de Literatura de 1915.

35 John dos Passos, escritor americano. Seu estilo não linear e vanguardista foi de grande influência na literatura do século XX.

36 Dramaturgo e ensaísta irlandês. Ganhador do Nobel de Literatura de 1925.

37 Clube de livros inglês, que distribuía obras de conteúdo comunista. Seu boletim anual para os assinantes se tornou uma importante revista de debates e divulgação do comunismo na Inglaterra. Cessou suas operações em 1944.

V

Havia uma exibição de pinturas espanholas no Musée Nationale em Genebra. Consistia das obras do Prado que tinham sido enviados à Suíça pelo governo espanhol durante a guerra civil. A exibição se encerraria em 31 de agosto; G. queria ir ver. Tentei persuadi-la que era tolice sair do país quando a guerra poderia começar de um dia para o outro. Mas ela disse: Justamente por isso; seria, talvez, sua última chance de ver as obras do Prado, e nada deveria impedi-la. Então ela partiu — na sexta-feira, 25 de agosto, exatamente uma semana antes de os alemães invadirem a Polônia. Ela provavelmente era a única pessoa na Europa naquele momento a sair do país para ver aquela exposição em Genebra.

Eu a acompanhei até o ônibus internacional que saía de Nice, que estava lotado de pessoas que tinham sido evacuadas das zonas de fronteira, todas tomadas pelo pânico; eu enfiei a sua malinha no topo de uma pilha de colchões, frigideiras e gaiolas de canário no teto; então o ônibus partiu.

Era cinco da tarde; eu voltei caminhando devagar até nossa *villa*. Até então, a presença de G. tinha me protegido de tomar plena consciência do que estava acontecendo. Ela tinha o jeito típico da geração pós-Versailles de supor como certo que este mundo é uma bagunça sem esperanças; mas essa falta inata de ilusões, em vez de torná-la cínica, produziu um tipo de fatalismo alegre que fez com que eu, com meu desespero político crônico, me sentisse como um Dom Quixote sentimental de meia-idade. Ela tinha me ridicularizado por me drogar comprando todos os jornais disponíveis e ouvir todos as estações disponíveis no rádio; e esse medo de parecer ridículo tinha um efeito bastante sedativo. Mas agora eu tinha sido deixado sozinho e caí de novo nas garras das drogas.

No sábado, 26 de agosto, novos pôsteres apareceram na Prefeitura; as categorias 2, 6 e 7 tinham sido convocadas simultaneamente. Isso implicava mobilização quase geral; havia apenas uma categoria de reservistas que ainda não tinha sido chamada. Eu passei quase que o dia inteiro na cozinha dos Corniglion, onde o equipamento de rádio estava instalado junto a um largo e antiquado conjunto de forno e fogão. A viúva com as três filhas, o mercador de vinhos e o padre asmático tinham todos partido um dia antes; o St. Sébastien tinha deixado de ser um hotel e se tornado uma granja novamente. Teresa tinha tirado seus sapatos e meia-calça, e o rádio tinha voltado para a cozinha. Enquanto Mme. Corniglion cozinhava no fogão e o velho Ettori bebia seu copo de vinho, eu traduzia para eles as notícias de Berlim e Londres; as probabilidades de guerra ou paz pareciam agora mudar de hora em hora, e o velho Ettori disse que isso o lembrava de como sua avó costumava curar as frieiras dele, colocando seus pés alternativamente em um balde de água fria e em um de água quente. À tarde, mais refugiados chegaram da fronteira, em carros lotados, caminhonetas, e carroças de mula; suas bagagens consistiam principalmente em colchões e frigideiras, como se para demonstrar que a humanidade seria reduzida à mera satisfação de suas duas necessidades primárias. Mais tarde, naquela noite, um telegrama de G. chegou de Genebra, anunciando seu retorno no dia de amanhã, domingo, à noite. Eu fiquei aliviado e tive ao mesmo tempo uma leve sensação de superioridade eu-não-disse: o telegrama não soava nem fatalista nem alegre.

Eu tinha desistido de todos os esforços para obrigar a mim mesmo a escrever. Curiosamente, o romance que eu estava escrevendo tinha como ambientação a Rússia, mais exatamente uma prisão soviética; uns poucos dias antes, eu tinha terminado um longo diálogo, no decorrer do qual Gletkin, o interrogador da GPU,[38] diz:

"Nós não recuamos ao trair nossos amigos e fazer acordos com os inimigos, com o objetivo de preservar o Baluarte. Esta é a tarefa que a História nos legou, os representantes da primeira revolução vitoriosa."

Não foi coincidência — apenas a lógica oculta dos eventos. Ainda assim me perguntei se Cassandra se sentiu de alguma forma mais feliz quando a lógica dos eventos de fato levou os gregos até Troia.

Então, passei a maior parte do dia seguinte — domingo, 27 — na cozinha dos Corniglion. O velho Corniglion, também, pela primeira vez desde dias perdidos no tempo, não saiu para trabalhar em seu campo; ele se sentou ao lado do fogo, parecendo desolado e estranhamente deslocado. Eu tinha me tornado parte da família; ficamos sentados na maior parte do tempo em um silêncio fúnebre, uma reunião dos vitimados pela *guerre des nerfs*.[39]

Depois do jantar, liguei nosso cansado Theodore para ir buscar G. na estação de trem em Nice. Eu tinha bastante tempo; a chegada do trem era esperada para a meia-noite; então escolhi uma estrada vicinal por sobre uma passagem nas montanhas que sempre tivemos a intenção de explorar. A lua iluminava a noite, a estrada estava completamente deserta, e as vilas por onde passei já dormiam, com apenas uma ocasional janela iluminada por uma lâmpada de óleo do lado de dentro.

---

38 *Gosudarstvennoye politicheskoye upravlenie*, russo para Diretoria Política do Estado. Foi a polícia secreta da União Soviética até novembro de 1923.

39 Em francês: guerra de nervos.

Eu parei Theodore no topo da passagem e deixei a luz da lua, e o silêncio, e o ar das montanhas nos envolver como um banho refrescante e reconfortante; e me recordei de noites como essa dirigindo para casa em Málaga vindo do front andaluz; e me perguntei quão logo estaríamos amaldiçoando a lua cheia e as estrelas, e rezando por névoa e chuva para esconder os homens da terra dos homens espreitando por entre as nuvens.

Por fim descemos até Nice, por volta da meia-noite. Eu tive que esperar por quase uma hora pelo trem, que estava, claro, atrasado — acredito que trens sempre se alegram com guerras, que lhes fornecem uma desculpa para se livrarem dos cansativos grilhões da tabela de horários e prosseguirem enfim de acordo com o seu próprio tempo. Havia um senhor de idade, inglês da Riviera, na plataforma, aguardando a chegada de sua esposa e filhos; após andarmos de cima para baixo na plataforma, passando um pelo outro, por meia hora, fomos beber juntos no buffet. Ele estava tão deprimido quanto eu, e confessou que, embora tenha passado anos furioso porque não tínhamos tomado uma atitude contra o Eixo, agora que íamos finalmente fazê-lo, ele mal conseguia suprimir o desejo vergonhoso de continuarmos com a velha e desastrosa trapalhada. "Eu sei que é idiota e criminoso, mas quase quero dizer: Por Deus, dê para aquele bastardo tudo que ele pedir — Danzig e Eupen e colônias e o que for, e chega de se ouvir falar dele." Eu confessei que temia que a maioria de nós estivesse passível ao mesmo tipo de tentação suicida:

"É a velha história de ir ao dentista para se ter um dente extraído — no momento em que se toca a campainha, para de doer, e de súbito a pessoa se pergunta se vale a pena passar pela agonia da operação. Ainda assim, se não o fizermos, a infecção se espalhará pela mandíbula, e eventualmente por todo o corpo." Pensei que era uma metáfora bem boa, mas não me soou convincente.

Por fim, G. chegou, e no caminho de volta decidimos parar de fingir e voltar para Paris no dia seguinte. Ela tinha viajado por trinta e seis horas para Genebra, ida e volta, e tinha conseguido passar apenas duas ou três horas na Exibição — e ainda assim ela não se arrependia de todo o trabalho e estava bastante contente em ter pelo menos dado uma olhada nos tesouros do Prado. Para mim, em seu lugar, o prazer de ver o que eu conseguisse ver seria contaminado pela mágoa de não ver o que eu não conseguisse.

VI

E assim, no fim das contas, nós também começamos a fazer as malas.

Isso nos tomou todo o dia seguinte, e foi um negócio melancólico. G. tinha me retratado em argila, e a cabeça de tamanho natural teve que ser guardada com muito cuidado e preocupação nas profundezas de Theodore, e protegida contra o impacto do resto das bagagens. No fim, nós conseguimos trazê-la em segurança até Paris, com apenas uma orelha faltando e ambos os lábios deformados em um sorriso mefistofélico — e ainda estava sorrindo quando, dez meses depois, a Gestapo o levou embora de meu flat em Paris em um furgão de remoção, junto de meus manuscritos, livros, mobília, tapetes e lâmpadas.

Nós enrolamos enquanto fazíamos as malas, ainda esperando algum milagre acontecer no último minuto, o que nos permitiria desfazer as malas novamente. Quantas pessoas na Europa ligaram o rádio naquela terça-feira de manhã, 29 de agosto, na esperança secreta de que durante a noite um derrame benevolente tivesse matado o homem cujo desaparecimento lhes permitiria talvez seguir com sua existência medíocre e, em retrospecto, tão, tão agradável? Em vez disso, eles eram advertidos em toda linguagem do mundo para se prepararem para o pior. Eles suspiraram, incrédulos; eles tinham vivido tanto tempo sob o Signo do Guarda-Chuva que teriam dificuldade para acreditar que a Era da Espada tinha chegado.

Nós finalmente fomos embora na noite de terça-feira, quando todos os pretextos para adiar nossa partida tinham sido exauridos.

Ainda havia três figos na árvore em nosso jardim. Quando nós manobramos através dos portões e viramos nossas cabeças, a *villa* já parecia como se nunca alguém tivesse vivido dentro de seus muros. Nós passamos pelo asilo, mas o banco debaixo do crucifixo estava vazio; Tia Marie e o homem com a carranca tinham entrado. Nós atravessamos a ponte e acenamos para os Corniglion, mas eles não nos viram; provavelmente estavam reunidos na cozinha para o jantar, sentados juntos à lareira. As ruas estavam vazias e nenhum dos moradores de Roquebillière estava lá para nos acenar adeus.

Eu pisei no acelerador e saímos velozmente do vilarejo, nos sentindo como desertores. Enquanto escrevo estas linhas, Camisas Negras estão sentados no jardim da antiga amante do príncipe; eles provavelmente mataram o porco e colheram os figos das árvores e colocaram Teresa no caminho da virtude familiar.

Nós passamos a noite em um hotel deserto em uma Nice deserta; e durante toda a noite ouvimos o relinchar queixoso dos cavalos que tinham sido requisitados pelo Exército e estavam de prontidão aglomerados juntos debaixo das arcadas do Casino Municipal. Pretendíamos no dia seguinte fazer o máximo do caminho para casa que conseguíssemos, chegando até Avignon; mas logo de manhã eu desci para comprar o *Eclaireur du Sud-Este*, e, ao terminar de ler o editorial, corri escada acima como um louco para dar a G. a notícia de que não haveria guerra.

O *Eclaireur* era um dos importantes periódicos provinciais da França, vocalmente simpático aos movimentos de La Rocque[40] e Doriot,[41] e apoiador das

40 François de La Rocque, figura política da extrema-direita nacionalista francesa.

41 Jacques Doriot, fundador do Partido Popular Francês, de orientação fascista.

políticas de Bonnet (que ainda era o ministro das Relações Exteriores). Nas semanas anteriores, durante o crescente drama da crise europeia, tinha assumido uma linha de firmeza intransigente com relação às exigências de Hitler sobre a Polônia — de acordo com as *mots d'ordres*[42] vindas de Quai d'Orsay.[43] Em tempos de emergência, o Quai d'Orsay sempre exerceu uma espécie de ditadura silenciosa consentida sobre a imprensa, que demonstrava nesses momentos uma capacidade considerável de disciplina patriótica.

E agora nesta quarta-feira, 30 de agosto, quando o ultimato alemão para a Polônia já estava a caminho, o *Eclaireur du Sud-Este* subitamente defendia a paz a qualquer custo. Não havia nada nas exigências alemãs, dizia, que não podia ser resolvido através de negociações pacíficas. Eu lembro particularmente de uma sentença que dizia que era hora de se abandonar um certo número de conceitos e alianças já desgastadas, e "cavar fundo em nossos bolsos" se quiséssemos garantir uma paz verdadeiramente duradoura. E assim continuava por duas colunas, em fonte robusta, bem espaçado, na primeira página.

Parecia impossível que o editorialista do jornal tivesse decidido escrever isso de sua própria cabeça, no clímax da crise. Alguma coisa deveria ter acontecido naquela noite; o artigo era obviamente inspirado por ordens superiores. Os diários matutinos de Paris não chegariam até mais tarde na noite e a rádio oferecia apenas boletins de notícias sem comentários. Se eu não tivesse sido um jornalista, provavelmente não teria dado muita atenção àquele artigo; mas como sabia quão cuidadosamente uma declaração sensacionalis-

---

42 Em francês: palavras de ordem.

43 O Ministério das Relações Exteriores da França, localizado na região do ancoradouro (quai) d'Orsay.

ta desse tipo era costurada no escritório do editor, eu estava convencido que Bonnet mais uma vez sacrificara a *honneur* da França e a guerra estava cancelada.

Vinte e quatro horas depois, o *Eclaireur* publicou uma desculpa tortuosa, e se tornou firme e patriótico novamente. Quanto aos seus leitores, me perguntei como M. Dupont iria morrer, se fosse para morrer, em defesa da liberdade, depois desse tipo de preparação moral. Foi somente depois do colapso da França, quando um mundo estupefato descobriu como o ministro de Relações Exteriores do país tentou atraiçoar seus aliados e seu próprio premiê nas últimas seis horas antes de ele declarar guerra, que percebi o significado e o contexto daquele episódio típico.[44]

De qualquer forma, o *Eclaireur* tinha nos proporcionado um pretexto para nos demorarmos mais alguns dias no Mediterrâneo; então, em vez de partirmos para Paris, fomos na direção oposta, para Menton, visitar uma amiga — uma princesa com alguma descendência casada com um ex-crupiê do Casino de Monte Carlo, que administrava um hotel de segunda classe em Cap Martin. Nós chegamos por volta da hora do chá para descobrir que o último hóspede tinha ido embora, e a princesa e M. Robert, o ex-crupiê, brigavam histericamente. No decorrer da discussão, revelou-se que eles nunca tinham sido casados, que a princesa turca aparentemente tinha um passapor-

---

44 Após a invasão da Polônia pela Alemanha, em vez de cumprir o acordo franco-polonês e declarar guerra contra Hitler, Georges Bonnet, sem ordens superiores, iniciou tratativas com a Itália para iniciar uma mediação, ciente que a proposta de paz italiana era danosa à Polônia e que a recusa do país invadido em participar das discussões serviria como escusa para descumprir o acordo de defesa mútua firmado com os poloneses. O plano fracassou pela recusa da Inglaterra em participar de qualquer discussão de paz sem que antes a Alemanha removesse seus exércitos do território polonês, o que a Alemanha se recusou a fazer.

te italiano e, temendo ser enviada para um campo de internação, havia ameaçado M. Robert de partir para a Itália se ele não se casasse com ela ali naquele momento, depois de terem passado quinze anos vivendo pacificamente no pecado. Por fim, a discussão foi adiada e nós todos passamos a ouvir o rádio. No jantar, um amigo de M. Robert apareceu, um M. de Alguma Coisa, que tinha sido mobilizado poucos dias antes e estava lotado em um dos fortes de fronteira na proximidade. Ele vestia um uniforme amassado de tenente, e estava sem se barbear e de mau humor. Reclamou da *pagaille* — lama — na fortaleza, da umidade do concreto, que dava aos homens dores reumáticas, e nos contou uma história incrível que dava conta que mais de metade das cápsulas de balas no depósito de munição eram do tamanho errado e não serviam nas armas. Naquela hora eu não acreditei nisso, mas depois ouvi várias histórias do mesmo tipo, particularmente sobre os fortins na chamada Linha Expandida de Maginot.[45]

Depois de alguns copos de vinho, o tenente se alegrou um pouco e nos explicou que, no caso de a Itália permanecer neutra, ela receberia um ultimato para deixar as tropas francesas passarem para realizar um ataque flanqueando a Alemanha. Ele disse que soube disso através de uma fonte das mais confiáveis; e ele tinha ouvido até um *bon mot*[46] espirituoso do próprio Gamelin:

"Para abrir o caminho à força através de uma Itália hostil — tinha dito o generalíssimo — preciso de dez divisões. Para proteger a fronteira contra uma Itália neutra, preciso de quinze divisões. Para ajudar

---

45 Linha de fortificações e defesas construídas pela França ao longo de suas fronteiras com a Alemanha e Itália, após a Primeira Guerra Mundial. Considerada inexpugnável, apesar de pouco eficiente como defesa antiaérea, a desmesurada confiança nela é hoje vista como um grave erro estratégico da França no período anterior à Segunda Guerra.

46 Em francês: piada, gracejo. Literalmente, "boa palavra".

uma Itália aliada a sair da confusão em que se meteu, preciso de vinte divisões. Então, vamos declarar guerra a eles."

Na manhã seguinte a Gendarmerie[47] em Cap Martin estava completamente coberta com pôsteres sobre regulamentos para blecautes e precauções para o caso de ataques aéreos. Eu dirigi até uma oficina mecânica, e pedi para pintarem as luzes dos faróis de azul. O pobre Theodore ficou parecendo um velho cego com óculos azuis saído da *Ópera dos Mendigos*.

Cap Martin, uma língua de terra estendida em direção ao litoral italiano, estava efervescente de tropas, caminhonetas e veículos blindados. Seis tanques leves estavam estacionados ordenadamente na frente do Hotel Splendide, parecendo com lobos em um curral de ovelhas. As elegantes ovelhas da fauna mecânica tinham em sua maior parte desaparecido, requisitadas pelo Exército.

No almoço, descobrimos os detalhes do ultimato germânico. Então, tínhamos enfim uma cópia do *Eclaireur*. Estava engolindo suas palavras do dia anterior e explodindo de *gloire* e belicosidade. Agora era mesmo a hora de ir embora, portanto. Dissemos adeus para a princesa e M. Robert, e pegamos a estrada para Paris.

A noite de quinta para sexta-feira tivemos que passar em St. Tropez, por conta de uma série de furos nos pneus. Na manhã seguinte, seguimos em frente e paramos para almoçar em Le Lavandou. Achamos um lugar chamado "Le Restaurant des Pêcheurs"[48] — uma dessas pequenas e encantadoras hospedarias que fazem com que refeições na França sejam lembradas como alegres marcos históricos do passado. Nós comemos uma *bouillabaisse* com mexilhões e *langouste* e açafrão, e uma *omelete aux fines herbes* que fazia

---

47 Posto policial.

48 Em francês: "Restaurante dos Pescadores."

recordar o aroma da grama molhada de um campo alpino sob o sol; e então a garçonete chegou com o *entrecôte*, e disse em uma voz monótona, enquanto arrumava os pratos na mesa: "Eles acabam de anunciar na rádio que no começo dessa manhã os alemães abriram fogo contra a Polônia. O governo declarou mobilização geral".

Além de nós, havia apenas um casal de idosos no restaurante, sentados em uma mesa próxima. Os dois vestiam preto, e a mulher, com protuberantes olhos de veias vermelhas, acenou com a cabeça para nós em um desgosto pesaroso. Ela tinha comido e bebido uma enorme quantidade sem ter perdido a aparência lúgubre — o tipo de mulher francesa que ainda quando noiva já tem a futura viúva transparecendo em sua face. Ela continuou assentindo para nós em silêncio, e me pareceu que com seus olhos escrutinadores tentava adivinhar como G. ficaria usando um véu escuro. Sentia-se que uma grande época começava para ela agora, uma espécie de veranico nascente, alimentado pela seiva negra do desespero generalizado.

Foi naquele momento — treze horas de sexta-feira, 1º de setembro de 1939, no Restaurant des Pêcheurs em Lavandou — que a guerra começou para nós. Em minha memória, aquela hora está marcada como uma fina linha escura, como o Equador em um mapa, separando a esfera do Passado agradável e trivial da era do Apocalipse, que ainda é o Presente.

VII

Chegamos a Toulon à tarde, suas ruas estreitas e tortuosas estavam tomadas por uma efervescência caótica. No salão principal do prédio da Havas, uma multidão tinha se reunido para ler as últimas notícias, mas havia pouca discussão e nada na atmosfera geral que podia ser comparado com as multidões embriagadas dos dias de agosto de 1914. Nós dirigimos até uma oficina mecânica para comprar um pneu novo, e lá a proprietária nos contou triunfantemente que a França tinha apresentado um ultimato de curto prazo à Itália, que as tropas francesas tinham avançado trinta quilômetros dentro do território italiano, que o rei Victor Emmanuel tinha abdicado em favor do príncipe Umberto, obviamente com o intuito de remover Mussolini de sua posição. As notícias vinham de uma fonte por assim dizer oficial: o *adjutant* da Gendarmerie, um amigo de seu marido, tinha acabado de contar a ela. No começo, estávamos bastante incrédulos; mas ela contou a história de forma tão convincente e com tais detalhes práticos, que no fim eu também fiquei convencido. Então, finalmente, após sete anos de humilhação e desonra, a hora das Democracias tinha chegado: elas tinham atacado — e com quanta velocidade, quanta eficiência! Eu fiquei bastante embriagado de alegria e expliquei solenemente a G. que essa era mais que uma manobra estratégica — era um ponto de virada na história, a renascença da era do Liberalismo. Fiquei aborrecido quando ela permaneceu cética.

Minhas ilusões duraram até Aix-en-Provence, aonde chegamos bem a tempo de ouvir os comunicados triviais, sem cor, das notícias das oito. Era bastante depressivo. Pela primeira vez nesta guerra eu tinha caído em uma *bobard* — um rumor falso — e, a despeito dos cuidados profissionais de uma pessoa que tinha sido correspondente jornalístico desde os vinte anos de idade, isso aconteceria de novo várias vezes; a última vez foi pouco depois da Queda de Paris, quando, por algumas poucas horas, pessoas por toda a França acreditaram que o milagre tão procurado tinha finalmente ocorrido e a Rússia havia declarado guerra contra a Alemanha. Cada vez o *bobard* era posto em movimento tão espertamente, em um momento psicológico tão bem escolhido, e o efeito no moral de todos era tão devastador quando vinham os subsequentes desapontamentos que a hipótese de trabalho deliberado de quintas-colunas ficava difícil de ignorar, até mesmo por pessoas que não apreciavam histórias de espionagem.

Os cafés em Aix estavam cheios; havia uma grande quantidade de soldados por aí e um bom número desses estava bêbado; eles pareciam, em seus uniformes desajeitados, feitos de material inferior, e com seus tradicionais rostos sem barbear — daí o termo *poilu*[49] — como se já estivessem voltando da frente de batalha. Nos sentamos em um *terrasse,* mas para ouvir o boletim de notícias eu tinha que ir até o escritório do gerente; era surpreendente que ninguém mais tivesse tido a mesma ideia. No *terrasse* do café ao lado havia um alto-falante, mas ninguém o estava ouvindo; as notícias se afogavam na falação geral; e isto em um momento em que a declaração de guerra da França era aguardada de hora em hora. Aparentemente as pessoas haviam largado a esperança de aprenderem qualquer coisa com o lamentável serviço de imprensa de M. Giradoux, e estavam cansadas de ouvir aqueles comunicados fúteis, tortuosos, e aque-

49 Em francês: peludo. Apelido informal e amigável da infantaria francesa.

les discursos débeis, nos quais eram constantemente admoestados, em um tom professoral e contencioso, a confiarem em seus líderes (incluindo M. Bonnet) e a não fazerem perguntas bobas.

Descobrimos em Aix alguns pôsteres novos, recém-colados nas paredes e parcialmente contraditórios, que tratavam sobre a requisição de carros. Tivemos que dirigir por toda a cidade até que enfim achamos a comissão requisitante assentada nos quartéis da Cavalaria; mas, quando eles deram uma olhada em Theodore, disseram com um calafrio que podíamos continuar em nosso caminho até Paris e nos reportar à comissão de lá.

Então dirigimos no escuro para Avignon, com nossas luzes de farol completamente apagadas. Naqueles dias pré-históricos, os aparatos mais refinados para diminuir a potência das luzes ainda não existiam, mas estávamos agora em uma pressa nervosa para chegar a Paris e, de lá, a Londres, onde me alistaria no Exército; me sentia de certa maneira culpado por toda a embromação dos últimos dias, e dirigi na velocidade relativamente alta de cinquenta quilômetros por hora.

Mas de Avignon em diante, na manhã seguinte, encontramos uma linha praticamente ininterrupta de veículos militares, e só conseguíamos avançar um pouco de cada vez, antes de termos que parar de novo. Por quilômetros sem fim, passamos por uma procissão de tanques, carros blindados, caminhonetas transportando tropas, artilharia de campo e cavalaria motorizada, todos escoando de Lyons em direção à fronteira italiana; e atrás e na nossa frente havia uma fileira similarmente ininterrupta de caminhonetas vazias indo para o norte, obviamente voltando para pegar mais tropas. Tudo isso era uma visão encorajadora; ainda mais porque uma visão tão vasta de forças mecanizadas parecia indicar claramente ação ofensiva contra a

Itália; então, talvez no fim das contas, aquela *bobard* que tínhamos ouvido em Toulon tivesse sido uma antecipação de eventos futuros.

Depois de Lyons nós estávamos livres do tráfego e passamos a noite em um lugarzinho no vale do Loire. O dia seguinte era domingo, 3 de setembro; almoçamos em Pouilly, em um jardim ensolarado com vista para o rio e cercado de vinhedos. Era nossa última parada antes de Paris; em algumas horas chegaríamos ao fim de nossa jornada. Servimo-nos de presunto defumado e uma garrafa de Pouilly fumé, o vinho que nos torna sábios e felizes como nenhum outro vinho no mundo. Olhamos para o rio e esvaziamos a garrafa até a última gota; e então, um pouco antes de Melun, encontramos dois carros com pessoas gritando entusiasmadas para nós; e quando paramos um quilômetro e meio mais à frente para reabastecermos, a mulher no posto de gasolina nos contou que a Inglaterra tinha declarado guerra à Alemanha.

Nos últimos oitenta quilômetros até Paris a estrada estava praticamente bloqueada por pessoas fugindo da capital em seus carros e em táxis. Todos acreditavam que os alemães iam bombardear Paris imediatamente depois da declaração de guerra, ou até mesmo antes; e todos esperavam que eles usassem algum tipo de invenção nova horrível, e estavam obcecados com a ideia de gases venenosos. Havia apenas uns poucos carros que lutaram ao nosso lado contra a corrente; a desordem desse primeiro êxodo de Paris ofereceu um trágico gostinho do que seria o segundo, que aconteceria dez meses depois e selaria o destino da França.

Chegamos ao meu flat em Paris às quatro horas da tarde. Quando dei as mãos à minha velha *concierge*, ela me devolveu um olhar estranho. A princípio pensei que era só a agitação generalizada, mas quando lhe entreguei a garrafa de Pouilly que tínhamos trazido para presenteá-la, ela me levou até um canto de sua *loge*, para que G. não pudesse ouvir:

"Não tenho permissão para lhe dizer", ela falou, "mas seria melhor sair daqui de imediato. A polícia esteve aqui hoje às duas da manhã; eles levaram o dr. Freeman algemado, e queriam prender você também".

VIII

O dr. Freeman ocupava o flat ao lado do meu, à esquerda. Ele era médico e sofria de tuberculose em estágio avançado. Havia ficado nos últimos três meses em um sanatório na Suíça, tinha voltado correndo a Paris para se alistar como voluntário no Exército Francês, e fora preso na noite de sua chegada. Ele era um refugiado político e sua lealdade à França estava além de qualquer dúvida; mas tinha origem germânica e isso, no fim das contas, talvez explicasse sua prisão.

Já quanto a mim, nada explicava. Eu sou de nacionalidade húngara, e a Hungria era uma nação neutra; minha cisão com o comunismo um ano e meio atrás tinha dado origem a certos comentários nos círculos da esquerda; e se o serviço secreto francês sabia que eu tinha sido um comunista antes de 1938, eles também deveriam saber que eu não era mais, e que tinha até mesmo sido repetidamente atacado em jornais comunistas como um "apoiador do imperialismo".

Eu estava convencido que toda a questão era um engano e que a melhor coisa a ser feita era ir direto para a polícia e lhes perguntar o que queriam comigo. Então, voltamos para o carro e dirigi até a delegacia de polícia do meu distrito. Antes de entrarmos, disse a G. que, se tinham mesmo um mandado contra mim, eles poderiam me deter por um tempo, ou até mesmo me mandar para a prisão por alguns dias, até a situação se esclarecer. G. estava levemente desorientada, e nos despedimos um do outro de forma um tanto sentimental; então, entrei na cova dos leões.

Lá dentro, havia um *comissaire* que me conhecia graças ao frequente mau comportamento de Theodore nas rodovias públicas, o que já tinha me custado algumas centenas de francos. Eu o cumprimentei com um *bonjour* que tentei fazer soar o mais casual possível. "*Bonjour*", ele disse. "A declaração de guerra da França acabou de chegar. Estou bem ocupado. O que posso fazer por você?"

Eu não podia entregar minha velha *concierge* — desde os dias de Fouché,[50] todos os *concierges* de Paris deveriam colaborar com a polícia e usar sua discrição profissional. Se eu lhes contasse que ela tinha me avisado, ela poderia acabar com sérios problemas. Então eu disse ao *comissaire* que tinha acabado de chegar da Côte d'Azur e pensei que, sendo um estrangeiro, melhor seria me reportar à polícia. E com isso lhe entreguei minha carteira de identidade — para o caso de ele ter esquecido meu nome. Ele examinou a carteira com uma olhadela profissional e disse, bastante irritado: "Eu não sei mesmo o que você quer. O que você acha que aconteceria se todos os estrangeiros viessem correndo para cá?".

Quando G. me viu saindo da delegacia, nem cinco minutos depois de ter entrado, ficou bastante desapontada; ela disse que estava ansiosa para me ver sendo carregado por uma escolta armada (mais tarde, quando seu desejo se realizou, ela não gostou).

Passei a noite em meu flat e nada aconteceu. No dia seguinte, fomos à *Préfecture de Police* — a Scotland Yard de Paris; se a delegacia de polícia local não sabia, em seu quartel-general eles teriam informações sobre esse caso misterioso. Eu tinha um pretexto para aparecer, já que minha carteira de identidade ia expirar dentro de poucos dias e tinha que ser renovada de qualquer maneira. E, para esse propósito, supus que eles teriam que dar uma olhada em meu *dossier*. Mais uma vez nos despedimos emotivamente e, mais uma

50 Joseph Fouché, fundador da polícia secreta francesa e ministro da Polícia tanto do governo revolucionário quanto de Napoleão.

vez, voltei vinte minutos depois, me sentindo vagamente culpado com relação a G., com minha carteira de identidade renovada, com carimbos e tudo.

A *drôle de guerre*[51] tinha começado; os dias passavam e nada me aconteceu. Talvez nossa boa *concierge* tivesse sonhado? Mas ela não era o tipo de pessoa sonhadora. E o dr. Freeman tinha desaparecido sem deixar rastros. Somente depois de uma quinzena descobrimos que ele estava na prisão de Santé, em confinamento solitário e impedido de consultar um advogado ou se comunicar com o mundo exterior. Parecia ruim o suficiente. E ainda havia outras coisas do tipo: prisões inexplicáveis de pessoas aparentemente inofensivas, que eram arrastadas de suas camas à noite, algemadas, espancadas, e trancadas em uma cela de prisão, sem serem interrogadas e sem lhes permitirem apoio legal. Não eram alemães — todos os alemães, refugiados ou não, já tinham sido internados durante os primeiros dias da guerra.

Nós tínhamos planejado partir para Londres de pronto. No dia seguinte a nossa chegada, eu fui até o escritório de passaportes britânicos para ajudar um amigo a conseguir seu visto. Vi o Capitão C., o P.C.O.[52] Assistente, que eu já conhecia. Ele disse que poderia demorar um bom tempo. "Que pena", eu disse, "estou indo embora amanhã e pensei que poderíamos ir à mesma embarcação". "Temo", disse o Capitão C., "que você também não poderá partir amanhã". "Por quê?", perguntei, surpreendido de forma muito desagradável. Durante os últimos anos, tinha vivido metade do

51 Em francês: "a guerra engraçada" ou "guerra estranha". Em português, também chamada de "guerra de mentira" ou "guerra falsa". Refere-se ao período de setembro de 1939 até maio de 1940, em que as forças envolvidas na Segunda Guerra não realizaram ações militares de larga escala no front ocidental.

52 "Parliamentary Counsel Officer", ou Oficial do Conselho Parlamentar, órgão administrativo do Parlamento inglês.

ano em Paris e metade do ano em Londres, e meu visto permanente de doze meses para o Reino Unido tinha sido renovado bem recentemente.

"Porque", disse o Capitão C., "todos os vistos para o Reino Unido foram cancelados ontem à meia-noite. Nós temos que fazer um pedido para um novo visto em seu nome para o secretário de Interior. Sinto muito, mas desde ontem temos instruções específicas de não conceder novos vistos para estrangeiros sem autorização especial de Londres". "E quanto tempo será até que a autorização chegue?" O P.C.O. encolheu os ombros de forma desencorajadora; ele não podia se comprometer com nenhuma data específica, mas me deu a entender que eu poderia ter que aguardar algo entre três e seis semanas. Então ele preencheu meu pedido para o Secretariado do Interior. Como "razão para a viagem pretendida", eu declarei "me juntar às Forças de Sua Majestade".

Não havia o que fazer além de esperar. Eu podia, é claro, ter me voluntariado para o Exército Francês — mas a única unidade aberta a forasteiros era a Legião Estrangeira, e eu odiava a ideia como um todo. Eu tinha vivido na França, embora com grandes interrupções, por quase dez anos, e estava bem-disposto a arriscar minha pele por ela, mas com a condição de que me fossem concedidos os mesmos deveres e privilégios de um soldado comum francês. A onda de xenofobia tinha engolfado a França com rapidez mórbida, e me deixava doente a ideia de permanecer, mesmo que de uniforme, um *sâle métèque*, que quer dizer, em uma tradução acadêmica, estrangeiro sujo. Então preferi aguardar até que minha permissão do Secretariado do Interior chegasse, e enquanto isso esperava toda noite ouvir a polícia tocando a campainha do meu flat.

Era uma sensação medonha, e escrevi para amigos em Londres solicitando que apressassem o meu pedido. Então liguei para Jubert, um bem conhecido e brilhante jovem advogado, e combinei um almoço com ele. Nós nos encontramos no dia em que as tropas do Exército Vermelho marcharam sobre a Polônia para libertarem o proletariado polonês (ou estupro da noiva, se assim posso chamar). Jubert estava de uniforme; ele também tinha sido um simpatizante soviético — quem da *élite* intelectual de sua geração não tinha sido? — e estava com o humor sombrio. Quando ouviu minha história, ele se mostrou preocupado e disse que parecia uma questão bastante séria. Ele sabia de uns poucos casos parecidos — prisões arbitrárias de pessoas cuja lealdade não podia ser posta em dúvida, mas que, por uma razão ou outra, não eram populares em certos andares de cima. Algumas das vítimas eram amigos pessoais dele, mas em nenhum único caso ele tinha sido capaz de ajudar. Havia até dado a entender que era melhor que se mantivesse fora do assunto, se quisesse evitar problemas sérios para si mesmo. O país vivia sob a *loi des suspects*,[53] que na prática dava à polícia poder irrestrito sobre os indivíduos. "Os tempos de Fouché voltaram à França; que Deus nos poupe de um retorno aos tempos da guilhotina."

Meia hora antes, quando ainda não tinha contado a Jubert minha história, temi que ele me acusaria de mania de perseguição; agora eu quase acreditava que ele é que a tinha. Continuou falando em um tom baixo, preocupado, bem diferente da maneira despreocupada e ruidosamente brilhante que ele tinha tido antes; a maioria dos advogados franceses bem-sucedidos se comportam como se estivessem constantemente sob holofotes. E, enquanto conversávamos, ele ficava espiando as mesas em volta para ter certeza de que nin-

53 NA: A *loi des suspects* foi uma precursora francesa do Regulamento 18B britânico, mas sem as garantias detalhadas para prevenir abusos contidas nesse último.

guém estava ouvindo — um hábito já muito familiar em espaços públicos ao leste do Reno e dos Alpes, e que agora estava se disseminando com celeridade desconcertante nos restaurantes e cafés de Paris.

"Mas se eles acham que têm algo contra mim", perguntei a ele, "por que não me prenderam desde que cheguei?".

"A quem você se refere como 'eles'?", disse Jubert. "Você quer dizer a *Sûreté Nationale* ou se refere ao *Deuxième Bureau*, ou fala da *Préfecture* de Paris? Cada um deles tem seus próprios registros sobre você e sua própria lista negra, que não vai ser encontrada nas delegacias de polícia locais ou nos guichês de carteira de identidade. Eles realizam batidas periódicas. Você não pode ir e ser preso quando lhe é conveniente — essa é simplesmente uma noção anarquista. Você tem que esperar até que eles venham para te pegar."

Duas semanas antes eu tinha olhado para a questão por um lado até bem humorístico, e acreditava que a melhor proteção contra a polícia era consciência da própria inocência. Agora eu começava a me sentir como aquele herói de Courteline, que disse que, se fosse acusado de roubar a Torre Eiffel, ele não tentaria se isentar, mas sairia correndo de uma só vez.

No dia seguinte, Jubert ligou para L., um M.P.,[54] e L. ligou para D., um funcionário de alto escalão no Ministério do Interior, que prometeu que daria uma olhada no caso. Poucos dias depois, D. ligou de volta para L., e L. ligou para Jubert, e Jubert me ligou. Resolver um assunto na França sempre foi questão de achar os elos conectores de uma corrente com um devido começo e fim. A desvantagem do sistema é que a confiabilidade da corrente era inversamente proporcional ao seu comprimento.

54 Membro do Parlamento. Um representante do legislativo britânico.

Mas dessa vez a corrente nem funcionou. D., o funcionário do alto escalão, tendo olhado os arquivos, se recusou brandamente a discutir a questão com L., apesar de estarem em ótimos termos um com o outro. L. ofereceu suas desculpas a Jubert. Jubert pareceu ainda mais preocupado. Dessa vez nos encontramos em seu escritório.

"Existe uma espécie de pogrom[55] silencioso acontecendo contra gente de esquerda", ele disse. "É principalmente dirigido contra os comunistas — mas este é apenas um lado da questão, e de fato as coisas são muito mais intrincadas. Definitivamente existe uma gangue pró-Bonnet na *Sûreté Nationale*. Eles tentam criar coisas contra pessoas que pertenceram ao campo 'anti-*munichois*'. E daí tem a Espanha. Nós estamos naturalmente interessados em manter a Espanha fora da guerra, e isto serve para nossos pretensos fascistas na *Sûreté* e no *Deuxième Bureau* como pretexto para perseguir os antigos apoiadores dos legalistas. Há até mesmo um rumor que Pétain[56] teria feito uma promessa verbal a Lequerica, o ministro das Relações Exteriores de Franco, no sentido de que todos os estrangeiros na França que lutaram nas Brigadas Internacionais ou demonstraram uma atitude pública anti-Franco seriam internados por toda a duração da guerra. Eu não creio que eles acreditam que você ainda seja comunista, mas eles com certeza sabem que você foi condenado à morte por Franco,[57]

---

55 Perseguição deliberada de um grupo, visando ao seu extermínio. O termo de origem russa tem origem nos massacres perpetrados pela Rússia czarista contra populações de judeus.

56 Henri Phillipe Bononi Omer Pétain, marechal da França, foi o presidente do governo-fantoche de Vichy.

57 NA: Enquanto foi correspondente de um jornal liberal inglês na Guerra Civil Espanhola, o autor foi capturado pelas tropas do general Franco por ter denunciado na imprensa inglesa a intervenção alemã e italiana para ajudar o lado dos nacionalistas. Veja *Dialogue of Death* [NE: Inédito no Brasil].

e se o *Déuxieme Bureau* tem uma cópia da lista negra espanhola, o que com certeza tem, você certamente está entre os primeiros nomes nela. As coisas parecem bem sombrias para você, *cher ami.*"

Perguntei a Jubert o que ele faria em meu lugar.

"Tente chegar à Inglaterra o mais cedo possível. Mas me pergunto — ele acrescentou — se eles lhe dariam uma permissão de saída."

Não havia mais nada a ser dito, e me despedi de Jubert. Quando estava na porta, ele me chamou de volta e pediu que, se eu lhe ligasse de novo, o fizesse de um telefone público, pois ele suspeitava que meu telefone estivesse grampeado. Então ele disse, de certa forma duvidando:

"Existe, claro, uma coisa que você poderia tentar: dinheiro. Alguns desses judeus[58] alemães do cinema conseguiram ser libertados da internação subornando oficiais da *Sûreté*. A taxa é de vinte mil francos para cima."

Eu lhe disse que não o faria — primeiramente porque eu não tinha vinte mil francos, segundo porque eu achava muito arriscado.

"Certo", ele disse. "Eu sempre soube que você era um homem honrado." E de repetente ele acrescentou, no seu melhor estilo de se dirigir ao júri em um julgamento de grande repercussão:

"Que Deus o proteja em seu caminho — e a todos nós neste país desafortunado."

No caminho de volta para casa, refleti sobre a expressão "esses judeus alemães do cinema", que tinha particularmente me impressionado na boca de Jubert. Certamente, eu também odiava aquela ceninha detestável nos cafés e bares em volta dos Champs Élysées,

---

58 No original, o termo utilizado é "*yid*", palavra vinda do iídiche para designar judeus, normalmente considerada pejorativa quando usada por não judeus.

que era a principal responsável pela disseminação da animosidade contra os refugiados alemães, mas não conseguia ver como um membro ariano da quadrilha do cinema seria muito mais atraente. Era um sintoma triste que esse jovem porta-voz da esquerda, membro de numerosos *comités* contra perseguição racial, fosse afetado pelo contágio geral.

Uma semana depois, Jubert partiu para a Linha Maginot. Eu me pergunto o que foi feito dele — mas esta é uma consideração que se aplica à maior parte das pessoas nesta história.

Sem a guerra, ele teria se tornado, no devido tempo, um *député*; teria por fim trocado seu carro esportivo por uma limusine preta, seus amigos radicais por membros da alta sociedade, e seu assento nos bancos à esquerda no Palais Bourbon, primeiro por um no centro, e então na extrema direita. Com a guerra, se ainda estiver vivo, ele provavelmente vai chegar ao mesmo objetivo por um atalho mais curto.

Uma das coisas que estava errada com a política da esquerda na França é que ela parecia ser uma fase passageira da juventude, como fazer dívidas e ter um amante. A carreira típica do político francês, de Clemenceau a Laval, pode ser lida como um livro, da esquerda para a direita; mas alguém já ouviu falar de algum único exemplo do contrário?

IX

Por trinta noites dormi com uma maleta ao lado da minha cama, pronto para ir para a prisão a qualquer momento. Algumas vezes sonhei que ouvia o barulho estridente da minha campainha, mas quando acordei era só a sirene de alerta contra os ataques aéreos e continuei dormindo, reconfortado. Com as prisões normalmente acontecendo à noite, coloquei meu despertador para tocar às sete da manhã; seu sino era meu sinal de que "o perigo passou". Fiel à velha regra, de que quanto mais você está pronto para um evento, mais ele o pega de surpresa, eles enfim vieram atrás de mim, na manhã do dia 2 de outubro, bem depois do meu "a barra está limpa" ter soado, meia hora depois das oito.

Durante aquele primeiro mês de guerra, enquanto ainda estava livre, pude ver Paris se acinzentar. Não as pessoas, mas a cidade. Era como se alguma doença mórbida tivesse atacado suas raízes no barro aluvial do Vale do Sena. O pavimento nas ruas tinha perdido sua magia. "Em Meca", disse certa vez Abu Sulaiman, "o homem pio não deve andar com as solas dos pés, mas com a cabeça". Em Paris todos andavam com as solas, e normalmente os saltos, até mesmo os das mulheres, eram puídos e tortos, mas se sentia a corrente vivificante subir até a cabeça. Agora a corrente tinha partido. Esta cidade sempre foi vista por seus amantes como uma pessoa viva — não metaforicamente, mas como uma realidade psicológica. Agora sentiam sua amada se tornar fria e pétrea em seus braços; assistiam a vida se esgotar nela, Pigmaleões[59] invertidos; e

59 Escultor da mitologia grega que, ao se apaixonar por uma estátua, a viu ganhar vida e se tornar carne por benção de Afrodite.

caminhavam em desespero através de suas avenidas subitamente hostis, como se fossem lápides.

Através da névoa do Canal, Londres, o irmão mais velho troncudo, disse: Eu aguento. Mas ela não conseguia. O povo de Paris podia lutar em barricadas feitas de tijolo de pavimentos, colchões, e jaulas de passarinhos, como nos dias heroicos de 1848, como nos dias da Comuna, e nos dias de Sacco e Vanzetti.[60] Não tinha até mesmo Marne, com o doido improviso de ir de táxi até o campo de batalha, sido nada além de um tipo de guerra de barricadas improvisada? Não, o povo de Paris não podia "aguentar". Se a loucura heroica os dominasse, eles poderiam viver de ratos assados e partir para cima do inimigo armados apenas com as próprias unhas e arrancar seus narizes com mordidas. *Se*. Mas onde estava a loucura heroica?

Em 6 de setembro, no terceiro dia da guerra, Gallus, o famoso editorialista, escreveu na primeira página do *L'Intransigeant*:

"Quem quer que pretenda que conduzamos esta guerra em defesa da Democracia, Liberdade, ou qualquer outra 'ideologia' é um mentiroso perigoso. Estou cheio de ouvir essa baboseira estúpida. A França luta pela própria pele, e apenas pela própria pele. Todo o resto é besteira."

Depois do *Paris-Soir,* o *L'Intrasigeant* tinha a maior circulação entre os jornais vespertinos franceses. Era o jornal preferido do *petit employé,*[61] de tipógrafos e de funcionários de escritório; centenas de milhares o liam no metrô a caminho de casa enquanto voltavam do escritório. A censura, que cortava tudo que tivesse qualquer tom político, incluindo trechos de discursos

---

60 Nicola Sacco e Bartolomeo Vanzetti, líderes trabalhistas e anarquistas norte-americanos, executados em 1927 após serem condenados por latrocínio, em um processo judicial que se tornou infame por sua arbitrariedade.

61 O "pequeno empregado", funcionários de baixa renda.

de estadistas ingleses e citações do *Manchester Guardian* e *Daily Herald*, deixava isso e outros venenos similares passar sem sequer um murmúrio.

Depois disso, que ideia exata o homem do metrô poderia formar sobre as razões para esta guerra? Claro, ele não mais viajava de metrô; ele tinha que se esgueirar para dentro de um uniforme amassado e descascar batatas na Linha Maginot ou em algum *dépôt*, para receber cinquenta cêntimos, ou $^{3}/_{4}$ de *penny* por dia, enquanto seu trabalho ou sua loja ou seu escritório ficava entregue às moscas e sua esposa tinha que fazer fila na *mairie*[62] e apresentar documento atrás de documento para receber seu estipêndio de aproximadamente oitenta francos, ou nove xelins, por semana. Se houvesse um ramo do movimento da Mass-Observation[63] na França, ou do Instituto Gallup de Opinião Pública, e se eles cruzassem as informações sobre o que o povo francês pensava da guerra, eles teriam sido levados à conclusão de que a França já tinha perdido moralmente a guerra muito antes do efetivo colapso militar.

Observemos três espécimes exemplares de gente francesa que, penso eu, eram bastante típicas do segmento social que representavam.

O primeiro deles é Henry de Vautrange, um vendedor de carros motorizados, de trinta e dois anos. Ele tinha sido um paciente do dr. Freeman e havia tentado me vender um Citröen. Seu pai era um *fonctionnaire* no Ministério das Finanças, aposentado depois de trinta e cinco anos de serviço, com uma faixa colorida no botão de seu casaco e uma pensão de fome. Ele mesmo tinha vendido carros desde os vinte e sete anos de idade, sem nunca ter conseguido com-

62 "Prefeitura."

63 "Observação em Massa", em inglês. Organização de pesquisa social e de opinião inglesa fundada em 1937, originalmente para fins de estudo antropológico. Em 1949, se tornou uma empresa de pesquisa de opinião. Deixou de existir no começo da década de 1990.

prar um próprio. A razão para isso é que os altos salários dos trabalhadores comeram as rendas da nação. A França estava em decadência, graças à *Front Populaire*[64] e uma *coterie* de políticos corruptos, maçons e judeus. Plutocracia internacional, socialismo internacional, e o comunismo conspiraram juntos contra o cidadão de bem. A única salvação para a França era um regime autoritário, que limparia as ruas sem piedade, como Hitler fez na Alemanha. Hitler pode ser um pouco pomposo e *boche*,[65] mas inegavelmente ele tinha conquistado milagres com seu próprio povo. A França precisava de um Hitler. É por isso que a *Front Populaire* tentava arrastar o povo francês para uma guerra contra ele.

Mas a esquerda não era apenas agressivamente beligerante; eles tinham ao mesmo tempo desarmado a França. Eles tinham votado contra créditos militares. Suas ocupações de fábricas em 1936 tinham levado o país à beira da anarquia e desorganizado a manufatura de guerra. Pierre Cot[66] tinha vendido centenas de aviões de combate franceses para os Vermelhos da Espanha. Eles encorajavam a preguiça e ganância inata do trabalhador. Semanas de quarenta horas, feriados pagos, e um Ministério do Lazer! Isto é o que deveria ter realmente se chamado: um Ministério do Lazer. Mas só para os trabalhadores, é claro. Quanto aos outros — se ele, Henry, trabalhasse só quarenta horas por semana, estaria morto de fome amanhã. Agora, por outro lado, veja o que Hitler fez em seu país. Sem *députés*, sem partidos, sem corrupção. Lá todo mundo

64 Em francês: Frente Popular. Aliança de movimentos franceses de esquerda que governou de 1936 até 1938, período em que foi responsável por diversas reformas trabalhistas.

65 Termo pejorativo frequentemente usado por francófonos para se referir aos alemães. Pode ser traduzido como “cabeçudos”.

66 Político francês. Foi ministro da Aeronáutica durante o governo da Frente Popular.

tinha que trabalhar e todo mundo estava no lugar em que devia estar: os que tinham cérebro comandavam, e os outros obedeciam. E se qualquer um dos cavalheiros Vermelhos não gostasse disso — bom, fique à vontade, aqui está o campo de concentração mais próximo. Esta era a opinião de Vautrange três meses antes de a guerra irromper. Ele era um homem honesto e não tenho dúvidas de que como um oficial ele cumpriu seu dever, pelo menos no começo. Mas obviamente ele o fez sem convicção ou entusiasmo. Sua moral estava fadada a desmoronar com a primeira derrota. Os "de Vautranges" eram normalmente oficiais da reserva e na guerra formaram o grosso do baixo escalão do corpo de oficiais, de *aspirant* a capitão. Eles não tinham contato com seus homens e nenhum ideal em comum com eles.

Havia vários milhões de Vautranges na França — eles apoiavam Laval, Bonnet, a PPF, a PSF,[67] ou a *Action Française*. Eles liam *Gringoire*, *Candide*, o *Petit Journal*, *Matin*, *Jour* e *Liberté*. A maioria deles era honesta em suas convicções; seus líderes, não. Eles eram a reserva inconsciente da Quinta-Coluna; seus líderes nos Ministérios e no Estado-Maior eram traidores conscientes. Assustados pelo bicho-papão de uma revolução social, eles consideravam Hitler como seu salvador, assim como a aristocracia Condéista[68] de 1790 tinha pedido ajuda do rei da Prússia para esmagar a Assembleia Nacional.

O Exemplo n.º 2 era Marcel, o mecânico da minha oficina na *rue* Olivier de Serre. Nunca soube seu

---

67 *Parti Populaire Français* e *Parti Social Français* — os movimentos protofascistas de, respectivamente, Doriot e de La Rocque. O *Action Française* é o Partido Monarquista.

68 Os Condeístas foram um exército contrarrevolucionário de exilados franceses que visavam restaurar a monarquia. Seu nome deriva do título de seu comandante, Louis Joseph de Bourbon, príncipe de Condé.

sobrenome — ele era apenas Marcel, um jovem de vinte e oito anos, alto, esguio, inteligente, incomumente sério, e membro do SFIO,[69] o Partido Socialista. Ele era um excelente mecânico e recebia um bom salário — dezoito francos, ou dois xelins, a hora. Ele tratava os clientes de forma bastante presunçosa, para desespero de seu patrão, o gordinho M. Darrouis; mas ele tinha lido no *Populaire* sobre minhas aventuras na Espanha, e embora ele sempre me tratasse corretamente como "monsieur" e não como "camarada", é isso que ele me considerava. Nós costumávamos de vez em quando mexer no carro juntos e ele nunca se permitiu uma piada, embora o pobre Theodore fosse uma constante provocação para o senso de humor de um mecânico. Uma única vez ele fez um comentário, quando o motor de arranque, que ele estava tentando abrir, literalmente desmontou em suas mãos: "Se você escrevesse para um desses jornais sujos do boulevard, monsieur, logo poderia comprar um Chevrolet" (o que era bem inverídico: na França os que se prostituíam nas redações recebiam tão mal quanto suas colegas nas esquinas das ruas).

Pouco depois de eu ser preso, Marcel foi enviado para uma fábrica de munições: ele foi dispensado do serviço militar, por conta de sua perna esquerda ser mais curta que a direita. (Seu sutil coxear de alguma forma contribuía para a impressão de franqueza e dignidade que ele causava.) Dois meses depois, recebi uma carta dele, no campo disciplinar para suspeitos de Le Vernet, para onde eu tinha sido levado. A carta tinha sido escrita com um desprezo soberano pela censura — era muito de se surpreender que tivesse conseguido chegar até mim. Lembro de seu conteúdo muito vividamente.

69 "Section Française de L'Internationale Ouvrière", ou Seção Francesa da Internacional dos Trabalhadores.

Começava explicando que ele tinha lido sobre minha detenção, e queria me exprimir sua simpatia e indignação. Por anos, o *Populaire* tinha denunciado os campos de concentração de Hitler como uma mancha na civilização europeia, e a primeira coisa que a França tinha feito nessa guerra contra Hitler foi imitar seu exemplo. E quem estava nesses campos de concentração? Os fascistas, talvez? Não, milicianos espanhóis, refugiados da Itália e Alemanha, aqueles que tinham sido os primeiros a arriscar suas vidas contra o fascismo. E assim seguia. Para os leitores do *Daily Herald* ou do *New Statesman* isto é algo familiar; na França, a nenhum jornal foi permitido se entregar a esse tipo de crítica. Essa era a primeira coisa notável sobre a carta de Marcel.

Então, falou brevemente sobre sua própria situação. Ele trabalhava agora doze horas por dia, das sete da manhã até as nove da noite, com duas pausas de uma hora cada para almoço e jantar, inclusive aos domingos. Ele se perguntava por quanto mais seria capaz de aguentar a pressão. Com tudo isso ele ganhava apenas por volta de metade do que recebia na oficina.

Ele não resmungaria sobre tais dificuldades, se soubesse que essa guerra estava de fato de acordo com os interesses da classe trabalhadora. Mas essa era uma questão que ele não conseguia definir. E o estava preocupando muito: e esta era, na verdade, a razão pela qual ele tinha me escrito.

Os comunistas no trabalho diziam que era uma guerra puramente imperialista, que Daladier e Chamberlain[70] eram tão inimigos do povo quanto Hitler, e que o dever do proletariado era lutar contra seus inimigos em casa, em vez de servir de bucha de canhão para seus propósitos. Na prática, isso queria dizer

70 Neville Chamberlain, primeiro-ministro inglês no início da Segunda Guerra.

entregar a França para Hitler e a classe trabalhadora francesa para a Gestapo. Mas se dissesse isso para um membro do PC, você era um lacaio da burguesia e um traidor. Meio ano antes eles tinham dito o exato contrário; haviam emitido proclamações inflamadas, clamando para que toda a nação francesa, trabalhadores e patrões, se unissem na luta contra os nazistas, e se dissesse alguma coisa crítica quanto a isso, você era um agente da Gestapo e um traidor. Era impossível argumentar com os comunistas, eles tinham uma posição partidária diferente a cada seis meses, e eram tão fanáticos que genuinamente esqueciam qual a última delas tinha sido; e se os lembrasse dela, você era um *provocateur* trotskista e um traidor.

Ainda assim, apesar disso, os comunistas na fábrica tinham um apoio crescente. Ele, Marcel, sempre ficava nervoso se conversasse com eles, mas não podia negar que também admirava a forma como eles continuavam com sua propaganda, a despeito da incessante perseguição da polícia. Eles podiam estar errados, mas o tratamento que sofriam os tornava heróis da classe trabalhadora.

Quando os comunistas chamaram a guerra contra Hitler de uma guerra puramente imperialista, eles estavam errados. Mas se outros a chamassem de uma guerra pela democracia, soaria igualmente como uma mentira. Por anos o Partido Socialista clamou por uma posição firme contra os totalitaristas. Tivesse seu conselho sido ouvido a tempo, a guerra provavelmente poderia ter sido evitada. Em vez disso, a esquerda foi vaiada e acusada de beligerância. As classes dominantes mantinham que o nazismo era um problema interno da Alemanha que não interessava aos franceses. Eles não queriam admitir que qualquer forma de fascismo automaticamente leva à guerra. Devido ao fato de que em seus corações eles mesmos eram meio-fascistas, eles celebraram quando Hitler esmagou o movimento socialista na Alemanha, e não quiseram ver que a solidariedade das classes trabalhadoras europeias era uma garantia melhor da segurança da França do que a Linha Maginot.

Talvez fosse errado ficar implicando com fatos do passado agora que a guerra tinha começado. Mas foi a imprensa burguesa que começou. Marcel se perguntou se me era permitido ler os jornais. Se fosse, eu logo descobriria que aparentemente a causa de todo o mal tinha sido a semana de trabalho de quarenta horas e a licença de quinze dias anuais que a *Front Populaire* tinha introduzido. As classes dominantes tinham alimentado Hitler com crédito e matéria-prima para seus armamentos contra a França; acreditando que ele os salvaria de uma revolução mundial, tinham permitido que ele se tornasse o valentão da Europa; e agora, quando descobriram que a força aérea dele era superior à nossa, tudo era culpa das poucas reformas em direção a uma vida mais humana que a classe trabalhadora francesa tinha conquistado após décadas de luta. Bom, as quarenta horas de trabalho semanais não existiam mais, e os salários de 1936 também não, e se a guerra pela liberdade era uma questão de sacrifícios, a classe trabalhadora francesa tinha pagado mais do que sua parcela; mas até agora os governantes tinham falhado em explicar qual parte da vitória lhes caberia. Hitler, com sua demagogia costumeira, tinha prometido aos trabalhadores alemães a realização de todos os seus objetivos socialistas; na França, ninguém tinha se preocupado em sequer indicar qual seria a ordem social depois da guerra. E se você desse ouvidos aos que sonhavam em reduzir a Alemanha ao seu estado posterior às conquistas napoleônicas e submeter oito milhões de alemães a trabalhos forçados por um século à guisa de reparações, não dava para evitar se perguntar qual destino esses campeões da Liberdade reservavam para sua própria classe trabalhadora quando a vitória fosse alcançada.

Tudo sobre a maneira como essa guerra era conduzida fazia Marcel se sentir infeliz. Havia o reinado da polícia, os campos de concentração e a censura. Mas o pior era que toda hora que a imprensa do boulevard ou um dos líderes políticos tentava provar que a França estava lutando uma guerra pela democracia, soava como se um comediante velho e pançudo tentasse atuar no papel de Brutus.

A carta tinha no máximo seis páginas preenchidas. Reproduzi seu conteúdo em minhas próprias palavras, mas essa era sua essência. Na conclusão, ela dizia:

"Eu e muitos dos meus camaradas sabemos contra o que lutamos. Nós lutamos contra o fascismo, que aniquila os sindicatos dos trabalhadores e seu poder político, incorporado pelo Partido Socialista, que priva os trabalhadores do seu direito de expressar sua vontade se recusando a trabalhar se não concordam com as condições ofertadas, e os faz escravos do Estado. Sim, nós sabemos contra o que lutamos. Mas quais são os objetivos pelos quais lutamos? Pela preservação de um mundo que produz o suficiente para atender as necessidades de todos e ainda assim é repleto de pobreza; que queima suas reservas de café e milho, enquanto milhões morrem de fome? Nós lutamos contra o fascismo, mas não lutamos pela democracia de Stavisky,[71] Bonnet e das Duzentas Famílias.[72] Se de-

71 Alexandre Stavisky, estelionatário francês. A investigação sobre suas fraudes revelou laços com membros corruptos do gabinete do primeiro-ministro Camille Chautemps, causando uma crise política e grande comoção popular na França.

72 Uma figura de linguagem comum na discussão política francesa, "As Duzentas Famílias" representariam um grupo diminuto de acionistas do Banco da França que seriam os verdadeiros responsáveis por controlar o país, servindo como metáfora para o mercado financeiro de forma geral.

mocracia deve ser um programa, deve ser preenchido por uma nova ordem social. Isto, nós não vemos. A única razão aparente pela qual lutamos é para evitar a derrota. Mas pode alguém lutar sem uma bandeira pela qual lutar?"

Eu tentei responder a Marcel; tentei dizer a ele: "Sim, repetidamente na história homens tiveram que lutar uma batalha meramente defensiva, para preservar um estado das coisas que era ruim contra uma ameaça que era pior." Mas não sei se minha carta chegou a ele; e tenho dúvidas se convenceria a ele e a seus camaradas.

Marcel estava intelectualmente acima do nível da classe trabalhadora francesa; mas o que ele tinha dito em sua carta expressava o sentimento da grande maioria. Seu descontentamento era principalmente instintivo e emocional; e, como dificilmente conseguia formular e manter suas razões em limites exatamente definidos, se tornou mais agressivo em seu caráter, e mais derrotista em seu resultado.

Como Exemplo número 3, peguemos Mme. Suchet, a patroa da leiteria na *rue* de Vaugirard, onde eu costumava comprar meu *crème frâiche* e meu queijo. Mme. Suchet não pertencia nem à esquerda, nem à direita; ela era, por assim dizer, apaixonadamente não política. Suas opiniões podem ser mais bem resumidas na forma de diálogo — que é, na verdade, uma combinação de numerosas conversas matutinas que tivemos durante o primeiro mês de guerra:

"Bom dia, Madame Suchet. Eu gostaria de um pedaço de Camembert, bem maturado e bastante fedorento, mas sem estar pingando."

"Bom dia, monsieur. Eu posso deixar você levar meia libra, mas você vai ter que pagar dez *sous*[73] acima

73 Antiga unidade monetária francesa, equivalente a cinco centavos de franco.

do preço fixado pelo governo. Se você me denunciar, vou para a prisão; se eu me ativer aos preços do governo, posso fechar minha loja. Maldita seja esta guerra!"

"Obrigado, madame. Espero que Monsieur Suchet lhes envie boas-novas lá da Linha Maginot."

"Ele está com feridas nas costas, graças à comida nojenta que dão para eles, e me pede para lhe comprar um tipo de remédio especial. Eles não têm nem sequer o remédio apropriado para tratar feridas no Exército."

"Isso, claro, é muito triste. Eu também vou levar um quarto de manteiga, se não se importa. Você sabe, na Alemanha eles nem sequer têm manteiga."

"Isso é o que os jornais nos dizem. Mas eu sei do que sei. Semana passada, o cunhado de Madame Denise voltou para casa de licença-saúde. Seu posto é na fronteira de Luxemburgo. Ele lhe contou como entraram em um fortim que tinha sido ocupado por um posto avançado alemão. Eles acharam várias coisas que os alemães tinham deixado para trás. Latas de alumínio de manteiga salgada, meia libra para cada soldado, e linguiças de porco frescas e conservas de primeira classe de carne de goulash e chucrute — não a carne enlatada podre que nossos homens recebem. São fatos, monsieur. E aqui querem nos fazer acreditar que os alemães estão morrendo de fome."

"Talvez eles alimentem seus soldados, por certo, mas quanto à população civil..."

"Oh *là là*, monsieur, não acredite no que eles te dizem. Você é jovem demais para se lembrar, mas eu vi a última guerra e perdi dois irmãos, um em Ypres e um em Verdun. E agora é a vez do meu marido. Se eu pudesse ter uma palavrinha com aqueles que começaram esta guerra, saberia bem o que iria lhes dizer."

"Então você deveria ter uma palavra com Hitler, Madame Suchet."

"Ah, Hitler é um suíno, com certeza. Mas se os *boches* querem um Hitler, era para ser problema nosso?"

"Mas, Madame Suchet, ele atacou a Polônia, e a Polônia é nossa aliada."

"Eu não sei nada de política, meu caro monsieur, mas sei disto: todo mundo devia cuidar dos próprios assuntos. Se a França fosse atacada, tenho certeza de que ninguém nos ajudaria, e os poloneses certamente não dariam um pio. Então por que deveríamos nos importar com eles? Nós não nos importamos com os checos, de qualquer forma."

"Mas você não percebe, Madame Suchet, que na próxima seria nossa vez?"

"Talvez, monsieur, talvez — assim eles nos dizem. Mas daí, eu lhe pergunto, para que serve a Linha Maginot? Esse Hitler gosta de falar grosso, mas no fundo ele é um covarde, e é esperto também. Até agora ele só foi atrás de peixes pequenos e nos deixou em paz. Ele sabe que não consegue atravessar a Linha Maginot; ninguém consegue. Então para que fazer estardalhaço se ele não estava aqui?"

"Está certo, Madame Suchet. Não vou discutir com você. Mas você deveria entender que precisávamos impedir que Hitler prosseguisse com seus planos."

"Que planos?"

"Bom, obviamente seu plano era primeiro esmagar os poloneses e então jogar todo seu peso contra nós."

"E como nós evitamos isso?"

"Bem, ajudando os poloneses."

"Ajudando os poloneses? Quem ajuda os poloneses?"

"Bom, nós ajudamos. E você acabou de dizer que é contra nós fazermos isso."

"Mas quem ajuda os poloneses? Os alemães estão em Varsóvia e meu marido está sentado na Linha Maginot, ganhando feridas."

"Bom, você preferiria que ele fosse enviado em um ataque contra a Linha Siegfried, o que provavelmente nos custaria meio milhão de homens? Veja, a diferença entre esta guerra e a última é que nosso Estado-Maior se tornou muito econômico quanto às vidas de soldados franceses."

"Então nosso Estado-Maior devia saber de antemão que nós não tínhamos como ajudar os poloneses, de qualquer forma. Por que, então, eles declararam guerra?"

"Talvez eles tenham superestimado a capacidade de resistência do Exército Polonês."

"Bom, se o Estado-Maior não sabia, quem mais deveria saber? Se cometeram tal erro, eles deveriam ser fuzilados e a guerra encerrada. Agora que os poloneses estão acabados, de qualquer maneira, qual o sentido de continuar com ela?"

Era quase impossível discutir com Madame Suchet. A razão pela qual era impossível é que, seguindo a lógica, todos os seus argumentos estavam corretos. Erradas eram apenas as premissas sobre as quais sua lógica era baseada.

Essas premissas eram condicionadas pelas experiências dos últimos anos e pelos jornais que ela lia. Ela acreditava que se posicionava à parte de todos os partidos e lia jornais independentes, objetivos: *Petit Parisien*, *Excelsior*, *Paris Soir* e o *L'Intransigeant*. Sua mente inconscientemente refletia as opiniões deles, e ano a ano se tornava mais distorcida. Devagar, mas com sucesso, as forças que estavam no controle desses jornais reacionários mataram nela qualquer conceito mais nobre sobre os fins da humanidade, fez com que sua visão dos assuntos do mundo se tornasse estreita, cínica e egoísta; e a tinha preparado para considerar a guerra iminente não como uma cruzada pela liberdade e felicidade da Europa, mas como uma guerra por Danzig.

Mas Mme. Suchet — e os milhões de M. e Mme. Suchet por toda a França — tinham uma mente lógica. Por isso é que era tão difícil convencê-los. Eles tinham percebido que, como uma guerra por Danzig, esta guerra era um absurdo.

Suas mentes tinham preservado toda a lucidez formal — mas por dentro, por assim dizer, uma mola tinha quebrado. Tinha sido gradualmente dobrada e distorcida nos anos que se seguiram a Versailles, e enfim tinha quebrado, sem que eles percebessem, nos dias de Munique.

Agora era tarde demais. Ninguém poderia reparar o dano, pois tinha ido mais fundo do que argumentos podiam penetrar, nas camadas subconscientes que determinavam o juízo de valores de Mme. Suchet, e sua perspectiva emocional sobre palavras como "felicidade", "honra", "sacrifício" e "morte".

Purgatório

"Gewähr mir, Bruder, eine Bitt:
Wenn ich jetzt sterben werde,
So nimm meine Leiche nach Frankreich mit,
Begrab mich in Frankreichs Erde."[74]

Heinrich Heine
Escritor alemão exilado, Paris, 1856

74 Do alemão. Traduzindo literalmente: "Me conceda, irmão, um pedido: Se eu morrer agora, leve meu corpo com você até a França, e o enterre na terra da França". Trecho do poema "Os dois granadeiros".

I

Eu estava sentado na banheira quando tocaram minha campainha, em 2 de outubro de 1939. A faxineira ainda não tinha chegado; pensei que era o carteiro e gritei pedindo que ele esperasse um minuto. Eles gritaram de volta: "Rápido. Aqui é a polícia". Mas a ideia de que viriam atrás de mim durante a noite estava tão fixada na minha cabeça que pensei que era algum negócio inofensivo relativo aos blecautes ou a uma infração de trânsito. Envolvi minha cintura com uma toalha e fui descalço até a entrada, pensando em como a faxineira ia resmungar por causa dos rastros de meus pés molhados no chão de tacos. Quando destranquei a porta, ela se abriu de pronto e fui jogado para trás pelo impacto dos dois homens robustos que se inclinavam contra ela. "Você está armado?", eles perguntaram. Mas, considerando minhas vestes, a pergunta parecia um tanto sem sentido e eles abriram caminho empurrando até a sala de estar. Após uma breve olhada em volta, eles descobriram que esta não era uma morada proletária e, obedientes aos seus reflexos condicionados de policiais franceses, o tom se tornou prontamente mais educado.

"Temo que terá que vir conosco até a delegacia de polícia", disse o menos robusto dos dois. Ele tinha cabelos eriçados, verrugas no rosto e seu nome era, como descobri alguns minutos depois, M. Pétetin, Fernand. "Não fique preocupado, é só para uma verificação de identidade ou algo assim." "Posso me vestir no banheiro?" "Certamente", disse M. Pétetin, sentando-se em uma cadeira e olhando para uma garrafa de brandy de milho no guarda-louça. "Eu calculo que você não tem armas de fogo e nem literatura subversiva no seu flat, então podemos muito bem nos poupar do trabalho de fazer uma busca." "Como quiser", eu disse. "Fiquem à vontade. Este é um brandy de milho que sempre pego na loja de Madame Denise na *rue* de Vaugirard. É barato e tem garantidos 55% de álcool. Mas só me restaram umas poucas garrafas."

"Raramente bebo tão cedo na manhã", disse Pétetin, enquanto eu enchia seu copo e o de seu acompanhante, e um para mim mesmo. "*A votre santé, monsieur.*"

Enquanto eu terminava de me vestir no banheiro, G., que morava no flat acima do meu, apareceu em uma camisola, como se tivesse farejado o perigo. "Quem é essa?", perguntou Pétetin, tornando-se profissional de novo. "Senhorita G., uma súdita britânica. Seu pai é do serviço diplomático." "*How do you do*", disse Pétetin em inglês, enrubescendo-se de orgulho. "Meu nome é Monsieur Pétetin, Fernand. Sinto muito por ter que levar este cavalheiro comigo, mas ele certamente deve retornar logo. É melhor você levar uma coberta", ele acrescentou para mim. "As formalidades podem tomar alguns dias."

O rosto de G. tinha ficado lívido. Ela olhava para M. Pétetin com um desprezo tão visível que rapidamente servi um brandy de milho para ela também. Eu mesmo esvaziei o meu terceiro copo; ingerido com o estômago vazio, foi de ajuda considerável para que eu mantivesse uma postura máscula. Então marchamos escada abaixo. Enquanto passávamos pelo *concierge loge*,[75] vi sua cara assustada espiando pelas cortinas; ainda assim, o fato que eu não estava algemado pode tê-la alegrado. Na rua, propus que pegássemos um táxi e, enquanto aguardávamos por um, G. veio correndo pelas escadas até nós com algumas provisões de linguiça e queijo, que ela tinha apanhado na cozinha. Ela

75 Em francês: aposentos do porteiro.

ainda estava de camisola e sua cara parecia ainda mais branca. “Você vê como a polícia francesa é gentil”, lhe falei em inglês. “Toda essa conversa sobre brutalidade era só baboseira.” Como nenhum táxi passava, M. Pétetin, que temia uma cena, insistiu que partíssemos a pé. Quando viramos a esquina da *rue* de Vaugirard, G. ainda estava na porta do prédio com os olhos arregalados, acenando.

No caminho da delegacia, M. Pétetin começou a conversar sobre política. “Me pergunto”, ele disse, “como esta guerra vai terminar. Você como jornalista deve certamente saber mais do que nós”. Eu disse que não era profeta, enquanto silenciosamente me arrependia de não ter tomado um quarto copo de brandy de milho, já que, desde que vira G. acenando da porta do prédio em sua camisola, minha determinação tinha caído muito. “O grande problema, é claro, é a Rússia”, explicou M. Pétetin. “Se os russos vão ajudar os alemães, nós estamos feitos.” Eu disse algo sobre a ajuda da América ser mais importante que a da Rússia e que as potencialidades da última não deveriam ser superestimadas. “Ah, vá, vá. Você certamente deve ter a sua opinião sobre a Rússia, mas não quer dividir com a gente”, disse M. Pétetin, afetado e galanteador. “Você não deve pensar que queremos te interrogar; estamos conversando de todo em privado, uma vez que meu amigo e eu estamos muito interessados em formar uma opinião sobre o que é isso tudo.”

Indaguei-me sobre sua falta de jeito; e sobre se ainda chegaríamos a ver certos tipos profissionais, romantizados pela literatura (detetives, prostitutas, repórteres, atores) de forma tão mundana e lugar-comum como são de fato. Finalmente, para dar um biscoito para M. Pétetin, lhe contei que vivi por um ano na Rússia. Isso o animou visivelmente; ele devia estar preocupado em ter se omitido de vasculhar o flat. Mas me perguntei se seu relatório com essa importante descoberta trouxe a ele algum elogio de seus superiores, que sabiam tudo sobre minhas viagens profissionais graças ao *curriculum vitae* em seus arquivos, escrito por mim mesmo.

Eram nove horas quando chegamos à delegacia, e eu tive que ficar sentado por quatro horas em um banco de madeira na sala dos guardas, onde uma dúzia deles estavam jogando belote. No banco ao meu lado, estavam sentados dois marinheiros italianos — um preso por estar bêbado na rua, o outro, tirado de seu quarto naquela manhã, assim como eu. Por volta do meio-dia, me permitiram obter uma garrafa de vinho e nós três fizemos um piquenique em nosso banco. Então Pétetin veio até a sala dos guardas e fez um sinal para que eu o seguisse até um escritório. Ele me deu um envelope com o nome e o endereço de G., e uma folha de papel. "Escreva para ela o que você quiser", ele me disse com um olhar conspiratório. "Às duas, encerra o meu turno, e eu mesmo o levarei para ela. Vou selar a carta na sua presença, sem ler. Talvez tenha alguma coisa importante que você tenha esquecido de contar para ela."

Por um segundo estive tentado a escrever: "Transporte a dinamite do celeiro para a casa do Tio Bertie" para dar mais um biscoito para M. Pétetin, mas, lembrando que o pessoal no *Deuxième Bureau* tinha uma deplorável falta de senso de humor, escrevi apenas algumas palavras vagas de saudação. M. Pétetin olhou para o lado discretamente enquanto eu punha a carta no envelope. Desnecessário dizer que G. nunca a recebeu.

Por volta das treze horas, um *panier à salade* — uma cesta de saladas, ou seja, um camburão francês colorido de verde conspícuo — levou nós três para a Préfecture. Fomos descarregados no pátio e guiados até a assim chamada Salle Lépine.

A Salle Lépine é uma sala grande com uma tela de cinema, destinada a palestras científicas e educacionais para a força policial. Tem fileiras de assentos para uma audiência de até trezentas pessoas; agora metade dos assentos estava ocupada por estrangeiros, presos como eu naquela mesma manhã. Na plataforma, de frente para a audiência e com suas costas para a tela, sentava uma fileira de *flics*,[76] os rifles entre os joelhos. Tudo parecia bastante engraçado, uma mistura de escola dominical e Tribunal Revolucionário dos dias de 1789. Eu me sentei na quarta fileira, ao lado de um jovem de aparência espanhola, que estava cuidando de sua bochecha com um lenço, como se tivesse uma dor de dente. Todo mundo estava papeando mais ou menos em voz alta e indo de um assento para outro para conversar com amigos; de tempos em tempos um dos *flics* gritava: "Não façam tanto barulho. Isso aqui não é um cinema".

Ofereci uma aspirina para meu vizinho. Ele a engoliu e cuspiu um pouco de sangue em seu lenço, revelando o toco de um dente da frente recém-quebrado em sua mandíbula superior. "Dentista ruim?", perguntei-lhe em um espanhol rudimentar. "Não, *señor. Policia* ruim." Ele apontou com a mão estendida para os policiais sem expressão na plataforma, então fechou seu punho e o moveu lentamente até o próprio queixo, indicando um soco formidável; então fechou seus olhos e escorregou para baixo até metade de sua cadeira. Depois dessa pantomima, ele sacou um panfleto em espanhol de seu bolso e perdeu o interesse em mim. Eu sabia que, se lhe falasse meu nome, ele me daria um abraço espanhol e provavelmente um beijo em cada bochecha; então não o fiz. Mas uns poucos minutos depois o velho Poddach apa-

76 "Tira", "gambé". Gíria francesa, possivelmente de origem germânica.

receu, abrindo caminho vindo da última fileira do auditório. O assento à minha direita estava vazio e ele afundou ali com um suspiro dramático. "Ah, Arthuro, te achar aqui! Eles dizem que seremos todos trancafiados em Santé. Não posso encarar isso — confinamento solitário e ratos. Eu tenho asma, e desisti de toda atividade política antes mesmo da guerra. Você deve saber disso; todo mundo sabe disso."

O pobre e velho Poddach tinha sido vendedor de roupas de baixo femininas em Brno, na Boêmia. Um ano antes de Hitler marchar sobre Praga, ele se casou com uma garota vinte anos mais nova que ele, empregada em uma fábrica de sapatos e ardorosamente socialista. Na noite em que o presidente Hácha[77] foi para Berlim, ela deu à luz uma criança morta, e na manhã seguinte morreu, enquanto as tropas alemãs marchavam por sua janela na altura da rua e ele tentava fazê-la acreditar que era tudo uma alucinação. "São apenas os *sokols*",[78] ele repetia para ela, enxugando sua testa molhada com seu lenço, até que ela perdeu a consciência; ele então fez as malas. Sem esperar pelo funeral, ele seguiu até a fronteira húngara, e por fim chegou à França, depois de uma breve parada em uma prisão italiana. Em Paris ele vendia panfletos, revistas do Partido, e material de escritório barato em encontros de socialistas; esta tinha sido sua "atividade política".

Eu disse para Poddach que ainda era preferível uma cela em Santé, com os ratos incluídos, a um campo de concentração nazista. E, mais cedo ou mais tarde, depois de algumas semanas ou meses, as autoridades em sua sabedoria iriam voltar a nos desenterrar de lá.

---

77 Emil Hácha, presidente de Checoslováquia de 1938 a 1939, e depois presidente-fantoche do Protetorado da Boêmia e Morávia até 1945. Na viagem a Berlim mencionada por Koestler, Hácha concordou, sob ameaça de um bombardeio massivo contra Praga, em render a Checoslováquia para os alemães. Morreu em 1945, em uma prisão soviética.

78 Movimento desportista popular no Leste Europeu.

Mas o velho Poddach não podia ser confortado. Naquela manhã, ele tinha sido estapeado por um jovem policial na delegacia de Belleville porque não tinha entendido o que o guarda disse, uma vez que mal sabia francês. Eu lhe disse que espancamentos eram uma questão rotineira apenas nas delegacias de polícia, não em prisões, mas ele não acreditava em mim. Ele provocou um ataque de tosse asmática, na esperança de comover os *flics* na plataforma, e, quando isso não deu certo, se arrastou até um outro conhecido que ele tinha espiado nas fileiras a nossa frente. O espanhol levantou os olhos de seu panfleto.

"*Judio*", ele disse em tom de desaprovação, cuspindo em seu lenço. "Refugiados socialistas, bom — refugiados judeus, ruim. Todo mundo odeia refugiados judeus — então todo mundo odeia refugiados socialistas."

"Mas o velho camarada é um judeu e socialista ao mesmo tempo."

"Então bom", decidiu meu vizinho, e retomou a leitura de seu panfleto.

Por volta das cinco da tarde, outro camburão chegou, e aproximadamente vinte novatos foram escoltados até o salão. Um deles, uma jovem mulher, eu conhecia de vista; ela era polonesa e secretária de algum *comité* contra Fascismo e Ódio Racial, ou coisa assim. Havia sido revistada de forma muito humilhante na delegacia de polícia, e estava deprimida, indignada e assustada. Ela me pediu para ajudá-la quando eu saísse. O velho Poddach tinha me pedido a mesma coisa. Eles estavam convencidos que, graças às minhas "conexões", eu seria libertado em poucos dias.

Cheguei à Salle Lépine às treze horas; às vinte e uma horas ainda estávamos sentados em nossas cadeiras, esperando, e de cara para os *flics* na plataforma, que estavam tão aborrecidos quanto nós. O peso rançoso de ansiedade e tédio tinha gradualmente sufocado todas as conversas. Alguns dormiam em seus assentos. Alguns dos *flics* também. Eles roncavam, com os rifles entre seus joelhos.

Mas pouco depois das nove uma onda de agitação se espalhou pela audiência. Primeiro, ouvimos a chegada de vários carros de polícia, então um bando de detetives à paisana irrompeu na sala, seguidos por uma escolta de *Gardes Mobiles*[79] com baionetas afixadas. Os últimos se posicionaram em fileira na plataforma, como um pelotão de execução. Algumas mulheres assustadas acharam de verdade que eles iam atirar e começaram a berrar. O líder dos homens à paisana, um pequeno dandy com cabelo abrilhantinado, ordenou silêncio. Ele piscou para seus colegas — a *mise-en-scène* dramática tinha evidentemente sido uma piada interna sua e ele estava satisfeito com o efeito obtido. Então começou a ler uma lista. Cada homem e cada mulher cujo nome ele chamava tinha que marchar até o pátio — escuro a essa hora — entre duas fileiras de Guardas Volantes. Pelos barulhos vindos de fora, nós presumimos que eles estavam sendo enfiados nos camburões que tinham acabado de chegar. Quem quer que não se movesse rapidamente por entre as duas fileiras — a maioria tinha malas e cobertas para carregar — recebia um soco nas costas dos homens à paisana. Algumas das mulheres e dos mais velhos tropeçaram. Eu lembrei — acho que todos nós lembramos — das conhecidas histórias sobre atravessar o corredor polonês em Dachau; aqui ninguém foi morto, e o pior que poderia acontecer a alguém era perder um dente ou dois. Os nazistas tinham nos ensinado a encontrar conforto nas comparações.

---

79 "Guardas Móveis" ou "Guarda Volante". Corpo auxiliar do Exército Francês criado por Napoleão III, composto por reservas e dedicado à proteção doméstica. São similares à Guarda Nacional americana.

O espanhol ao meu lado foi um dos últimos na lista. Quando ouvimos seu nome ser chamado, ele enfiou o panfleto em seu bolso, me cumprimentou com um *salud* e vagueou para fora. Um dos detetives rosnou para que ele se apressasse, mas o jovem lhe deu uma olhada que fez o homem abandonar a ideia de bater nele. Então ele desapareceu na escuridão.

Poucos minutos depois, com um suspiro de alívio, nós ouvimos os carros da polícia acelerando para fora do pátio. Por volta de metade dos reunidos tinha sido levada embora, evidentemente para a prisão; mas como a metade remanescente da qual fazíamos parte não tinha sido chamada, talvez eles fossem nos liberar? Pessoalmente, eu ainda tinha esperanças de que iriam me interrogar e, uma vez que o equívoco se tornasse evidente, me deixassem partir após pedirem educadamente desculpas.

Mas nada aconteceu pelas três horas seguintes. Os detetives e os Guardas Volantes tinham partido; e a audiência e os *flics* cochilavam novamente, cara a cara.

À meia-noite um novo turno de policiais entrou, e os anteriores, bêbados de sono, cambalearam. Um pouco depois fomos todos conduzidos até o pátio, e dali, descemos por uma escadaria estreita até um porão.

Era um porão grande e quase todo seu espaço estava ocupado por carvão. Enchia a parede oposta até a altura de um homem e então descia em um declive até a entrada, deixando livre um espaço de quase três metros de largura, recoberto com pó de carvão e sujeira. “Agora durmam”, disseram os *flics*, que permaneciam do lado de fora da porta, depois de nos empurrarem para o porão. Éramos em torno de oitenta, entre homens e mulheres.

Permanecemos naquele porão até a manhã. Alguns de nós tinham jornais que abriram por sobre o carvão e se deitaram em cima. Havia três bancos de madeira estreitos, com uns trinta centímetros de largura. As mulheres descansaram neles, revezando-se em turnos de uma hora. Os outros tentaram limpar áreas de meio metro ou coisa assim no chão e se sentaram. O ar estava espesso com nossas exalações e o pó do carvão. O velho Poddach teve um ataque asmático, verdadeiro dessa vez, que continuou com interrupções até o amanhecer. Algumas das mulheres estavam no limiar de um ataque histérico, mas se contiveram com admirável autocontrole. Nós estávamos tão cansados que dormiríamos até no carvão duro e irregular, ou até de pé, mas nossos guardas seguiram gritando a noite toda — alguns jogaram cartas e alguns beberam vinho, e alguns fizeram as duas coisas, ficando cada vez mais bêbados.

Por volta das oito da manhã fomos conduzidos em grupos pequenos até o toalete, voltando logo em seguida ao porão. Não houve oportunidade para se lavar, nem mesmo as mãos. Nós tínhamos chegado vinte e quatro horas atrás como pessoas vestidas normalmente; agora parecíamos mendigos. Às oito e meia houve uma chamada e fomos todos conduzidos novamente pelo pátio até a Salle Lépine. Fomos ordenados a nos sentarmos de novo nos assentos que tínhamos deixado para trás na noite anterior. Um novo turno de *flics* chegou e tomou seu lugar na plataforma.

Eram nove da manhã, e nos sentamos ali por quinze horas, até a meia-noite. Então fomos levados de volta ao porão de carvão.

Durante o dia nos tinha sido permitido pedir uns sanduíches, por quatro francos cada; havia alguns que não podiam pagar por mais de dois sanduíches, e alguns tinham tido todo o seu dinheiro tomado. Por volta do meio-dia trouxeram mais uns novatos, mas apenas uns poucos; a grande operação de captura parecia estar praticamente encerrada. Por volta das nove da noite, tivemos a mesma performance do dia anterior: detetives, Guardas Volantes, lista de nomes, correr pelo corredor polonês. Mas dessa vez ninguém estava impressionado com o melodrama do cavalheiro de brilhantina. Nós apenas torcíamos para estarmos na lista e ir para uma cela de prisão normal — fora desse salão maldito com sua tela branca suja e a fileira de *flics* na plataforma, encarando-nos com suas expressões estúpidas e malevolentes, hora a hora, até que um ódio coletivo tinha se desenvolvido entre eles e nós, rançoso como o tédio mortal que o tinha gerado.

Mais uma vez, por volta de metade da audiência foi colocada em carros de polícia e levada embora; apenas uns trinta de nós fomos deixados para trás para passar nossa segunda noite no porão de carvão — e voltar na manhã seguinte, uma procissão de fantasmas, empretecidos pelo pó de carvão e imundície, corpo coçando, olhos inflamados, entorpecidos pela falta de sono e com náuseas, para as fileiras de cadeiras vazias naquela sala de cinema espectral. Os *flics*, recém-saídos do banho, em seus uniformes limpos, nos observavam de cima a baixo com desdém cheio de repulsa. Eles estavam lendo os jornais matutinos, e justo naquela manhã todos os jornais tinham publicado um *communiqué* oficial explicando que as multidões de imigrantes que tinham sido apreendidos nos últimos dois dias pela nossa "vigilante polícia" representavam os elementos mais perigosos do submundo de Paris — a verdadeira escória da terra.

Eu olhei em volta para nossa assembleia. Lá estava Poddach, que depois dessas duas noites no porão de carvão tinha se tornado um homem muito velho; e a mulher do comitê contra o Fascismo e o Ódio Racial; e os outros. Eu não conhecia nenhum dos outros pessoalmente, mas muitos dos rostos que tinham passado por este local de triagem das apreensões me eram familiares. Eu já os tinha visto antes, em encontros antifascistas na Mutualité[80] ou nos restaurantes baratos de Montmartre e do Quartier, onde os refugiados costumavam se encontrar; e eu tinha conversado com eles nestes dois dias e duas noites. A minoria era de refugiados judeus de todas as partes da Europa — alguns deles simpáticos e alguns não, pessoinhas que tinham levado vidinhas até que o teto de suas próprias casas caiu sobre suas cabeças. Eles não tinham feito nada de errado para merecer seu infortúnio nem nada de bom para poder chamá-lo de prêmio; e não tinham nenhuma convicção para reconfortá-los. Vestiam seu martírio como um manto grande demais para eles.

Mas a maioria, como Poddach e a mulher polonesa e eu mesmo, tínhamos passado por prisões e campos de concentração na Alemanha, Itália, Leste Europeu, ou Espanha. Nós tínhamos sido derrotados parcialmente por nossa própria culpa, parcialmente porque as potências que deveriam ter sido nossas aliadas naturais nos tinham abandonado e traído. Uns poucos anos atrás, tínhamos sido chamados de vítimas da barbárie fascista, pioneiros na luta pela civilização, defensores da liberdade, e tudo mais; a imprensa e os estadistas do Ocidente tinham feito bastante barulho sobre nós, provavelmente para abafar a voz de suas próprias más consciências. Agora, tínhamos nos convertido na escória da terra.

Mas por quê? Por que esse rompante de ódio generalizado e enigmático contra aqueles que tinham sido os primeiros a sofrer nas mãos do inimigo em comum, e cuja maioria tinha se oferecido para continuar a lutar ao se voluntariar às forças armadas francesas já no primeiro dia da guerra? Foi necessário um longo tempo para entendermos esse fenômeno com todas as suas implicações na esfera política e emocional; e quando entendemos, desnudou um dos principais fatores psicológicos que levaram ao suicídio da França.

---

80 *Maison de la Mutualité*, uma casa de conferências e teatro em Paris, conhecida por abrigar vários eventos de esquerda.

II

Por fim, na noite do terceiro dia, a Salle Lépine foi liberada dos resquícios da Grande Apreensão.

Quando meu nome foi chamado e chegou minha vez de marchar pela fila dupla de Guardas Volantes, tentei outro protesto — o quarto ou quinto desde minha captura — solicitando que meu caso fosse investigado antes de eu ser levado para outro lugar. Eu me dirigi ao Homem da Brilhantina — nós tínhamos o batizado de Filhinho do Papai — mostrando a ele meu cartão de identificação da Associação da Imprensa Estrangeira. "Faça esse passarinho andar", foi tudo que ele disse. Eu ganhei um soco nas costas e cambaleei até o pátio. Um ano depois ouvi dizer que o Filhinho do Papai esteve entre os primeiros a reassumir seu emprego quando a suástica foi hasteada em Paris.

Fomos atirados em dois camburões da polícia, um para os homens, outro para as mulheres, e levados para fora da *Préfecture*. Após passarmos pela Pont du Chatêlet, o camburão das mulheres tomou a bifurcação para a direita, e a nossa pegou a esquerda. Havia um jovem de aparência escura conosco, um violinista da Iugoslávia; sua esposa ou amante tinha sido presa com ele; eles ficaram sentados o dia todo na Salle Lépine e a noite toda no galpão do carvão, de mãos dadas. Quando o carro com as mulheres desapareceu descendo o boulevard Sébastopol, ele começou a chorar. Mais tarde descobrimos que a mulher tinha sido levada a uma prisão de reputação particularmente ruim, a "Petite Roquette".

Nós seguimos pelo Quais crepuscular, passando pelo Louvre e pelas Tuileries. Viajávamos em um tipo de camburão aberto, pintado de preto, com dez fileiras de bancos. No primeiro e no último banco, assim como nos assentos de canto de cada fileira, estavam nossos guardas, com faces pomposas e baionetas caladas, nos envolvendo com uma cerca de aço e estupidez. As pessoas nas ruas paravam quando passávamos. Todos tinham lido nos jornais o aviso da apreensão da escória de Paris — e lá estava. Depois de três noites naquele galpão de carvão, nós certamente tínhamos uma aparência que fazia jus à expectativa. Eles pareciam deslocar os pescoços para dar uma olhada em nós. Eu levantei o colarinho do meu casaco.

Eu estava sentado ao lado de um dos policiais nos assentos de canto. Era um tipo gordo, e ele se sentava com os joelhos bem espaçados, embora nós estivéssemos comprimidos de forma bem apertada uns contra os outros; seus cotovelos se enfiavam nas minhas costelas e seu uniforme fedia. A esta altura, depois de encará-los por três dias na plataforma da Salle Lépine, eu tinha desenvolvido um ódio pessoal por policiais. Em todos esses anos eu os tinha visto principalmente por detrás do volante de Theodore, coordenando o tráfego com os seus ares proverbialmente graciosos e desinteressados; sem seus cassetetes brancos e resmungos familiares, Paris não seria a mesma coisa. No momento, examinando a expressão de brutalidade vaga de meu vizinho, enfim me pareceu que entendi por que a classe trabalhadora sempre trataria os intelectuais de esquerda com desconfiança. Você pode ser capaz de recitar Marx e Lenin de cabeça — mas enquanto você não sentir o cheiro do suor de um policial a cinco centímetros do seu nariz, você não sabe do que eles estavam falando.

Verdade, certa vez eu já tinha sido levado algemado pelas ruas de uma cidade — dois anos antes, em Málaga; mas aquilo tinha sido no meio do caos de uma guerra civil e não contava. É também verdade que eu tinha tido contato com o proletariado, em encontros e comitês do Partido, e conhecia a emoção vertiginosa da fraternidade; mas aquilo tinha sido um ato voluntário e minha pretensão de ser como um deles era mero autoengano. Desta vez, disse a mim mesmo, você não pode voltar do encontro para o seu flat e se sentir extasiado. Pelo menos desta vez sua língua pôde sentir o gosto dos verdadeiros sentimentos dos perseguidos e dos desprovidos, e aqui estão: vergonha, impotência e ódio.

Nós chacoalhamos até a Place de la Concorde, todos os carros dando passagem ao ouvir o berro de nossa sirene de polícia, como pequenos animais se espalhando por causa do trombetear de um elefante. Em toda ponte que passava, nós esperávamos atravessar para a margem esquerda; mas como agora nós chegávamos na Cours de la Reine, tornou-se evidente que não estávamos indo para onde imaginávamos. Carros de polícia, em sua sabedoria, podem escolher caminhos tortuosos, mas eles não podem achar o Santé em Passy. Nosso humor melhorava a cada quilômetro. No momento passávamos pelo novo Trocadero, e lá do outro lado do rio estava a Torre Eiffel, parecendo mais do que nunca com uma girafa em um *pissoir*.[81] Então, um rumor se espalhou pelo carro, de paternidade desconhecida como é comum aos rumores: nós nos destinávamos ao grande estádio de tênis próximo a Auteuil, batizado em homenagem ao falecido ás francês, Roland Garros. Isso queria dizer internação e não aprisionamento.

Trinta espécimes selecionados de escória começaram a sorrir e cutucar uns aos outros nas costelas com prazer. Quando nós enfim vimos a cerca de arame farpado em volta do lugar que seria nosso campo de concentração, estávamos felizes como se tivéssemos sido levados ao parque de diversão.

---

81 Tipo de mictório em via pública, introduzido na França e que depois se popularizou pela Europa. *Pissoir* vem do francês *pisser*, urinar.

III

No estádio de Roland Garros passei uma semana que, comparada com nossas experiências antes e depois, poderia quase ser chamada de idílica.

O estádio tinha sido convertido em um campo provisional para a detenção de "estrangeiros indesejáveis". Havia por volta de quinhentos de nós, e fomos acomodados em um tipo estranho de grutas, debaixo da grande arquibancada da quadra central de tênis. A arquibancada consistia em degraus ascendentes; nossa morada era o espaço vazio debaixo dos degraus, que antes tinha sido usado para fins de vestiário. Havia três "grutas" separadas, cada uma contendo cento e cinquenta ou duzentos homens; elas eram chamadas de "Primeira Divisão", "Segunda Divisão" e "Divisão Alemã".

Eu estava na Segunda Divisão. Nossa gruta, ou toca, não tinha janelas; nosso teto era a parte debaixo de uma das arquibancadas, ascendendo acima de nós em uma inclinação de 45 graus; nossa cama era o chão de concreto coberto por uma fina camada de palha. A palha estava úmida, e o teto vazava nos rejuntes dos degraus; apenas metade de nós tinha seus próprios cobertores e o campo não fornecia nenhum; e nós nos deitávamos tão próximos e apertados uns nos outros que muitos preferiam o "esquema sardinha": cabeça entre os pés do vizinho, para evitar misturar as respirações. Ainda assim, o ânimo em nossa toca era excelente e nós até nos divertimos bastante.

Durante o dia nos era permitido ficar do lado de fora nos degraus que desciam da entrada da gruta. Lá nós ficávamos praticamente o dia todo, tomando ar fresco, fumando e batendo papo — uma tribo de trogloditas contemporâneos na boca de uma caverna de concreto. O estádio era na prática um tipo de parque, com campos e passagens, e se estivéssemos com algum encargo especial nos era até permitido caminhar por eles. Tais encargos eram o *corvée de bois* — recolher galhos secos para o fogo da cozinha; o *corvée de l'eau* — carregar os baldes de água fresca do portão de entrada até a toca; e a *corvée de cuisine* — descascar batatas, o que incluía uma caminhada de cinco minutos através do parque até a cozinha, e então voltar. Havia sempre cinco vezes mais voluntários para as *corvées* do que era necessário. Naturalmente, nós éramos escoltados a cada passo fora de nossos aposentos, mas nossos guardas eram soldados, não policiais. E isto fazia toda diferença.

Parece até um exagero chamá-los de "soldados". Eles eram em parte *recupérés* — homens inaptos para o serviço militar em tempos de paz, agora mobilizados para funções auxiliares, e em parte homens das camadas mais velhas, por volta dos quarenta e oito anos, incluindo vários avôs. Entre os *recupérés* havia homens vesgos e com olhos de vidro, com gota, artrite e diabetes, e dois que tinham sido atacados com gás na última guerra. Quando se perfilavam, lembravam mais os internados no asilo de Roquebillière do que um batalhão de soldados. Eles estavam indignados e furiosos por terem sido convocados, desprezavam abertamente a guerra e os oficiais mais jovens que "pensavam que podiam brincar de soldadinho com veteranos e inválidos", e particularmente tinham repulsa de seu trabalho como nossos carcereiros. Sempre que podiam, fugiam ao dever e pulavam a cerca de arame farpado do campo para tomarem um *coup* no bistrô, ou até mesmo passarem a noite com suas famílias. O batalhão, afinal, consistia quase inteiramente de trabalhadores de Paris e dos seus subúrbios. Daí acontecia que eram todos Vermelhos — Vermelhos como os operários da Renault, Citröen e da Gnome-et-Rhone costumavam ser, e eles nos olhavam de um ponto de vista diametralmente oposto aos dos *flics* — a saber, como vítimas da mesma opressão policial contra a qual eles tinham lutado por toda a vida. Suas atitudes amistosas compensavam até certo ponto as condições materiais revoltantes de nosso covil. Que mudança de clima depois de Salle Lépine e da jornada naquele pau de arara!

A primeira noite que passei no Estádio foi estranha. Eu não pude dormir em meio à fedentina e roncos generalizados, e por volta da meia-noite saí para tomar um pouco de ar puro nas arquibancadas, embora tivéssemos sido avisados que depois das vinte e uma horas ninguém podia sair do covil.

A noite estava sem lua, mas repleta de estrelas. Eu via apenas os quatro degraus abaixo de mim, umas poucas árvores na trilha que dava volta nas arquibancadas, e a silhueta de um sentinela, fumando encostado em uma árvore, a dez metros de distância.

Eu me comportei como se não o tivesse visto, sentei-me nos degraus e acendi um cigarro.

"Que diabos você pensa que está fazendo aqui?", perguntou o sentinela sem animosidade.

Expliquei que queria um cigarro e um pouco de ar fresco, e supunha que não faria mal a ninguém se ficasse sentado por ali por uns poucos minutos. "Se eu tentar sair correndo, você só tem que mirar na ponta do meu cigarro", acrescentei.

"Pro inferno, mirar", ele disse. "Sente aí o quanto quiser, mas, se uma patrulha passar, fique de pé e mije para servir de álibi. Deve estar bem abafado lá dentro."

Eu confirmei isso. Então disse que devia ser bastante aborrecido ficar de pé lá a noite toda.

Isto, ele confirmou. Por um tempo, ficou em silêncio, fumando e coçando as costas na árvore. Então ele perguntou:

"De que país você veio?"

"Hungria."

"Esse é neutro, né?"

"Até agora, sim."

"Refugiado político?"

"Não. Sou residente da França já faz quase dez anos."

Ele pareceu desapontado. Depois de um tempo, perguntou:

"Qual sua profissão?"

"Eu costumava escrever para os jornais. Agora escrevo livros."

"Para quais jornais? *Populaire* ou *Humanité*, talvez?", ele perguntou esperançoso. Mas antes que eu pudesse responder, ele subitamente ergueu seu rifle e berrou, irritado: "*Qui vive?*".[82]

Era a patrulha. Levantei-me apressado e segui suas instruções. O líder da patrulha me iluminou sua lanterna, e seguiram em frente. Sentei-me de novo.

"Você escrevia para o *Humanité*?", repetiu o sentinela.

"Não, para um jornal inglês. Mas alguns dos meus artigos foram republicados tanto no *Humanité* quanto no *Populaire*."

"Mesmo? Sobre o que eles falavam?"

"Espanha."

"Homem, por que não me disse isso logo?", ele exclamou, encantado. "*Quel idiot!* Eu pareço um *Croix de Feu*?"[83]

"Como vou saber como você se parece nesse escuro?"

"*Quel idiot!* Eu trabalhei por quinze anos como ajustador na Citröen. Já ouviu falar de um *Croix de Feu* na Citröen? Toda nossa companhia é do mesmo

82 Em francês: "Quem está aí?".

83 Organização de veteranos de guerra com inclinações pró-fascistas.

jeito. Se dependesse da gente, vocês todos podiam voltar para a casa hoje à noite, e se acomodar e fazer amor com suas doçurinhas, e nós faríamos o mesmo. Aí vem outro pássaro."

A porta do covil foi cuidadosamente aberta e dali se arrastou Yankel, farejando o ar sombrio com seu longo nariz de tapir. O jeito como ele se movia e o jeito como ele amarrou seu cachecol vermelho em volta do pescoço sem colarinho aparentemente lhe ganhou a aprovação do sentinela. "Sente nos degraus e cale a boca", ele o informou. Yankel se instalou e tirou uma guimba de cigarro de detrás da orelha. Ele tinha dezenove anos, mas já havia passado por dois pogroms e cumprido duas sentenças por distribuir certos panfletos em Cracóvia. Antes de sua prisão, ele tinha trabalhado com um alfaiate em Belleville. Em dois minutos o sentinela tinha espremido isso tudo para fora dele. Mas para cada pergunta que ele fazia, Yankel fazia duas outras de volta. Mais dois minutos, e ambos sabiam que o outro também fazia parte do "Partido", sem ninguém dizer isso expressamente. Eles discutiram o salário de Yankel — por volta de uma libra por semana — e os truques que seu patrão usava para se esquivar das leis de previdência social, e a paga de cinquenta cêntimos da sentinela, e as condições de trabalho no Exército Francês. O sentinela tinha quarenta e cinco anos, era casado, tinha duas crianças, o filho mais velho no Exército; ele tinha vivido a vida inteira em Paris. Yankel tinha dezenove, era judeu, e tinha viajado por sete países da Europa. Ele compartilhava seus aposentos com a mãe, e a única coisa que o preocupava era que ele não sabia como a velha senhora ia se sustentar agora.

"E sobre a sua garota?", perguntou o sentinela.

Mas se evidenciou que Yankel não tinha uma garota — ganhando oitocentos francos por mês, vivendo em um aposento com a mãe, e com todas as reuniões à noite.

"Mas tem os bordéis", disse o sentinela, surpreendido. "Eu conhecia um ou dois em Belleville, embora não seja meu *quartier*."

"Bordéis me repugnam", explicou Yankel. O sentinela não respondeu. Depois de um tempo, ele disse:

"Mas você não está me dizendo que é virgem aos dezenove anos, não é?"

"Por que não?", disse Yankel, agressivamente; era possível adivinhar que ele estava tão vermelho quanto seu cachecol.

"*Putain de bon dieu!*", exclamou o sentinela, estapeando os joelhos. "Essa é a melhor coisa que já ouvi. *Ça, c'est formidable!*"

Ele continuou por um tempo com "*putain de putain*" e "*tout de même c'est formidable*". Então ele pareceu notar que Yankel estava aborrecido, e concluiu em um tom paternal, aconselhador:

"*Faut aller au borceau, mon petit.*[84] É ruim para sua saúde se não o fizer."

Yankel não respondeu. Ele assoou seu nariz sempre escorrendo em um lenço xadrez enorme. A divergência entre tradições nacionais parecia colocar em risco os entendimentos internacionais. Por um tempo, houve silêncio. Era bom ficar sentado ali, nos degraus, na noite fria, com apenas as árvores negras delineadas pela paisagem ainda mais escura. O sentinela andou alguns passos para cima e para baixo, sem dúvida pensando em que tipos estranhos esses estrangeiros eram no fim das contas, mesmo se camaradas. Eu lembrei que refugiados comunistas de outros países europeus nunca tinham sido admitidos no Partido Francês, sendo organizados em seções diferentes. O mais forte tinha sido o ramo alemão do PC na França, e eles tinham vivido em atrito permanente com o PC francês.

84 "Tem que ir ao bordel, meu jovem."

Por fim, o sentinela fez um esforço para superarem o impasse, e depois de alguns minutos os dois estão desprezando em uníssono esta "*guerre des riches*" e elogiando a sabedoria da Rússia em ter ficado de fora. Quando me aventurei a fazer um comentário dizendo o contrário, o sentinela me acusou de ser um trotskista. Ele estava tão indignado com minha heresia quanto tinha ficado com a recusa de Yankel em ir ao bordel. Por sorte, dois outros residentes do covil apareceram, um deles o velho Poddach, o outro um italiano de Trieste, chamado Mario. Eu ainda não tinha conversado com Mario, mas ele tinha chamado minha atenção, andando de um lado para o outro no covil com um sorriso distraído no rosto, de tempos em tempos contorcido por um tique nervoso.

"*Merde alors*, isto está virando uma reunião", disse o sentinela. Poddach apareceu com uma tossida de cortar o coração e um ataque de falta de ar. Quando ele parou, Mario disse:

"Eu saí principalmente para dizer que lá de dentro podemos ouvir cada palavra que você diz. Tem todo tipo de gente no nosso grupo e com certeza, alguns informantes entre eles."

"*Je m'en fous*",[85] disse o sentinela. "Eu falo o que quero. Se o comandante não preferisse se fazer de surdo para as conversas que acontecem por aqui, teria que colocar a companhia inteira na corte marcial."

"Isso é com você", disse Mario. "Mas para os camaradas aqui, é diferente. Seria melhor vocês voltarem para dentro", ele disse para nós três, e Yankel, Poddach e eu o seguimos um tanto desapontados, mas sem discussão. Na iluminação elétrica lá de dentro, vi que o cabelo de Mario era metade grisalho, embora ele não parecesse ter mais que trinta anos. O feno estava úmido e Poddach tinha se acomodado ao meu lado, me mantendo acordado com sua tosse e gemidos amaldiçoados, que soavam como estertores da morte.

85 Em francês: "Eu não ligo".

IV

Nem todos os soldados eram comunicativos como aquele sentinela de nossa primeira noite, mas quase todos eram gentis conosco. Quando as noites eram frias ou chuvosas, eles simplesmente abandonavam o posto e vinham se aquecer no confortável ar abafado de nossa gruta; então um de nós, normalmente Yankel, ficava de olho para avisá-los se a patrulha estivesse vindo. A maioria deles nos tratava pela segunda pessoa do singular, com "*tu*", e para alguns deles nós dizíamos "*tu*" também;[86] uma forma de tratamento bastante incomum entre prisioneiros e carcereiros.

Eu disse "prisioneiros" e não "internos"; na realidade, nosso status legal era difícil de se definir. Nós éramos oficialmente classificados como *étrangers indésirables* — estrangeiros indesejados — e, portanto, pertencíamos a uma categoria diferente daquela dos internos comuns alemães e austríacos. Os primeiros tinham sido internados nos primeiros dias da guerra. Eles estavam concentrados no grande estádio de Colombes, na periferia de Paris, e mais ou menos uma semana depois foram enviados para vários campos nas províncias. O governo tinha prometido a nomeação de um comitê de assessoramento que examinaria os casos e separaria os refugiados nazistas dos antinazistas; foi prometido que os últimos seriam libertados.

Mas quanto a nós, tínhamos sido presos individualmente. A maioria de nós era cidadãos de países neutros ou aliados — russos, checos, poloneses, italianos, húngaros etc. Os alemães em nossa "Divisão

86 No francês, assim como em algumas outras línguas de influência latina, o uso da segunda pessoa do singular é reservado para o tratamento informal entre pessoas que possuem familiaridade entre si.

Alemã" tinham sido tirados dos campos de internação comuns e transferidos para nós como suspeitos especiais. A intenção original era mandar todos nós para a prisão; mas as prisões estavam superlotadas, e então o estádio de Roland Garros foi convertido em uma prisão substituta.

Nos dias seguintes, a maioria dos estrangeiros em Santé foram enviados para nosso campo. A maioria deles tinha sido presa na noite de 2 de setembro — a mesma noite em que o dr. Freeman foi levado embora e a polícia me procurou pela primeira vez. Eles tinham sido mantidos em confinamento solitário por um mês; muitos estavam em um estado de depressão nervosa, alguns tinham as barbas crescidas, e todos estavam cheios de histórias dantescas sobre o incrível número de ratos e insetos em Santé. Felicitei a mim mesmo por não ter chegado em Paris vinte e quatro horas antes. Sem a viagem insana de G. para Genebra ou as frequentes panes de Theodore no meio da estrada, eu teria passado aquele primeiro mês de guerra entre ratos e insetos.

Entre os recém-chegados de Santé estava Kersten, o escritor, Paul Froehlich, o sociólogo, Friedrich Wolf, o autor de *Professor Mamlock*,[87] o famoso filme antinazista, que tinha acabado de ser exibido em Londres, e a maioria dos colaboradores de Willy Muenzenberg, líder de fato dos exilados alemães. Eu esperava que o dr. Freeman desse as caras também, mas ele não apareceu; descobri que ele tinha sido enviado para um hospital-prisão por causa de sua tuberculose, e que ele estava em risco.

---

87 Inédita no Brasil. Uma das primeiras peças a denunciar o antissemitismo na Alemanha nazista, foi adaptada duas vezes para o cinema, em 1938 e 1961. Embora Wolf seja o autor da peça original, ele não é realmente autor do filme de 1938. O diretor do filme foi Herbert Rappaport, e o roteiro foi escrito por Adolf Minkin.

Os cento e cinquenta homens aglomerados juntos na palha de nossa alcova representavam vinte e três nações, incluindo um chinês, um negro do Senegal, e uma família de seis pessoas da Geórgia — pai, três irmãos, primo e tio, que atendiam pelo sobrenome Eligulashwily. Era uma verdadeira Torre de Babel — *Dans ce tour de Babe, Des indésirables* — que em francês, quase que rima, era o começo de um poema que escrevi para G.

Quase metade da minha divisão era de russos, e eles se separavam em dois campos — os Brancos-Brancos e os Vermelhos-Brancos, que não falavam uns com os outros. Os Brancos-Brancos eram *émigrés* que tinham permanecido hostis ao bolchevismo. Os Vermelhos-Brancos também eram *émigrés*, mas em vinte anos de exílio tinham se convertido à visão de que a revolução não podia ser desfeita e tinha que ser aceita como *fait accompli*; portanto, eles tinham entrado com pedidos de vistos na embaixada soviética para retornarem ao seu país de origem. Mas os Vermelhos-Brancos ainda se dividiam em outros dois grupos; metade ainda era anticomunista, mas eram também patriotas russos e desejavam fazer as pazes com seu governo, qualquer que ele fosse, e colaborar lealmente; e a outra metade tinha até pedido para se juntar ao Partido Comunista.

A terceira categoria, que teria que ter sido chamada de Vermelhos-Vermelhos — ou seja, comunistas russos genuínos vivendo na França com passaportes soviéticos —, não estava representada. Dizia-se que o embaixador soviético tinha tomado uma linha firme com o Quai D'Orsay para proteger os seus concidadãos. Em outras palavras: se um russo tentasse obter um passaporte soviético, ele era preso; se ele já de fato tivesse um, não era.

E ainda assim, nesse aparente desatino estava a mesma lógica administrativa que fazia as condições nos campos para alemães nazistas serem melhores que as dos campos para alemães antinazistas. Os primeiros eram protegidos pela Cruz Vermelha e pelo medo de retaliação em prisioneiros de guerra franceses na Alemanha; enquanto aqueles que tinham escolhido seu lado de acordo com suas convicções, e não de acordo com a cor de seus passaportes, estavam desprotegidos e podiam ser assim tratados.

A maioria dos russos Brancos-Brancos eram ex-oficiais e suboficiais czaristas que tinham lutado sob o comando de Kolchak[88] ou Denikin[89] na guerra civil, e que ainda seguiam conspirando em sociedades mais ou menos secretas com antecedentes mais ou menos duvidosos. O julgamento de repercussão que seguiu o sequestro do general Miller[90] tinha revelado uma impressionante cena de tramoias, intrigas, espiões e agentes duplos, que me lembrava *O homem que era Quinta-Feira,* de Chesterton.

Nossos Brancos-Brancos eram uma turma diversa, incluindo um bem conhecido cirurgião, proprietário de um *château* próximo a Versailles; um cantor de ópera com uma pança enorme e um baixo digno de Chaliapin;[91] um arquiteto homossexual barbado; dois porteiros de boates, e um advogado que vendia vistos para uma certa república na América Central para refugiados judeus, que ao chegarem descobriam que os mesmos não eram válidos. Como a chuva e a umida-

---

88 Aleksander Vasilievich Kolchak, comandante do Exército Branco anticomunista durante a Revolução Russa.

89 Anton Ivanovich Denikin, sucessor de Kolchak.

90 Yevgeny Miller, também conhecido como Eugen Ludwig Müller, general russo de ascendência étnica alemã que foi um dos líderes do Exército Branco. Tendo se exilado em Paris após a guerra civil, Miller foi capturado por espiões soviéticos em 1937, e levado até Moscou, onde foi julgado e executado. O caso gerou profundo embaraço às autoridades francesas e se tornou assunto popular nos jornais da época.

91 Feodor Chaliapin, cantor de ópera russo, extremamente admirado em sua época.

de constantemente se infiltravam pelo nosso teto, os Brancos-Brancos tinham construído para si mesmos, usando cobertores, capotes e lençóis, um tipo de tenda no meio de nossa gruta; lá eles passavam o dia todo acampados, dormindo, cantando, e aquecendo latas de esturjão no molho de tomate em uma espiriteira ilegal.

Os Vermelhos-Brancos eram menos numerosos e menos bem-estabelecidos. Eles incluíam vários estudantes, membros da Sociedade dos Amigos da Rússia, um pintor de Montparnasse bem conhecido no Dôme por causa de um enorme tumor púrpura crescendo na sua testa, alguns dorminhocos dos bancos às margens do Sena, e o pobre Pitoun, um artista de publicidade com quem eu costumava jogar xadrez e que nos aborrecia com histórias de suas desventuras complicadas até um dia em que surpreendeu a todos nós morrendo de apendicite.

Os Brancos-Brancos sustentavam que tinham sido presos por força de uma lista que agentes da GPU na França tinham feito chegar às mãos da *Sûrete*; enquanto os Vermelhos-Brancos alegavam que eles tinham sido denunciados como bolcheviques e agentes da GPU pelos Brancos-Brancos. Provavelmente havia algo de verdade em ambas as histórias, já que era um hábito benquisto e de longa data que os *émigrés* russos na França denunciassem seus adversários para a Polícia Secreta Francesa, que por sua vez tinham seus informantes e *agents-provocateurs* em toda facção. E, ainda assim, apesar disso tudo, uma ou outra vez aconteceu de Brancos-Brancos e Vermelhos-Brancos cantarem juntos durante as longas noites, e quando o Natal se aproximou, eles até mesmo formaram um coro misto que ofereceu diversos recitais da primeira classe de canções russas.

Os Brancos-Brancos eram os únicos "de direita" em nossa divisão; o resto consistia em uma pequena minoria de refugiados apolíticos e uma maioria de antifascistas vindos de toda a Europa, incluindo aderentes do Partido Camponês Croata, sindicalistas espanhóis, liberais checos, socialistas italianos, comunistas húngaros e poloneses, socialistas independentes alemães, e um trotskista. Todos carregavam as marcas físicas e mentais de tortura e perseguição nos países dos quais tinham escapado, e, para uma administração mais esclarecida, essas marcas deveriam ter sido consideradas como emblemas de sua *bona fide* e lealdade.

V

Isso também é verdade para a maioria dos comunistas — isto é, para o baixo escalão.

Yankel era um bom exemplo de suas reações. O pacto entre Hitler e Stálin tinha sido como um raio caindo do céu limpo para ele. Para alguém de fora do Partido, era concebível já fazia alguns anos que a Rússia poderia se acertar com a Alemanha; para um membro do PC, apenas cogitar isso já era blasfêmia. Se, em 22 de agosto de 1939, você tivesse dito a Yankel — ou a qualquer membro do PC francês, inglês, ou alemão — que dentro de vinte e quatro horas um pacto soviético-nazista seria firmado e a suástica hasteada em Moscou, ele teria ou rido de você ou lhe acertado na cara.

Durante a quinzena entre a assinatura do pacto e o efetivo início da guerra, eles ainda tentaram convencer a si mesmos de que o pacto era um estratagema supremo de Stálin para preservar a paz — isto é, para adiar o acerto final de contas com o nazismo para um momento mais oportuno. Mas quando a guerra começou de fato e a traição russa da causa antifascista não podia mais ser negada, Yankel e seus camaradas viveram por semanas em uma espécie de torpor. Todos atiravam insultos contra eles, berravam com eles, cuspiam neles — mas a singela verdade sobre o baixo escalão comunista é que eles *não entendiam o que tinha acontecido.*

Eles estavam completamente indefesos, aturdidos pelo golpe que tinham recebido, buscando desesperadamente uma explicação. Os jornais do Partido tinham sido suprimidos, e os slogans sussurrados que escoavam do "alto" não faziam nenhum sentido. Era igualmente difícil para um trabalhador francês lerdo da Renault com quarenta e cinco anos e para um pequeno judeu polonês de dezenove entenderem que a crença messiânica para a qual cada um tinha devotado o que tinha de mais puro era uma farsa; que tinham sido engabelados como idiotas, aguentado aprisionamento e espancamento por nada; perdido a perspectiva de promoção na fábrica, por nada; sofrido, sonhado, brigado, discutido por anos e anos — tudo por nada.

Havia vários milhões deles — a parte mais dura, mais ativa e mais violentamente antinazista da classe trabalhadora francesa. Eles eram, por conta de sua tradição e educação junto do Partido, os mais adequados para dar o exemplo de camaradagem e sacrifício desinteressado nesse conflito. Eles tinham vivido por anos na *mystique* antifascista; e agora, no início da grande cruzada para a qual vinham se preparando por todo esse tempo, eles tinham ficado sem líderes. Era uma oportunidade histórica para a França retomar controle sobre seus *enfants terribles*. Eles tinham apenas que reviver as três palavras, *Liberté, Egalité, Fraternité*, de sua petrificação heráldica, para explodir a dinamite latente na palavra *patriote*, quando falada com a inflexão de St. Just e Danton.

Foi estupidez assassina da parte do governo francês iniciar um pogrom policial contra o baixo escalão comunista, em vez de aproveitar essa oportunidade única para conquistá-los. E foi egoísmo suicida por parte da classe dominante francesa impedir que a guerra contra o fascismo se tornasse uma guerra antifascista.

O efeito dessa política logo se tornou visível. A pressão externa logo salvou Yankel e seus amigos da tarefa dolorosa de esmiuçar suas próprias consciências e repudiar uma fé tão forte quanto qualquer crença religiosa. A *loi des suspects*, o julgamento farsesco dos deputados comunistas,[92] e a onda sem precedentes de perseguição política que tomou a França curou o baixo escalão comunista de suas dúvidas. Presos entre o diabo e o mar profundo, eles optaram pelo mar. Fecharam seus olhos, como tinham sido treinados para fazer, e realizaram o salto de cabeça em direção às profundezas familiares da fé cega, absoluta e inquestionável.

Então veio um segundo evento que os ajudou a reafirmar suas crenças abaladas. O Exército Vermelho marchou por sobre a Polônia; metade do país foi anexado, com o mínimo de derramamento de sangue, pelo estado soviético. Claro, tinha sido mais uma conquista pela força do que uma revolução genuína; mas não tinha o próprio Lenin adotado uma política similar em 1921, quando ele ordenou que as tropas da Revolução marchassem contra Varsóvia? Agora, Stálin tinha aumentado o raio da revolução mundial sem declarar guerra; ele tinha trapaceado Hitler e obtido metade de sua presa; e uma vez que os nazistas estivessem sem mais uma única gota de sangue para dar, o Exército Soviético marcharia sobre a Alemanha e os expulsaria dali.

No fundo de seus corações, Marcel e seus amigos socialistas não estavam muito mais felizes que Yankel e o sentinela. A diferença em suas reações era tão somente de intensidade — uma questão de temperamento político. Os socialistas tinham sido treinados para aceitarem soluções de compromisso e colaborarem com a classe dominante; era mais fácil para eles aceitarem a guerra sem uma bandeira, e lutarem pela única

---

92 Após o pacto de não agressão entre Alemanha e União Soviética, e a decisão do Partido Comunista Francês de seguir a linha stalinista e denunciar a guerra como um conflito entre nações imperialistas, o PC francês foi declarado ilegal, o que levou, entre março e abril de 1940, a prisão e julgamento de quarenta e quatro deputados franceses de afiliação comunista, que foram condenados à detenção, multas e perda de direitos civis.

razão aparente, evitar a derrota. Mas suas atitudes tinham sido desde o mais cedo começo as de resignação indignada; e mais tarde a indignação prevaleceu.

Se uma nação é um corpo, a classe trabalhadora são seus músculos e tendões. Cortando-os, o corpo fica paralisado — uma presa indefesa pronta para ser pisada pelos coturnos do conquistador.

VI

Nos quadros de notícias do estádio, os pôsteres ainda anunciavam a última partida: Cochet-Borotra. Outros indicavam que as partidas de duplas mistas iam acontecer na quadra nº 3, logo atrás de nossa arquibancada. Essas partidas de duplas mistas eram oportunidade para piadas óbvias e sempre repetidas. Enquanto isso, nossos guardas, os soldados, se permitiam de forma blasfema jogar futebol nas quadras de tênis.

O estádio não comportava nenhuma amenidade adequada para acomodar seiscentos prisioneiros, mas até a adaptação improvisada acaba desenvolvendo sua própria rotina. Nós tínhamos algumas torneiras a céu aberto para nos lavarmos; uma sala coberta com mantos como refeitório, onde comíamos nossas refeições em turnos; a quadra nº 3 para nossas duas horas de exercício, e pelo resto do dia os quatro degraus autorizados na entrada da alcova para ficarmos parados batendo papo. A comida era supreendentemente boa: café preto e pão de manhã, um prato substancioso de carne e batatas para o almoço, e uma sopa encorpada à noite. A razão para isso é que nosso intendente, contrariamente à tradição das prisões e campos de concentração franceses, não tinha permissão para roubar. O comandante do campo, Conde de N., garantiu isso. Ele era um soldado profissional e um homem encantador; e, além disso tudo, ele tinha o raro dom de velho soldado de pôr juízo na cabeça de seus homens depois de algumas poucas palavras. Em um ou dois dias, ele tinha formado sua opinião sobre nosso grupo e fez de tudo que podia por nós. Certa vez, ele comentou para um amigo meu que sabia que a maioria de nós tinha sido presa arbitrariamente.

Visitas não nos eram permitidas, mas duas vezes por semana nossos parentes próximos e amigos podiam trazer fardos de comida e roupas para o portão de entrada. De vez em quando, podíamos ter um vislumbre deles a uma distância de trezentos e cinquenta metros, mas tudo que conseguíamos ver era o topo de um chapéu emergindo por cima dos muros do cercado e uma patética mão acenando. A visão de pedaços tão amputados de nossos conhecidos era bastante ruim para o nosso moral.

No terceiro dia de nossa estadia, a chegada de Fuhrmann, um jornalista liberal alemão, criou alguma hilaridade. Fuhrmann, um homem de quarenta anos e figura bem conhecida da República de Weimar,[93] tinha sido colocado em um campo de concentração pela Gestapo e escapado para a Áustria uns anos antes. Quando os alemães marcharam sobre a Áustria, ele fugiu para Eger. Quando Eger foi atacada pelos alemães após Munique, ele fugiu para Praga. Quando os nazistas ocuparam Praga, ele fugiu para a Itália. Quando a guerra estourou e a não beligerância italiana começou, ele fugiu para a França em um barco pesqueiro, que o levou de noite de Sanremo para algum ponto solitário do litoral francês, perto de Nice. Ele tinha chegado em Paris quarenta e oito horas antes, de trem, e ido direto da estação ferroviária para ver P., um refugiado alemão e colega jornalista, cujo endereço ele conhecia. Ele achou a sra. P. em casa, que quase desmaiou quando ele entrou. Então ela lhe contou que P. estava em um campo de concentração, que todos os refugiados alemães tinham sido internados, e que ele tinha que providenciar o próprio internamento de pronto, ou ele arranjaria uma confusão tremenda com a polícia e seria colocado na cadeia. A melhor coisa que ele

93 República democrática alemã que perdurou de 1919 até a ascensão do nazismo em 1933.

poderia fazer seria dirigir de uma vez para o estádio em Colombes, o campo de triagem para os internados germânicos. Ela estava tão amedrontada que o pobre Fuhrmann acabou se deixando levar e disse ao motorista de táxi, que estava esperando no térreo com sua bagagem, que o levasse prontamente até Colombes.

Em Colombes ele descobriu que o estádio estava vazio — os alemães tinham todos sido levados para vários campos nas províncias. Mas ele achou um oficial no campo para quem ele explicou o seu caso, e o oficial coçou a cabeça e se simpatizou com a situação. "Bem", disse Fuhrmann, "suponho que o que me resta é me reportar à polícia, e lhes perguntar o que fazer".

"Se você for até a polícia vão te trancar na cadeia imediatamente", disse o oficial. "Você é um caso excepcional, e eles não gostam de casos excepcionais."

"Mas o que mais posso fazer?", perguntou Fuhrmann, que ficava mais e mais alarmado. "Não posso sequer ir para um hotel. Quando eu preencher o formulário vão me denunciar em seguida."

Após se coçar um pouco mais, o oficial apareceu com uma ideia.

"Diga para o seu táxi" — enquanto isso o taxímetro já tinha chegado nos sessenta francos — "te levar até o estádio de Roland Garros. É o campo dos *indésirables*, mas ainda é melhor do que a prisão. Uma vez dentro de um campo, você se torna um caso de rotina e não corre tanto risco".

Fuhrmann lhe agradeceu de coração e veio até Roland Garros. Foi uma viagem agradável e longa; o taxímetro se aproximou da marca dos cem francos e Fuhrmann tinha exatamente cento e vinte francos em sua posse. Quando chegaram ao campo, já estava escuro e o motorista tinha deixado a entrada principal passar. Fuhrmann depositou sua bagagem próximo ao cercado, pagou o motorista e o dispensou. Ele imaginou que sozinho e com toda sua bagagem teria mais chances de que lhe fosse permitido ficar. Esperou pacientemente no portão, e depois de uns poucos minutos um sentinela apareceu. "O que você quer aqui?"

"Quero ser internado", disse Fuhrmann timidamente.

"Aqui", disse o sentinela, "não é lugar para bêbados ficarem zanzando e fazerem piadinhas". Então ele percebeu a bagagem, e que Fuhrmann falava sério. Ele chamou o outro sentinela:

"*Hé, dis-donc,*[94] tem um lunático aqui que quer que o deixem entrar."

Sentinela n.º 2 apareceu e jogou a luz de sua lanterna na cara de Fuhrmann. Quando ambos ficaram satisfeitos que ele não era nem bêbado nem doido, mantiveram um colóquio e tentaram dissuadi-lo de suas intenções. "É um lugar podre", lhe disseram, "*a sale bordel de dieu,*[95] e semana que vem vocês vão ser enviados para um lugar ainda pior, em algum ponto dos Pireneus. Você não tem um amigo que possa te esconder?".

Mas Fuhrmann permaneceu firme, então tiveram que levá-lo até a repartição e relatar para o oficial encarregado. O oficial encarregado relatou para o Conde de N. Este fez algumas poucas perguntas para Fuhrmann, então lhe ofereceu um cigarro. "Eu não tenho, é claro, permissão para tomá-lo em minha custódia sem ordens da *Préfecture*", ele disse, "mas vou falar com eles". E ele ligou para a *Préfecture*.

A *Préfecture,* é claro, insistiu para que Fuhrmann fosse entregue a eles. O comandante pediu para que ao menos lhe fosse permitido passar a noite no campo, já que era, de qualquer forma, muito tarde para interrogá-lo. A *Préfecture* recusou; eles pediram para que o comandante o enviasse prontamente sob escolta. O

---

94 "Ei, diz aí."

95 Literalmente: "bagunça suja de Deus", em francês. Uma grande bagunça.

comandante disse que não podia renunciar a nenhum dos seus homens, mas que ele mandaria Fuhrmann em um táxi — e de que serviria escoltar um homem cujo único desejo era ser internado? Mas a *Préfecture* recusou; eles mandariam um camburão para ele.

Isso foi às vinte e duas horas; o camburão chegou às três da manhã. Até então, Fuhrmann dormiu em uma cadeira no escritório — ele não tinha dormido desde Sanremo. Ao chegar à *Préfecture*, ele foi trancado na sala de carvão. Teve que ficar lá até as dez horas; então, sem que tivessem lhe feito uma pergunta sequer, ele foi colocado no mesmo carro e levado de volta para o campo; dessa vez para ser oficialmente internado.

Ele chegou com uma expressão radiante, entrou na alcova da divisão alemã com as palavras "*Es ist erreicht*"[96] — uma das expressões prediletas do ex-Kaiser — e se deitou na palha úmida para dormir doze horas de uma só vez.

"Primeira Divisão", "Segunda Divisão" e "Divisão Alemã" viviam em alcovas separadas, mas ficávamos juntos durante os exercícios. Ainda assim, havia também uma "Divisão Francesa", que era mantida estritamente separada de nós. Nas três divisões de estrangeiros, 90% dos homens estavam detidos por motivações políticas; a Divisão Francesa consistia inteiramente de *durs* — criminosos de vocação.

Eles viviam em um ex-vestiário como nós, mas do lado de fora de sua porta havia uma cerca dupla de arame farpado; e eles eram vigiados, não por nossos amigáveis soldados, mas por Guardas Volantes escolhidos a dedo. Nunca lhes era permitido sair de seu dormitório e ficar nos degraus da tribuna; eles não podiam sair em uma *corvée* e nem sequer ir ao refeitório — a comida era levada até eles em latas e eles tinham que engolir sem colheres, facas ou garfos. Eles eram

96 Literalmente: "Foi alcançado!", em alemão. Uma expressão de triunfo.

em setenta, e eram mantidos dia e noite em sua pocilga escura, sem luz elétrica, como se fossem animais selvagens em um curral.

Comparada com a da Divisão Francesa, nossa vida era agradável. Uma das razões para isso é que eles não estavam sob a autoridade de nosso comandante, mas diretamente sob a da Administração Penal. O tratamento que recebiam dava uma ideia de como a Ilha do Diabo[97] devia ser. A segunda razão é que eles pareciam mesmo uma turma particularmente durona. Durante os dez dias que passamos no estádio, duas revoltas aconteceram na Divisão Francesa, ambas à noite. A primeira foi uma tentativa de motim; alguns dos homens conseguiram, no escuro, cortar a primeira cerca de arame farpado, pular por sobre a segunda, e atacar os Guardas Volantes de plantão com facas e tijolos. O resultado foi que os Guardas avançaram sobre a alcova com baionetas, e um Guarda e quatro prisioneiros tiveram que ser levados embora de ambulância. O segundo incidente foi uma história revoltante de estupro de um michê homossexual; seis ou sete do bando tinham participado disso e o fim foi que mais uma vez uma ambulância teve que ser chamada.

Nós ficamos sabendo disso tudo através de nossos amigos, os soldados. Eles nos contaram que o bando da Divisão Francesa consistia em velhos larápios com pelo menos três sentenças ou dez anos de trabalhos forçados em seus registros. Eles não tinham sido presos por causa de nenhuma acusação de fato, mas a polícia os tinha pegado pelo submundo de Paris por serem considerados indivíduos perigosos em tempos de guerra. Os soldados também nos contaram que o comandante tinha protestado contra a presença deles neste campo.

97 A Colônia Penal de Caiena, na Guiana Francesa, famosa pelo tratamento inumano que dava aos prisioneiros e pelos altos índices de mortalidade. Foi famosamente descrita no romance *Papillon* (Bertrand Brasil, 2014). O governo francês fechou a colônia penal em 1953.

VII

No fim de nossa estadia em Roland Garros, uma nova nota sobre nós apareceu nos jornais franceses. Ela dizia, no tom direto dos comunicados oficiais, que a quantidade de roubos e outros crimes tinha subitamente caído nos últimos dias, por consequência da internação no estádio da laia estrangeira que por anos tinha infestado a capital. Na primeira semana de internação, esses elementos perigosos tinham tentado um motim que teve que ser sufocado por um ataque de baionetas, resultando em várias baixas.

Essa nota foi republicada com as mesmas palavras por todos os jornais, incluindo o liberal *L'Œuvre* e o socialista *Populaire*; tinha sido emitido pelo Ministério da Informação. O Ministério da Informação sabia, é claro, que a seção criminal no campo consistia exclusivamente de franceses, e que eles, e não os estrangeiros, eram responsáveis pelo motim a que a nota se referia. Mas eles também sabiam que, se houvesse ainda algum sentimento espontâneo nas massas apáticas da França, era o sentimento de ódio a forasteiros.

Durante os primeiros meses da guerra, a política deliberada do Ministério da Informação foi oferecer ao povo histórias grotescas de crimes cometidos por estrangeiros (isso foi muito antes do pânico dos invasores paraquedistas começar) e retratar o governo como envolvido em uma guerra heroica contra o dragão chamado *sale métèque*.[98] Eles não tinham muitas outras notícias para lhes oferecer, e nisto, pelo menos, eles podiam contar com apoio popular. É necessário ter em mente que havia por volta de três milhões e meio de estrangeiros vivendo na França, quase dez

98 Em francês: "estrangeiro sujo".

por cento da população total. Eles eram um bode expiatório muito melhor do que os pouco mais de meio milhão de judeus da Alemanha. Do ponto de vista da psicologia das massas, é fascinante ver que, para todos os propósitos, a xenofobia francesa era nada mais que uma variação nacional ou *Ersatz*[99] do antissemitismo germânico.

Em ambos os casos, deve-se distinguir claramente entre a origem popular da psicose em massa, com suas raízes profundas e em maioria inconscientes, e a sua exploração deliberada para fins políticos. O ódio a forasteiros, como tal, parece ser o mais antigo sentimento coletivo da humanidade desde os dias tribais, e o antissemitismo apenas uma de suas manifestações específicas. As leis do Velho Testamento, raciais e econômicas, contra o Estranho em Israel podiam servir de modelo para o Código de Nuremberg;[100] a palavra grega "bárbaro" simplesmente quer dizer "estrangeiro", e para um francês, mais conservador em seus hábitos do que os gregos, o estrangeiro nunca deixou de ser um bárbaro — fosse um marinheiro italiano, um mineiro polonês, ou um refugiado alemão.

Quando o governo francês descobriu essa bem-vinda distração e válvula de escape para o descontentamento geral, eles apenas seguiram uma velha receita de patifaria política; o sacrifício de bodes expiatórios é uma instituição de longa data. Governantes atuali-

---

99 Termo de origem alemã para designar um substituto ou suplente. Em inglês, indica uma imitação de má qualidade.

100 No caso, Koestler se refere à Lei de Proteção do Sangue e da Honra Alemã e à Lei de Cidadania do Reich, ambas leis racialmente persecutórias introduzidas na 7ª Reunião do Partido Nazista ocorrida em Nuremberg em 1935, e que hoje são mais conhecidas como "Leis de Nuremberg". Não confundir com o Código de Nuremberg, elaborado em 1947 no decorrer dos julgamentos dos crimes de guerra nazistas e, portanto, posterior à 1ª edição deste livro, e que define os preceitos éticos a serem seguidos para a realização de experimentos científicos em humanos.

zados, porém, querem algo mais espetacular que um bode; precisam ao menos de um dragão. Hitler tinha inventado o primeiro superdragão composto chamado de Conspiração-Judaico-Liberal-Mundial-Stálin-Rothschild. Stálin deu seguimento com Dragão-Monstro-Trótski-Nazista-Menchevique-Imperialista-Envenenador de Poços-Destruidor de Colheitas-Cuspidor de Fogo. Uma das vantagens do dragão moderno sobre o antiquado bode expiatório é que ele recebeu um golpe mortal atrás do outro, mas nunca morreu completamente, e, quando fazem cócegas levemente em seu plexo solar, ele recupera de uma só vez toda sua ferocidade ameaçadora, permitindo assim ao São Jorge moderno continuar a luta por um número ilimitado de rounds. Outra de suas vantagens é que o dragão podia ser rebatizado e consistia, por assim dizer, de partes intercambiáveis. Assim, no dragão de Hitler, o órgão vital "Bolchevismo" foi substituído por "Capitalismo", e no dragão de Stálin "Fascismo" deu lugar à "Pluto-Democracia", sem que seu efeito diminuísse em nada.

O dragão francês, por óbvio, era menos ambicioso e de aspecto mais desvalido. Eles o pintaram de vermelho, mas isso de alguma forma fugiu ao propósito, já que o inimigo infelizmente calhou de ser marrom. Então eles tiveram que estufá-lo com toda sorte de retalhos e porcaria, botas prussianas e caricaturas dos hunos e *sauerkraut* e Nietzsche; mas sua única característica impressionante foi fornecida pelos *métèques*. Não era um dragão muito esplêndido, mas bom o suficiente para encenar uma briga em um show de fantoches, e receber algumas pauladas na cabeça para aplauso geral.

Quem olhou de perto o suficiente para verificar o quanto este dragão era uma fera pobre e cansada, com sua pele sarnenta e nariz longo e melancólico, estranhamente lembrando o de Yankel — e que parecia mais um gato meio afogado do que um majestoso dragão?

VIII

No dia em que iríamos deixar o estádio e Paris para um destino desconhecido, obtive permissão do comandante para conversar com G. por dois minutos. Subornei três dos nosso guardas, cada um deles de forma independente, para que pegassem um táxi e a trouxessem até o campo — pois, apesar dos seus sentimentos de simpatia e "solidariedade", eles não eram tão confiáveis. No fim, apenas um dos três apareceu no flat de G., e ele a trouxe para o campo. G. esperou na entrada externa e o comandante me escoltou pessoalmente até ela, pois a situação era contra todos os regulamentos. Os dois minutos se tornaram cinco e, quando eles acabaram, eu sabia que o Ministério do Interior tinha recusado meu pedido de visto — como consequência de minha prisão, presumi — e que G. tinha decidido não voltar para a Inglaterra, mas esperar até que eu fosse solto. Para minha surpresa, descobri que o efeito que a segunda notícia teve sobre mim sobrepujou os efeitos da primeira.

Só quando já estávamos no trem ficamos sabendo para onde estávamos indo. Então, pela primeira vez, ouvimos o nome Le Vernet, no departamento de Ariège, uns cinquenta quilômetros da fronteira dos Pireneus. Supostamente, tinha sido um dos campos para os milicianos espanhóis, evacuado seis meses atrás por causa de condições de higiene insatisfatórias, e agora servia como uma espécie de campo de disciplina para castelhanos insubmissos e internados em geral, enviados para Le Vernet de outros campos como medida punitiva.

Isso soava ruim, mas na empolgação da viagem de trem não nos importamos muito. Havia por volta de quinhentos de nós; fizemos a viagem debaixo de escolta pesada, mas em vagões comuns de terceira classe. Eles estavam encarrilhados no Expresso de Toulouse, que deixa a Gare d'Austerlitz por volta das vinte e duas horas. Durante a Guerra Civil, por diversas vezes eu viajei nesse mesmo trem para pegar o voo das cinco horas de Toulouse para Barcelona, Alicante e Madri.

Em Toulouse, nossos vagões foram presos a um trem vagaroso, e, por volta das onze da manhã seguinte, o trem parou no que aparentava ser um trecho deserto, com a cadeia branca dos Pireneus grandiosa, porém distante, ao fundo, e nada a nossa frente a não ser uma pequena estação ferroviária com a inscrição LE VERNET. Saímos; o trem partiu; nossa escolta começou a organizar os quinhentos de nós em uma longa fila.

Aparentemente era uma tarefa muito difícil, pois eles seguiram gritando e empurrando a gente por mais de meia hora. Então começamos a nos mover seguindo a estrada paralela aos trilhos do trem. Enquanto isso, tinha começado a chover — o tipo de chuva de outubro consistente e melancólica que perdura por horas e dias e confere a uma paisagem nua o aspecto de total desesperança. Nós nos movemos muito devagar, já que estávamos carregados com bagagens e cobertores. Depois de alguns minutos, os cobertores estavam ensopados de água e tínhamos que parar frequentemente, uma vez que os mais velhos — havia entre nós muitos com mais de sessenta anos e uns poucos com mais de setenta — deixavam cair sua bagagem e ficavam parados, resfolegantes, cada vez que caminhavam cem metros.

No meio do caminho para o campo, fomos alcançados e deixados para trás por uma tropa de homens descendo a estrada em um passo rápido, militar.

Eram por volta de trinta. Carregavam pás sobre seus ombros, e eram escoltados por Guardas Volantes com talas de couro em suas mãos. As cabeças dos homens estavam raspadas, mas suas faces tinham um começo de barba. Estavam vestindo trapos, alguns marchavam pelo barro de pantufas, alguns com os dedos saindo para fora dos calçados, outros vestiam galochas de borracha por sobre o pé nu. Obviamente estavam sendo conduzidos em marcha do trabalho para o campo. Nós encaramos suas cabeças nuas, tomados por um horror desesperante. Eles nos devolveram o olhar, com um brilho superficial de curiosidade em seus rostos apáticos. Alguns deles tentaram falar conosco conforme passavam por nós, mas logo foram silenciados pelo abanar do chicote de sua escolta. Eles desapareceram em uma curva da estrada no ritmo do "*un-deux, un-deux*" áspero dos seus guardas.

Umas poucas centenas de metros adiante nós chegamos aos limites cercados de arame farpado do campo.

Naqueles dias, o continente europeu já tinha chegado a um ponto em que era possível dizer para um homem sem ironia que ele deveria ser grato por levar um tiro em vez de ser estrangulado, decapitado, ou espancado até a morte.[101]

Uma porcentagem significativa da população do continente tinha se acostumado bem à noção de que eram proscritos. Eles podiam ser divididos em duas categorias principais: pessoas condenadas pelo acidente biológico de suas raças e pessoas condenadas por sua crença metafísica ou convicção racional com relação à melhor forma de se organizar a prosperidade humana. A última categoria incluía a *élite* progressiva da *intelligentsia*, as classes médias, e as classes trabalhadoras da Europa Central, Sul e Oriental.

101 NA: P.S. de 1968: Em 1941, quando isto foi escrito, as câmeras de gás ainda não tinham começado a funcionar.

Ainda assim, a pressão psicológica da perseguição e da derrota tinha desenvolvido neles um complexo de culpa. Homens de coragem e audácia exemplar, depois de serem rotulados de "refugiados" e expulsos debaixo de golpes de três ou quatro países, andavam como se carregando um sino para leprosos invisível. Eminentes estudiosos e dignitários irromperam em lágrimas de felicidade ao serem levados a uma cadeia "democrática" após suas fugas. Garotas com pontos de vista fortes sobre emancipação feminina aceitavam, como um bom negócio, casar-se com um passaporte ou se prostituir em troca de um *permis de séjour*.[102] Idealismo combativo se tornou um complexo de inferioridade esmagado, e martírio virou neurose.

O padrão de comparação em matéria de tratamento de seres humanos tendo desabado para profundezas nunca vistas, toda reclamação soava frívola e fora de lugar. A escala de sofrimentos e humilhações estava distorcida, e a medida do que um homem poderia suportar, perdida. Em centígrados-liberais, Vernet era o grau zero de infâmia; medido em Fahrenheit-Dachau, ainda estava 32 graus acima de zero. Em Vernet, espancamentos eram uma ocorrência diária; em Dachau, continuavam até que alguém morresse. Em Vernet, pessoas eram assassinadas pela falta de cuidados médicos; em Dachau, eram assassinadas de propósito. Em Vernet, metade dos prisioneiros tinha que dormir sem cobertores em 5 graus negativos de temperatura; em Dachau, eles eram agrilhoados e deixados expostos ao frio.

Esse tipo de comparação, com toda a ironia trágica que continha, tinha um significado concreto para nós. Cada um de nós carregava um fardo em sua memó-

102 "Autorização de Residência", do francês.

ria para botar no prato Passado da balança e pesar com o prato Presente. Yankel carregava o peso de seus dois pogroms e da prisão em Lubliana, onde pessoas eram forçadas a falar introduzindo-se tubos de borracha em suas narinas e despejando água através deles; Mario tinha o peso de seus nove anos de prisão na Itália, incluindo tortura por choques elétricos durante a investigação preliminar; Tamàs, o poeta húngaro, tinha seus três anos de trabalhos forçados em Szeged — para citar apenas meus três vizinhos imediatos na Barraca nº 34 em Le Vernet. O quarto, eu mesmo, tinha seus cem dias passados sob sentença de morte em Sevilha.

Éramos dois mil no campo de Le Vernet. O tempo médio que cada um de nós tinha passado na cadeia ou internados podia ser estimado em uns dezoito meses. Se nossas sentenças passadas fossem somadas em uma única linha contínua de tempo, ela conseguia voltar até 1000 a.C.

A maioria de nós tinha seus pesadelos periódicos, sonhos de cair novamente nas mãos de nossos perseguidores, repetições regulares dos tubos de borracha, dos choques elétricos, do pátio de execuções em Sevilha. Aqueles entre nós que não tinham nenhuma experiência de cadeia ou tortura substituíam as lembranças pelo medo de sofrerem isso. Eles tinham um medo mais agudo, obsessivo da OVRA[103] e da Gestapo do que aqueles que tinham passado de fato por suas mãos. Era quase um horror místico. Se alguém gritava à noite em nosso alojamento, nós sabíamos que ele tinha sonhado com a Gestapo. E, recuperando a consciência, ele reconhecia com alívio o cheiro da palha podre de Vernet.

---

103 Organizzazione per la Vigilanza e Repressione dell'Antifascismo, ou Organização para Vigilância e Repressão do Antifascismo. A polícia secreta italiana.

Uma covardia inconsciente me fez escrever os parágrafos acima no tempo passado. Eles deveriam ser escritos no tempo presente,[104] porque Vernet ainda existe: de seus dois mil prisioneiros, apenas algo por volta de cinquenta foram libertados; Yankel, e Mario, e Poddach e todos os outros ainda estão lá, e o campo agora está sob controle da Gestapo.

104 NA: março, 1941.

IX

O campo de Le Vernet tem por volta de duzentos mil metros quadrados.

A primeira coisa que se via nele era uma bagunça de arame farpado e mais arame farpado. Dava a volta por todo o campo em uma cerca de três camadas e o atravessava em várias direções, com trincheiras correndo paralelamente.

O solo era árido; pedregoso e poeirento quando seco, com barro até as canelas quando chovia, nodoso com torrões congelados quando estava frio.

O campo era dividido em três seções: A, B e C. Cada seção era separada das outras por arame farpado e trincheiras. Seção A é para estrangeiros com antecedentes criminais. Seção B para aqueles com antecedentes de atividade política. Seção C para aqueles sem nenhuma acusação em definitivo em suas fichas, mas que eram "suspeitos" ou na linha política ou criminal. Eu estava na C; assim como a maioria dos que vieram comigo de Paris.

Os alojamentos eram construídos de tábuas de madeira, cobertas com um tipo de papel à prova d'água. Cada barraca acomodava duzentos homens. Tinha trinta metros de comprimento por cinco de largura. Seu mobiliário consistia em duas plataformas de tábuas inferiores e duas superiores, cada uma com dois metros de largura, correndo por elas duas longas paredes e deixando uma passagem exígua no meio. O espaço entre a plataforma de cima e a de baixo era de um metro, de forma que quem estava na de baixo nunca podia ficar de pé. Em cada fileira, dormiam cinquenta homens, com os pés voltados para a passagem. As fileiras eram divididas em dez compartimentos pelas pilastras de madeira que apoiavam o teto. Cada compartimento continha cinco homens e tinha dois metros e meiode largura; assim, cada homem dispunha de um espaço de meio metro para dormir. Isso quer dizer que todos os cinco tinham que dormir de lado, voltados para a mesma direção, e se um virasse, todos tinham que virar.

As tábuas eram cobertas por uma camada fina de palha, e a palha era a única mobília móvel no alojamento. Era, na prática, um celeiro. Não havia janelas, apenas frestas retangulares serradas na parede de tábuas, que serviam como persianas. Não havia fogareiro no inverno de 1939, nenhuma iluminação, e não havia cobertores. O campo não possuía refeitórios para alimentação, nem uma única mesa ou banquinho nas barracas; não fornecia pratos, colheres, ou garfos com que se comer, e nem sabão para nos lavarmos. Uma parcela de sua população podia se dar ao luxo de pagar por essas coisas; os outros estavam reduzidos ao nível da Idade da Pedra.

A comida era basicamente uma ração diária de trezentos gramas de pão. Além disso, tinha um copo de café preto sem açúcar de manhã e dois copos de sopa ao meio-dia e à noite — um líquido pálido, sem gordura e contendo apenas uns poucos grãos-de-bico, lentilhas e vermicelli. O número de grãos variava entre trinta e cinquenta. Tinha também uns oitenta gramas de carne cozida com a sopa do meio-dia, mas tão fedorenta que só os mais famintos a comiam.

No inverno, o trabalho ia das oito até as onze horas, e então das treze até as dezesseis horas; as horas de trabalho eram limitadas pela luz do sol e pela debilidade física dos homens malnutridos. A proporção de doentes era sempre superior a vinte e cinco por cento em todos os alojamentos, apesar de fingimento ser duramente punido.

O trabalho consistia principalmente em construir estradas e as várias tarefas necessárias para a manutenção do vasto campo. Não havia pagamento, e o campo não fornecia uniformes de trabalho. Como a maioria dos prisioneiros possuía apenas o que vestia — já fazia tempo que eles tinham vendido a última camisa ou roupa de baixo sobressalente em troca de uma caixa de cigarros —, eles trabalhavam vestindo trapos e calçados sem sola, a 6 graus negativos de temperatura, e dormiam sem cobertores em seus celeiros quando até mesmo as cusparadas no chão congelavam.

Quatro vezes por dia, ocorriam as chamadas, que duravam de meia hora até uma hora cada. Na maioria das vezes, tínhamos que ficar parados de pé no frio congelante. O menor lapso era repreendido pelo golpe de um punho ou da tala de couro de um Guarda Volante. Faltas mais sérias eram punidas com encarceramento mínimo de oito dias, o primeiro sem comida ou bebida, e os próximos três dias apenas com pão e água.

Estas, por cima, eram — e sem dúvida ainda são — as condições materiais do campo de Le Vernet. Deve-se lembrar, porém, que era notoriamente o pior da França. Mas também deve ser mencionado que, com relação à comida, acomodações e higiene, Vernet estava abaixo até mesmo do nível dos campos de concentração nazistas. Nós tínhamos uns trinta homens na Seção C que haviam passado por internações em vários campos alemães, incluindo os de pior reputação, Dachau, Oranienburg e Wolfsbüttel, e eles eram especialistas nessas questões. Eu mesmo podia confirmar que a comida na prisão de Franco tinha sido bem mais substanciosa e nutritiva, embora no *carcel* de Sevilha nós não tivéssemos que trabalhar, e apesar do fato de que estávamos no meio da Guerra Civil.

X

Havia vinte alojamentos na Seção C, mas apenas três estavam ocupados. Não teria custado à administração um centavo a mais nos distribuir entre os alojamentos vazios e dessa forma nos conceder um espaço de, digamos, um metro para a privacidade do sono. Eles se recusaram; tínhamos que viver em nossa *Lebensraum*[105] de cinquenta centímetros. Não lhes custaria nada além do preço de umas poucas tábuas de madeira para transformar um dos dezessete alojamentos vazios em um refeitório se valendo de nosso próprio trabalho; eles se recusaram. Nós tínhamos que fazer nossas refeições de pé ou sentados na terra congelada.

Os alojamentos na Seção C eram numerados de 32 a 51. Estavam erguidos em duas fileiras separadas do resto do campo por cercas. Os números 32 a 34 (e mais tarde, 35 e 36) eram os que estavam ocupados. Eu vivia no 34, no segundo compartimento à esquerda na plataforma superior. Os outros quatro ocupantes eram Mario, o italiano, Tamàs, o poeta húngaro, Pitoun, o artista de publicidade russo, e Klein, um desenhista de modelos de sapato romeno. Yankel dormia ao lado de Tamàs, no compartimento número 3.

No dia de nossa chegada, nós tivemos que acampar do lado de fora da cerca enquanto éramos revistados um a um, bagagem e pessoa, tínhamos nossos nomes registrados em vários livros e fichas, éramos rotulados A, B ou C, para finalmente sermos levados aos alojamentos. Mario, Tamàs, Klein, Pitoun e eu

---

105 Literalmente, "espaço vital", em alemão. Conceito caro à ideologia nazista (mas que a antecede), *lebensraum* estipulava que a prosperidade do povo alemão era dependente da posse de vastos territórios na Europa Central e Oriental.

tínhamos ficado juntos durante a jornada, de forma que nos tornamos vizinhos em nossa nova morada. Nós fomos os últimos a entrar, depois seis horas esperando na chuva. O alojamento estava completamente escuro, assim como o vasto campo em volta — sombrio, estranho e opressivo. Deitamo-nos na palha, tremendo em nossas roupas molhadas e dividindo três lençóis entre nós cinco.

No dia seguinte ainda não tínhamos que trabalhar e nos disseram para, em vez disso, fazermos uma fila em frente a um alojamento vazio para termos nossos cabelos raspados. Na nossa chegada, quando vimos os primeiros internos miseráveis de Le Vernet na estrada, foi principalmente suas cabeças nuas que tinham causado uma impressão tão horrível em nós; eles exalavam à gente condenada. Especialistas em encarceramento por todo o mundo sabem do efeito psicológico extraordinário de impor a calva de um condenado em um homem — que é a razão pela qual prisioneiros políticos em países mais esclarecidos são poupados disso.

Quando a ordem chegou, Mario, Albert e eu deliberamos e decidimos iniciar um ato de protesto. Albert, um escritor alemão exilado, estava acomodado no alojamento vizinho, número 33, junto da maioria das pessoas da antiga "Brigada Alemã" do Estádio Roland Garros (exceto por aqueles levados à Seção B). Concordamos que, se não demonstrássemos ter fibra desde o começo, nós estaríamos ferrados e seríamos tratados como lixo.

Preparamos duas listas, uma para o Alojamento 33 e outra para o 34 (o 32 já estava completo antes de chegarmos), e começamos, com certa cautela, a coletar assinaturas para nosso protesto. Logo nos desapontamos. Todo mundo em meu alojamento parecia ter uma ideia diferente de como o protesto deveria ser redigido. Alguns acharam educado demais, outros muito provocativo; alguns sugeriram que deveria ser uma petição, não um protesto, outros que deveríamos ameaçar entrar em greve de fome de uma vez. Um advogado alemão nos alertou que estávamos sob Lei Marcial e, portanto, éramos passíveis de sermos julgados por incitação de motim — o que era bem verdade. O velho Poddach nos implorou, entre ataques de tosse, "não nos façam ainda mais infelizes do que já somos". Os Vermelhos-Brancos e os Brancos-Brancos (a maioria dos russos estava em meu alojamento) falaram todos de uma vez, gesticulando e citando a história, Lenin, e os evangelhos. Era um manicômio completo, e enquanto isso os primeiros homens com cabelo raspado voltaram do barbeiro, parecendo com escravos de galé.

Mario me puxou pela manga e me trouxe até o lado de fora do alojamento. Eu olhei com desgosto para a lista amassada em minhas mãos. "Vamos deixar tudo para lá", ele disse. "Com esse pessoal, não vale a pena tentar." Eu tentei defender o grupo, jogando toda a culpa nos malditos russos. Mario sorriu. "*Cosa sinistra*", ele disse, "Coisas da esquerda. Encha esse alojamento com fascistas de qualquer país e você os veria assinar em um pulo".

Eu queria seguir em frente, ainda assim, mas nunca consegui argumentar contra aquele sorriso silencioso do Mario; fazia com que eu me sentisse inútil e pueril, embora ele fosse mais novo do que eu. Eu sabia que tinham sido necessários nove anos de encarceramento para criar aquele sorriso — três anos fermentando em confinamento solitário e mais seis anos para amadurecer e ficar no ponto, enquanto ele dividia doze metros quadrados de espaço com seus camaradas. Ele tinha dezenove quando a grade da cela fechou atrás dele — e vinte e oito quando abriu de novo, dois anos atrás. Esse tipo de experiência ou esmaga um homem ou produz algo raro e perfeito; Mario pertencia à última categoria.

Então Albert apareceu com a lista dele. Os comunistas alemães no Alojamento 32 tinham declarado que estavam todos prontos para assinar — alguns dos outros também, mas os comunistas estavam prontos em massa. "*Cosa sinistra*", disse para Mario com um sorrisinho. Porque havia uma graça peculiar, azeda, nisso — todos nós três tínhamos sido comunistas, deixamos o Partido ressentidos e desgostosos, e éramos desprezados como renegados. De qualquer forma, não podíamos apresentar a petição para as autoridades do campo como se fosse algo exclusivamente comunista — ou todo mundo assinava, ou a coisa toda ganharia tintas políticas. E os comunistas sabiam disso, é claro — eles tinham aprendido bem a lição sobre dialética. Ainda assim, quaisquer que fossem seus motivos, nós tínhamos mais uma vez que aceitar com amargura que eles eram os únicos com, digamos assim, coragem coletiva. Era a tragédia da esquerda europeia, refletida em uma sociedade em miniatura.

Cosa sinistra — de fato uma situação sinistra. Enfim produzimos uma lista com umas poucas assinaturas selecionadas da *intelligentsia* de nossos alojamentos — havia dois ex-membros do Reichstag[106] nela, dois escritores, dois doutores de medicina, vários doutores de filosofia, advogados, e dois membros da *Légion d'Honneur*[107] — e Albert escreveu uma carta cheia de floreios no seu melhor estilo de *Comédie Française*, repleto de *honneur* e *dignité*. Nós a entregamos para o ajudante de campo Pernod, que era o

---

106 O parlamento do Terceiro Reich, de funções largamente cerimoniais.

107 "Legião de Honra", a mais alta ordem de mérito francesa.

responsável pela nossa Seção. Uma hora depois ele voltou, seu rosto ainda mais vermelho que o normal — ele era um bebedor contumaz de *apéritifs*, daí seu apelido —, ameaçando todo mundo que ele visse no dia seguinte com um fio de cabelo sequer na cabeça de ser preso por oito dias. Então, à tarde, todos nós entramos na fila e ganhamos nossas carecas de condenados. Esse foi o fim de nossa única tentativa de ação coletiva.

Na manhã seguinte fomos agrupados em equipes de trabalho. Eu fui enviado com mais uns trinta outros para cavar e nivelar o terreno baldio atrás de nossa fileira dupla de alojamentos.

Era um pedaço de terreno com algo em torno de trezentos metros de cumprimento e cento e cinquenta de largura, dentro do cercado de arame farpado da Seção C. Nós o usávamos como nosso campo de exercícios — um privilégio que nos distinguia, nós, simples "suspeitos", dos "criminosos" na A e dos "políticos" na B; eles não tinham espaço para exercício fora o caminho estreito entre seus alojamentos.

A ordem era para escavar o solo rochoso inteiro, remover as rochas maiores, preencher os buracos e cavidades, e deixar tudo "bonito e lisinho". Nós trabalhávamos com picaretas e pás sob a supervisão de dois Guardas Volantes. Eles não nos apressavam — ficavam por lá com cara de aborrecidos, batendo nas panturrilhas de suas botas com seus chicotinhos, e durante a primeira hora cheguei a pensar que o trabalho era bem fácil. Eu havia ganhado a vida com trabalho manual por um certo tempo, e, embora isso tivesse sido treze anos atrás, eu ainda tinha uma vaga noção de como usar uma pá. O sol estava caindo sobre nós com força total; estávamos no meio de outubro, e ainda assim trabalhávamos nus da cintura para cima. Depois de mais ou menos uma hora me senti cansado, e depois de uma hora e meia a picareta tinha dobrado de peso e senti minhas veias pulsando no pescoço. Por volta daquela hora o primeiro incidente aconteceu. Um dos guardas se aproximou de Varga, um jovem romeno de aparência bastante frágil, e falou para que ele cavasse mais profundamente no solo. Varga já estava bastante vermelho, e seus olhos tinham a aparência saltada de muito esforço físico. Ele disse, ofegante, e em um tom de certa forma queixoso, que ele era um estudante e não estava acostumado a trabalhos manuais. No instante seguinte o grande punho do guarda desabou sobre a orelha de Varga, que tropeçou e caiu. Dois de nós o ajudamos a se levantar, e ele seguiu cavando com sua pá sem dizer mais nenhuma palavra. O guarda voltou devagar até seu colega, parecendo entediado como sempre.

Eu trabalhava alternando entre picareta e pá. Por volta das dez horas senti meus olhos pulando para fora do meu rosto e cada batida do meu coração ressoando no peito como um tambor. Em intervalos de dez minutos, eu me permitia um minuto de descanso, apoiando-me na pá. Os guardas não se opunham a isso, mas em suas faces entediadas eles tinham olhos afiados de profissionais, que viam de imediato se um homem não acompanhava o passo de seus vizinhos, ou se apenas fingia trabalhar.

Às onze horas, o trabalho terminou, mas não havia a possibilidade de descanso. Primeiro, nós tínhamos que carregar nosso material de trabalho até a cabana de ferramentas, por volta de setecentos metros até chegar do outro lado do campo, e esperar por lá até alguém aparecer com a chave. Daí, de volta, *un-deux, un-deux*, escoltados pelos mesmos guardas até nossos alojamentos. Daí entrar em formação para a chamada, que durava meia hora. Era meio-dia quando fazíamos fila para a sopa, mas a sopa não chegava até as 12h30.

Era distribuída ao ar livre e engolida de pé, usando latas enferrujadas que tínhamos desencavado da pilha de sucata do campo. Eu era um dos sortudos que tinha trazido tigelas de alumínio e utensílios para comer, e os compartilhava com Mario. Depois da sopa ficávamos com mais fome do que antes. Nós tínhamos apenas o tempo para lavar nossas latas em água fria debaixo das torneiras — havia uma fileira de torneiras ao ar livre do lado de cada alojamento — e então devíamos entrar em formação de novo para a terceira chamada do dia, marchar de volta para a cabana de ferramentas, colocar as pás e picaretas em nossos ombros e, *un-deux*, *un-deux*, marchar de volta ao trabalho.

Essas horas de trabalho à tarde eram uma tortura. Eu ficava olhando para os ponteiros do meu relógio de pulso, que pareciam incapazes de conseguir completar três voltas. Meus ossos doíam, meu coração saltava, minhas veias pulsavam, e eu ouvia com deslumbre acéfalo o estranho "han", "han'" que cada golpe da picareta forçava para fora dos meus pulmões. Havia uma névoa densa no meu cérebro, impenetrável para qualquer pensamento coerente, exceto a obsessão enfadonha de contar os minutos — um estado dolorido de semiconsciência e idiotia entorpecida.

Até onde eu podia ver, a maioria dos outros estava em situação similar. De manhã eles ainda tinham conversado uns com os outros; agora ninguém falava uma palavra; eles trabalhavam como autômatos ofegantes. Dois de nossa equipe foram levados para a prisão na primeira tarde por causa de trabalho insatisfatório.

Ainda assim seria injusto dizer que os guardas montavam ou estalavam o chicote em nós. Eles apenas ficavam por perto com seus olhos atentos e aparência entediada, e mantinham a velocidade rotineira do trabalho pela sua mera presença, com um mínimo de ameaças e brutalidade. Até aquele dia, quando eu tinha ouvido sobre trabalho forçado nos campos de concentração alemães e outros lugares, eu imaginava algo com a natureza das ilustrações de *A cabana do Pai Tomás* — escravagistas sádicos correndo de um lado para outro com longos chicotes zunindo em suas mãos. A realidade era, como na maioria das formas de sofrimento duradouro, bem menos dramática. Durante o dia houve ali apenas um caso de maus-tratos físicos, e a velocidade do trabalho não foi acima da rotina profissional. Mas para pessoas não habilitadas para o trabalho manual pesado ou subalimentadas até chegarem ao nível da fome aguda e crônica, a rotina se tornou tortura pura e simples. Uma tortura pouco dramática, cotidiana, que em poucas semanas transformou nossa turma em ruínas apáticas de caras cinzentas e olhos vazios. Quando o inverno chegou, a falta de roupas adequadas e de gordura na nossa nutrição fez com que um atrás do outro desabasse. Não havia um único homem em nossa equipe que não teve que ser levado para o hospital por alguns dias. Eles voltavam ainda um pouco cambaleantes, pois o espaço no hospital era escasso, para serem enviados de volta aos trabalhos forçados. E isto é o que ainda estão fazendo, arrastando-se com pás e picaretas, martelo e serra, sem pagamento, mal alimentados, sem esperança. Não é o tempo, mas apenas o espaço que nos separa deles, enquanto eles permanecem nos baixios áridos ao norte dos Pireneus, balançando picaretas em suas mãos azuis e congeladas, pequenas nuvens de vapor à frente de suas cabeças descobertas, fantasmas apáticos da grande derrota.

Depois de três dias de trabalho tive algum tipo de colapso e precisei me inscrever na lista para a visita médica. Eu vinha sofrendo de certos problemas cardíacos nos últimos três anos, talvez uma herança das greves de fome na prisão de Sevilha, nada sério, mas agora o suficiente para fazer com que eu me sentisse miserável com palpitações e tonturas.

Nós já sabíamos que havia dois médicos no campo, o "bom" e o "ruim"; o "bom" era um jovem *sous-liutenant*, o "ruim" um tenente membro da Croix de Feu. O problema é que nunca era possível saber de antemão qual dos dois estava de prontidão. Um dia antes, o tenente tinha enviado dois homens para a prisão acusados de simulação. Um deles era um judeu turco de cinquenta anos com conjuntivite crônica. Ele havia sido destacado para uma equipe de limpeza e tinha que varrer os alojamentos com uma vassoura quatro vezes por dia — trabalho bastante fácil, mas o volume de pó fazia com que seus olhos inflamados, gotejantes, ficassem pior e pior. Ele tinha pedido ao médico um remédio para os olhos e alguns dias de dispensa do serviço. Sem nem fingir examiná-lo, o tenente ditou a receita para seu atendente: "*Visite non-motivé — quinze jours de prison*".[108] O velho judeu ficou estupefato e começou a chorar. Ao que o tenente pronunciou a frase estereotípica:

"Nós estamos em guerra — Soldados franceses na Linha Maginot sofrem dificuldades piores que a sua, e não importunariam seus superiores com trivialidades."

Não havia resposta para isso. O próximo paciente era um jovem socialista alemão, sofrendo de rim flutuante, mas com uma aparência saudável e de durão. Ele também ganhou seus quinze dias de cadeia, e depois voltou para o trabalho. Três meses depois, o enterramos no cemitério de Le Vernet, com a assistência cerimonial das autoridades do Campo. Ele tinha vinte e quatro anos de idade; eu esqueci seu nome.

108 Francês: "Consulta sem motivo — quinze dias de prisão".

O dia em que fui chamado ao consultório do médico, o *sous-liutenant* estava a postos. Tomou minha pressão e me examinou bem diligentemente. Então ele perguntou: "Você é escritor?". "Sim." "Escrevendo para jornais ingleses e americanos?" "Sim." "*Tiens*",[109] ele disse, e se voltando ao atendente:

"Dispensado de todo o trabalho e de marchar."

Quando fui para fora, meu coração ressoava como um tambor e, por todo caminho de volta à Seção, eu estava assobiando a *Carmagnole* ao ritmo dos *un-deux* dos guardas. Ao chegar ao Alojamento 34, encontrei Mario e Tamàs, que tinham acabado de retornar do trabalho com suas equipes. Eles estavam deitados de costas na palha, seus rostos cinza de exaustão. Toda minha felicidade se desfez em pó. Mas quando eu lhes contei, bastante relutante, o resultado da visita, Tamàs se ergueu e me parabenizou com sua solenidade costumeira, enquanto Mario levantou de um pulo e me abraçou com uma expressão radiante como se a notícia fosse sobre ele mesmo. Ele tinha percebido de pronto a contradição nos meus sentimentos e disse, deitando-se de volta na palha: "É muita sorte para todos nós cinco. Você vai manter a palha arrumada, limpar nossos cobertores, e subornar os cozinheiros para conseguir água quente para o chá. *En somme*, nós vamos explorar você e impedir que retorne aos escalões parasitários da *bourgeoisie*".

Assim, nós começamos a organizar nossas vidas. Klein, o modelista de calçados romeno, se tornou permanentemente destacado para a cozinha, e através dele e de um elaborado sistema de suborno dos cozinheiros, eu consegui que nossas latas estivessem cheias de água quente duas vezes por dia para preparar chá antes que os outros voltassem do trabalho. O

---

109 Expressão interlocutória francesa, de múltiplos significados. Aqui, quer dizer "espere aí".

próximo passo foi que Klein, Tamàs e eu conseguimos que garrafas térmicas nos fossem enviadas de casa, de forma que eu pudesse fornecer aos membros trabalhadores do nosso grupo chá quente enquanto eles estavam no próprio trabalho. Os guardas não se opunham a isso, conquanto o trabalho não fosse interrompido e o chá bebido logo de uma vez. Além disso, eles tinham começado a nos conhecer individualmente, e tanto Tamàs quanto Mario tinham o respeito deles.

Envios de comida começaram a chegar de casa — irregularmente a princípio, então pontualmente, uma encomenda por semana. Depois de algumas semanas, cantinas foram estabelecidas no campo — uma em cada seção — onde era possível comprar cigarros, queijo, leite condensado, pão, chocolate e bacon, por preços por volta de cinquenta por cento mais caros que o normal. A cantina e as entregas de comida logo levaram ao surgimento de uma minissociedade de classes em nossas cabanas, com consequências muito peculiares.

XI

O Campo era administrado com aquela mistura de ignomínia, corrupção e *laisser-faire* tão típica da administração francesa.

As três seções eram estritamente isoladas uma das outras por arame farpado e trincheiras, e pela aplicação de punições severas por gritar para o outro lado das cercas ou enviar mensagens. Mas dentro do cercamento de nossa Seção C nós podíamos nos movimentar livremente, visitar nossos amigos em outros alojamentos, ou andar pelo longo terreno baldio atrás deles, até as vinte horas. Das vinte até as seis horas, nós estávamos confinados ao alojamento, mas, como as latrinas ficavam do lado de fora, era sempre possível usar isso como pretexto para uma saidinha para fumar ou tomar um ar fresco, se as noites estivessem suaves. O Campo era fortemente guardado, mas as sentinelas ficavam a postos do lado de fora da cerca de arame farpado, e as vizinhanças de nossa seção só eram visitadas à noite por patrulhas ocasionais.

Nós éramos vigiados não por soldados, como no Estádio, mas pela *Garde Mobile*, o que quer dizer gendarmes[110] — tanto em material humano como por tradição notoriamente a força mais brutal e reacionária da França. O ditador plenipotenciário da Seção C era o ajudante de campo Pernod. Seu corpo auxiliar consistia em dois sargentos-major, "Fernadel" e "o Corso". Fernandel ganhou seu apelido por causa de sua semelhança com o conhecido ator francês; ele tinha o mesmo rosto alongado e dentes protuberantes de ca-

110 "Gendarmes", uma contração de "*gens d'armes*", ou "pessoas das armas", é uma instituição militar dedicada a realizar funções policiais em meio à população civil, como a Polícia Militar brasileira.

valo, e o mesmo sorriso imbecil, mudando sem transição para acessos súbitos de fúria. O Corso era alto e magro, com tez amarelada e a melancolia ressentida de um homem sofrendo de problemas crônicos do estômago. Sua esposa, como descobrimos depois, estava mal de saúde; ela recentemente tinha perdido um bebê, e agora estava grávida de novo, e reclamava constantemente em suas cartas. Ela vivia em algum lugar do norte da França, e a próxima licença do Corso só viria dali a três meses. Toda vez que o Corso recebia uma nova carta reprobatória de sua esposa, seu rosto ficava mais amarelo, até no branco dos olhos, que se reviravam lentamente em seus orifícios, olhando nossas fileiras de cima a baixo buscando por uma nova vítima. Quando ele achava — um homem que não perfilou corretamente quando ouviu a ordem de posição de sentido, ou que sussurrou para um vizinho durante a chamada —, ele partia com um salto para usar sua tala; e, enquanto ele batia, mordia seu lábio inferior com os dentes.

Pernod, Fernandel e o Corso faziam suas aparições regulares quatro vezes ao dia, nas quatro chamadas antes e depois do trabalho. Eles eram acompanhados por cerca de trinta guardas. Nas chamadas das oito e das treze horas, Fernandel e o Corso elencavam as equipes de trabalho e os guardas que as escoltariam. Nas chamadas das onze e das dezesseis horas, eles distribuíam cartas. À parte essas quatro cerimônias diárias, eles nos deixavam sós e não se importavam com o que fazíamos fora dos horários de trabalho. Eles dificilmente entravam nos alojamentos — o cheiro de palha apodrecendo e de duzentos homens apertados dentro daqueles celeiros escuros e longos em formato de túneis não os atraía.

Assim, os detalhes da rotina cotidiana da vida eram regulados nem tanto pelas autoridades do campo, mas pelo *chef de barraque*. Cada alojamento tinha que eleger um *chef de barraque*, que em certa medida respondia a Fernandel e ao Corso pela manutenção da ordem e disciplina. O *chef de barraque* tinha três *chefs de groupe* para ajudá-lo. O número 33, o alojamento alemão, havia elegido Albert, que, como ex-comissário das Brigadas Internacionais na Espanha, tinha a autoridade exigida e, como ex-pupilo de seminário jesuíta, a suavidade diplomática necessária para a posição. Os comunistas no 33 poderiam, talvez, ter impedido sua eleição, mas por razões dialéticas eles preferiram não colocar um dos seus em uma posição tão exposta.

No nosso alojamento, os russos, que eram a maioria, depois de muita arenga chegaram a um acordo na pessoa de Kuryatchuk, um gigante de mais de dois metros e um tanto lento da cabeça, mas dotado de uma certa autoridade sonolenta, como a de um elefante. Politicamente, ele estava na ala extrema-branca dos Vermelhos-Brancos e assim se situava de certa maneira justamente no eixo das forças centrífugas ao redor. O bom de Kuryatchuk é que não era possível discutir com ele — ele simplesmente olhava silenciosamente para você de cima para baixo, com seus olhinhos de elefante, e não dava resposta nenhuma, sendo incapaz de pensar em uma; e o silêncio solene gerado encerrava a discussão. Infelizmente, o regime de Kuryatchuk chegou ao fim depois de poucas semanas, por causa do já mencionado desenvolvimento de uma sociedade de classes em nossas barracas, a primeira consequência da qual foi um fenômeno mais bem descrito como a Irrupção dos Criminosos.

Eu contei que a Seção C era composta por "suspeitos", tanto no sentido político quanto criminal. Os "criminosos" estavam concentrados principalmente em nosso alojamento. A maioria deles não eram criminosos de forma alguma, mas tinham sido internados por força de alguma assim chamada "mancha" em suas fichas policiais. Klein, por exemplo, era um refugiado da Romênia. Ele morava na França já havia sete anos, mas não tinha conseguido obter um *permis de travail* — o visto de trabalho necessário para estrangeiros. Ele tinha a escolha de passar fome ou trabalhar ilegalmente, e naturalmente escolheu a última, como fizeram milhares de estrangeiros. As autoridades francesas tinham pleno conhecimento disso, é claro, e fingiam que não viam. De acordo com uma tradição muito benquista, eles preferiam tolerar semioficialmente uma situação ilegal a admitir oficialmente que um homem com permissão para viver na França deve também ter permissão para ganhar a vida. Três anos antes, um inimigo pessoal tinha denunciado Klein por "trabalhar ilegalmente". Daí, seguiu-se a sequência de eventos de costume: ordem de expulsão; a impossibilidade física de cumpri-la (ele não tinha, obviamente, nem passaporte nem para onde ir); seis meses de detenção em Santé. De acordo com a paradoxal rotina francesa, a ordem de expulsão foi cancelada quando ele foi libertado — de outra forma o governo francês seria obrigado a mantê-lo na prisão até o fim dos seus dias — e lhe foi permitido continuar trabalhando ilegalmente do mesmo jeito, dali em diante. Mas a mancha em seu dossiê permanecia, e com o início da guerra ele foi detido como um estrangeiro indesejável, "suspeito por razões de prévia condenação".

Era um caso típico, e a maioria dos "criminosos" na Seção C tinha uma história mais ou menos nessa linha. Mas havia por volta de vinte verdadeiros *types du milieu* em nosso alojamento, e, apesar da inferioridade numérica, eles tiveram sucesso em gerar um tipo de fermentação social que logo envenenou a atmosfera.

Tudo começou com os alimentos enviados e a cantina. As refeições fornecidas pelo campo eram suficientes apenas para manter um homem vivo em um estado permanente de fome dolorosa, de causar azia no estômago, constantemente sonhando acordado com comida. Ainda assim, no mesmo alojamento, alguns prisioneiros se alimentavam com carnes enlatadas, linguiças, bacon, queijo, manteiga, chocolate e frutas. O contraste entre ricos e pobres alcançou a pungência de uma sátira social. O túnel sombrio de nosso alojamento se tornou um modelo exagerado da sociedade humana, um tipo de reflexo distorcido.

Algumas tentativas diletantes de introduzir um comunismo pragmático foram cortadas na raiz; principalmente porque, das duzentas pessoas em nosso alojamento, apenas umas dez pertenciam à classe endinheirada (ou, mais apropriadamente, "recebedora de entregas") — ou seja, recebiam comida vinda de fora regularmente. Além disso, o número de entregas era limitado a uma vez por semana, e seu peso máximo era quatro quilos e meio. Quanto à cantina, aqueles que tinham algum dinheiro só podiam gastar dois francos por mês. Assim, em um compartilhamento geral, a parte de cada um seria equivalente a uma média de cento e cinquenta gramas de comida por semana, ou praticamente nada. Além disso, apenas três ou quatro dos recebedores regulares de entregas estavam dispostos a se submeter a um sacrifício tão extraordinário. O senso de coletividade, como costuma ocorrer, era em maior parte um privilégio dos que não tinham nada.

A tentativa de "socialismo"[111] tendo falhado, a corrupção e decadência do "capitalismo" seguiu seu caminho inevitável. No começo, por uns poucos cigarros e uns pedaços de linguiça, era possível uma pessoa subornar os cozinheiros para arranjarem água

---

111 NA: "Socialista" e "capitalista" com aspas, já que propriedade em nossa comunidade não incluía meios de produção, apenas bens de consumo.

quente para seu chá, ou contratar gente para lavar camisas e polir botas; mais tarde, quando o *milieu* estabeleceu seu domínio sobre o alojamento, era possível obter praticamente qualquer coisa através de propinas; dispensa do trabalho, espaço maior de acomodação, bebidas alcoólicas, e proteção contra denúncias às autoridades.

O reconhecido líder do *milieu* em nosso alojamento era Cyrano, um jovem espanhol com a face marcada por uma cicatriz, cuja voz aguda contrastava com seu porte robusto. Ele fingia ser um refugiado político e ex-membro da FAI, a Federação Anarquista, e tinha exercido pelos últimos dois anos a profissão de *maquereau*, ou gigolô, na *rue du* Faubourg Montmartre. Nós sabíamos disso graças ao seu amigo Ornato, um italiano elegante de tez escura, que tinha sido traficante de cocaína no mesmo distrito, e andava dia e noite em uma casaca conspícua, brilhante e felpuda como um ursinho de pelúcia. Permanentemente grudado a eles, estava George, um armênio de dezessete anos, que tinha ganhado a vida em Paris alternando entre furtar bicicletas e se prostituir. Sua rota consistia nos banheiros públicos entre a Place Pigalle e a Place Blanche, e o parque de diversões permanente no Palais Berlitz.

Cyrano e Ornato tinham proclamado a si mesmos *chefs de groupe* quando Kuryatchuk foi eleito chefe do alojamento. Como exatamente eles fizeram isso, ninguém lembrava com clareza depois — eles andaram de um lado para outro com algumas listas durante a animação geral do primeiro dia, quando todo o interesse estava na eleição do chefe de alojamento e na questão do barbeiro; e no dia seguinte eles estavam firmemente estabelecidos em suas posições. Ser *chef de groupe* trazia significativas vantagens: dispensa do trabalho, autoridade para resolver disputas menores com relação à distribuição de espaços vagos cujos ocupantes se encontravam no hospital, e custódia das listas daqueles temporariamente dispensados do trabalho pelo médico. Pelo menos um quarto do alojamento estava sempre com gripe e disenteria, e como apenas uma fração deles podia ser acomodada no hospital, tornou-se principalmente uma questão de suborno para Cyrano ou Ornato se a pessoa teria que se juntar à equipe de trabalho ou se poderia passar o dia todo deitada na palha. O ajudante Pernod e seus funcionários nunca se importaram com as listas; eles achavam mais simples confiar no *chef de baraque* e nos *chefs de groupe*, conquanto que tivessem o número exigido de homens para trabalhar.

Mas comprar os favores de Cyrano-Ornato tinha um papel apenas subsidiário — era caro e exigia uma certa diplomacia. Não era possível apenas colocar uma lata de sardinhas em suas mãos e pedir para ser deixado de fora do trabalho por um dia. Um certo ritual tinha que ser seguido, uma linguagem indireta, com volteios, utilizada, uma atmosfera de confiança e proximidade, criada. Apenas uns poucos tinham os meios e as técnicas para obter favores de Cyrano. Além disso, ele era suscetível e orgulhoso. Eu tive um bate-boca com ele nos primeiros dias, e ele tornou a vida difícil para mim, embora ele não pudesse me forçar a trabalhar. Mais tarde, quando Mario estava à beira do colapso e se recusava a se apresentar na triagem médica, eu tive que fazer as pazes com Cyrano para comprar uns dias de descanso para Mario. A única ocasião em que discuti seriamente com Mario foi quando ele descobriu sobre isso. Nunca tentei novamente. Mario tinha uma *idée fixe*: evitar qualquer oportunidade de ser humilhado por aqueles que detinham poder sobre nós. Essa obsessão, resultado de nove anos de vida na prisão, determinava sua conduta no campo e seu comportamento quase suicida: continuar trabalhando com uma febre de 40°; recusar-se a escrever petições pela sua soltura no estilo francês floreado exigido para esses documentos, e até mesmo se recusar a produzir uma declaração escrita de sua lealdade à causa Aliada — ele tinha se apresentado como voluntário para o Exército Francês já no primeiro dia da guerra — por medo de que isso pudesse ser interpretado como um fruto de coerção, e não de livre vontade política.

Era a constelação sempre recorrente e fatal: os Cyranos e os Ornatos e seus patronos e protegidos se davam perfeitamente bem nessa pilha de lixo que era nosso campo, enquanto os Marios e o Tamàses interpretavam o eterno papel de Don Quixote.

Ainda assim, um obstáculo à ascensão de Cyrano permanecia: Kuryatchuk, o elefante. Ele ainda era o *chef de baraque*, e de tempos em tempos até seu cérebro lerdo descobria uma irregularidade nas listas e dava um fim em um dos esquemas de Cyrano. Este, por sua vez, fez de tudo para tirá-lo do caminho, mas Kuryatchuk apenas o olhava de cima com seus olhos sonolentos e ocasionalmente soltava um rugido por sua probóscide que fazia o alojamento tremer.

Um dia, no segundo mês de nossa estadia em Le Vernet, durante o intervalo do meio-dia, uma tropa de gendarmes entrou subitamente em nosso alojamento, colocou todo mundo para fora, trancaram as portas e não permitiram que ninguém se aproximasse. Nós ficamos por lá todos juntos, atordoados. Então o ajudante Pernod, Fernandel e o Corso chegaram em um grupo solene, seguidos por Cyrano e Kuryatchuk. Logo começou a correr o rumor de que estavam revistando o alojamento em busca de produtos roubados; de fato reclamações de furtos vinham se multiplicando na última quinzena. Ornato permaneceu do lado de fora; ele ia de aglomeração em aglomeração em sua casaca brilhante de ursinho de pelúcia e deu uma ou duas dicas confidenciais que a busca poderia levar a "resultados muito inesperados". Depois de mais ou menos meia hora, os cinco emergiram das trevas, os oficiais parecendo muito oficiais, Cyrano com uma piscadela triunfante, e Kuryatchuk carregando um grande fardo em suas mãos e parecendo mais estúpido do que nunca. Ele seguiu atrás dos funcionários com um passo moroso e desapareceu com eles em direção ao escritório. Mas Cyrano se juntou ao grupo e, após se permitir ser pressionado por um tempo, nos informou confidencialmente que os bens furtados — duas ou três camisas e uns poucos pares de meias — tinham sido localizados na mala do chefe do alojamento.

Nós suspeitamos de pronto que o elefante era inocente e que Cyrano tinha aplicado um truque sujo nele; e até Pernod e seu pessoal adivinharam que algo do tipo deveria ter acontecido. A investigação foi conduzida secretamente, mas descobrimos que os três compatriotas de Kuryatchuk, entre eles o cantor de ópera, tinham testemunhado terem jogado baralho na noite anterior usando a maleta de Kuryatchuk, que fora esvaziada para esse propósito, e não tinham visto nada além de um par de calças sujas, amarradas junto de folhas de chá e tabaco. Ele foi inocentado, mas ainda assim renunciou ao seu posto; ele pareceu ter levado a suspeita para o lado pessoal, e daí para a frente levou uma existência melancólica e sombria em seu monte de palha no canto, distante das luzes do escrutínio público.

Contra Cyrano, nada podia ser provado; porém, suas esperanças de se tornar o sucessor de Kuryatchuk foram limadas pelo ajudante Pernod, que, abolindo o sistema de eleições com um gesto majestoso e de certa forma trêmulo, apontou um suíço chamado Storfer, um tipo esquisito e recém-chegado entre nós, para a posição de *chef de baraque*.

Storfer tinha chegado no campo havia apenas quinze dias; ele tinha por volta de quarenta anos, altura abaixo da média, era corpulento e tinha o rosto retorcido, atrofiado e ardiloso de um camponês das montanhas. Ele vestia calças cáqui e um chapéu verde com uma pena que nunca tirava, nem mesmo para dormir. Andava sozinho, dificilmente conversando com alguém, com exceção de George, o menino-moça armênio. A primeira coisa que descobrimos sobre ele é que era suscetível a ataques epiléticos, uma vez que teve um na noite de sua chegada. A segunda, que ele tinha passado doze anos na Legião Estrangeira, e que mais tarde trabalhou em um circo. A terceira, que ele era um informante que relatava tudo que acontecia em nosso alojamento para o Corso.

A nomeação de Storfer inaugurou uma nova era. Ele tinha a nós todos em seu poder graças ao simples expediente de denunciar qualquer um que desagradasse aos gendarmes. Sua primeira vítima foi o próprio Cyrano, que estava no caminho de Storfer. Cyrano fez um comentário sobre a cerimônia de "saudar a bandeira" — toda manhã, vinte homens eram colocados para marchar até a entrada do campo e tinham que ficar em posição de sentido enquanto a tricolor era hasteada no mastro; eles tinham que levantar meia hora mais cedo que os outros, e Cyrano disse algo dando a entender que isso era uma maldita chateação. O comentário foi feito na presença de Storfer. Uma hora depois, três guardas vieram atrás de Cyrano e marcharam levando-o embora. Ele foi mantido na cadeia por três semanas, espancado terrivelmente e transferido para a Seção B por ter "insultado a bandeira francesa". Nós nunca mais o vimos.

Tendo se livrado de Cyrano, Storfer metodicamente transformou a corrupção em um sistema. Nós todos nos tornamos mais ou menos seus tributários, de acordo com nossas possibilidades. Ele "aceitava" dinheiro em qualquer quantidade, de dez *sous* a cem francos, e concedia favores de acordo. O regime de Cyrano tinha sido banditismo oitocentista da velha guarda; Storfer introduziu o tipo moderno de conchavo em nossa sociedade, com sua característica típica de colaboração entre a gangue e as autoridades. Porque Pernod e seu pessoal, é claro, sabiam o que acontecia, mas a vantagem de ter seu próprio informante como chefe de alojamento pesava mais que seus escrúpulos morais, se é que os tinham; seu único interesse era não serem incomodados com qualquer coisa, e Storfer cuidava disso.

O novo regime trouxe consigo uma distinta evolução no processo de diferenciação de classes. Os privilégios da classe recebedora de encomendas não estavam mais limitados à comida e cigarros, mas gradualmente se estenderam às condições de acomodação e qualidade geral de vida.

O primeiro membro da plutocracia a ter um compartimento de cinco pessoas inteiro só para si, e um valete à disposição para atendê-lo, foi o sr. Goodman, agente na França de uma conhecida firma de armamentos americana. Ele tinha nascido nos Bálcãs, trabalhado para o *Deuxième Bureau* francês, e sido detido sob a suspeita de ser um agente duplo, o que acredito que de fato era. Sempre havia espaços vagos no alojamento e Goodman, graças ao pagamento de uma soma semanal considerável para Storfer, garantiu propriedade exclusiva do compartimento de canto na plataforma superior oposta à nossa. Parta, seu valete, era um vendedorzinho húngaro que trabalhava como um escravo para Goodman. Era faz-tudo e dona de casa em troca de parte de suas refeições suntuosas de comidas enlatadas e ocasionais cigarros americanos ou taças de brandy, contrabandeadas para Goodman pelos gendarmes com Storfer servindo de intermediário.

Parta tinha transformado o compartimento de Goodman em um tipo de sótão confortável. Não havia palha no chão; Goodman dormia em um colchão pneumático e Parta em um enxergão. Eles tinham uma mesa — as tábuas de uma caixa velha assim pregadas — e banquinhos, e prateleiras servindo de despensa. À noite, acendiam velas contrabandeadas. Eles tinham separado seu compartimento do que estava ao lado com papel pardo preso à estrutura de madeira, e do corredor, pendurando cobertores por sobre varal. De tempos em tempos, Goodman oferecia festas para os outros membros da plutocracia.

Do lado oposto ao de Goodman, no compartimento do canto superior ao lado do nosso, vivia Storfer com seus dois satélites: George, o ladrãozinho de bicicletas armênio que tinha se tornado a namorada de Storfer, e Emil, outro suíço e ex-legionário, também homossexual. Eles também tinham uma mesa e velas para acender.

Assim como nós. Uma mesa, cinco bancos, uma prateleira de despensa e até uma prateleira para livros, tudo em um espaço de 1,80 m x 2,70 m. A palha estava enfiada dentro de cinco enxergões que nos tinham sido enviados de casa, todos empilhados com cuidado um em cima do outro durante o dia. Não tínhamos como pagar por velas, mas tínhamos duas lamparinas feitas de latas velhas contendo óleo e um pavio equilibrado por um gancho de arame. Éramos representantes do baixo escalão da plutocracia, já que entre nós cinco apenas dois recebiam encomendas, que compartilhávamos. Elas normalmente chegavam na quinta-feira e nós mantínhamos um esquema de racionamento rígido para fazê-las durarem por toda a semana; toda barra de chocolate e todo biscoito era contado e dividido em cinco partes de sete rações, e a pele das linguiças era marcada com medidas, como um termômetro. O mesmo sistema refinado de economia era aplicado com relação ao espaço. Nós tínhamos que compartilhar cinco metros quadrados entre nós cinco, e se sentar em volta da mesa só era possível se encaixássemos nossos braços e pernas de um jeito específico, como uma quebra-cabeça.

A vida que levávamos era prova da capacidade de adaptação do homem. Acredito que até as almas condenadas no Purgatório, depois de um tempo, desenvolvem um tipo de rotina doméstica. Essa é a razão, a propósito, pela qual a maioria dos relatos de prisão são impossíveis de se ler. A dificuldade de comunicar ao leitor em sua poltrona a ideia do mundo de pesadelos do qual o autor emergiu faz com que ele retrate o estado mental dos prisioneiros como uma continuidade ininterrupta de desespero. Ele teme parecer frívolo ou estragar o efeito admitindo que, mesmo nas profundezas da miséria, a alegria continua se infiltrando.

Por outro lado, as *douceus de la vie* mencionadas acima, como mesas, banquinhos, enxergões e luz, estavam restritas a uma pequena parcela do alojamento — em torno de vinte pessoas no meio de duzentas, e cinco compartimentos entre um total de cinquenta. Eram os cinco próximos da porta na ponta sul do alojamento. Havia o compartimento de Storfer e o nosso, na plataforma superior da esquerda, e o clã Eligulashwily abaixo de nós; havia o compartimento de Goodman e o do "grupo Carluccio" a nossa frente na plataforma superior da direita, e alguns dos Russos Brancos bem de vida debaixo deles. Esses primeiros seis metros do alojamento pareciam uma imagem transversal de alguma casa de bonecas japonesa, muito primitiva, mas ainda assim bastante habitável; os vinte e quatro metros restantes eram simplesmente um estábulo, sujo e opressor, o ar irrespirável, pois homens fedem mais que cavalos.

Era um contraste revoltante e aparentemente irremediável. Todos os privilégios de que a plutocracia gozava eram ilícitos; as mesas e bancos eram feitos de tábuas furtadas da Administração Militar, velas e lamparinas a óleo eram oficialmente proibidas. Seu uso por uns poucos era tolerado, mas não podia se generalizar. Por conta de suas noções tradicionais, Fernandel e o Corso acharam natural que o sr. Goodman, que se vestia como um cavalheiro, ou o sr. K., cujo nome já tinha "aparecido nos jornais", gozassem de privilégios que eram negados a Yankel e outros pés-rapados. Uma das razões para a bancarrota da esquerda europeia foi seu fracasso em perceber quão profundas eram as raízes mentais da distinção de classes. A única medida de igualitarismo em que fomos bem-sucedidos foi garantir cobertores a todos os detentos de nosso alojamento, e implantar uma coleta semanal para melhoria da sopa.

No número 33, o alojamento alemão, as condições eram melhores, e as diferenças de classe menos agudas. Era um grupo mais homogêneo e mais disciplinado.

Por fim, tinha o Alojamento 32, ou o Alojamento dos Leprosos. Seus detentos estavam lá desde muito antes de nós chegarmos; eram eles que nós tínhamos visto na estrada para o campo, como revelações horripilantes das profundezas de abjeção e penúria a que um homem pode ser reduzido.

Se o setor dos pobres no nosso alojamento era o purgatório, o Alojamento 32 era o verdadeiro inferno. Era completamente escuro e o fedor era terrível. Nenhum de seus habitantes tinha uma muda de camisa ou meias, e muitos deles tinham na verdade vendido sua última camisa por um maço de cigarros, e agora andavam nus por debaixo de uma casaca fina e maltrapilha. O alojamento era infestado de pragas e doenças.

Fora do horário de trabalho, seus detentos prestavam serviços variados para os outros, lavando suas roupas de baixo em troca de umas poucas fatias de pão, consertando calçados, limpando botas. Eles não recebiam nem escreviam cartas. Eles zanzavam pelo campo, recolhendo guimbas de cigarro da lama e dos fundos do concreto das latrinas, onde a maioria podia ser achada. Até os mais desgraçados nos outros alojamentos olhavam para eles com horror e desalento.

Esses cento e cinquenta homens do Alojamento dos Leprosos eram remanescentes das Brigadas Internacionais — no passado, o orgulho do movimento revolucionário europeu, a vanguarda da esquerda. Eles tinham sido a matéria-prima para o primeiro experimento desde as Cruzadas de formação de um exército de voluntários que lutaria por uma crença cosmopolitana. Um estranho alinhamento histórico tinha colocado a Espanha na posição simbólica de Terra Santa e dado ao conflito por Madri o conteúdo emocional das batalhas pelo Santo Sepulcro. Não diferente das hordas de Godfrey de Bouillion e de Pedro, o Eremita, os Cruzados da *mystique* antifascista eram em sua maioria homens de boa-fé, com uma mentalidade que combinava iluminação e sectarismo, fraternidade e intolerância, caridade e impiedade, autossacrífico e cobiça mercenária. Como seus predecessores medievais, eles incluíam homens que tinham desistido de tudo para se juntar ao movimento e homens que se juntaram porque não tinham nada a perder; e em muitos casos ambos os motivos e ainda outros estavam envolvidos e os próprios homens não conseguiam dizer quais os tinham impelido. Metade do mundo os idolatrava como heróis e santos, a outra metade os desprezava como lunáticos e aventureiros. Na verdade, eles eram tudo isso; mas acima de tudo eles eram a vanguarda militante de sua crença. E, como no caso de seus predecessores, sua crença era explorada cinicamente por todos que puxavam as cordinhas por trás dos panos. A horda heroica não era nada mais que uma ferramenta inconsciente do jogo político, e quando tinha cumprido seu papel foi sacrificada em um imenso holocausto, a memória do qual perduraria e tornaria toda alta aspiração uma catinga nas narinas do cidadão comum.

As Brigadas Internacionais foram uma criação da Comintern[112] e eram controladas por ela. Seu baixo escalão era composto principalmente por comunistas e simpatizantes, seus oficiais e comissários políticos eram exclusivamente membros do Partido, respondendo diretamente ao aparato do Partido. A Terceira Internacional tinha começado a Cruzada nos dias em que a Espanha era o campo de batalha da Europa e Stálin ainda apostava no cavalo da democracia. Quando ele mudou de lado, fez o serviço completo; ele abandonou a Espanha (como um presente de noivado para o Fascismo, bem antes de qualquer um prever o casamento), ele abandonou a Comintern, ele abandonou a classe trabalhadora europeia. Os sobreviventes das Brigadas Internacionais — mais de dois terços foram mortos nos campos de batalha — foram atirados nos campos de concentração franceses; nenhum deles tinha autorização para entrar na Pátria Mãe do Proletariado, a nação que os tinha aclamado em idolatria heroica e histérica, que tinha se gabado de ter abolido o desemprego e ter trabalho para todos. Os portões da Rússia estavam fechados, os ouvidos do Partido, surdos, e as caixas do Fundo de Apoio dos Trabalhadores, vazias; mas aí sempre foi dito que o Partido não era uma organização filantrópica.

---

112 A Internacional Comunista, também conhecida como Terceira Internacional, organização política multinacional, mas principalmente sustentada pela antiga União Soviética, que visava à disseminação do comunismo. Foi dissolvida por Stálin em 1943.

Então, esse era o fim da Cruzada — o Alojamento dos Leprosos em Le Vernet. Metade dos destroços humanos que viviam nele vinham da Alemanha e da Áustria, como Willy Schulz, um tipinho belo, de olhos azuis, frágil e fanático, que estava cuspindo fora, a prestações, seus pulmões na palha do número 32 (homens do Alojamento dos Leprosos dificilmente eram levados para o hospital); e seus *curriculum vitae* era mais ou menos na mesma linha que o dele:

1930-3: vivendo de pensão;

1933-5: campo de concentração na Alemanha;

1935-6: desempregado em Paris, mas sem pensão;

1936-9: voluntário na Espanha, ferido duas vezes, a segunda vez no pulmão;

1939-? campo de concentração na França.

Isso queria dizer dez anos de vida como pária, e Willy tinha vinte e nove. Para alguns, era só cinco ou seis anos; para outros, onze ou doze. Alguns dos mais novos nunca chegaram a saber como é trabalhar; alguns dos mais velhos ainda se lembravam vagamente dos anos dourados em que lhes era permitido trabalhar como escravos em uma fábrica, oficina ou mina. Alguns tinham esposa e filhos na Alemanha, dos quais não tinham notícia fazia anos; outros tinham deixado uma garota em Paris quando foram para a Espanha, mas isso também agora já estava quase quatro anos no passado. No começo, havia cartas; depois, elas se tornaram raras; gradualmente todos os laços com o mundo externo se tornaram tênues e esgarçados, e enfim se romperam. Comunismo? Democracia? Fascismo? Uma guimba de cigarro na sarjeta era uma realidade, enquanto ideais políticos tinham gradualmente perdido todo o sentido; mas poucos admitiam isso. O ódio sectário entre stalinistas, trotskistas e reformistas ainda existia; conspirações e denúncias fracionadas ainda aconteciam — e lembranças sussurradas ou controvérsias políticas que tinham sido resolvidas por uma bala nas costas nos campos de batalha da Espanha. Algumas dessas eram lendas, muitas eram verdade; e a silhueta sombria do Tchequista,[113] do "Apparatchik",[114] ou do agente da GPU tinha tomado o lugar dos símbolos certa vez brilhantes e vívidos da luta por um mundo mais feliz.

Um mundo mais feliz! Que escárnio para os habitantes do Alojamento dos Leprosos. A essência da política é a esperança, e a esperança tinha morrido; mas partidos projetavam suas sombras e as sombras tinham permanecido. E as sombras seguiram lutando umas com as outras depois da derrota.

Dez anos de derrota constante os tinham reduzido ao que eles eram; e suas sinas meramente exemplificavam o que havia acontecido com todos nós, a esquerda europeia. Eles não tinham feito nada senão colocar em prática o que acreditávamos e pregávamos; eles tinham sido admirados e estimados, e jogados na pilha de lixo como um saco de batatas podres.

---

113 Referência à Tcheka, primeira polícia secreta soviética, que existiu de 1917 a 1922.

114 Termo usado para se referir aos burocratas de carreira de baixo e médio escalão do governo soviético, normalmente de forma derrogatória.

XII

As semanas passaram, no estranho ritmo de monotonia e empolgação da prisão. Olhando agora para a sucessão de eventos e incidentes, eles me parecem estranhamente fora de proporção. Na corrente que formam na minha memória, existem elos de diferente peso e tamanho; há o pequeno e inconspícuo do dia em que a Rússia declarou guerra contra a Finlândia, e o grande e brilhante de quando eu ganhei o segundo lugar no campeonato de xadrez da Seção C; e o grupo pesado e enferrujado da semana em que não recebi cartas de G. Não é uma corrente muito longa, não indo além de uma centena de dias; mas eu tenho a sensação estranha de que ela está pendurada de forma irremovível dentro de meu crânio, em algum lugar entre os dois tímpanos, e toda vez que ouço a palavra "França", ela começa a balançar e me fazer passar mal com suas vibrações.

Seguindo a sequência incoerente da corrente, o primeiro evento do qual me lembro depois da mobilização sobre o barbeiro foi a destruição do *Admiral Graf Spee.*[115] Enfim algo tinha acontecido na guerra de mentira, e o *Dépêche de Toulouse* tinha aumentado a história quase à proporção de uma Trafalgar.[116] Ainda assim seu efeito vivificante era perceptível no campo; vitórias, grandes ou pequenas, são vitaminas para o ânimo.

115 Navio de guerra alemão, avariado por navios ingleses na Batalha do Rio da Prata, em dezembro de 1939. Foi afundado a mando do próprio comandante após aportar em Montevidéu, em dezembro de 1939. Partes do navio estão expostas no Museu Naval do Uruguai, e no porto de Montevidéu.

116 A Batalha de Trafalgar, em 1805, foi uma vitória marítima britânica decisiva para encerrar as ambições napoleônicas de invadir o Reino Unido.

Na semana seguinte, as vitaminas foram seguidas por uma dose de veneno. Veio através de uma série de fotos retratando a vida de prisioneiros de guerra alemães em um campo francês. Nós os vimos se alimentando em um refeitório arrumado, e havia mesas e cadeiras e pratos e facas e garfos. E nós os vimos em seus dormitórios, e eles tinham camas de verdade e colchões e cobertores. As imagens contavam uma história eloquente: se você era um nazista, você era tratado decentemente; mas se você era um antinazista, você era tratado como lama. Depois de minha soltura, ouvi que um certo refugiado alemão no Alojamento 33 tinha escrito uma carta para as autoridades francesas, com a declaração lacônica que ele tinha mudado de posições políticas, tinha se tornado leal a Hitler e um inimigo da França, e solicitando que fosse tratado como um prisioneiro civil de guerra. Ele foi de fato transferido para um campo nazista. Deve ser levado em conta como crédito aos seus camaradas o fato que ninguém mais seguiu seu exemplo.

A próxima coisa da qual me lembro foi da primeira epidemia de disenteria. Quase metade da Seção C a pegou; por sorte, era uma forma benigna da doença e nós tivemos apenas uma morte.

O nome do homem que morreu era, acho, Max Heymann. Ele tinha mais de sessenta anos, era um refugiado da Alemanha, um velho judeu quieto e discreto. Ele dormia ao lado do velho Poddach no Alojamento 33. Quinze homens tiveram permissão de acompanhá-lo até o cemitério, e Dessauer, um ex-rabino, realizou as orações.

Então vieram as chuvas de novembro, com seu tamborilar suave e triste no telhado do alojamento dia após dia. A lama em algumas partes do campo chegava até às canelas, e a maioria dos homens não tinha casacos, e a epidemia de disenteria foi seguida por uma epidemia de gripe.

No meio desses eventos, os russos atacaram a Finlândia e os comunistas usaram sua dialética para provar que essa era uma guerra revolucionária, enquanto a guerra contra os nazistas era uma guerra imperialista. A coisa mais exasperadora com relação aos nossos comunistas é que eles tornavam bastante difícil alguém odiá-los; eles não tinham nenhum dos vícios tradicionais, não roubavam e não alcaguetavam e não eram nem corruptos nem egoístas, mas transbordantes de virtudes. De fato, o único problema deles era que anos de sedação com dialética stalinista tinham afetado suas massas cinzentas com um certo daltonismo em suas perspectivas tanto lógicas quanto éticas. Era o único defeito deles, mas desastroso em seus resultados.

Ainda assim, isso só se aplica ao baixo escalão proletário. Havia alguns dos funcionários principais do PC Alemão no Alojamento 33, e para eles o posto era verdade; eles tornavam difícil que alguém não os odiasse. Com talvez uma única exceção, todos esses homens tinham sido cúmplices, passiva ou ativamente, no fuzilamento de inúmeros de seus camaradas na Rússia e na Espanha; eles tinham ativamente apoiado posições políticas cujos resultados práticos atenderam os objetivos dos nazistas, e ganharam um salário mensal com isso. E ainda assim nem mesmo eles (novamente, com uma exceção) podiam ser acusados de corrupção no sentido tradicional da palavra. Eles eram corruptos em um sentido mais sutil, ao inserir entre o interesse próprio e a ação política as engrenagens mentais do autoengano. Esse aparato psicológico lhes permitiu ter a faca e o queijo na mão — cometer as infâmias mais torpes e ainda assim manter o conforto de uma consciência limpa. Eles tinham desenvolvido a técnica de mentirem para si mesmos a tal nível de perfeição que o termo "de boa-fé" não tinha mais sentido; quando o autoengano se torna rotina, deixa de ser uma mera desculpa.

Sua moral era condenável e sua lógica, equivocada, mas sua posição era forte porque os argumentos usados contra eles geralmente eram mais equivocados ainda. Aquele que luta contra comunistas sempre fica com vergonha dos próprios aliados.

Eu lembro do dia em que descobri através de uma carta que os comunistas nos Estados Unidos tinham iniciado uma campanha propagandística contra o bloqueio marítimo à Alemanha, e contra o apoio americano aos Aliados. Quando terminei de ler a carta, encontrei F., um membro do Comitê Central do PC Alemão. Ele estava limpando a latrina em frente ao Alojamento 33, um homem de cinquenta anos, ex-lenhador, com um rosto duro e bem definido como se pintado por Dürer. Nós costumávamos evitar um ao outro, mas com aquela carta na mão não pude me conter. "Leia isso", lhe falei.

F. pegou a carta e ajustou os óculos — eram armações de ferro, o apetrecho do proletário instruído, diferente da ornamental armação de chifre de um burguês. Ele permaneceu bastante aprumado enquanto lia, a escova da latrina em suas mãos. "E o que tem isso?", ele perguntou quando terminou.

"Você concorda com isso?"

"Claro que sim. Esta guerra não é um problema da classe trabalhadora internacional."

Nós tivemos a discussão de praxe. Tudo que ele disse parecia completamente convincente. Era quase possível ver as engrenagens bem lubrificadas girando em seu cérebro, moendo o significado das palavras, revolvendo-as e revolvendo-as, até que se tornou patente que o verdadeiro antifascismo era dar apoio aos fascistas. No fim, ele disse:

"Se você estivesse em uma posição de comando, você nos libertaria?"

"Sim. A maioria das pessoas do 32, e o baixo escalão de forma geral. Quanto a você, D., G., S. etc., eu os manteria atrás do arame farpado enquanto a guerra durasse, em condições mais decentes, é claro."

"Porque você é um gambá enjeitado e tem medo da gente."

"Porque vocês fazem o jogo dos nazistas e devem ser impedidos."

"Então por que você não denuncia o que eu disse para seus amigos gendarmes?"

"Eu não sou um informante."

"Por que não? Seria apenas a conclusão lógica de suas convicções."

"Porque eu parei de acreditar que os fins justificam os meios — e é por isso que deixei o Partido."

"Liberalismo pequeno-burguês", disse F., conclusivo, e voltou a limpar a latrina com seus movimentos lentos, meticulosos, dignificados. Eu nunca discuti com ele novamente. Seu erro apaixonado lhe concedia vantagem sobre minha verdade puída.

Uns poucos dias depois, um amigo me contou sobre uma conversa que ele ouviu entre F. e um jovem membro do Partido, recém-chegado.

"Aquele é K., o escritor?", perguntou o novato, apontando para mim.

"Sim."

"Ele é um membro?"

"Não."

"Mas é antifascista?"

"Até isso é duvidoso", respondeu F. "Tome cuidado se conversar com ele."

Dezembro chegou e com ele a primeira temporada de neve, com um vento congelante descendo dos Pireneus. Manteve o termômetro nos 20 graus negativos por dias sem fim. E ainda não havia um único fogareiro na Seção C, e da população total do Alojamento dos Leprosos, apenas quinze tinham cobertores. Eles não podiam sequer se cobrir com a palha, já que a camada mal tinha três centímetros de espessura; seus dentes batiam e eles tremiam a noite toda. Durante o dia eles ainda tinham que trabalhar em seus trapos, sem casacos e com seus dedos do pé escapando dos calçados.

No meio da temporada de frio uma nova epidemia estourou, um tipo de diarreia que forçava os homens a irem na latrina cinco ou seis vezes por noite; e as latrinas ficavam ao relento. Alguns dos velhos simplesmente não conseguiam fazer isso. As consequências eram como se pode esperar.

Havia vários médicos na Seção C, e dois deles, um alemão e um armênio, fizeram seu melhor para ajudar. Eles cuidavam dos doentes nos alojamentos e tinham autorização para receberem remédios de seus amigos em Paris, que eles distribuíam gratuitamente. Foi uma verdadeira benção para todos nós, já que as provisões médicas do campo consistiam principalmente de aspirina, beladona e óleo de rícino.

Em um dia de dezembro, durante a Era da Diarreia, o médico mais jovem, ou "bom", do campo, enviou uma mensagem para a Seção C; ele agradeceu o dr. Weiden e o dr. E., o armênio, por seu "valioso apoio às autoridades do campo" e externou o desejo de os conhecer pessoalmente. Teriam eles a bondade de comparecerem na enfermaria no dia seguinte, durante o horário de atendimento?

A mensagem foi entregue *verbatim* por Dessauer, o ex-rabino. Dessauer tinha perdido seu braço direito durante a Primeira Guerra Mundial, e, não tendo condições de trabalhar, fora designado para manter os registros do hospital e acompanhar os doentes durante a visita ao médico. Weiden e E. estavam naturalmente contentes. Na manhã seguinte se juntaram ao destacamento de doentes a caminho da enfermaria. Lá encontraram, em vez do jovem médico, o tenente da Croix de Feu a postos. A função de Dessauer era chamar os pacientes da sala de espera de acordo com sua lista, e ler em voz alta a natureza de suas reclamações. Quando a vez dos dois médicos chegou — ambos tinham mais de cinquenta anos —, Dessauer leu seus nomes e títulos acadêmicos.

"Qual a reclamação?", perguntou o tenente.

Dessauer explicou que o *Monsieur le sous-liutenant* tinha pedido que os dois médicos se apresentassem. O tenente deu uma olhada com seus olhos injetados de vermelho típicos de bêbado. Todo mundo sabia que ele odiava seu colega mais novo, que era um oficial da reserva e, além disso, um judeu, e que ele odiava Dessauer pela mesma razão. Ele jogou a cabeça para a frente e rugiu:

"Eu perguntei o motivo da visita deles."

A única defesa de Dessauer contra humilhação era seu humor seco. Ele respondeu no seu tom calmo de profissional:

"Motivo: *visite de politesse*."

O final disso foi que o tenente ordenou que os dois médicos fossem enviados para a prisão por quinze dias. Razão: *visite non-motivée.*

O campo inteiro começou a ferver, até os gendarmes. Ambos os médicos eram muito populares, particularmente Weiden, e alguns dos guardas, sofrendo de furúnculos ou reumatismo, costumavam passar com eles em vez dos médicos militares. Eles sempre tinham recusado qualquer forma de pagamento ou privilégio pessoal, e isso tinha impressionado profundamente os gendarmes franceses. Mas o comandante do campo, por razões de disciplina, estava apoiando o tenente, e Weiden e o dr. E. foram levados à prisão.

O jovem médico francês sentiu que isso envolvia sua honra pessoal. Ele protestou junto ao comandante, e o caso se tornou uma questão de prestígio entre o tenente, um oficial regular e membro da Croix de Feu, e o *sous-liutenant*, que era apenas um reservista e um judeu. Em face do espírito do Exército Francês, não poderia haver dúvida sobre o resultado, mas o pretexto empregado pelo comandante do campo para fazer um ato arbitrário parecer legal foi realmente notável. Ele confirmou a sentença de prisão para os dois médicos, mas mudou a razão da obviamente absurda "*visite non-motivée*" para "distribuição de drogas proibidas entre os internados". As "drogas proibidas" eram pastilhas de Veramon[117] que por engano não haviam sido registradas na lista de medicamentos que Weiden tinha recebido de Paris.

O *sous-liutenant* tomou o único caminho que lhe permanecia aberto e pediu para ser transferido para a frente de batalha. Poucos dias depois seu pedido foi atendido. Nós nunca mais ouvimos falar dele.

Se ele foi morto, não foi porque acreditava em socialismo, revolução ou qualquer grande ideal, mas por crer nas formas mais simples de decência. Em sua época e país, as qualificações exigidas para se tornar um mártir tinham sido reduzidas a um mínimo modesto. Se ele sobreviveu, vai ficar sob o jugo das leis raciais do velho Pétain.

Quando Weiden voltou da prisão, tinha se tornado um homem quebrado. Isso se deu em parte por algo ter dado errado com sua dentadura, de forma que ele não podia mais usá-la, e seus lábios e mandíbula tinham afundado como se a estrutura que os sustentasse tivesse sido removida. Mas o maior dano tinha sido no seu espírito: a consciência da injustiça sofrida havia corroído sua mente e em uma quinzena tinha destruído sua animação jovial de antes. O dr. E. logo superou

117 Analgésico barbitúrico popular durante a primeira metade do século XX. Chegou a ser comercializado no Brasil.

o choque, mas Weiden nunca se recobrou. Seus remédios foram confiscados; ele foi estritamente proibido de oferecer qualquer aconselhamento médico; e esse ócio forçado em meio a tanto sofrimento físico foi seu fim. Ele se esgueirava pelo campo, resmungando consigo mesmo, sem se barbear, negligenciado e imundo. Antes da tragédia ele aparentava quarenta e cinco anos; agora parecia ter setenta e mal se podia distingui-lo dos moradores de rua russos que viviam então em nosso alojamento. Era uma visão de outro mundo, essa aniquilação lenta da substância humana em um homem, acontecendo bem diante de seus olhos.

Apenas em uma outra ocasião vi o velho Weiden feliz novamente. Na véspera de Natal, três gendarmes se aproximaram do Alojamento 33 com ares conspiratórios. Um deles tinha um corte infeccionado no dedo e pediu a Weiden que fizesse um curativo; os outros tinham vindo para ficarem de vigia enquanto isso. Eles tinham trazido tudo que era necessário do estoque médico e até velas para fornecer luz. O velho Weiden realizou a operação simples solenemente e os três guardas marcharam embora, depois de cerimoniosamente saudá-lo e lhe apertar as mãos. Eles tinham vindo para agradá-lo e homenageá-lo — como algum tipo de presente de Natal? Um pensamento sutil e romântico demais para gendarmes franceses. Ou, ao contrário, estavam troçando dele? Ou simplesmente, vieram porque não tinha mais ninguém disponível na enfermaria? Nunca consegui descobrir.

Depois da segunda morte na Seção C, a administração do campo aparentemente ficou com medo das responsabilidades a que era passível ao permitir que homens de sessenta e setenta anos dormissem em cima de palha em alojamentos sem aquecimento em uma temperatura próxima de 18 graus Celsius negativos. Eles mobiliaram duas cabanas vazias com estrados, enxergões e dois fogareiros, e ordenaram que todo homem com mais de cinquenta e cinco anos fosse transferido para lá.

Esses alojamentos dos velhos ficavam do lado de fora das cercas da Seção C, e o êxodo dos velhos foi uma visão lamentável. Eles marcharam em fila única, cada um acompanhado por um camarada mais jovem para carregar sua bagagem; eles estavam ansiosos e deprimidos, tendo que deixar seus amigos para trás, e aqueles horríveis alojamentos gélidos que ainda assim tinham se tornado um tipo de casa; e eles estavam apavorados, como todo prisioneiro fica apavorado, pela súbita mudança de condições. Era um tipo de procissão fúnebre, e no meio do caminho, logo depois do arame farpado da Seção C, um deles desabou. Era o *Kammersaenger*[118] Schiller.

Kammersaenger Schiller tinha interpretado papéis principais de tenor nos palcos das casas de ópera provinciais da Alemanha; e, como muitos atores, ele tinha Neurose de Hora do Encerramento; o medo obsessivo de ficar velho. Ele tingia o cabelo, e sua esposa em Paris vivia lhe enviando pijamas de seda cor de creme, *eau-de-cologne* russa, e um discreto esmalte especial para unhas. Nós todos pensávamos que ele tinha uns quarenta e poucos; e agora acontecia que ele tinha mais de cinquenta e cinco e era enviado para o alojamento dos velhos.

Era uma visão repulsiva — *Kammersaenger* Schiller agarrado ao arame farpado da Seção C, lágrimas correndo pelo seu rosto barbeado, implorando aos gendarmes que o deixassem voltar. Ele não era realmente velho, ele podia aguentar todas as adversidades, ele não pertencia ao alojamento dos velhos, e ele não seguiria em frente — não, não seguiria. Os

118 Título honorífico conferido, na Alemanha e Áustria, para cantores de ópera e música erudita de distinção. Literalmente, "cantor de câmara".

guardas ficaram em volta, olhando de boca aberta para o *Kammersaenger* Schiller. Por fim, ele se juntou à procissão: "Estou apenas me submetendo à força", ele gritou inutilmente, embora ninguém o tivesse tocado.

Daquele dia em diante, ele começou a decair. Parou de tingir o cabelo e preservar sua aparência; no alojamento dos velhos, ele se tornou um.

O terceiro colapso foi o do sr. Goodman, o suposto agente duplo. Coisas estranhas lhe aconteciam. Começou com uma tentativa de se enforcar, que foi presumivelmente falsa, uma vez que foi Parta, seu valete, que o achou; mas foi uma farsa com realismo impressionante — pois ele o achou de fato pendurado em uma corda amarrada em uma viga por sobre a latrina. Daquele dia em diante, o sr. Goodman se tornou, por assim dizer, invisível, embora ele tenha continuado morando em nosso alojamento. Com exceção das quatro chamadas diárias, ele nunca deixava seu compartimento no canto, que era protegido de olhos curiosos por uma combinação de cobertores e panos. Durante as chamadas, podíamos ver que ele estava deixando uma barba preta crescer, que ele estava usando um estranho tipo de boina basca com as costuras voltadas para fora, e que a expressão de seu rosto estava congelada em um sorriso idiota. Uma semana depois ele começou a berrar no meio da noite dizendo que queria uma bicicleta com três rodas. Teve que ser levado para o hospital e, provavelmente, ainda está lá. Se ele realmente ficou doido ou estava apenas fingindo, não sei; se era fingimento, foi uma performance notável.

Mas outro homem enlouqueceu de fato — o infeliz judeu turco que foi enviado à prisão por pedir um creme para os olhos ao médico. Ele vivia no alojamento dos velhos e uma noite em janeiro simplesmente se levantou e atacou seu vizinho com um canivete. Depois disso ele se acalmou e foi levado para a cadeia. Na manhã seguinte, o acharam morto — ele tinha se enforcado usando sua gravata e um gancho na parede.

Esses foram casos extremos — mas a maioria de nós sofreu uma certa transformação em nossa mentalidade. Tamàs desenvolveu sintomas de melancolia, tecendo em volta de si um casulo de silêncio amuado; Pitoun, uma falação nervosa, ainda mais cansativa porque ele falava bem devagar e com um forte sotaque russo; Klein se tornou insuportavelmente briguento e irritável. Eu tentei em vão me defender de uma obsessão neurótica relativa a G.: toda vez que uma carta se atrasava, eu sofria de uma *idée fixe* de que alguma coisa tinha acontecido a ela, e quando se verificava que ela estava bem, eu saltava com uma fúria de esganar contra ela por ter me causado tamanha ansiedade; e, como não podia responsabilizá-la por algo que não era sua culpa, eu buscava por pretextos em suas cartas e até mesmo na composição das encomendas de comida que ela enviava; e eu passava dois dias elaborando cartas que eu sabia que iriam magoá-la e insultá-la, e daí dois outros dias, uma carta de desculpas. O estranho é que eu era perfeitamente capaz de oferecer uma análise sóbria do meu estado neurótico, mas isso de forma alguma o impediu de piorar a cada semana. Em duas ocasiões, quando eu aguardava uma carta e meu nome não foi chamado na distribuição do correio, eu perdi minha voz por quase meia hora, a primeira vez sem perceber. Conversei com Mario, e não entendi por que ele me olhava tão confuso até que notei que meus lábios se mexiam, mas nenhum som saía. Eu fiquei mais furioso comigo mesmo do que assustado, e depois de um tempo passou.

Detenção, tédio, as inomináveis condições materiais e a sequência contínua de humilhações fizeram seu lento trabalho em nossas mentes. Talvez o pior de tudo fosse a completa falta de privacidade. Viver meses a fio em cinquenta centímetros de espaço, na colmeia enxameada do alojamento sem uma hora de tempo a sós, sem nunca poder respirar um ar, afetava até os mais robustos nervos proletários. Eu sentia como se o conteúdo do meu cérebro tivesse derretido até se tornar um tipo de geleia amorfa que não permitia a formação de nenhum pensamento consistente. Os moinhos da penúria trituravam devagar, mas com eficiência.

Havia, no entanto, exceções. Para alguns em nosso campo, mendigos, vagabundos e *clochards*,[119] o alojamento significava segurança material e conforto; a proteção de um teto, uma polegada de palha, um copo de café e duas latas de sopa por dia. Um dia, quando surgiu o rumor de um armistício, ouvi um velho morador de rua russo perguntar em tom ansioso: "Se eles fizeram paz, você acha que vão deixar a gente ficar aqui?".

E havia outros que pareciam florescer nesta pilha de esterco. Cyrano passava a impressão de ser um homem perfeitamente feliz até que Storfer causou sua derrocada, e o próprio Storfer visivelmente gozava da melhor época de sua vida; ele ficou mais gordo e respeitado, e até seus ataques epiléticos se tornaram menos frequentes.

Incidentalmente, nesse meio-tempo descobrimos que, depois de deixar a Legião Estrangeira, Storfer tinha sido assistente de um domador de tigres no famoso Circo Amar. Sua função era ficar atrás de seu mestre com um revólver descarregado e cara de aflito, para fazer a apresentação parecer mais perigosa. Ele tinha cumprido sua tarefa, particularmente as caras de aflição, com tamanho sucesso, que acabou virando o segundo palhaço na equipe de Amar. Storfer corria em volta do picadeiro nos intervalos entre os números, dando cambalhotas e chutando os outros palhaços nos fundilhos.

---

119 Gíria francesa para moradores de rua, usualmente acometidos de alcoolismo. A origem do termo é incerta; uma possível teoria é que se origina do verbo *clocher*, claudicar, cambalear.

XIII

Chegou o Natal, e toda lamentável agitação para preparar as tradicionais comemorações *Ersatz* dos prisioneiros. Os alojamentos foram decorados com ramos verdes sobre as portas, e com a inscrição: 1940! VIVE LA FRANCE! LIBERTÉ, EGALITÉ, FRATERNITÉ. Quando tudo acabou, os ramos foram usados como escovas para a latrina e lixaram o Liberté, Egalité, Fraternité. O comandante do campo, que vimos pela primeira e última vez nessa ocasião, fez um discurso e nos concedeu permissão para fazermos uma coleta nos alojamentos para comprar um barril de vinho tinto, meio litro por cabeça. A comida não foi melhorada; sopa de grão-de-bico e mais nada era o menu na véspera de Natal, sopa de grão-de-bico e mais nada na véspera de Ano-Novo.

As comemorações consistiram em um show amador de variedades em um alojamento vazio. Foi nessa ocasião que o comandante fez seu discurso. Eu não me recordo sobre o que era, mas, na melhor tradição oratória francesa, era bem melodioso e enaltecedor. Albert também disse algumas palavras melodiosas em nome dos prisioneiros, e então a programação começou; teve um coro russo interpretando canções tradicionais russas e um coro húngaro interpretando canções tradicionais húngaras; um acrobata do Alojamento 32, um coro iugoslavo que interpretou canções tradicionais iugoslavas, uma apresentação solo de Storfer como palhaço, um coro polonês que interpretou canções tradicionais polonesas, um coro checo que interpretou canções tradicionais checas, e então todos cantamos as Marsellaise e fomos colocados em marcha de volta para nossos alojamentos, sob o acompanhamento do *un-deux, un-deux* não menos rítmico de nossa escolta.

No dia seguinte surgiu uma rixa entre Storfer e Albert; ambos eram chefes de alojamento, mas Pernod tinha nomeado Albert como diretor da apresentação que seria repetida na véspera de Ano-Novo, e Albert queria cortar o espetáculo de palhaço de Storfer, que era mesmo repulsivo; por outro lado, Storfer achava que, por força de seu passado como artista e domador de tigres, a honra de ser diretor deveria recair sobre ele. O resultado foi que Storfer denunciou Albert por dizer coisas pejorativas sobre o Exército Francês enquanto estava na fila da cantina; mas Albert provou que ele nunca tinha estado na cantina, uma vez que ele recebia de sua esposa todos os produtos alimentícios que desejava, e permaneceu como diretor.

A Seção A e a Seção B também tiveram suas performances, e descobrimos que a B, os "políticos", tinha feito uma excelente peça satírica sobre as condições no campo. Isto ilustra a diferença entre a atmosfera coletiva de prisioneiros políticos e a de nossa companhia mista. Deve-se dar o crédito a Pernod e sua equipe por terem assistido a apresentação da B até o fim, segurando suas panças e dando tapas nas pernas de tanto dar risada. Sua atitude foi um exemplo perfeito do tradicional respeito francês pelo *l'esprit* — e da futilidade deste, pois naturalmente a qualidade de vida do *Homo verniensis* permaneceu a mesma de antes.

As condições se tornaram até piores. Depois do Natal, Pernod foi transferido para outro lugar e substituído pelo tenente Cosne. Tenente Cosne usava uma cinta, falava em um falsete agudo, e era a encarnação deplorável de um complexo de inferioridade andando por sobre duas pernas cambotas com uma tala de cavaleiro na mão. A primeira vez que vi a tala em ação foi na cara do velho Poddach, no dia da chegada do tenente Cosne; e daí em diante, pelo menos uma vez por dia.

O crime de Poddach foi que ele protegeu os olhos do sol usando as mãos enquanto conversava com um sargento. No dia seguinte, Yurvitch, um virtuoso do violino iugoslavo — o jovem escuro que tinha ficado de mãos dadas com a esposa na Salle Lépine, e que chorou quando foram separados —, se reportou ao escritório de Cosne. Ele pediu para ser dispensado do trabalho pesado enquanto as bolhas purulentas em suas mãos saravam, temendo que elas se tornassem inaptas para o exercício de sua profissão.

"Me mostre suas mãos. Ponha-as na mesa", disse o tenente Cosne.

Yurvitch colocou as mãos na mesa — longas mãos nervosas com todas as articulações inchadas e a pele craquelada, e então o chicote do tenente Cosne desceu sobre elas e desceu uma segunda vez em seu rosto. "Isto vai lhe servir de lição por tentar escapar do trabalho enquanto nossos soldados estão lutando na Linha Maginot."

A próxima vítima foi Klein. Klein estava correndo para a cozinha com uma chaleira quente na mão e não viu o tenente Cosne passar. Cosne tinha a *idée fixe* de que nós evitávamos saudá-lo de propósito. "Ensine esse homem a se comportar", ele disse para o Corso. Klein recebeu sua lição sobre comportamento apropriado se retorcendo no chão, com a chaleira derramando água quente em seus pés.

Poucos dias depois, Barna, um escritor checo com mais de cinquenta anos da Seção B, caiu da plataforma superior de seu alojamento e quebrou o braço. Ele teve que ser levado de trem até o hospital no município mais próximo, Pamier, para passar pelo raio X e ser engessado. O tenente Cosne ordenou que a escolta o algemasse durante a viagem; e assim foi feito: o homem com o braço quebrado teve que viajar algemado. Na semana seguinte ao acidente, o filho de Barna, um garoto de quinze anos, veio de Paris para visitá-lo. Foi-lhe negada a permissão, e o garoto teve que viajar oitocentos quilômetros de volta para Paris sem ter visto o pai.

As piores coisas aconteceram na prisão do campo. À noite, os gendarmes se embebedavam e, como não havia nenhum outro entretenimento disponível em Le Vernet, eles iam até a prisão do campo, abriam as celas e espancavam os prisioneiros. Esse entretenimento era tradicionalmente chamado "*passer à tabac*". Cyrano, por exemplo, teve a má sorte de por alguns dias ser o único prisioneiro detido; e como a cela era tão pequena que apenas um homem podia se divertir por vez, os sargentos se revezaram e espancaram Cyrano por duas horas. Na manhã seguinte ele teve que ser tratado na enfermaria.

Durante todo o tempo em que estive em Le Vernet, prisioneiros novos continuavam chegando; depois do Natal, dois novos alojamentos — 35 e 36 — foram aos poucos se enchendo de homens. Nós os olhávamos de cima a baixo com o mesmo desprezo patrício por recém-chegados que viajantes de um vagão de trem demonstram por quem entra em uma parada no meio da jornada. "*Un type du 35*" era um termo pejorativo entre os homens do 33 e 34.

Entre os recém-chegados havia algumas curiosidades raras. Tinha o velho Gouget, de origem belga, que por trinta anos havia mantido uma barraca de verduras em uma vila montanhesa próxima de Grenoble. No quintal de sua casinha, ele criava pombos.

Em um domingo, a família Gouget estava apenas comendo pombo assado com *salade de cresson*, quando Mlle. Monnier, uma velha solteirona, passou e os viu pela janela da sala de jantar. Mlle. Monnier tinha lido nos jornais que pombos-correio eram usados para fins militares, e que quem quer que atirasse em um seria submetido à corte marcial por sabotagem militar. Na manhã seguinte, os gendarmes da vila foram até Gouget e o colocaram na cadeia. O relatório foi devidamente encaminhado pela gendarmerie às autoridades militares, que arquivaram o indiciamento por ser idiota e devolveram o auto ao *préfet* do distrito; e o *préfet* do distrito, para provar seu zelo patriótico, ordenou que Gouget fosse internado porque "embora nenhuma acusação específica pôde ser provada contra ele, o estrangeiro Gouget deveria ser considerado politicamente suspeito em referência ao parágrafo X da *loi des suspects*".

Também tinha Uetzli, um rapaz suíço de dezessete anos, que tinha fugido da fazenda dos pais, nas cercanias de Berna, para se alistar como voluntário no Exército Francês. Ao chegar em Paris ele caminhou da Gare de l'Est até a Opéra, porque tinha ouvido falar que este era um edifício famoso e ele queria dar uma olhada nela antes de se tornar um soldado. Então ele deu sua olhada e se aproximou de um policial na frente do Café de la Paix, e lhe perguntou com seu forte sotaque alemão onde ficava o quartel mais próximo.

"Por que você quer saber?", perguntou o policial.

"Para me tornar um soldado", explicou o jovem Uetzli.

"Me mostre sua *carte d'identité*", disse o policial. O jovem Uetzli tinha apenas um passaporte, e nenhuma *carte d'identité* francesa. "Onde você mora?", perguntou o policial. O jovem Uetzli explicou que ele não morava em lugar algum, porque tinha acabado de chegar da Suíça. "Então você acabou de chegar da Suíça para se tornar soldado, é? Venha comigo, vou te mostrar seu quartel." Cinco minutos depois o jovem Uetzli se encontrou em uma cela na delegacia de polícia, uma hora depois na Salle Lépine na *Préfecture*, e uma semana depois no Alojamento 35 em Le Vernet.

Tinha ainda o ex-monge budista da Mongólia que vendia cartões postais com cenas de nudez nos cafés de Montparnasse, e Balogh, o húngaro, que tinha sido comandante de um navio de guerra no Danúbio e um colecionador de selos, e que fora convidado pelo rei George V para ir a Londres em 1912 para exibir sua coleção. E havia ainda Pacek, o famoso agente da Inteligência tcheca, que tinha estudado a língua húngara durante sete anos para uma missão em Budapeste, e havia marchado com o Exército Alemão até Viena disfarçado de soldado da Reichswehr, e sido condenado à morte duas vezes; ele alegava que tinha sido enviado para Vernet por causa de comentários incautos que fez na presença de oficiais franceses sobre Daladier ter traído os checos em Munique, e foi libertado quatro semanas depois de mim. Havia Dessauer, o ex-rabino e ordenança da enfermaria, que usava seu relógio de pulso na prótese que substituiu seu braço direito; à noite, a prótese com o relógio ficava pendurada em um prego sobre seu lugar no Alojamento 33, e quem quisesse saber as horas pegava o braço de Dessauer e o levava até a lamparina a óleo que ficava ao lado da entrada. E havia Herr Birn, um empresário alemão que tinha passado os quatro anos da Primeira Guerra Mundial como um prisioneiro civil na Inglaterra e decorara todas as variações da Abertura Italiana do livro de xadrez e agora, internado pela segunda vez, aprendeu com o mesmo rigor alemão as variantes do Gambito da Dama; e ainda assim, quando chegava a hora de jogar, perdia todos os jogos em menos de vinte movimentos. E ainda tinha Negro, o pastor-alemão preto, que seguia os Internacionais para todo lado, da Batalha de Brihuega até o Alojamentos dos Leprosos; e Jacob, a gralha domesticada, que eles haviam obtido no campo de Gurs e que tinha uma predileção por roubar as peças de xadrez de Birn, mas somente as brancas.

Todos esses tipos esquisitos, e muitos outros, eram um tipo de arabesco bizantino contra o fundo cinzento da penúria. Eles me lembravam, às vezes, dos dançarinos grotescos usando máscaras e retorcendo os membros, que costumavam acompanhar as procissões fúnebres dos gregos.

XIV

Nossas principais preocupação, passatempo e obsessão eram, claro, nossas chances de sermos libertados. Na verdade, parecia que não havia qualquer esperança. Para os austríacos e alemães nos "campos normais", um tipo de Comitê Consultivo havia sido instituído e uma porção considerável deles tinha sido libertada. Mas Vernet parecia cercada por uma cortina de ferro. Nós éramos os renegados entre os internados, os intocáveis.

Nossos amigos e familiares em Paris escreviam cartas desesperadoras. Por semanas a fio eles não tinham conseguido sequer descobrir a qual autoridade deveriam se dirigir para pedir por nós. A *Préfecture de Police* alegava que era a *Sûrete Nacionale*, a *Sûrete* alegava que eram as "Autoridades Militares"; as Autoridades Militares, se eles conseguiam chegar até estas, os enviavam de volta à *Préfecture*. Naqueles dias, a administração francesa já estava em um estado de desintegração; poucos meses depois ia se desfazer em uma nuvem de pó.

Enquanto eu ainda estava na câmara de carvão da *Préfecture*, David Scott, o correspondente de Paris da *News Chronicle*, começou a fazer perguntas sobre as razões da minha captura. Ele contatou um oficial confiável do quartel-general da polícia, que deu uma olhada no meu *dossier*. "Monsieur K. foi internado porque ele é um cidadão alemão", disse o oficial. "Ele não é, não", disse Scott. "Ele é húngaro." "Isso é o que você pensa", disse o oficial com um sorriso de superioridade. "Você já viu o passaporte dele?" Claro, Scott não tinha visto — pessoas geralmente não têm como regra pedir para ver os passaportes de seus conhecidos. E, mesmo se ele tivesse me pedido, eu não teria como apresentá-lo naquele momento, já que o passaporte em questão, emitido pela Delegação Húngara em Londres, se achava no *dossier* sobre a mesa do oficial.

Era sabotagem pura e simples e era a mesma coisa em todos os outros departamentos do governo. A guerra tinha pelo menos fornecido à burocracia uma válvula de escape para sua tradicional xenofobia; mas em nosso caso havia um motivo adicional envolvido. A burocracia era pró-Bonnet e pró-Munique e, embora não conscientemente pró-Hitler, tinha para todos os fins e propósitos uma visão fascista. Eles odiavam a guerra e odiavam todos os refugiados defensores da guerra, que em sua opinião tinham arrastado a pacífica França para esse martírio.

A rádio alemã em suas transmissões francesas explorava eficientemente esses sentimentos. "O povo francês não quer lutar; eles são as ferramentas inconscientes de imperialistas britânicos, refugiados e judeus", salmodiava a Rádio Stuttgart; e nos *cabinets* lúgubres dos ministérios franceses um coro inaudível suspirava um inaudível "Amém".

Ecos das famosas conversas de quinta-feira da Radio Stuttgart tinham chegado até mesmo ao nosso campo. Recém-chegados de Paris nos transmitiam os parabéns irônicos de Goebbels por termos chegado à Terra da Liberdade. *Voelkischer Beobachter*,[120] o órgão oficial nazista, publicou uma lista de autores antinazistas internados na França, perguntando a eles se ainda se apegavam às bênçãos da democracia. Era ironia barata, mas cortava fundo; doía e queimava.

Ecos mais fracos chegavam até nós sobre a campanha iniciada pela imprensa britânica e americana

120 Em alemão, "Observador Popular". Jornal oficial do Partido Nazista, de propriedade do próprio Hitler.

contra o escândalo dos campos franceses. Um recorte contrabandeado do *New Statesman* ou do *Manchester Guardian* era um grande evento e algo como uma canção de ninar reconfortante vinda de praias muito, muito distantes onde homens ainda viviam em um estado de relativa decência.

Tentar provar a inocência de um homem em Le Vernet era como bater com a cabeça em uma parede. A maioria de nós tinha sido detida em 1º de setembro de 1939; em janeiro de 1940, ainda era impossível dizer se nossos casos seriam examinados, e por quem. Na verdade, não havia órgão responsável a quem pudéssemos nos dirigir. Petições e protestos permaneciam sem resposta. Eu vi cópias da correspondência entre Politis, o Ministro Plenipotenciário grego, e as autoridades francesas, com relação a T., um conhecido jornalista grego e amigo pessoal do ministro, internado sabe Deus por que no Alojamento 33. Politis tinha primeiro contatado o Quai d'Orsay em defesa de T. e, claro, recebeu a promessa que o caso seria prontamente investigado. Depois que a questão se arrastou por três meses, ele se encheu e escreveu diretamente para M. Langeron, o *Préfet* de Paris, incluindo em sua carta uma garantia pessoal de idoneidade do amigo, lavrada nos termos mais elogiosos. Langeron respondeu com uma carta melosa dizendo que não podia fazer nada sobre isso, e que o único conselho que podia oferecer era que escrevesse para o *Préfet* do Departamento de Ariège, onde Le Vernet se situava. O Ministro Plenipotenciário da Grécia de fato escreveu para o obscuro *préfet* provinciano — e recebeu uma resposta dizendo que sua carta tinha sido prontamente encaminhada para M. Langeron, o *Préfet* de Paris. Quando saí de Le Vernet, T. ainda estava lá.

Se nem um ministro podia ajudar, quem poderia? As autoridades militares tinham um oficial de Inteligência presente no campo que, em sua vida civil, era palestrante sobre Línguas Orientais na Universidade de Toulouse. O capitão Nougerolles era um homem encantador, mas não tinha influência alguma na administração do campo. Ele costumava convocar Albert ou a mim mesmo até seu escritório usando algum pretexto oficial — mas na verdade, era porque o tenente Cosne e seus tipos o entediavam mortalmente, e ele sentia falta de um bate-papo amigável. Depois do Natal, o capitão me mostrou a cópia de uma carta que ele tinha escrito um mês antes para o Comitê Consultivo em meu interesse e de Albert, recomendando nossa libertação imediata — e a resposta do dito Comitê, declinando ter qualquer coisa a ver com os internados de Le Vernet. "É a primeira vez", disse o capitão N., resignado, "que uma sugestão minha sequer foi respondida por Paris".

"O que você nos aconselha a fazer, *mon capitaine*?", perguntei.

"Bom — apenas siga em frente com seus *pistons*. Não há mais nada a ser feito."

O *piston* é uma instituição nacional francesa; é, como o nome indica, a parte do maquinário que mantém a coisa toda funcionando. Se o esperançoso jovem francês passou em seus exames, ele precisa de um *piston* para entrar no Serviço Público; se é um jovem sacerdote, ele precisa de um *piston* na diocese para lhe arranjar uma paróquia; se passou na escola de cadetes, ele precisa de um *piston* para lhe arranjar um cargo de comissão; se é um autor, ele precisa de um *piston* para lhe arranjar um prêmio literário. Em outras palavras, o *piston* é um homem de influência, que, por dinheiro ou por amizade, faz as coisas necessárias e tradicionais, como escrever cartas de recomendação, oferecer propinas, bajular, chantagear, e se sentar no sofá fofo na antessala do *chef de cabinet* do ministro, até o objetivo ser alcançado e o esperançoso jovem ter seu cobiçado cargo como assistente júnior na Administração de Taxas e Alfândega com um salário de nove *sous* por semana.

Os intelectuais entre nós tinham todos os seus *pistons* em Paris, mas a grande maioria anônima não tinha ninguém. E, como nem mesmo os mais poderosos *pistons*, incluindo diplomatas estrangeiros, o Clube PEN, a Associação da Imprensa Estrangeira, a Liga dos Direitos dos Homens, e muitas outras, conseguiam romper a resistência da burocracia hostil, como poderia haver qualquer esperança para eles? Os *dossiers* de Le Vernet nunca foram abertos — até que a Gestapo chegou e os abriu.

Nos primeiros dias de janeiro de 1940, uma pequena notícia sensacional atravessou o campo: o cônsul italiano de Marselha tinha chegado a Le Vernet, para entrar em contato com aqueles entre os internados italianos que desejassem se colocar sob a proteção do governo fascista.

Em janeiro de 1940 ainda estávamos no auge da não beligerância italiana, e na medida em que era possível se falar de uma política externa francesa para a Europa, esta estava voltada para o apaziguamento do Duce. O cônsul italiano era a primeira pessoa do mundo externo a ter permissão para entrar em nosso campo-tabu. Havia por volta de trezentos internos italianos no campo, e desses, quinze aceitaram a proteção do governo fascista. Os outros noventa e cinco por cento preferiram a palha apodrecida e o trabalho forçado em Le Vernet.

Cada um dos quinze teve uma entrevista pessoal com o cônsul, que fez anotações minuciosas sobre as condições do campo, e lhes prometeu que dentro de uma quinzena seriam libertados e teriam autorização para regressarem ao seu país. Ele manteve sua palavra. Em meados de janeiro, os quinze homens foram libertados e escoltados até a fronteira. A maioria deles tinha idade para prestar serviço militar; presumo que eles estavam entre os poucos no Exército Italiano que sentiram entusiasmo genuíno quando, cinco meses depois, marcharam contra a França.

A primeira pessoa a ser libertada depois do punhado de fascistas italianos fui eu. Quase tenho vergonha de dizer isto: minha desculpa é o fato que era a única pessoa no campo que, embora não fosse súdito do Reino Unido, tinha algum apoio nesse país. Uns dias antes de eu deixar Vernet, o *Voelkischer Beobachter* publicou um artigo sobre campos de concentração franceses e tinha perguntado ironicamente se os amigos ingleses que tinham providenciado minha libertação da prisão de Franco fariam o mesmo por mim agora. Eles fizeram.

Aconteceu de repente. Às quinze horas de 17 de janeiro eu ainda estava esvaziando as caixas das latrinas da Seção C, sem saber de nada; às dezenove horas do mesmo dia eu estava sentado sozinho no compartimento de segunda classe do trem para Paris, sugando uma garrafa de brandy Courvoisier, comendo um pedaço enorme de linguiça de alho, e de tempos em tempos tocando a maçaneta da porta e o vidro da janela para me convencer que era mesmo uma maçaneta de porta verdadeira, e um vidro de janela verdadeiro.

As últimas semanas em Vernet tinham sido as piores.

Nos primeiros dias de janeiro, todos os homens que tinham sido dispensados do trabalho pelo *sous-lieutenant*, que tinha partido, receberam ordens para passar por um segundo exame médico. O controle foi feito pelo tenente que, mal tirando os olhos de suas fichas, rasurou os "inapto para trabalho" e "inapto para trabalho pesado" de seu colega mais jovem e os substituiu por "apto para todo tipo de trabalho" escrito do seu próprio punho com tinta vermelha. Na manhã seguinte eu fui designado para a *corvée de tinette*, o esquadrão dos limpadores de latrina.

Nosso trabalho consistia em fazer a coleta das latas usadas como receptáculo das latrinas da Seção C e do quartel dos gendarmes do lado de fora do campo. Cada esquadrão era composto por doze homens e tinha que lidar com por volta de vinte latrinas. O conteúdo dessas vinte latas era reunido em seis latões, derramando-se uns nos outros. Como as alças de algumas latas estavam quebradas, elas eram difíceis de se manipular, e uma técnica especial era necessária para evitar que o conteúdo se espalhasse por toda a roupa. Cada um dos seis latões cheios pesava entre vinte e cinco e trinta quilos e era carregado por dois homens através do campo até uma ferrovia de via estreita. Os latões eram carregados em truques ferroviários, e os truques eram empurrados até às margens do rio Ariège, por volta de oitocentos metros dos limites do campo. O conteúdo era esvaziado em uma grande vala aberta ao lado do rio, cujas exalações, dependendo do vento e do clima, podiam ser sentidas a uma distância de cem metros até um quilômetro e meio. Os latões vazios eram então carregados ladeira abaixo, o solo escorregadio por causa do gelo ou da lama, para serem escovados no rio. Quando o rio estava congelado nós tínhamos que primeiro fazer um buraco no gelo. Aí os latões eram carregados de volta para os truques, subindo a ladeira, os truques empurrados de volta ao campo, os latões devolvidos para as latrinas. A única proteção contra infecções era lavar as mãos com a água fria depois do trabalho; as repetitivas epidemias de disenteria eram uma consequência inevitável desse sistema sanitário.

A operação era repetida duas vezes por dia. Nas primeiras duas ocasiões, passei mal; mais tarde, me acostumei. Às vezes Jacob, a gralha, fazia a viagem até o rio com a gente, empoleirando-se no topo de um dos latões e olhando para os homens que empurravam os truques com olhos brilhantes repletos de ironia sombria; às vezes Negro, o cachorro, nos acompanhava também; às vezes, na viagem de volta, nós cantávamos a Canção do Esquadrão da Latrina, que combinava uma melodia lindamente triste com uma letra totalmente impublicável.

Possivelmente, eu poderia ter conseguido permissão para voltar ao trabalho de escavação. Mas o Esquadrão da Latrina só tinha que trabalhar uma hora pela manhã, uma de tarde, enquanto os escavadores, quebradores de pedras e construtores de estradas tinham que trabalhar seis. Naquela ocupação, eu suportava duas horas de náusea por dia, e tinha o resto do tempo livre. E por essa mesma razão o Esquadrão da Latrina era a mais cobiçada forma de trabalho no campo. Esse serviço imundo e dos mais degradantes era uma fuga desejável da estafa assassina e da monotonia dos outros trabalhos.

Eu estava no Esquadrão da Latrina havia uma quinzena quando, voltando com os truques vazios em 17 de janeiro, ordenaram que eu me apresentasse de pronto no escritório do tenente Cosne. Pensei que era por causa das luvas: naquela manhã, um gendarme tinha me dito, por mera chacota, que eu tirasse minhas luvas enquanto derramava o conteúdo das latas, e eu tinha me recusado. Ele não insistiu, mas eu estava convencido que ele ia relatar isso, e eu estava preparado para o pior. Quando cheguei, o tenente Cosne se levantou e disse solenemente:

"Tenho o prazer de lhe anunciar que acabamos de receber do Ministério do Interior uma ordem telegráfica para sua soltura." Ele pressionou sua mão esquerda contra seu colete e estendeu a mão direita, tendo colocado a tala de couro sobre a mesa. Eu estava tão completamente atordoado que até mesmo lhe apertei as mãos. Eu me arrependo disso até hoje.

Saí cambaleando. Do lado de fora estava o Corso, e seus lábios se moveram, mas eu apenas fiquei encarando-o estupidamente e ele teve que repetir duas vezes que o capitão Nougerolles queria me ver. Quando entrei no escritório do capitão, ele viu na minha expressão que eu já estava sabendo, e ficou muito desapontado.

"Aquele Cosne estraga tudo", ele disse. E acrescentou, com certa melancolia: "Se Albert se for também, vou morrer de tédio neste deserto".

Às dezoito horas estava aguardando na cerca de arame farpado da Seção C. Tinha me despedido de todos os meus amigos, e o único que faltava era Mario. Lá estava ele no crepúsculo, com seu crânio careca de detento, o tique nervoso que aparecia com intervalos regulares em seu rosto e seu sorriso peculiar.

Adeus, Mario. Ele se apoiou de costas na cerca do portão, que em um minuto se abriria para mim, mas não para ele. Adeus, Mario, camarada e amigo. Você tinha dezenove quando te colocaram na cadeia e vinte e oito quando te soltaram. Concederam-lhe dois anos de liberdade e você gastou esses dois anos sem preço, nos quais sua juventude foi comprimida, em trabalhar doze horas por dia no escritório de documentos de imigração italiana, e outras quatro horas escrevendo uma história das revoluções de 1848. E quando os dois anos acabaram e vieram atrás de você de novo, eles rasgaram seu manuscrito em pedaços diante de seus olhos e insultaram a mulher com quem você vivia e que estava grávida de sua criança. A criança tinha nascido enquanto ainda estávamos em Paris, mas não lhe permitiram vê-la; e foi batizada de "Roland", para celebrar para sempre os rolos da cerca de arame farpado, o signo sob o qual ele veio a este mundo.

"Adeus, Mario", eu disse para a figura escura na cerca. "Se um dia eu escrever a história da sua vida, vou colocar que seu lema seria: 'Havia um homem na terra de Uz, cujo nome era Jó, e ele era íntegro e reto'."

Mario sorriu: "Depois disso viveu Jó cento e quarenta anos; e morreu, velho e repleto de dias. Vou sentir sua falta. Se eu for transferido para o Esquadrão da Latrina, talvez use o tempo livre para escrever um ensaio sobre *A história do século dezenove* de Benedetto Croce".[121]

Nós nos abraçamos, e o Corso chegou e abriu o portão com sua chave, e o fechou novamente atrás de mim. Quão simples.

O Corso me acompanhou até a cerca externa do campo e abriu o último portão. Quão simples era. Então eu fiquei parado na estrada, sozinho, com minha valise nas mãos. Estava escuro, e de tempos em tempos um carro passava apressado, com luzes azuladas fracas, e era então engolido novamente pelas trevas.

Eu dei uma última olhada na placa que ficava de fora do portão principal:

CAMP DU VERNET D'ARIÈGE

Quando cheguei à curva da estrada, ainda conseguia ver através dos arames os alojamentos escuros da Seção C. Lá se deitavam sobre a palha os homens de Uz de nossos dias, debaixo do fardo de suas tribulações. Mas em vez de protestar contra Deus, Mario ia escrever um ensaio sobre Croce e protestar contra a História. Mas a História não viria até ele para lhe falar através de um redemoinho, "Vejo-te com meus olhos", nem o abençoar com catorze mil ovelhas e mil mulas e dez filhos e filhas. E ele não viverá cento e quarenta anos.

---

121 Livro inédito no Brasil. Título original em italiano é *Storia d'Europa nel Secolo Decimonono.*

XV

Poucas semanas depois de mim, Albert foi libertado e partiu para o México. Pacek teve permissão para se juntar ao Exército Checo; Tschorbatscheff, um búlgaro que era cunhado de um general, e David, um polonês cujo pai tinha muito dinheiro, também foram libertados, e Tamàs conseguiu sair na última hora do colapso; ele também foi para o México.

Mas essas foram exceções. Talvez um total de cinquenta tenha sido libertado; os outros dois mil, incluindo Mario, permaneceram na armadilha, e na semana seguinte à assinatura do armistício a Gestapo fez sua primeira visita ao Le Vernet.

Os homens responsáveis pela derrota da França tinham cometido, entre outros, um crime que passou quase despercebido naquelas semanas caóticas. No linguajar americano, chama-se "colocar um homem em uma fria".

O governo francês colocou os dois mil homens de Le Vernet em uma fria, junto de várias dezenas de milhares de refugiados da perseguição política e racial, incluindo aqueles que tinham servido no Exército Francês, os feridos nos hospitais, suas mulheres e filhos. Legalmente, o crime foi consumado quando Philippe Pétain, marechal da França, aceitou o parágrafo 19 do Tratado de Armistício, provisionando a extradição de refugiados políticos,[122] enquanto seus lábios senis balbuciavam sobre uma "paz de soldados honrados". Mas esse era apenas o aspecto legal da questão.

---

122 NA: Em teoria isso se aplica apenas a naturais da Alemanha e Áustria; mas quem na terra vai proteger os outros, cidadãos de países sobre controle direto ou indireto da Gestapo, de encontrar o mesmo destino?

Aqueles que tinham aberto o caminho para Vichy haviam colocado esses homens em campos, e usado-os em sua propaganda como bodes expiatórios. Quando a opinião pública inglesa e americana começou a protestar, eles prometeram investigar os casos, mas nunca o fizeram. Para cada ignomínia que fizeram os prisioneiros sofrer, eles se confortaram com o argumento que as ignomínias da Gestapo seriam piores; e quando o galo cantou três vezes, os entregaram de forma educada e solene nas mãos da Gestapo.

Nos dias do colapso francês houve tempo de sobra para resgatar os prisioneiros de Le Vernet dos alemães, fosse enviando-os para o norte da África ou simplesmente deixando-os escapar. Eles se recusaram. Eles mantiveram os prisioneiros em sua armadilha de arame farpado, para entregá-los completamente, todas as contas devidamente feitas, todos os registros confidenciais de seus passados (dados em confiança às autoridades francesas) ordenadamente arquivados. Que achado para os homens de preto de Himmler! Trezentas mil libras de carne democrática, todas rotuladas, vivas, e apenas um pouco danificadas.[123]

---

123 NA: No momento em que este livro vai para a gráfica, as seguintes notícias foram publicadas nos jornais ingleses:
"O Governo de Vichy concordou em ceder para a Alemanha um contingente de refugiados políticos e raciais que foram para a França para escapar do regime nazista. Os nazistas fizeram listas de homens que eles querem de volta" — *Evening News*, 10 de abril de 1941.
"Relatos apontam que por volta de cento e cinquenta pessoas foram mortas quando guardas abriram fogo em prisioneiros amotinados durante uma revolta no campo de internação de Vernet. O campo foi evacuado e os prisioneiros transferidos para a África para trabalhar no projeto da Ferrovia Transaariana." — *The Star*, 10 de abril de 1941.

Apocalipse

"Onde descansará o Sagrado Tabernáculo?
Que terra é prometida, Senhor? Não consigo ver.
Apenas os desertos amargos do Norte."

Robert Nathan, *A Winter Tide*

I

De volta a Paris, em janeiro de 1940. Depois dos primeiros dias de ganância e prazeres animalescos — comer e beber, banhos e cama —, a opressão paralisante da atmosfera retornou. Nada tinha mudado. No outono passado, a França tinha concluído uma formalidade diplomática ao declarar o estado de guerra, e então foi silenciosamente dormir.

Nada tinha mudado — pelo menos não perceptivelmente. O marido de Mme. Suchet ainda estava tratando de suas frieiras na Linha Maginot. Mme. Tabouis ainda explicava no *L'Œuvre* que, de acordo com as últimas informações vindas dos círculos políticos bem-informados de Estocolmo, que chegaram a ela através de canais diplomáticos de Ancara, Hitler tinha passado a noite sem dormir. Laval, Bonnet, Doriot,[124] Luchaire,[125] de Brinon,[126] ainda estavam livres, e Pétain ainda era o embaixador francês em Madri, aceitando convites para jantares nos quais o embaixador alemão, von Stohrer, também estava presente. As melhores transmissões de rádio em francês ainda vinham da Rádio Stuttgart, enquanto a Rádio Paris ainda garantia a pensão na idade avançada para *mâitresses* aposentados capazes de cantar "Parlez-moi d'amour"

124 Jacques Doriot, fundador do Partido Popular Francês, de orientação fascista.

125 Jean Luchaire, jornalista, fundador dos jornais *Notre Temps* e *Les Noveuax Temps* de linha editorial pró-germânica e colaboracionista. Foi presidente da Corporação Nacional da Imprensa Francesa durante o governo de ocupação de Vichy.

126 Fernand de Brinon, aristocrata francês, chefe do Comitê Franco-Alemão, que articulava propaganda pró-germânica no período pré-guerra. Após a ocupação, foi secretário de Estado do governo de Vichy, e seu último presidente.

e "Aus temps des cerises" em sua programação. O soldo de um soldado francês ainda era meio *dernier*[127] e a pensão de sua esposa por volta de um *sous*, por dia, e os teatros, *boîtes* e *restaurants de luxe* ainda estavam lotados. A censura continuava a suprimir os gritos de Cassandra de Kérillis[128] contra os traidores nos ministérios, e ele continuava publicando seu jornal com uma coluna em branco debaixo de seu nome, no lugar de um editorial. O Ministério da Informação no Hotel Continental ainda era chamado familiarmente de "O Bordel", a imprensa ainda estava distribuindo os grãos da Paciência, Disciplina e Fé. O presidente Lebrun ainda estava abrindo feiras de gado com a aparência de um coveiro, máscaras de gás ainda eram negadas para quatro milhões de estrangeiros, Mussolini ainda era a esperança da democracia, e o *concierge* ainda se perguntava sobre o que era a guerra, afinal.

Pelo fim de 1918, a França tinha perdido um milhão e meio de homens; mas até maio de 1940, ela tinha perdido menos de mil. Em 1917, a nação quase sangrou até a morte, mas sobreviveu; em 1940, ela estava sucumbindo a um tipo de anemia moral, mais fatal que qualquer ferimento.

O único acontecimento de guerra durante os primeiros três meses de 1940 aconteceu ao norte do Círculo Ártico. A simpatia de praticamente todo mundo estava com os desafortunados finlandeses, mas a maneira como a imprensa francesa tratava a Guerra Soviético-Finlandesa era nauseante. Apesar de a França não ter dado nenhuma ajuda aos finlandeses além de oferecer o ferro-velho de seus arsenais, e apesar de

127 Antiga unidade monetária francesa, equivalente a um duodécimo de *sou*.

128 Henri Adrien Calloc'h de Kérillis, veterano de guerra, político e jornalista francês, de posições políticas conservadoras, nacionalistas e antigermânicas. Foi codiretor do jornal *L'Époque*.

ela assistir sua luta contra a morte tão passivamente quanto assistiu a luta contra a morte dos checos e dos poloneses, lendo a imprensa francesa tinha-se a impressão de que os sucessos dos finlandeses eram vitórias da França. O culto histérico de Mannerheim[129] na imprensa francesa, seus gritos delirantes de triunfo com as derrotas russas, tinham as características que os psicanalistas chamam de "autossatisfação camuflada"; a Linha Mannerheim substituía a Linha Maginot, e a Rússia fazia as vezes da Alemanha — uma prenda dupla. De forma geral, a atitude francesa durante a Guerra Soviético-Finlandesa lembrava a de um *voyeur* que se excita vendo as muitas conquistas dos outros. E quando, em 13 de março, os finlandeses foram forçados a assinar o tratado *diktat*[130] de Molotov, alguns dos jornais franceses tiveram suficiente falta de vergonha para acusá-los de covardia.

Depois da Finlândia, a Câmara dos Deputados franceses pediu pela cabeça de Daladier. A terrível moléstia que tinha tomado a França achou sua forma de se expressar na maneira que a Câmara o fez sair. A maioria dos deputados não votou contra ele — se abstiveram de votar. E quando Reynaud o sucedeu, o receberam da mesma forma: por volta de duzentas abstenções e uma maioria de dois votos de um total de quinhentos. O *abstentionisme* da Câmara tinha a intenção de ser uma manobra parlamentar sutil; na verdade, era uma declaração de irresponsabilidade, uma manifestação inconsciente de seu ressentimento, nem tanto contra Daladier ou Reynaud, mas contra a guerra de forma geral. Reynaud, aquele tártaro em miniatura, que agia como se um dínamo de bolso estivesse

129 Linha de fortificações de defesa, na fronteira entre a Finlândia e a Rússia.

130 Um tratado ou acordo imposto à força por uma potência vencedora, com prejuízo para a nação que perdeu.

escondido dentro dele em algum lugar fazendo-o vibrar e se repuxar de energia, possivelmente poderia ter salvado a França se tivesse chegado alguns anos antes. Agora era tarde demais. Três semanas depois de ele ter apresentado seu Gabinete Ministerial para uma Câmara congelada em sua hostilidade, a Noruega foi invadida; e quatro semanas depois disso, a hora do apocalipse francês chegou.

II

Quando parti do campo de concentração, recebi um pedaço de papel dizendo que *le nommé* A. K. tinha sido libertado do Campo de Vernet para Estrangeiros Indesejáveis sob ordens do Ministério do Interior e deveria se apresentar na delegacia de polícia do XV Arrondissement ao chegar a Paris. *Le nommé* A. K. não seria escoltado.

No dia seguinte à minha chegada, fui até a delegacia de polícia, onde me informaram que eu deveria ir até a *Préfecture* para ter a minha *carte d'identité* renovada, uma vez que sua validade tinha expirado durante minha estadia em Vernet. A *carte d'identité*, que corresponde ao Livro de Registro de Estrangeiros britânico, é a posse mais preciosa de um estrangeiro na França. Sem ela, se está fora da lei.

No dia seguinte, fui para a *Préfecture*. Depois de esperar por uma hora no guichê que lidava com essas questões, eles me disseram que para renovar minha *carte* eu tinha antes que obter um *cachet de déconcentration* — um carimbo certificando que eu tinha sido oficialmente liberado de um campo de concentração. Eu deveria ir até a sala número 34 no quarto andar para conseguir o carimbo, e então voltar.

Eu fui para a número 34 no quarto andar — e no momento em que entrei naquela sala começou um capítulo da minha vida que poderia ter sido escrito por P. G. Wodehouse se não fosse ao mesmo tempo tão apavorante e irritante aos nervos. É uma história idiota, quase inacreditável e totalmente típica das condições na França nos últimos três meses antes do colapso.

O oficial com quem falei no número 34 era um jovenzinho bastante amável. Ele não tinha lido completamente a minha papelada, a princípio, e já tinha pegado o carimbo de borracha mágico quando seu olhar se deteve nas palavras; Nacionalidade: Húngaro.

"Mas você é neutro", ele disse, espantado. "Como eles puderam te mandar para um campo?"

"Eu venho de Le Vernet", eu disse.

Deve-se ter em mente que eu fui o primeiro "suspeito político" a ser libertado incondicionalmente de Le Vernet.

"Então é diferente", disse o homem em um tom completamente mudado. "Nós temos instruções apenas para lidar com estrangeiros inimigos libertados de campos comuns. Eu tenho que pedir mais instruções para o *chef*."

Ele bateu na porta da sala ao lado, o *cabinet du chef*. Ouvi um "*Entrez*" asmático e ele desapareceu dentro da sala, deixando a porta aberta. Eu não ouvi o que ele disse, mas ouvi a voz rachada se levantar indignada:

"Vernet, você diz? *Incroyable!* Eu vou cuidar disso."

E então ele falou no telefone. Eu ouvi apenas pedaços da conversa:

"... *Oui, mon pauvre ami*, eles começaram a liberar gente de Vernet. Você consegue bater isso?"

"... Ordem do Ministério do Interior. Provavelmente graças a suborno."

"... Certamente. Vou garantir que ele seja trancafiado na cadeia de novo assim que possível."

"... Certamente. Vou encaminhá-lo para o *Éloignement*."

O *Département de l'Éloignement des Étrangers*[131] lidava com casos de deportação.

"... Certamente. Uma lástima! *mon cher*, uma lástima! *Au revoir, cher ami*."

131 "Departamento de Afastamento de Estrangeiros."

O oficial retornou encolhendo os ombros.

"Ouça", eu disse para ele. "Eu ouvi o que seu *chef* falou. Deixe-me conversar com ele e explicar a situação."

"Impossível."

Tentei convencê-lo. Mostrei a ele meu cartão de imprensa e cartas de várias "pessoas influentes". Eu já tinha adquirido o hábito humilhante de carregá-las comigo. Enfim, ele bateu de novo na porta do *chef*. Mais uma vez, a voz rachada bramiu, e o jovem oficial voltou com o rosto vermelho. "Impossível! Você tem que ir para o *Éloignement*."

O *Éloignement* ficava no quinto andar. Como, por conta da guerra, era praticamente impossível deportar uma pessoa, a burocracia francesa tinha inventado uma nova e refinada forma de tortura, chamada de *le régime des sursis*. Consistia em recusar a um homem a autorização para ficar na França — *refus de séjour*, o equivalente a uma ordem de expulsão — e conceder-lhe apenas um breve "*sursis*", ou seja, adiamento. Toda vez em que o *sursis* expirava, ele estava sujeito a ser posto na cadeia ou no campo de concentração.

Naquele dia, o *Éloignement* me deu um adiamento de vinte e quatro horas.

Quando este expirou, me deram um de cinco dias.

Depois dos cinco dias, me deram quarenta e oito horas.

Depois disso, me deram um mês.

Daí, quarenta e oito horas de novo. Daí uma semana; daí vinte e quatro horas; e assim foi por quatro meses, até que me prenderam de novo, quando os alemães estavam a menos de oitenta quilômetros de Paris. Toda vez que alguém tinha que ir até o *Éloignement*, precisava ficar sete ou oito horas aguardando na antessala — das nove da manhã até quatro ou cinco da tarde. Era apenas um pouco de tortura adicional. Toda vez que eu ia lá, me perguntava se me seria permitido deixar o prédio ou se eu seria mandado para a dispensa de carvão novamente. Nas primeiríssimas ocasiões, G. me acompanhou, mais tarde ela ficou esperando por mim em meu flat, imaginando se eu iria voltar ou não. O grande e azul "E" (*"Éloignement"*), que era estampado nos meus documentos em cada novo *sursis*, marcava a pessoa como se ela fosse um condenado de licença. Mais uma vez, dormia cada noite com minhas malas prontas e o alarme do relógio ajustado para a hora do perigo. A noite toda a letra E balançava invisível por sobre minha cama.

Eu não era o único com quem a burocracia brincava desse jogo de gato e rato. Durante aquelas longas horas de tédio e ansiedade letal na antessala do *Département E,* pude novamente ver a parada dos amaldiçoados da terra, a procissão fúnebre da liberdade europeia. Encontrei pessoas que não via fazia anos; um arquiteto, com quem eu costumava jogar xadrez no Café Central em Viena, um médico com quem tinha me consultado em Praga, e Rubio Hidalgo, com seus óculos de armação verde, que eu tinha visto pela última vez em 1937 em Valência, quando ele ainda era diretor do Departamento de Imprensa do Ministério de Relações Exteriores da Espanha. A escória da terra...

Gastei a maior parte do meu tempo nesses últimos quatro meses na França em esforços desesperados para retificar minha situação. Eu estava obcecado com o medo de ser enviado de volta para Vernet — nem tanto por causa de como era por lá, mas porque eu acreditava que a França estava condenada, e que os campos de concentração franceses se tornariam todos armadilhas mortais. No começo de março, eu recebi um aviso de alguém que conhecia alguém na polícia de que eu seria preso novamente na próxima série de batidas. Em 12 de março, meu flat foi revistado por detetives, que viraram tudo de cabeça para baixo e levaram consigo metade dos meus manuscritos e livros, mas não me fizeram uma pergunta sequer. E aquilo foi a coisa mais exasperante, mais verdadeiramente enlouquecedora de toda a situação: eu tinha sido preso sem explicação nenhuma, e sido liberado depois de quatro meses sem explicação nenhuma, e durante todo esse tempo eu nunca tinha sido propriamente interrogado, nunca tinha recebido a chance de me defender contra uma acusação cuja natureza eu não conhecia. Era como lutar para encontrar um apoio para o pé em um atoleiro em que se afunda a cada passada, até que você se sufoca na lama.

Quando recebi aquele aviso, eu obtive uma carta de recomendação do ex-ministro de Gabinete de M. Lambert, *adjoint du préfet de la Seine* — o braço direito do todo-poderoso Chefe de Polícia de Paris. Quando fui guiado até seu escritório em 7 de março, ele estava lendo o *Le Temps*, que naquele dia tinha publicado uma resenha da tradução francesa do meu livro *Spanish Testament.*[132] M. Lambert foi muito afável:

"*Mais c'est ridicule ce qu'on vous embête chez nous!*",[133] ele exclamou quando lhe contei minha história. "Tratar um homem com seu mérito dessa forma, deve ter sido um erro idiota de algum subalterno. Verei isso imediatamente."

Ele foi até a sala ao lado e falou ao telefone. Então ele voltou.

"Conversei com o Monsieur Louit, o *chef du départament des renseignements généraux*",[134] ele disse. "Louit vai ficar muito satisfeito em recebê-lo da-

---

132 "O testamento espanhol", livro de Koestler inédito no Brasil, relatando sua experiência na Guerra Civil Espanhola.

133 "É ridículo que nós o incomodemos!"

134 NA: Departamento de Inteligência da Divisão de Estrangeiros.

qui a vinte minutos. Ele quer apenas dar uma olhada em seu *dossier*. Daqui a meia hora, todas as suas preocupações terão acabado. *Au revoir, cher monsieur*. Foi um prazer conhecê-lo."

G. estava me esperando em um bistrô na esquina. Corri escada abaixo, pulando três degraus por vez e quase quebrando meu pescoço, para lhe contar as notícias maravilhosas. Tomamos um Pernod e então eu fui ver M. Louit.

"Monsieur Louit está ocupado — ele não pode receber ninguém", disse o atendente na antessala de M. Louit.

"Mas ele está me esperando. Monsieur Lambert acabou de falar com ele ao telefone."

O atendente entrou na sala, resmungando. Ele retornou um minuto depois. "Monsieur Louit está ocupado. Pode esperar se quiser, mas você talvez tenha que esperar muito tempo."

Eu esperei por uma hora e meia. Então, um secretariozinho seboso saiu e me perguntou o que eu queria.

Eu lhe expliquei. Ele voltou para o gabinete. Ele saiu do gabinete.

"Monsieur Louit está muito ocupado. Não pode atender ninguém. Mas ele prometeu olhar seu *dossier*."

E então foi isso. Cinco dias depois meu flat foi revistado e o *Éloignement* me deu de novo quarenta e oito horas. Eu tentei ver o M. Louit diversas vezes; ele estava sempre ocupado. Eu tentei ver o M. Lambert uma vez — a pessoa que me atendeu disse que ele não estava em seu escritório, mas ouvi sua voz na outra sala. Então desisti.

Encontrei a sra. Vandervelde, a viúva de Emil Vandervelde, o ex-premiê belga, que eu tinha conhecido em Bruxelas. "*Mais c'est grotesque*", ela disse, "os franceses ficaram todos doidos. Por que você não vai ver Léon Blum[135] para falar sobre isso?".

Eu nunca tinha encontrado Blum, mas, apesar de sua desastrosa política para a Espanha, eu tinha bastante admiração por sua integridade pessoal. Nunca teria sonhado em importuná-lo com minhas questões pessoais, mas agora a água estava no meu pescoço, e a sra. Vandervelde me convenceu que seria uma questão de princípios para Blum intervir em um caso tão revoltante de perseguição política. Então fui até a casa de Blum, em Ile Saint-Louis. Havia um grupo de guarda-costas composto por jovens membros do Partido Socialista a postos na escadaria — os baderneiros da *Action Française* tinham tentado atacá-lo uma ou duas vezes, e a censura pesada que tinha cortado as denúncias de Kérillis contra a Quinta-Coluna Nazista na França não se opunha à campanha de pogrom do *Gringoire*[136] contra o líder socialista.

Blum não podia me receber — ele estava acamado e se reunindo com membros da executiva do Partido —, mas quando seu secretário lhe explicou meu caso, ele ligou de imediato para M. Combe, o chefe do Departamento de Estrangeiros da *Sûrete Nationale*. Deixaram a porta entreaberta, e eu o ouvi falando ao telefone. Ele fez um relato breve e conciso do meu caso, expressou seu agradecimento pelo que deve ter sido uma promessa feita do outro lado da conversa, e então o secretário voltou e me falou para pegar um táxi até a sede da *Sûrete Nationale*. Combe me receberia imediatamente.

Eu fui até a *Sûrete* e enviei meu cartão de apresentação até o M. Combe. Depois de algo em torno de

135 Líder socialista francês, de origem judaica, três vezes primeiro-ministro da França. Durante a Guerra Civil Espanhola, declarou a neutralidade da França. Foi opositor ferrenho do nazismo, tendo chegado a ser preso no campo de concentração de Buchenwald.

136 Semanário de extrema direita francesa.

meia hora um homenzinho com cara de quebra-nozes saiu e me disse:

"Presidente Combe está muito ocupado. Eu também. O que você quer?"

Contei-lhe que tinha sido encaminhado ao M. Combe sob recomendações de Léon Blum.

O manequim olhou para as próprias mãos. Ele estava limpando a sujeira debaixo das unhas da mão esquerda com uma unha comprida de sua mão direita:

"Eu sei disso. *Enfin*, o que você quer?"

Dessa vez, perdi minha calma. Eu lhe disse que o que eu queria era enfim ficar frente a frente com a pessoa responsável que me diria por qual crime eu estava sendo perseguido, me acarear se necessário, me indiciar se houvesse pelo que indiciar, e me dispensar se não houvesse nada; que este era o procedimento em qualquer país civilizado; que libertar um homem porque obviamente não há caso nenhum para sua detenção, e então continuar perseguindo-o, era o oposto da lei, arbitrário e infame; e por aí foi.

Durante todo o tempo em que falei, o manequim continuou limpando as mãos, com seus olhos fixos no procedimento. Quando eu terminei, ele falou:

"Isso tudo é lamentável, mas é uma questão da *Préfecture*, não nossa. *Au revoir, monsieur*."

Em certa oportunidade quase acreditei ter encontrado onde me firmar no atoleiro burocrático. Tinha conseguido uma reunião com um dos inacessíveis assistentes de M. Louit, o detetive-inspetor Benoit, que prometeu iniciar uma *contre-enquête* — um reexame dos meus registros — a fim de obter minha completa reabilitação. Sua atitude era de muita empatia. Na verdade, ele me disse, a *contre-enquête* era uma mera formalidade, já que não havia, por óbvio, nada de sério contra mim, mas talvez fossem necessárias três ou quatro semanas até o assunto se encerrar em definitivo. Então não havia "nada sério". Mas o que então *havia* contra mim? — Ah, nada realmente. A propósito, eu não tinha alguns amigos entre os *émigrés* alemães? — Claro que eu tinha. — Eu conhecia Lion Feuchtwanger[137] e Heinrich Mann e X. e Y. e Z.? — Claro que conhecia. — E então eu certamente sabia que alguns deles estavam prestes a serem colocados no paredão dentro de poucos dias? — Não, disso eu não sabia; mas tive a engraçada impressão de que, debaixo do meu cabelo, meu escalpo tinha ficado úmido de suor. — E que eu mesmo tinha escapado por muito pouco de que recaíssem sobre mim as mesmas suspeitas e compartilhasse o mesmo destino? — Não. Eu tampouco sabia disso. Que suspeitas, pelos céus? — Deixa para lá, ele disse amigavelmente. Posso considerar a mim mesmo um homem de sorte por ser tão ignorante da minha própria situação de perigo. Mas, claro, quando a *contre-enquête* terminasse, o perigo para mim acabaria. Enfim, ele cuidaria disso.

Então ele se tornou ainda mais amável e falou de si mesmo. O quão completamente cheio ele estava de seu trabalho, da joça de denúncias e contradenúncias com que ele tinha que lidar; uma hora, ele iria se retirar para algum cantinho quieto no interior e escrever suas memórias. Deve ser interessante ser um escritor e manter contato com tantas pessoas instigantes. Eu tinha lida o último livro X.? Qual era minha opinião sobre ele? Não, não de suas qualidades literárias, mas o que achava dele como pessoa, suas opiniões políticas, como ele ganhava a vida *et cetera*. E Y.? E Z.?

Enquanto conversávamos, o inspetor Benoit se esparramava despreocupado na beirada da mesa, fumando cigarros, sorrindo e me olhando direto nos olhos. Ele guiou a conversa tão brilhantemente, que

137 Romancista e dramaturgo judeu-alemão. Foi opositor de primeira hora do regime nazista.

demorei um bom bocado até perceber o que ele estava armando. Ele não me propôs abertamente que eu me tornasse um informante, e, conforme minhas respostas se tornavam mais curtas e relutantes, mais amável e conversador ele se tornava. Ele me lembrava de um médico jovial tentando fazer uma criança engolir um laxativo dentro de uma pílula de chocolate, e eu cheguei a lhe falar isso. Ele ergueu os dois braços curtos em um protesto veemente, mas sua eloquência tinha partido e poucos minutos depois ele encerrou a reunião abruptamente. Quando me despedia, perguntei a ele se a *contre-enquête* poderia ter sua tramitação acelerada. "Ah, sim, a *contre-enquête*", ele disse. "É melhor você me escrever um *curriculum vitae* detalhado."

Presumi que era inútil, que suas insinuações sobre uma suspeita misteriosa e ser colocado em frente ao paredão eram lorota, assim como sua promessa de conseguir minha reabilitação, mas ainda assim eu escrevi o *curriculum vitae* e o levei ao escritório no dia seguinte. Pela sua cara de surpresa, concluí que ele tinha esquecido completamente sobre isso.

Quando a espera de três semanas acabou, fui vê-lo conforme combinado. Tentei diversas vezes, mas toda vez que lhe mandava meu cartão de apresentação, ele estava muito ocupado ou tinha acabado de sair. Nunca mais voltei a ouvir falar dele ou da *contre-enquête*.

A Finlândia tinha sido derrotada, Dinamarca e Noruega invadidas, e enquanto a noite começava a descer sobre a França, eu ainda estava ocupado me debatendo contra meu próprio pesadelo particular. Tinha uma estranha semelhança com o romance de Kafka, *O processo* — a alegoria onírica de um homem que, tendo recebido uma intimação misteriosa para se apresentar em seu julgamento, se esforça e se bate em vão para descobrir onde seu julgamento acontecerá e sobre o que ele trata; em todo lugar que ele indaga, recebe apenas respostas vagas, descompromissadas, como se todo mundo tivesse se juntado em uma conspiração secreta; quanto mais ele parece se aproximar de seu objetivo, para mais longe este se afasta, como as muralhas transparentes de um sonho. A Corte Superior que o herói de Kafka é incapaz de achar é presumivelmente sua própria consciência; mas qual era o significado simbólico de todas essas figuras sebosas, com cara de quebra-nozes, comedores de unhas, espinhentos, tecendo suas teias de intriga e sabotagem nas repartições da administração francesa?

A resposta chegou três meses depois, quando os Louits e os Benoits, os caras de quebra-nozes e os espinhentos, rastejaram diante do vitorioso e então rastejaram de volta aos seus gabinetes e repartições emboloradas para seguir tecendo a mesma teia debaixo de um nome diferente: pois agora era chamada de Revolução Nacional da França.[138]

No meio-tempo, eu terminei *Darkness at Noon*, o romance no qual estava trabalhando em Roquebillière. O sentimento de desgraça, com relação ao destino da França e o meu próprio, tinha então me tomado de tal forma que eu não me importava mais com nada exceto G. e terminar meu livro. Eu sabia que trabalhava contra o tempo. O manuscrito foi enfim despachado para meus editores ingleses em 1º de maio — apenas dez dias antes de a invasão começar. Nós comemoramos o evento com alguns poucos amigos e ficamos alegres e bêbados; o trabalho estava feito, *après nous le déluge*.[139]

---

138 Nome do projeto ideológico do regime fantoche de Vichy.

139 "Depois de nós, o dilúvio." Expressão famosa de origem incerta. Atribuída tanto ao rei Luís XV da França, quanto a sua amante, Madame de Pompadour.

O pesadelo em que eu e G. vivíamos tinha seus aspectos grotescos. Poucos dias depois da batida em meu flat, a campainha tocou novamente na hora crítica, sete e meia da manhã. Mais uma vez, eu estava justamente no banho; mais uma vez, ao perguntar quem era, a resposta foi: "*Préfecture de Police*". Mas foi acompanhado de um comentário inesperado: "Fique à vontade. Não há necessidade de se apressar".

Abri a porta, e entrou por ela nosso amigo M. Pétetin, Fernand, o detetive que tinha me prendido seis meses atrás em outubro de 1939. As espinhas em sua cara estavam desabrochando como nunca, mas ele adentrou a sala de forma curiosamente tímida, como se não estivesse seguro de si. Após algumas preliminares, revelou-se que M. Pétetin tinha visto um livro meu na vitrine de uma livraria — um livro de aparência muito bonita, de fato, mas caro demais para ele comprar; e que acontecia que Mme. Pétetin fazia aniversário no dia seguinte; então M. Pétetin pensou que talvez... Já que éramos, por assim dizer, velhos conhecidos...

Eu lhe disse que seria um prazer. "Que sorte", acrescentei, "que seus colegas me deixaram uma cópia quando levaram metade da minha biblioteca semana passada".

"Levaram? Ah, os pilantras", comentou M. Pétetin, indignado. Então ele me pediu que escrevesse uma dedicatória para ele no livro. Eu protestei que isso poderia diminuir seu valor como presente de aniversário, mas ele disse que não, que Madame iria amar. Então escrevi: "Para Monsieur Pétetin, Fernand — souvenir de nosso primeiro encontro em uma manhã enevoada de outubro", e ele disse que era muito bonito e *poétique*.

Enquanto se despedia, disse-lhe que ter vindo me ver foi uma ideia encantadora — mas ele poderia me explicar por que afinal de contas tinha que ter sido tão cedo na manhã?

As espinhas de M. Pétetin ficaram vermelhas como brotos de rabanetes.

"Veja", ele explicou, "para pessoas comuns como você talvez seja uma hora pouco usual — mas nós acabamos desenvolvendo o hábito de aparecer às sete horas quando queremos ter certeza de que o chapa estará em casa".

Os colegas de M. Pétetin, que tinham revistado meu flat, também tinham se comportado de forma um tanto peculiar em sua seleção de "material suspeito". Eles levaram consigo o segundo volume de *Crime e castigo*, possivelmente na crença de que Dostoéivski era um bolchevique; o *Hitler fala*, de Rauschning,[140] um volume ilustrado chamado *Histoire de l'Erotisme en Europe*, o *My House in Malaga*, de Chalmers Mitchell,[141] e um punhado de panfletos antinazistas.

Esse foi o lado grotesco da coisa. Mas eles também levaram a coleção de meus artigos que tinham sido publicados, que eu mantinha desde os meus vinte anos — o resultado de quinze anos de trabalho jornalístico — e a única cópia datilografada de um livro inédito que escrevi sobre minhas viagens pela Ásia Central Soviética, e para o Ártico, a bordo do *Graf Zeppelin*.[142] Em tempos mais comuns, essas perdas te-

140 Hermann Rauschning, político alemão. Foi membro do Partido Nazista, mas o abandonou em 1934, tornando-se crítico de Hitler e suas políticas. Seu livro, *Hitler fala*, foi publicado no Brasil em 1941, e é um suposto relato de diversas conversas que Rauschning teve com o ditador alemão. O livro hoje em dia é desacreditado por historiadores, que apontam que a maior parte do seu conteúdo é ficcional.

141 Peter Chalmers Mitchell, intelectual inglês. *My House in Malaga*, ou "Minha casa em Málaga", do inglês (inédito no Brasil), relata o período em que ele morou na cidade espanhola de Málaga, onde ofereceu abrigo a refugiados políticos durante a Guerra Civil Espanhola, Arthur Koestler sendo um deles.

142 Dirigível alemão que realizou diversas viagens comerciais entre 1928 e 1937, incluindo uma rota ligando Alemanha e Brasil, que foi o primeiro serviço aéreo intercontinental regular de transporte de passageiros.

riam me deixado louco — agora eu mal me importava. Tanto eu quanto G. vivíamos em um estado apocalíptico de *je m'en foutisme*.[143]

Pouco a pouco as atividades normais da vida pareciam travar a nossa volta. Primeiro, o aquecimento central de nossa casa quebrou, então a água quente, então o elevador. Era um bloco de flats moderno. Alguns dos inquilinos eram estrangeiros e foram colocados em campos de concentração; a maioria dos outros tinha sido mobilizada e nenhum dos dois grupos estava pagando aluguel; então o proprietário não se importava em fazer reparos. O pobre Theodore tinha sido imobilizado já fazia um bom tempo e permanecia prostrado em um canto da garagem, em cima de uma poça de água oleosa no chão de concreto. Em seguida o telefone foi cortado, justamente um dia antes de a invasão começar; eu não tinha pagado a conta desde a minha primeira prisão e agora ela tinha alcançado um valor astronômico. E de que adiantava pagar, de qualquer forma? Os amigos com quem me importava tinham em sua maioria ido embora, e por dias e dias a campainha do telefone permaneceu silenciosa. Carro, elevador, água, aquecimento, telefone — era como *rigor mortis* lentamente tomando um membro por vez.

Eu tinha conhecido esse sentimento de desgraça iminente antes — em Málaga, na Espanha, antes de a cidade cair nas mãos do inimigo. Os últimos dias de Pompeia. E agora tinha vivido tudo isso de novo, mas dessa vez em Paris e em maio; como se as forças sombrias da História tivessem escolhido de propósito a estação mais agradável, e a cidade mais agradável do planeta, para demonstrar sua superioridade sobre as forças da luz.

143 "Pouco se fudendismo." Expressão vulgar corriqueira francesa para indicar um espírito de indiferença.

III

"... Toda essa destruição é causada sem que se perceba uma alma viva sequer. Pois esses insetos, que são cegos, são dotados do gênio para completarem sua tarefa sem serem vistos. O trabalho é feito sob a cobertura do silêncio e apenas um ouvido alerta é capaz de reconhecer o ruído do mordiscar de milhões de mandíbulas na noite, que devoram a estrutura do edifício, e preparam seu colapso...

Nada está a salvo de suas depredações, que tem algo de assustador e sobrenatural nelas, pois se desenvolvem em segredo e só se revelam no momento do desastre... Árvores enormes, aparentemente no vigor da vida e cuja casca foi deixada escrupulosamente intacta, desabam ao chão ao serem tocadas... Um plantador entra em sua casa após uma ausência de cinco ou seis dias; tudo está aparentemente como deixou, nada parece ter mudado. Ele se senta em uma cadeira, ela entra em colapso. Ele se agarra à mesa para recuperar o equilíbrio, ela se desfaz em pedaços em suas mãos. Ele se escora na pilastra central, que cede e traz abaixo o teto em uma nuvem de poeira."

Quando aconteceu, eu estava justamente lendo *A vida das térmitas*, de Maeterlink,[144] de onde retirei essas linhas; achei-as uma alegoria impressionantemente perfeita da forma como as coisas estavam desmoronando ao nosso redor.

A invasão tinha começado na sexta-feira, 10 de maio; na terça-feira seguinte eu tinha uma reunião

144 Maurice Maeterlinck, simbolista belga. *A vida das térmitas* foi publicado no Brasil em 1957, pela Editora Clássica.

marcada com o professor Joliot-Curie,[145] na Sorbonne. No metrô, li a matéria principal de Kérillis no *Époque*; havia uma sentença lá que dizia mais ou menos isto:

"O espírito dos dias heroicos de 1916 voltou; ontem, ao reconquistar uma fortificação externa de Sedan, nossas tropas demonstraram uma bravura digna dos dias gloriosos de Douaumont."[146] Tive que descer e deixei o jornal no vagão.

"Qual é o problema?", perguntou Joliot quando eu cheguei. "Eles estão em Sedan." "Sedan? Você está sonhando. De onde você tirou essa *bobard*?" "Kérillis disse isso em seu artigo da manhã de hoje. Você sabe que ele sempre dá pistas sobre a situação real de um jeito indireto para se esquivar da censura." "Mas o que exatamente ele disse?" "Que ontem nós *reconquistamos* um forte em Sedan com uma bravura digna dos dias de Verdun." Joliot sorriu. "Você está misturando tudo. Ele mencionou Sedan como uma reminiscência da guerra de 1870. Eu não sabia que você era tamanho *paniquard*."

Me senti envergonhado e confiante. Era o quinto dia desde que a ofensiva alemã tinha começado e tudo que sabíamos — nós, o público francês que lia os comunicados e ouvia a rádio — era que tudo ia relativamente bem: os alemães tinham sido bem-sucedidos em estabelecer um bolsão em volta de Maastricht e avançaram de certa forma sobre a Holanda, mas a maioria dos paraquedistas que tinham pousado por lá fora varrida, e a cavalaria motorizada francesa estava avançando nas Ardennes belgas; havia também outro

145 Jean Frédéric Joliot-Curie, físico francês, genro de Marie Curie. Junto da esposa, Irène, ganhou o Prêmio Nobel de Química em 1935. Lutou na Resistência Francesa, confeccionando coquetéis molotov e bombas para usar contra nazistas.

146 O maior forte protegendo a cidade de Verdun foi capturado sem resistência pelo Exército Alemão em 1915, e recapturado após cinco meses de batalha em 1916.

bolsão em algum lugar em volta de Longwy, mas ele seria subjugado rapidamente. Tudo isso podia, é claro, ser mero colírio otimista, mas Joliot trabalhava em proximidade com o Ministério da Guerra e ele saberia. Com certeza eu devia ter me confundido com relação à referência a Sedan.

Quando deixei o laboratório de Joliot-Curie, o *Paris-Midi* tinha acabado de sair. A primeira página dizia: "EVACUAMOS SEDAN".

Este foi o momento em que a cadeira em que estávamos sentados quebrou. O que veio depois foi simplesmente cambalear e vacilar por uma casa desabando, onde tudo em que você tentava se segurar se desfazia em pó com o seu toque. Olhando para trás na semana que se seguiu, tudo parece um sonho confuso, sufocante, mas sem a consolação secreta do sonhador de que ele depende apenas de sua própria vontade para acordar. As semanas anteriores e posteriores formam uma cadeia trágica em minha mente, mas aqueles dias do Apocalipse estão embaralhados juntos como em um caleidoscópio girando, sem ordem ou consequência, com apenas fragmentos de formas e cores lúgubres borbulhando na matéria cinzenta onde as lembranças moram.

A voz fúnebre de Reynaud nos alto-falantes: "Como resultado de erros incríveis, que serão punidos, as pontes sobre o Meuse não foram destruídas. Por sobre essas pontes as divisões blindadas alemãs passaram...".

A ordem de Gamelin:[147] "Morte antes do recuo"; e o recuo até Aisne no mesmo dia...

Os carros enlameados dos refugiados vindos do Norte — colchões no topo, bicicletas no estribo, cheios de pessoas exaustas quase caindo para fora — cruzan-

---

147 Maurice Gamelin, comandante-chefe do Exército Francês durante a Batalha da França.

do Paris como uma revoada de pássaros fugindo de um furacão; e as pessoas na rua as encarando...

O garçom de pé chato do nosso bistrô, que tinha sido mobilizado em março, passeando pelo boulevard Sébastopol em roupas civis amarrotadas. "Eu achei que você estava no front?" "O front é onde o tenente está. O tenente caiu fora em seu carro, então não tem mais front para mim." "Mas vão te fuzilar como desertor." "Primeiro, vão ter que me achar. E na semana seguinte vão ter que fuzilar metade do Exército. Resta ver se a outra metade vai estar disposta a fazer isso..."

Jantar com André Malraux[148] (ou isso foi algumas semanas antes?). Ele tinha se voluntariado para as *Corps Franc.*[149] "*Si tout est foutu, reste à mourir avec le prolétariat.*"[150] Eles recusaram sua inscrição; ele se voluntariou para as Tropas de Tanques, e acabou entrando...

A avalanche de *bobards*: "Paraquedistas pousam no Place de la Madeleine". "Três crianças morrem ao comer chocolates envenenados despejados de aviões alemães em Belleville." "Gamelin se mata com um tiro." "Arras foi tomada por paraquedistas que desceram do céu à noite com tochas flamejantes em suas mãos..."

Uma carta de SOS contrabandeada por B., o autor alemão famoso em toda Europa, internado em Roland Garros, para sua esposa Vera: "Eles levaram minha estricnina. Era minha única proteção contra a Gestapo. Eu me sentia seguro e calmo enquanto a tinha em meu bolso. Eles me tiraram a última salvaguarda da minha liberdade e dignidade". A visita de

---

148 Escritor e intelectual francês, autor de *A condição humana*. Foi ministro da Informação, e depois, da Cultura, na França pós-guerra.

149 Grupos paramilitares de combatentes civis que, na França da Segunda Guerra, atuaram junto ao Exército regular.

150 "Se está tudo fodido, só resta morrer com o proletariado."

Vera. Ela conseguiu uma dose de cianeto de potássio com um fotógrafo, e me pediu que lhe apresentasse o Conde de N., o comandante de Roland Garros. Sim, eu podia ficar com meia dose. Em seu quarto de hotel, nós decantamos o pó amarelo em duas cápsulas vazias de aspirina e os selamos com cera de vela para proteger o pó da oxidação. Vera tem medo de manusear a substância e veste luvas. Enquanto isso na rádio: os alemães chegaram em Saint-Quentin e Laon...

O encontro com Denise, que estava em lágrimas. Por quinze anos, ela tinha sido secretária de Mme. Duprès, uma membra da sociedade parisiense. Na noite passada, Mme. Duprès tinha partido para o *chatêau* do irmão em Tours, após botar todos as funcionárias na rua: Denise; Thérèse, a cozinheira (quinze anos de serviço); Marie, a empregada (doze anos de serviço); deixando-as com uma pilha de velhas roupas de sair e uma semana de salário...

O relato de Vera sobre sua reunião com o Conde de N., que se recusou a entregar a substância para B.: "*Quel enfantillage*, Madame. Seu esposo, como um ex-oficial, deveria ter vergonha de andar por aí com uma dose de veneno no bolso". "Você sabe o que aconteceu com os refugiados alemães internados na Bélgica e na Holanda?" "A França não é a Bélgica, nem a Holanda. Não se deve acreditar nessas conversas derrotistas, Madame." No dia seguinte, Vera conseguiu contrabandear a cápsula com o cianeto até B., escondido dentro de um pedaço de queijo. A carta de B. para ela: "Graças a Deus, recebi a aspirina que você me mandou. Agora, não me importo com o que pode acontecer. Sou um homem feliz".

Bolhas, bolhas borbulhando nas regiões doloridas de matéria cinzenta onde as lembranças moram...

A voz animada de uma jovem jornalista francesa, parando seu carro repleto de malas recém-compradas, no seu caminho para fora de Paris: "Você ainda está aqui? Esperam que eles cheguem hoje à noite...".

Chá no Clube PEN, tentando persuadir Henri Membré, secretário da seção francesa, a fazer um último esforço para tirar Tamàs e Mario de Vernet. O filho de Membré está com o Exército Francês na Bélgica, se ainda estiver vivo: as últimas notícias foram um telegrama de Charleroi, onde o próprio M. foi ferido em 1914. A despeito disso tudo, ele continua com os esforços para salvar escritores internados — tentando tirar agulhas do palheiro em chamas...

Encontrando o tenente N., que na vida civil é um pintor, ferido, com o braço paralisado. "A Linha Maginot Estendida? Nunca existiu. Algumas casamatas, e é tudo." "Mas por anos vocês sabiam que Hitler tinha adaptado o Plano Schlieffen[151] e que o ataque viria da Bélgica." "E daí? Saber é uma coisa, fazer algo é outra." "Ainda assim, desde que a guerra começou, nós tivemos nove meses para construir a extensão." "Não diga. Suponha que eles não se importem. Suponha que eles não queriam." "Quem são *eles*?" "Não sei. Sei tanto quanto você. Mas suponha que não encontrei um oficial — de coronel para cima, digo — cujo coração não estivesse com a *Croix de Feu*. Suponha que alguns cavalheiros no Estado-Maior prefiram Hitler a Blum?" "Você não está falando de traição deliberada?" "Homem — você não entende: *eu não sei*. Eu só sei o que vi. Por exemplo, que os batalhões pioneiros que deveriam fortificar o setor de Longwy-Montmédy estavam apodrecendo lá desde novembro e nunca trabalharam mais de duas horas por dia." "Por quê?" "Pergunte ao Estado-Maior. Às vezes não tinham pás, às vezes faltava concreto. Sempre existe uma razão para tudo..."

151 Plano militar alemão para invasão da França, desenvolvido pelo marechal Alfred von Schlieffen em 1906.

Abbéville se foi. Os alemães alcançaram o Canal. Boulogne se foi. A estreita aresta de ferro que penetrou bem através do corpo da França até chegar do outro lado, se retorcendo na ferida, alargando o orifício, esmagando a carne do país. E, mais uma vez, a voz macabra de Reynaud na rádio: "Se me dissessem que só um milagre poderia salvar a França, eu acreditaria nesse milagre. *A França não pode perecer...*".

O massacre nas estações de ferroviárias. O desaparecimento dos ônibus e táxis. A cidade derretendo, como se infectada com tuberculose. As metralhadoras dos *flics* nas esquinas. O olhar peculiar das pessoas do submundo, com as velas mortiças do medo acesas por detrás dos olhos.

Os boatos assustadores sobre paraquedistas. A psicose sobre a Quinta-Coluna. A última rodada de capturas — e o muito aguardado, temido, soar da campainha certa manhã às sete horas. O som da fechadura da velha mala de Vernet. A última olhada no flat — os livros restantes, as cortinas, a mesa — sabendo que dessa vez seria a última. E G., olhando para mim do topo da escadaria com um rosto congelado, lívido, como se estivesse prestes a passar mal.

IV

Mais uma vez, os bancos de madeira na sala dos guardas da Delegacia de Polícia. Sai Jekyll, entra Hyde.

Por volta de trinta homens estavam sentados nos bancos, todos austríacos e alemães com idades entre cinquenta e cinco e oitenta anos. Foi a última rodada de batidas. Todos aqueles que haviam sido libertados no último inverno dos campos de concentração para alemães tinham sido presos novamente uma semana atrás, incluindo as mulheres. Os únicos homens restantes eram aqueles com mais de cinquenta e cinco anos e os inválidos; e agora, a vez deles tinha chegado. Dessa vez o pogrom administrativo tinha sido completo. Os doentes foram arrastados para fora de suas camas; vários deles morreram nos dias seguintes. Os líderes do movimento antinazista, homens com reputação por toda a Europa: Heinrich Mann, Lion Feuchtwanger, Willi Muenzenberg, Walter Hasenclever, Ernst Weiss, Carl Einstein, Walter Benjamin — ninguém foi poupado. Dos sete nomes mencionados, os primeiros dois conseguiram escapar; os outros cinco cometeram suicídio.[152]

Nós ficamos sentados lá das sete e meia da manhã até às três e meia da tarde. Não nos era permitido sair dos bancos nem pegar algo para comer. Às 15h30 fomos enfiados em um camburão policial. Pensei que seríamos levados para a Salle Lépine, mas o carro desceu a *rue* de Vaugirard e então seguiu pelos *boulevards extérieures*. "Aonde estamos indo?", alguém

152 NA: *Post-scriptum, 1968*: Muezenberg, o ex-líder comunista que rompeu com Moscou, foi provavelmente assassinado por agentes da GPU.

se aventurou a perguntar a um dos *flics* hostis. "Stade Buffalo. Lá estão montadas umas metralhadoras legais; antes de os *boches* chegarem, vamos botar vocês todos no paredão."

A essa altura, eu já estava meio bêbado. Pelos últimos três meses, uma garrafa de Courvoisier esteve guardada em minha valise para servir como ração de ferro em uma ocasião como esta; ficou ao lado do material da Vera, no fundo da valise. Durante essas cinco horas no banco da delegacia, debati com o meu vizinho, o corcunda dr. Pollak, a questão que obcecava as mentes de todos nós; se os franceses conseguiriam ser mais velozes tirando a gente de Paris do que os alemães seriam entrando na cidade. Eu tentei convencê-lo de que os alemães se manteriam fiéis a sua disciplina: uma coisa por vez, e a primeira era aniquilar e isolar os exércitos no Flandres; isso daria aos franceses uma semana ou dez dias para nos tirarem dali. Mas o velho dr. Pollak não acreditava nisso: os franceses precisavam de todos os meios de transporte para seus exércitos em retirada; as ferrovias já estavam em colapso; eles não iriam se importar com a gente e iam nos deixar à mercê do destino, ou seja, da Gestapo. Olhei para ele e vi que sua testa estava úmida de suor e que velas cinzentas estavam acesas em seus olhos. Então, fui pego também. Eu conhecia essa sensação de ocasiões anteriores, e a vi se iniciar na região entre o estômago e o coração e crescer até o coração a absorver como uma esponja e então irradiá-la em duas direções, para baixo no sentido da bexiga, e para cima no sentido da garganta; eu conhecia isso, e detestava mais do que qualquer coisa na terra. E eu também sabia que, a despeito de qualquer coisa que gente que nunca passou por isso diz, só havia uma forma de cura: então, saquei a garrafa e pelas próximas duas horas eu a esvaziei em goladas vagarosas.

Quando entramos no carro, eu estava bem — agradavelmente despreocupado e filosófico quanto ao nosso destino. Então, entrei em uma espécie de estado de sonho e passei por uma das experiências mais curiosas em que já me encontrei. O que aconteceu externamente já foi estranho o suficiente, pois meia hora depois eu já estava livre; mas a coisa realmente fascinante é a história interna do que ocorreu — o jeito que aquela garrafa de brandy em um estômago vazio colocou de lado toda reflexão consciente e abriu as portas para os reflexos automáticos de autopreservação. Se eu não tivesse ficado bêbado, provavelmente este livro nunca teria sido escrito.

Eu já tinha dito que todos os outros no carro eram alemães e austríacos; eu era o único na categoria de Suspeitos Não Inimigos. Até então, os "estrangeiros inimigos" tinham sido concentrados no Estádio Buffalo, uma arena esportiva no sul de Paris, e os "suspeitos" no Estádio de Roland Garros. Naquela manhã, provavelmente por causa da falta de transporte, a *Préfecture* tinha ordenado que a polícia local encaminhasse *todos* os presos para o campo de Buffalo. Mas, ao chegarmos naquele lugar, aconteceu que eles tinham esquecido de informar as autoridades do campo de Buffalo dessa nova resolução. Era a costumeira trapalhada francesa. Eu fui o primeiro estrangeiro não inimigo a passar pelo escritório de triagem do campo; quando coloquei meu passaporte na mesa e vi a cara surpresa do oficial, tudo veio a mim em um átimo.

"Onde e quando você foi preso?", perguntou o oficial.

"No Café Dupont, Place de la Convention, uma hora atrás."

Nem por um segundo pensei conscientemente na minha resposta. O brandy fez tudo por mim — e aquele supergorila peludo e esperto, o subconsciente.

O ponto é que normalmente eu sou um ator ruim, e se tento blefar no pôquer sou sempre pego. Aquela foi uma experiência muito peculiar.

"Onde está sua *carte d'identité*?"

"Em casa — *rue* Dombasle 10, sétimo andar. É por isso que fui preso. Eu tinha descido só para tomar um café depois do almoço e deixei minha *carte d'identité* lá em cima; teve uma batida e me levaram para a delegacia de polícia. Eu pedi que me deixassem voltar para casa para pegar a *carte d'identité*, mas não me deram nem uma chance sequer de falar — apenas me enfiaram no carro e aqui estou."

Eu *senti* que tinha sido absolutamente convincente — a mistura certa de indignação educada e honesta estupidez. E o tempo todo observei minha própria performance e fiquei pensando. Normalmente eu sou um tipo de pessoa muito pouco inspirada; escrevendo, por exemplo. Toda linha só sai com muito suor e esforço consciente. Foi de fato muito peculiar. Em outras eras, a mesma elevação onírica talvez levasse uma pessoa a ouvir vozes e produzisse uma visão mística; agora, milagres tinham que acontecer nas mesas de oficiais da polícia; mas era fundamentalmente o mesmo processo.

O homem por trás da mesa devolveu meu passaporte e olhou para meus outros documentos: cartão de imprensa, as famosas cartas de recomendação de Pessoas Influentes etc. Sobre sua cabeça, havia um relógio de parede, e lá estava marcando 16h30.

"Tudo isso é uma experiência divertida para um jornalista, mas o chato é que tenho um compromisso às dezessete horas", eu disse — isto é, o brandy disse, ou o gorila peludo.

"Que tipo de compromisso?"

"Ora — a Coletiva de Imprensa diária no Ministério da Informação" (eu nunca tinha estado na Coletiva de Imprensa e nem tinha escrito um artigo desde que a guerra começara — mas tinha guardado o cartão de imprensa).

"Aquele idiota do Lamèche está sempre bagunçando as coisas", disse o homem por detrás da mesa para seu assistente; ele embaralhava meus documentos em suas mãos, indeciso. Lamèche, pelo que entendi, era o *comissaire de police* do 15º *arrondissement*. Nossa escolta tinha partido imediatamente depois de nos ter entregado.

"Veja", eu disse. "Tenho que estar lá às cinco. Se você ainda tem alguma dúvida, mande um homem me acompanhar até minha casa em um táxi, e eu pego minha *carte d'identité*. Você pode me dar uma escolta armada com uma metralhadora se achar necessário."

Do lado oposto à mesa estava a porta que levava para o campo — e uma vez que a porta fosse atravessada, não haveria mais retorno. Eu a tinha diante dos meus olhos e sabia que era uma armadilha mortal; e eu sabia que a menor sombra de falsidade em minha voz seria o meu fim. Mas aquela não era a minha voz, e eu confiava nela inteiramente.

"Não, eu não creio que será necessário", disse o homem por detrás da mesa enquanto me devolvia meus documentos com um sorriso. "Você está livre, monsieur. Guarda, acompanhe o monsieur até o portão de entrada." E, para seu secretário: "Me lembre de ligar para aquele idiota do Lamèche quando acabarmos com os outros". E para mim: "*Au revoir, monsieur*. Da próxima vez, não esqueça de levar sua *carte d'identité* com você".

No caminho para o portão, peguei minha valise, que eu tinha deixado do lado de fora da entrada da repartição. O guarda não notou nada de errado nisso. No portão, dei-lhe cinco francos e pedi que me arranjasse um táxi. O táxi chegou. Sai Hyde, entra Jekyll.

Mas apenas por uns poucos minutos, enquanto o táxi se aproximava da Porte d'Orléans e o tambor no meu coração se acalmava. Então as bênçãos do brandy começaram a se evaporar e comecei a entender a situação em que tinha me metido. O oficial do campo ligaria para Lamèche, ou qualquer que fosse seu nome; em coisa de meia hora a farsa teria fim e a polícia estaria no meu flat — e dessa vez talvez aparecessem mesmo com submetralhadoras. Eu bati no vidro que me separava do motorista e lhe dei outro endereço. Sabia que nunca mais veria meu flat. Sai Jekyll, entra Hyde.

V

Eu tinha que ou me entregar para a polícia ou me esconder, correndo o risco de encarar um tribunal militar se fosse encontrado. Decidi pela última opção.

Eu ainda tinha alguns amigos franceses. Quem esses amigos eram, como se revezaram cuidando de mim, me escondendo uma noite cada, e como enfim tiveram sucesso em conseguir para mim uma permissão de viagem para Limoges, onde uma quinzena depois cessei de existir legalmente, será uma história divertida e comovente para se contar quando a noite tiver partido da Europa e atos de gentileza e solidariedade não forem mais considerados crimes. Mas ainda é noite: e do momento em que dei um certo endereço para o taxista em Porte d'Orleans, a história terá que ser substituída por reticências, até chegarmos ao momento em que eu e G. emergimos de um trem superlotado na estação ferroviária de Limoges, famosa por sua manufatura de porcelana e seus generais aposentados.

Aqueles primeiros dias de junho em Limoges foram como um breve respiro antes do mergulho final. A Batalha de Dunquerque[153] ainda estava em andamento, dando à França uma última folga. Pessoalmente, senti-me a salvo da polícia por pelo menos uma quinzena. A permissão de viagem que meus amigos tinham me arranjado era um documento com aparência das mais respeitáveis, coberto por adoráveis marcas de carimbo em vermelho e preto — meu coração saltitava de prazer cada vez que eu a olhava. Me permitiu ir até

153 Batalha ocorrida no norte da França, entre 26 de maio e 4 de junho de 1940, na qual as forças nazistas foram brevemente contidas pelas tropas aliadas. Embora os alemães tenham conseguido avançar no fim, o período de impasse permitiu que as tropas aliadas na França realizassem uma retirada bem-sucedida até as Ilhas Britânicas.

a polícia local e legalizar minha situação provisoriamente: minha *carte d'identité*, com o "E" revelador, tinha sido oficialmente perdida. Com o devido tempo, é claro, a *Préfecture* de Limoges avisaria a *Préfecture* de Paris da minha chegada e receberia instruções para me prender; mas, com os trâmites burocráticos e o caos administrativo, era de se esperar que isso dificilmente aconteceria antes de mais uma quinzena, ou três semanas. Então havia tempo para respirar fundo e pensar bem sobre tudo — como um homem que, caindo de um precipício e agarrando um ramo de mato no meio do caminho, suspira com alívio até que as raízes se soltem com seu peso, e ele continua sua queda até o chão.

Limoges estava em uma das principais estradas pela qual o fluxo de refugiados ia descendo do norte para o sul. Minhas memórias desses últimos dias na França são de natureza principalmente acústica: a sinfonia polifônica sem fim de buzinas, os rugidos e zumbidos dos motores, o trovejar das caminhonetas pesadas na estrada, o resfolegar asmático de velhos Citröens, o relinchar de cavalos e o choro de crianças exaustas, conforme a corrente caótica fluía através da cidade em seu curso sem destino. Sem interrupção, por todo o dia e toda a noite, as divisões mecanizadas do desastre passavam e as pessoas nas ruas as observavam; alguns com pena, alguns com desprezo hostil, alguns com olhos pensativos e ansiosos, se perguntando quando chegaria sua vez de participar da Grande Migração para o Sul. Pois eles tinham visto o crescimento da corrente desde os primeiros dias, quando não era mais que um fio d'água com sua nascente longínqua no Norte, na Holanda e na Bélgica, e os carros ainda tinham sinais de serem estrangeiros; então, nos dias de Sedan, subitamente a corrente cresceu e nas placas apareceram os sinais das províncias francesas, M para o Départment du Nord, N para Passo de Calais; e cada vez mais próximo, X para Somme, Y para Sena-e-Oise; até que os primeiros ônibus verdes de Paris apareceram e por uns poucos dias nove entre dez placas exibiam o R fatal da capital; então, até os Rs escassearam e novas nascentes da corrente foram abertas na Bretanha e no Loire. As placas nos carros contavam a temível história do rolo compressor passando por sobre a França, e revelavam a verdade que os comunicados oficiais ainda tentavam esconder.

G. e eu costumávamos ficar sentados no *terrasse* do Café de l'Orient em frente à Place de la Maire, por onde a corrente principal passava. Na maior parte do tempo, chovia, e os colchões no capô dos carros ficavam empapados de água. G. era tão pouco sentimental quanto uma mulher anglo-saxã de vinte e dois anos pode ser, e observava aquela procissão sem fim de desgraça com um olhar de reprovação, mas a visão dos colchões encharcados finalmente partiu seu coração. "Agora estão estragados para sempre", ela comentou. "Pense em como as mulheres francesas são particulares com relação aos seus colchões, e travesseiros, e *plumeaux*.[154] Elas nunca vão superar isso. Que guerra revoltante."

De fato, esses colchões e *plumeaux* pareciam ser a principal preocupação do povo na estrada. Eles tentavam cobri-los com pedaços avulsos de tecido encerado e até com suas capas de chuva amarradas por tiras de barbante. Antes de a Grande Migração começar, cada metro restante dos estoques de tecido encerado nas lojas de Paris tinha sido comprado para esse propósito. Quem na Terra senão uma mulher francesa pensaria em envolver colchões em tecido encerado no meio do Apocalipse? Era uma ironia do destino peculiarmente sádica transformar as pessoas mais *petit-*

154 Espanador de penas.

-bourgeois, suscetíveis, caseiras, do mundo em uma nação de mendigos errantes. Dez milhões de franceses rodando sem destino pelas estradas com seus colchões e caçarolas, emperrando os sistemas de comunicações, paralisando toda movimentação militar, afogando como uma camada grossa de lama o que restava do país, até que o último estertor de vida se fosse.

A Linha Weygand[155] entrou em colapso, os alemães cruzaram o Somme, cruzaram Aisne, o Bresle, o Sena; Reims caiu, Rouen caiu, Pontoise caiu — e a corrente ainda continuava, dia e noite, cascateando de Châteauroux para Périgueaux. Às vezes, enquanto a observávamos do *terrasse* do café, nos lembrávamos do dia em Roquebillière em que as manadas de ovelhas e de gado tinham vindo dos pastos próximos da fronteira; era o mesmo barulho contínuo de balidas, mugidos e latidos que vinha agora das buzinas, a mesma longa procissão assustadiça com os carros empurrando e acotovelando uns aos outros, como foi, em uma confusão disparatada. E que carros. Bom Deus! Era como se cada espécime da fauna mecânica, tudo que pudesse rastejar e empestear por sobre quatro rodas, estivesse correndo para fugir do dilúvio. Lá estavam os gigantes da Força Aérea Francesa com o material desmantelado dos aeródromos perdidos, e os ônibus de turismo picante de Paris, com "*Paris la Nuit*" e "*Excursions à Fontainebleau*" ainda escrito neles; e caminhões de mudança de Bruxelas e carros de bombeiro de Maubeuge e a caminhoneta de entrega de um açougueiro de Sissons, e um de leite de Rouen, e de um vendedor ambulante de sorvete de Évreux, e o limpador de ruas com escovas rotativas do município de Tours, e, no meio disso, conversíveis, carros esporte, limusines e milhares de pequenos Citroëns e Peu-

155 Alcunha do front de defesa francês que seguia o curso do rio Somme. O nome vem do ministro de Defesa Maxime Weygand, então no comando das Forças Armadas francesas.

geots, com cinco, dez e quinze anos de idade, latindo para as caminhonetas mastodônticas como velhos fox-terrier sarnentos. E, no lado de dentro, repletos até o último centímetro de uma mistura de homens velhos, mulheres jovens, avós, bebês, caçarolas, gaiolas de passarinho, máquinas de costura, caixas, fardos, cestas, berços, bicicletas, relógios cuco, pães, latas de combustível, rodas sobressalentes, gramofones, acordeões, garrafas de vinho, cães e gatos — tudo cozinhado junto em uma espécie de *goulash* surrealista.

Justamente quando G. estava filosofando sobre os colchões, uma visão extraordinária passou. Um rabecão caindo aos pedaços saiu da estrada e estacionou em frente ao Mairie, e vários garotos pequenos e sujos saltaram para fora dele, mastigando bolinhos; e, como começou a chover, subiram de volta para o carro. Era um veículo preto acabado, anguloso, do tipo usado para funerais de pessoas pobres, e, no carpete negro onde o caixão deveria ficar, uma família inteira, completa até com primos e sogra, estavam abrigados, com todos os anjos entalhados na madeira escura por sobre suas cabeças.

Na noite do mesmo dia ouvimos os alto-falantes roucos de uma loja de rádios na *rue* Gambetta transmitir o discurso de Reynaud com o anúncio de que a Itália tinha declarado guerra. Foi seu penúltimo discurso; havia uma grande multidão em frente ao alto-falante, ouvindo em um silêncio petrificado; o tráfego na rua tinha parado. Algumas mulheres choravam sem fazer ruído; elas já tinham começado a chorar durante os últimos acordes da Marselhesa, antes de o discurso começar; mas quando a voz do homenzinho disse as palavras: "*Que les Français se resserrent fraternellement autour de leur patrie blesse*",[156] vários

156 "Que os franceses se estreitem fraternalmente ao redor de sua pátria condoída."

dos homens ao nosso redor se juntaram às mulheres. Foi a primeira e última vez que vi uma multidão irromper em lágrimas em uma ocasião política; foi aterrorizante e ainda assim, de certa forma, reconfortante; não havia histeria naquela reunião na rua. Foi um momento raro e logo acabou; durante os últimos estágios da catástrofe e nos meses seguintes a ela, nunca mais vi uma multidão francesa se comportar com tamanha dignidade. Poucas semanas depois Reynaud foi preso e os alto-falantes tartamudeavam com o ódio senil do velho, e cuspiam o escarro venenoso de seus acólitos por tudo que tinha sobrado da França, destruindo a última fortaleza moral de uma nação quebrada: a fraternidade na dor.

Dois dias depois, em 12 de junho, tive que enviar um telegrama e, quando entrei na central dos correios, uma mulher desconhecida com olhos de doida agarrou meu braço e o balançou como se quisesse arrancá-lo:

"Monsieur, monsieur", ela gritava nos meus ouvidos, "os russos declararam guerra contra a Alemanha e a Itália, *C'est le miracle* — um milagre de último minuto, monsieur!". E saiu correndo pela rua.

Todos na agência de correios estavam em um estado de alegria histérica. Abri meu caminho via empurrões até o guichê do telégrafo e perguntei para a moça atrás do vidro se ela sabia de onde o rumor tinha vindo. Ela riu com os olhos lacrimejantes e apontou para o teto: "Lá de cima — da sala da rádio. Me perdoe, monsieur, mas eu tenho que ver isso no papel por mim mesma". E ela correu para cima pela pequena escadaria de serviço atrás dos guichês. Dois minutos depois ela estava de volta, rindo e chorando: "Eu vi com meus próprios olhos em um formulário oficial de telegrama. É oficial, monsieur. Eu vi no preto no branco".

Até onde sei, o mistério do *bobard*, que naquele dia se espalhou como fogo de palha por toda a França, nunca foi solucionado. Eu estive nos correios às onze; ao meio-dia, os cafés estavam lotados com pessoas aguardando sem respirar pelo boletim de notícias oficial. Enfim ele chegou: o último acorde da Marselhesa; o comunicado lacônico: "Pressão inimiga ao sul do Sena e de Marne, Ataques da RAF em Gênova e Turim, danificando um navio de guerra italiano". A Marselhesa. Nada.

Mas as pessoas ainda acreditavam em um milagre. "Eles demoram para nos anunciar boas notícias." Elas ouviram as notícias às duas; então de novo, às quatro. Nada.

Vinte e quatro horas depois, elas souberam do apelo final de Reynaud para Roosevelt.

Outras vinte e quatro horas depois, os alemães marcharam sobre Paris.

Outras vinte e quatro horas depois, Verdun caiu e a Linha Maginot foi rompida.

Outras vinte e quatro horas depois, a oferta britânica de unir os dois impérios foi rejeitada e Reynaud cedeu lugar a Pétain.

Outras vinte e quatro horas depois, a voz débil do velho, interrompida por tossidas secas, sussurrou pela primeira vez no alto-falante: "Com o coração partido lhes digo que a luta deve cessar".

VI

Uns poucos anos antes, em Paris, eu tinha assistido a um filme famoso com Jean Gabin, *A última cartada*.[157] Eu lembro da história apenas vagamente, exceto da parte que Gabin se envolve em um assassinato e é caçado pela polícia. Quando tudo parece perdido, ele passa por acaso em frente a um escritório de recrutamento da Legião Estrangeira. Ele entra e se alista por cinco anos usando um nome falso. Não lhe perguntam nada e não pedem nenhum documento. "É tão simples assim?", ele se pergunta quando uns poucos minutos depois o sargento lhe entrega sua *carnet militaire*, estabelecendo sua nova identidade. O sargento sorri: "Qualquer que tenha sido seu passado, deste momento em diante, está morto. Aqui ninguém vai lhe fazer perguntas indiscretas; na Legião somos todos *des morts vivants*".

Quando vi o filme, me ocorreu a ideia infantil de que se a França algum dia fosse nazificada e tudo estivesse perdido, esta poderia se tornar a solução. No dia em que ouvimos pela primeira vez a Rádio Paris tocar o hino nazista, e constatamos que não estávamos na faixa errada do aparelho, eu conversei sobre isso com G. Uma hora depois de a velha voz tênue anunciar a capitulação da França e a rendição do continente para Hitler, eu entrei no escritório de recrutamento. Atravessei os portões da Caserne de la Visitation em Limoges como um homem chamado Koestler, jornalista e escritor, nascido em Budapeste, Hungria; e saí

---

157 Aqui, Koestler se confunde. O filme que ele descreve é *A bandeira* (*La Bandera*, 1935), dirigido por Julien Duvivier. *A última cartada* (*Le Grand Jeu*, 1934) também envolve um protagonista que entra para a Legião Estrangeira, mas é para fugir de débitos e não de um homicídio, e seu ator principal é Pierre Richard-Willm, e não Jean Gabin.

de lá como Albert Dubert, motorista de táxi, nascido em Berna, Suíça. Era realmente simples assim. O único preço que se tinha que pagar por ter a identidade transformada era se alistar por cinco anos (17 de junho de 1940 — 17 de junho de 1945) na Legião Estrangeira.[158]

Dessa vez não fui nem impelido por Courvoisier nem por nenhuma voz da inspiração; eu tinha pensado em tudo cuidadosamente. França, o último refúgio esquálido da liberdade no continente, tinha caído. Haveria ou uma ocupação total, ou um governo fascista pró-alemão com Pétain, Laval e companhia; em ambos os casos, era só uma questão de tempo até eu cair nas mãos da Gestapo.

Discuti com G. as possibilidades de fuga. A coisa mais óbvia a se fazer era tentar embarcar para a Inglaterra. Nos primeiros dias da guerra, eu tinha peticionado por um visto e a permissão para me alistar no Exército Britânico; fui recusado. Quando fui libertado de Le Vernet, fiz um novo pedido: me negaram novamente. Enquanto isso, a Inglaterra procedeu, imitando o exemplo francês, com a internação no atacado de refugiados políticos. Mesmo se tivesse sucesso em sair da França e cruzar o Canal, eu seria jogado para atrás do arame farpado outra vez.

Antifascistas eram obviamente um grande incômodo em uma guerra contra o fascismo. Ninguém nos queria por perto. Eu estava farto de me oferecer onde não me queriam.

---

158 NA: Esta, a "verdadeira" Legião Estrangeira, não deve ser confundida com as unidades especiais para voluntários estrangeiros dentro do Exército Francês que foram criadas durante a guerra. Os últimos, chamados de *Régiments de Marche*, estavam encaixados na estrutura geral da Legião, mas eram diferentes em sua organização e material humano. Elas eram compostas por homens que se ofereceram como voluntários, por convicção política, pela duração da guerra; enquanto a "verdadeira" Legião era composta pelo tipo clássico de mercenário, principalmente "homens sem passado", que tinham se alistado por um turno mínimo de cinco anos de serviço nas colônias francesas.

Antes de a invasão começar, e depois que toda esperança de entrar para as forças britânicas tinha se esgotado, eu me voluntariei para o Exército Francês. Nunca fui convocado, graças à marca registrada "E" nos meus documentos. Então tentei ser um motorista de ambulância no front para a Cruz Vermelha francesa; e fui recusado pela mesma razão. Não, eles não nos queriam. Nossa única contribuição para essa guerra, que era mais nossa do que deles, tinha sido ficar sentados atrás de cercas de arame farpado. Eles a tinham roubado e perdido; agora, os franceses iam lavar suas mãos com sabão fascista enquanto nós ficávamos enterrados debaixo dos escombros.

Bem, alguns de nós ainda sobreviveram, no sentido físico pelo menos. Mas para nós não havia armistício nem "paz de soldados", e aparentemente nenhuma escapatória. Tentar ir para a América? G. e eu não tínhamos vistos, autorizações de saída ou dinheiro algum. Talvez, se não houvesse ocupação total e se a *Sûreté* não me capturasse antes; talvez então, se eu mexesse os pauzinhos e escrevesse para pessoas influentes e implorasse ajuda de Comitês de Refugiados, houvesse uma chance de sucesso. Mas naquele momento, eu estava farto daquilo tudo; farto de mexer pauzinhos e escrever para pessoas influentes, farto de consulados, *bureaux*, formulários; farto de pedir qualquer coisa para qualquer pessoa; farto de mim mesmo, com dez anos de lutas quixotescas e derrotas miseráveis.

Pensei que seria um grande alívio me tornar Albert Dubert, um motorista de táxi de Berna, submergir, desaparecer, jogar fora o fardo e o estigma do passado. Pensei que me enviariam para um lugar bom e ensolarado na África, e ninguém vai pedir pela minha *carte d'identité*, e eu vou deixar de pertencer à escória da terra. Pensei que entre os Homens Sem Passado poderia até encontrar vestígios daquela fraternidade pela qual procurei em vão nas fileiras do Partido Comunista. E pensei também que talvez, depois de um tempo, as coisas poderiam dar uma reviravolta. Talvez a luta pudesse continuar a partir da Argélia e do Marrocos. E, se não, existiam outros que tinham desertado da Legião antes.

De qualquer forma, o principal era sumir de vista por um tempo, escondido debaixo do nome respeitável de Albert Dubert, e ver o que acontecia. Eu pensava que "Dubert" soava de fato muito respeitável: era o nome do *Comissaire spécial de Police* de Limoges.

Os procedimentos na Caserne de la Visitation não tinham tomado mais do que uma hora. Quando fui guiado para dentro, o sargento e os dois escrivães no escritório de recrutamento estavam discutindo a capitulação; eles pareciam abatidos e bêbados. Eu disse para o sargento que queria me alistar na Legião. Seu rosto ficou vermelho: "*Sans blague!*[159] Justo agora que a guerra acabou?". Eu expliquei que não pretendia me alistar "pela duração", mas me alistar na "verdadeira" Legião, por cinco anos.

"Aí é diferente", ele disse, me olhando perscrutador. "Você tem algum documento de identificação?"

"Eu os perdi. Pensei que não precisava de nenhum para me juntar à Legião."

Ele me olhou de cima a baixo. "*Tout de même*", ele disse hesitante. "Você não podia trazer nem uma carta endereçada a sua pessoa?"

Ele viu minha cara envergonhada. Os escrivães também olharam para mim. Limoges é uma pequena cidade provinciana e não acho que o escritório de recrutamento tenha visto muitas pessoas desejosas de se alistar na Legião Estrangeira.

"Você está com muita pressa?", o sargento enfim me perguntou. "Bastante", eu disse. "E justo no mo-

159 Em francês: "Não brinca!".

mento em que paramos de lutar?" "Talvez, justamente por isso", arrisquei. Ele me avaliou com o olhar, tentando decifrar o que eu quis dizer, mas não ousou dizer mais nada. Então um dos escrivães perguntou subitamente: "Você quer dizer que quer cair fora antes que eles cheguem a Limoges?". Eu não disse nada, e todos os três me encararam. Então o sargento disse: "*Enfin — je m'en fous.*[160] Se é o que você quer, podemos te arranjar. Você deu sorte; o médico acabou de chegar".

Tive que assinar quatro formulários impressos, que nem sequer li, e então passei por um exame médico que era pura formalidade. Por fim, fui encaminhado para o escritório do quartel-mestre, onde iria receber minhas ordens de marcha e um voucher para um bilhete ferroviário gratuito, que usaria para seguir até o entreposto da Legião Estrangeira. Diante da mesa estava um jovem tímido de dezoito ou dezessete anos que tinha acabado de ser convocado, e estava para ser despachado para o entreposto de seu regimento. O sargento do turno estava preparando sua documentação. Quando a entregou, o jovem ficou observando-a, aturdido.

"Mas esta é uma ordem para Angers, e Angers está ocupada pelos boches", ele gaguejou.

"*Je m'en fous*", disse o sargento. "As ordens são para enviar todos os alistados de sua classe para o entreposto de Angers, e até o momento as ordens não mudaram."

"Mas o que eu devo fazer agora? Como faço para chegar em Angers, se os *boches* estão em Angers?"

"*Je m'en fous*. O que você faz uma vez que deixar este escritório é assunto seu. *Débrouille-toi.*"[161]

O jovem se esgueirou para fora, para iniciar sua esperançosa carreira militar. Então chegou minha vez. Minhas ordens e meu voucher ferroviário eram para o

160 Em francês: "Enfim — não me importo".

161 Em francês: "Se vire".

entreposto da Legião em Lyons-Sathenay. O sargento sabia tão bem quanto eu que os alemães tinham tomado Dijon naquela manhã e estariam em Lyons antes de mim. Mas eu não disse nada. Ele me olhou de cima a baixo. "Boa sorte com seus cinco anos", ele comentou sarcasticamente. "Aprenda logo a cantar 'Deutschland, Deutschland Uber Alles'. Você vai precisar no futuro Exército Francês."

"Você não pode mudar minha *ordre de marche* para Marselha?", arrisquei. "O entreposto central da Legião é em Marselha, afinal de contas."

"Esqueça sua ordem", ele disse. "Todo tráfego ferroviário na França parou uma hora atrás. E esta noite, eles chegam a Limoges. Boa sorte."

Eram dezesseis horas quando saí do escritório de recrutamento. Encontrei G. no Café de l'Orient e tomamos um drinque para celebrar o nascimento de Albert Dubert. O alto-falante estava apenas repetindo o discurso de Pétain, a partir de um disco de gramofone. A voz tossindo e o "coração partido" pareciam ainda mais embaraçosos e fantasmagóricos. As pessoas no café ouviam em um silêncio dolorido. Ninguém sabia ao certo o que aquilo tudo significava; eles ainda não conseguiam acreditar que tinha mesmo terminado; eles estavam atordoados e pareciam uma assembleia de sonâmbulos bebendo *apéritifs*. A rádio disse que os alemães ainda avançavam e que a resistência continuaria até o armistício ser assinado. Ninguém tinha ideia do que esse armistício seria — exceto que estavam todos convencidos de que o país inteiro seria ocupado, e de que os alemães chegariam a Limoges na mesma noite. Mas eles não pareciam realmente se importar. Eles se sentavam nas cadeiras de bambu e sofás fofos do café em uma espécie de estupor apático; o único barulho era o click-click agudo das bolas de marfim se beijando na mesa de bilhar da sala ao lado. Finalmente um cliente disse: "*Enfin, il fallait en finir*".[162] Várias pessoas balançaram a cabeça concordando. Paguei por nossos Pernods e saímos apressados sentindo como se tivéssemos escapado de um museu de cera.

Nós não tínhamos uma ideia clara do que fazer em seguida, exceto sair de Limoges de imediato e ir em direção ao sul, seguindo o fluxo de refugiados. Cada centena de quilômetros mais distantes do avanço alemão já era muito a se ganhar. O próximo município ao sul era Périgueux, então vamos tentar chegar a Périgueux; ali eu me reportaria ao quartel-general e pediria por instruções. Quanto a G., ela queria primeiro saber o que me aconteceria, e então tentaria voltar para a Inglaterra, ou talvez ir morar com sua irmã, que estava casada com um francês na Argélia, se eu fosse enviado para lá.

Com pressa, nós colocamos nossas coisas em duas malas e três bolsas pequenas. Antes de sair de Paris, G. salvou alguns dos manuscritos e livros que a polícia não tinha levado embora; agora esses também tinham que ser deixados para trás. Entre eles, estavam as minhas anotações de Le Vernet e meu diário cobrindo os últimos quatro anos. Eu mal me importava — jogar fora o lastro do passado. Os materiais constituintes do falecido sr. A. K. estavam derretendo rapidamente e o *Légionnaire* Albert Dubert começou a tomar forma. No café eu tinha praticado a minha nova assinatura, e treinei G. para me chamar de "Albert". Eu tinha também começado a deixar um bigode crescer — um bigode de morsa estilo Vercingétorix como os que se pode ver nos anúncios de cigarros Celtique. No meio de nosso desespero, nos sentíamos estranhamente eufóricos. Tragédias na França sempre têm um toque de *vaudeville*; e o lugar onde eles as encenam é chamado de *Comédie Française*.

162 "Enfim, tinha que ter um fim."

VII

O diário que deixei para trás consistia em volumosos cadernos de anotações, páginas soltas e recortes de jornais; começava com a Guerra Espanhola e terminava no dia em que Paris caiu.

Quando meu bigode começou a crescer, comecei também um novo diário, rascunhado em um discreto caderno de bolso. Esse pequeno caderno de anotações vermelho, uma caneta-tinteiro preta e um *carnet* azul e branco de bilhetes de ônibus de Paris foram as únicas coisas que consegui salvar ao sair da França.

As páginas seguintes foram copiadas do caderno de anotações; alguns lapsos, marcados no diário por palavras-chave, foram completados posteriormente, e umas poucas passagens emanando à *sentimentalité de la misère* foram cortadas.

Segunda, 17 de junho, 1940 (Dia da Capitulação)

Malas feitas em uma pressa espavorida. Deixei duas valises com livros, documentos, roupas de G. etc. com Mme. R., dizendo-lhe que voltaríamos para pegá-las "algum dia". Mme. R., em lágrimas, nos roubou trinta francos na nossa conta. Me lembrou dos camponeses que vendem copos de água para os refugiados por um franco.

Arrastei nossas duas malas e três bolsas até a estação de trem. Estação de trem fechada. O sargento estava certo. Todo tráfego ferroviário suspenso por toda a França. Centenas de pessoas acampadas em volta da estação sobre suas bagagens. Cenário estranhamente reminiscente da Guerra Civil Espanhola. Mesma apatia fatalista da multidão. Mesmas crianças de cara suja rastejando por entre pilhas de bagagens como moscas cansadas.

Era tarde e escurecia. Não servia de nada esperar, então decidi pegar o bonde municipal até seu terminal mais ao Sul, na estrada para Périgueux, e então tentar uma carona. Quando cheguei, já estava tudo completamente escuro, e ninguém parava. Conheci um homem que tinha acabado de chegar de Châteauroux (uns cento e trinta quilômetros ao norte de Limoges). Ele disse que às dezesseis horas os alemães ainda não tinham chegado a Châteuraoux; então me senti seguro de que eles não chegariam aqui nessa noite e fui até um restaurante à beira da estrada para jantar.

Belo restaurante com jardim com vista para o rio Vienne, mas lotado de refugiados vindos do Norte. G. comentou sobre refugiados irritantes. Eu disse: você também é. Apesar da bagagem em volta da mesa, ela ainda não estava consciente de ter se tornado uma desvalida entre os desvalidos.

Compartilhei a mesa com um oficial médico de uniforme. Dizia que era tudo culpa de Blum e seus amigos; que tinha começado com Briand,[163] e que Daladier e Gamelin eram fantoches de Blum e dos judeus: "Eles se infiltram em tudo, eles corrompem tudo". Dividimos drinques e ele se tornou formal e se apresentou: "Tenente qualquer coisa — *Légionnnaire* Dubert". Uma dorzinha engraçada. Não ousei olhar para G. Bebemos mais, discutimos prováveis termos do armistício e ele disse: "*Ill fallait en finir*".

A mesma frase, segunda vez hoje. Eles explicaram por que foram para a guerra com "*il faut en finir*"[164] e explicam por que capitularam com "*il fallait en finir*". A tragédia da França, resumida.

163 Aristide Briand, primeiro-ministro francês que teve diversos mandatos entre 1909 e 1929. Ganhou o Prêmio Nobel da Paz em 1926. Foi um grande defensor da causa da resolução diplomática de conflitos e da União Europeia.

164 "Temos que dar um fim."

Terça, 18 de junho

Dormi nas mesas do restaurante com outras oito pessoas em outras oito mesas e crianças engatinhando por todos os lados. G. começa a perceber como é ser uma refugiada desvalida, mas de manhã parece revigorada e arrumada; apenas outro prodígio da hipocrisia britânica.

Ouvi durante o café da manhã a repetição do anúncio do novo ministro das Relações Exteriores Badouin, feito na noite passada: "É porque estamos seguros do espírito de independência do povo francês... que perguntamos sob quais condições o massacre de nossos filhos poderia ser contido". Estranho quão melodiosa pode-se fazer uma sentença contraditória soar em francês. "Porque nós amamos a independência, nós aceitamos a dominação nazista." Sem informações sobre o quanto os alemães avançaram.

Depois do café da manhã, arrastei as bagagens, depositei na estrada e tentei parar um carro. As outras pessoas no restaurante disseram que iam ficar por lá e aguardar até o armistício estar assinado, e então voltar para suas casas no Norte. Não se importavam se encontrassem os alemães. Não tinham medo dos alemães, apenas de bombas. Todos aliviados que a guerra acabou; demonstravam abertamente: *fallait en finir*. Imaginaram que a Alemanha tomaria a Alsácia de volta, não se importavam. Alsacianos eram *boches*, de qualquer forma. Mussolini pode obter Djibuti, talvez a Tunísia. Quando sugeri que ele poderia pedir por Nice e a Savoia, riram: "Nunca nesta vida. Vamos chutá-lo no traseiro". Completamente alienados do que tinha acontecido. Pardais cantando empoleirados em cabos de telégrafo por onde passam telegramas avisando que todos os pardais têm que morrer.

Após uma hora de espera, conseguimos uma carona até Thiviers, mais de metade do caminho até

Périgueux. O fluxo de refugiados na estrada diminuiu, principalmente por falta de combustível. Por todo o caminho vi famílias acampando na beira da estrada, no local onde a última gota de gasolina se foi. É um tipo de espera geral. Todos aguardam o armistício ser assinado e "tudo voltar ao normal". Eles realmente acreditam que a vida vai voltar a ser o que era antes. Enquanto isso, comem e bebem nas campinas ensolaradas e jogam belote. O apocalipse na forma de um piquenique de família.

Em Thiviers somos informados de que um ônibus provavelmente sairia às treze horas para Périgueux. Arrastamos a bagagem até um pequeno e sombrio *auberge* e ouvimos às notícias das onze e meia. Algum ministro, creio que Pomaret, fez um discurso pedindo às pessoas que deixassem de vagar pelas estradas, ficassem onde estão, ficassem quietas, confiassem em seus líderes e não fizessem perguntas tolas, bons garotos. Hitler e Mussolini se encontraram em Munique para discutir os termos do armistício. Tente imaginar como deve estar a aparência das ruas de Munique em comparação com as ruas de Thiviers. Bandeiras, pessoas doidas de alegria, fanfarras, canções. Deus! Por que nunca pude estar do lado vencedor? Desde quando tenho memória, sempre ouvi apenas explicações de por que os outros nos derrotaram. Começou a chover. Através das janelas do *auberge*, vemos um padre parado no meio da rua principal de Thiviers, sua batina molhada erguida até os joelhos, tentando parar um carro. Mais notícias. A luta continua, mas eles não dizem onde. Os russos estão reunindo tropas na fronteira da Lituânia. É noite na floresta e os chacais uivam; mas quem já viu um chacal posando de salvador?

O padre entra no bar, desencorajado; nenhum carro parou para ele, mas eles sujaram sua batina com lama. "*Que Dieu soit bénit, faut se débrouiller*",[165] ele diz e pede por uma dose de vinho tinto. Um jovem padre, um padre francês, aprendeu a ser um *débrouillard*. (*Se débrouiller* quer dizer "dar um jeito", obter um fim desejado ou sair de uma encrenca por meios espertos e levemente dúbios, se esquivando de autoridades e sendo mais astuto que a burocracia, confiando exclusivamente nos próprios recursos; é uma noção estritamente individualista e definitivamente antissocial de eficiência.)

Finalmente, o ônibus chegou e nos levou até Périgueux. Deixei G. e a bagagem em uma sala de espera no terminal de ônibus e fui até a *Caserne* de Busseaux. Na sala das ordenanças, apresentei meus documentos. "E que diabos você quer?" "Instruções." O sargento-ordenança ficou olhando para mim, e então chamou: "Ei! Venham aqui, todos vocês". Por volta de quinze *poilus* maltrapilhos e com barba por fazer ficaram parados à minha volta. "Agora, olhem para ele: este é o *Légionnaire* Dubert de Berna, Suíça, que se alistou no dia do armistício, enviado para Lyons que vem para Périgueux pedir por instruções." Ninguém riu: eles encolheram os ombros e voltaram para seus bancos, arrastando os pés. Um disse: "*Mon vieux*, uma quinzena atrás me mandaram para Bruxelas, e estou aqui sentado". O sargento ligou para o oficial de plantão: "*Mon capitaine*, tem um legionário lunático aqui pedindo instruções...". "... Não, para Lyons." "... Disse que ele não conseguiu um trem." "... Mandei duas vezes ele ir pro inferno, mas ele insiste." "... *A vos ordres, mon capitaine*." Ele colocou o fone no gancho: "O capitão disse que podemos te levar até a base. Espere com os outros".

Sentei-me com os outros, descobri que eram todos *isolés* — soldados que tinham perdido seus regi-

165 "Bendito seja Deus, temos que nos virar."

mentos na retirada e, seguindo o fluxo de refugiados, chegaram em Périgueux. Todos seriam levados até a base — abrigados e alimentados nas casernas até maiores instruções. O sargento explicou que o capitão tinha decidido me tratar também como um *isolé*. Uma hora, todos recebemos vouchers e partimos para achar o cabo de plantão, que deveria nos providenciar acomodações, o que ele fez para os outros, mas se recusou a fazer para mim, uma vez que eu ainda estava em roupas civis. Então, de volta para o sargento, que, após xingar um pouco, me deu um voucher para o almoxarifado regimental. Então, para o almoxarifado regimental, onde o almoxarife estava dormindo, aparentemente bêbado; o acordei, ele pediu por um cigarro, disse que não tinha mais uniformes novos, apenas usados, apontou para uma espécie de pilha de lixo feita de sapatos velhos, calças, faixas para as pernas, cintos e frasqueiras, tudo misturado; disse que eu podia pegar o que precisasse e voltou a dormir. Eu desenterrei vários itens que esperava que me fariam parecer aproximadamente como um soldado. Todas as fardas tinham a insígnia da 15ª Brigada de Rifles da Argélia, uma vez que esse era seu entreposto; então peguei uma delas; e a única coisa disponível para a cabeça eram fez vermelhos com uma lua crescente e o número 15 neles, então coloquei um. Assim, fui procurar o cabo-ordenança que pareceu meio em dúvida, mas pouco se importava, então ele me arranjou uma cama.

Dessa forma, com tudo satisfatoriamente acertado, eu quis me juntar a G. na sala de espera, mas descobri que só nos era permitido sair da caserna das dezessete e trinta até as vinte e uma horas. Então dei a volta no pátio, pulei uma cerca e andei de volta até o terminal de ônibus. Esperava impressionar G. com o meu uniforme, mas o efeito foi desapontador; ela disse que eu parecia Chaplin fantasiado de turco. Deixei a bagagem na sala de espera e andei até o centro de recepção de refugiados para achar um lugar para G. dormir. Encontrei um oficial, bati continência pela primeira vez na vida. Encontrei outro, continência de novo, encontrei sargento, continência também. Eles pareceram surpresos; pensei que talvez por eu parecer tão maltrapilho e G. tão arrumada, ou que talvez tivesse algo de errado com minha continência, então observei como os outros *poilus* faziam. Descobri que eles não batiam continência nenhuma, só olhavam para o outro lado quando um oficial passava, ou até os encaravam provocando e o oficial olhava para o outro lado. Apreciei andar no meu uniforme esfarrapado, me senti meio invisível, pela primeira vez desde Vernet realmente a salvo da polícia e de perseguição. Centro de refugiados tomado por uma multidão, mas eles disseram que havia uma ambulância britânica em Périgueux, podia ser que eles ajudassem G., mas não sabiam onde a ambulância estava, então disseram que devíamos perguntar na Cruz Vermelha, mas eles não sabiam onde estava a Cruz Vermelha, então deveria perguntar a um policial. Perguntei a diversos policiais, ninguém sabe onde a Cruz Vermelha está, mas um conhecia uma garota em um oculista que trabalhava para a Cruz Vermelha. Então, andei até a loja do oculista, achei uma garota alta, morena, olhos vermelhos de choro; quando ouviu que G. era inglesa, disse que a levaria até a casa de sua tia; lá tinha um pequeno sótão onde ela poderia dormir. Então peguei a bagagem, arrastei até casa da tia. O nome da tia é Mme. Brassard, velhinha maternal, gentil, estava fazendo a janta em uma cozinha grande, limpa, panelas e potes de latão brilhantes pendurados por todas as paredes como em um museu da arte gastronômica; quando ouviu que G. era inglesa, abraçou-a em lágrimas: "*Quel désastre, ma petite, quel désastre*". Então combinei de encontrar G. no dia seguinte às cinco e andei de volta até a caserna, muito satisfeito e mais uma vez cheio de amor por La France.

Quarta, 19 de junho.

Primeira noite na *Caserne* Busseaux. Quando cheguei ontem às vinte e uma horas, descobri que tinha perdido minha cama; um *isolé* a tinha levado, com enxergão e tudo, para outro quarto. Mas três camas, de um total de quinze no meu dormitório, estavam vazias; a ordenança do recinto me disse que eu podia ficar com uma, fazia dois dias que seus donos não apareciam. Trouxe um litro de vinho tinto na minha frasqueira — a frasqueira era a melhor coisa que tirei da pilha de lixo no almoxarifado do regimento; dividi com a ordenança, os outros já estavam roncando. O nome da ordenança era Cyrano (como o *chef de groupe* em Vernet); seu pai era um *deputé* comunista, agora na cadeia; ele mesmo acredita na "revolução através do amor". Ele tem um olho de vidro e é um *récupéré* — serviço auxiliar. Tirou seu olho para fora e gesticulou com ele na mão, explicando que amor e autossacrifício são as verdadeiras forças revolucionárias, ódio de classes deve ser abolido, economia é de importância secundária etc. Pobre coitado, não sabe que amanhã ele vai virar fascista — a sina desse tipo de diletante bem-intencionado; sua massa cinzenta nebulosa é irresistivelmente sugada pelo vácuo desse eficiente aspirador. O buraco do olho vermelho e vazio e o olho de vidro me encarando em seu punho gesticulante criaram uma alegoria perfeita.

Esta manhã, o café foi levado até o dormitório às seis horas, e então todo mundo voltou a dormir. Perguntei se não havia apresentação e chamada; descobri que nos últimos dias não tinha tido mais chamadas, homens demais faltando. Toda noite um punhado não volta da cidade. Quem quer que tenha família ou uma garota por perto cai fora. "*Nous sommes en pleine pagaille*",[166] alguém comentou, contente. (*Pagaille* é, depois de *se débrouiller*, a palavra mais usada no Exército Francês; cobre qualquer coisa, de leve desordem, bagunça, atoleiro, até o completo caos.) Todos roncaram até às oito horas; então matamos o tempo no pátio. Dois zuavos[167] africanos maltrapilhos estavam dormindo no chão do pátio, aparentemente tinham acabado de chegar do front; um capitão passou e chutou um nas costelas. Ele deu um pulo e olhou para o capitão com olhos estonteados. O capitão começou a bulir: Ninguém tem permissão de dormir no pátio; eles deveriam aguardar até ganharem camas. Zuavo respondeu em francês ruim: "Esperando horas, não camas. Marchando cinco dias para achar regimento. Oficiais partiu, regimento partiu, nós cansados, querer dormir". O capitão se aproximou do segundo zuavo com aparente intenção de chutá-lo também. Ao que o primeiro zuavo perdeu a cabeça, "Você não toca meu camarada. Você *salaud*. Você *salaud*. Todos oficiais *salauds*". Ele podia ser ouvido por todo o vasto pátio. Todos nos reunimos em volta de um semicírculo, observando a cena. O capitão ficou pálido. "Me dê seu cinturão de cartuchos — *un, deux*, rápido." (Os zuavos não tinham rifles.) "Não te dou cinturão de cartuchos. *Salaud*." Ele estava obviamente bastante irritado. Houve um impasse; o capitão deu uma volta sobre os calcanhares e se afastou atravessando o meio da multidão. O zuavo ficou olhando ele ir, se acalmou, sorriu,

166 "Estamos em uma completa bagunça."

167 Classe de soldados de infantaria ligeira usados pelo Exército Francês no norte da África. Muitos zuavos eram berberes, árabes, ou voluntários negros de outras regiões da África. O termo é uma adaptação de "zwawa", nome de uma tribo berbere do norte da Argélia que serviram como os primeiros soldados dessa classe. No Brasil, "zuavo" também já foi usado como um termo para se referir a soldados negros.

sentou-se e começou a desamarrar os cadarços. Um velho tenente dos 15º Argelinos correu e o chamou: "*Viens, mon vieux*. Não comece uma confusão aqui. Eu te dou uma cama". O zuavo sorriu: "O capitão é *salaud*". "Tudo bem, tudo bem. Pelo amor de Deus, cale a boca e me siga." "Meu camarada também." "Sim, seu camarada também. Venha, me ajude a despertá-lo." Eles o balançaram e o zuavo nº 1 colocou os sapatos de volta muito lentamente, e o velho tenente aguardou até que ele terminasse, então os três entraram no prédio e a multidão se dispersou. Perguntei para alguém se ele achava que os zuavos seriam punidos. "*Penses-tu!* Os oficiais não querem nenhuma encrenca. Eles estão tremendo nas bases."

Tomei um banho de sol no pátio, então fui para a cantina ouvir notícias no rádio. Alemães respondem o apelo de Pétain, pedindo pela nomeação de plenipotenciários franceses para encontrá-los "em um lugar e hora a ser notificados mais tarde". Ainda nada sobre termos de armistício; e a luta ainda segue e os alemães avançam. Ocupação total ou ocupação não total? Ninguém na *caserne* parece se importar. Eles nem sequer ouvem o rádio. Apenas comentários: "Vamos logo com isso. Já tivemos o bastante".

Às cinco, procurei G. Ela passou o dia explorando várias igrejas antigas em Périgueux. Catedralando. No dia da mobilização geral, ela teve que ir catedralar em Avignon. Passeamos pela cidade. Velha cidade encantadora. Achei uma pequena taverna alsaciana com mesas ao ar livre em um pequeno largo que cheirava a tílias. Bebi vinho Traminer branco seco e concordei em ficar em Périgueux até me enviarem à Legião por algum transporte. Imenso alívio em não ter mais que planejar e deixar outros decidirem por nós. Este é o dilúvio e boiamos em paz pelas águas escuras, sabe Deus para onde.

Quinta, 20 de junho

Esta manhã, mais três faltando em nosso dormitório. Entre eles, o cabo que dormia ao meu lado. Sua companhia foi separada das outras em algum lugar próximo de Elbeuf, no Sena, e capturada por uma coluna motorizada alemã. Os alemães tinham recolhido seus rifles, passado por cima deles com um tanque e lhes dito para caírem fora — "Não precisamos de mais prisioneiros". Tinham até dado a eles algumas latas e chocolate. Ele conseguiu uma bicicleta em algum lugar e pedalou em direção ao sul, decidindo que a guerra tinha acabado para ele. Estava bastante impressionado com os alemães: *"Ils ne sont pas méchants, les boches, tout de même"*.[168] Passou uma noite na nossa *caserne*; explicou para mim ontem: "Eles vão arrastar a desmobilização por mais seis meses. Eu vou desmobilizar a mim mesmo. Às cinco, caio fora". E assim o fez.

Ouvi as notícias das oito horas. Plenipotenciários franceses estão partindo de Bordeaux hoje para "o lugar designado para as negociações de armistício". Agora o avanço alemão provavelmente vai cessar. Mais tarde, outro discurso de Pétain. Aquela vozinha fina e aquela tosse. Soava como um esqueleto que pegou friagem. Não consegui entender o que ele falava, salvo o final: "Permaneçam ao meu lado. A luta continua. É pela França". Impossível saber se ele quis dizer figurativamente ou se a luta realmente vai continuar. Velho gagá desastroso. "Permaneçam ao meu lado" — gostaria que ele tivesse conversado com o cabo de ontem.

Mais tarde, vinte de nós fomos levados para fazer um serviço em outra caserna, separar botas nos almoxarifados. Milhares de pares de botas novinhas. Um chapa com buracos em suas botas pediu por um par. O tenente responsável disse que não tinha autorização; chapa deveria fazer um pedido formal. Chapa

168 Em francês: "Os *boches* não são de todo tão ruins".

— um velho *récupéré* — disse calmamente: "Você tem razão, *mon lieutenant*. Entendo que todas essas botas precisam ser mantidas intactas para os *boches*, para quando eles chegarem". O tenente ficou vermelho, não respondeu. Quando partimos, por volta de quinze pares de botas novas partiram com a gente. Às dezessete horas, de novo procurei G., e jantei com sobrinha e tia naquela cozinha agradável. São muito patrióticas, mas muito católicas. "Aquele israelita infeliz do Blum arruinou a França. Triste — gostei tanto delas. Aquela cozinha com panelas de latão brilhantes era a verdadeira França. Titia e a sobrinha também vão virar fascistas sem sequer notar. Atrás de cada idílio pequeno-burguês, aquela carranca horrível espreitando.

Sexta, 21 de junho

De manhã, descascava batatas no pátio quando o tenente me chamou. Era o velho colono que tinha conversado tão gentilmente com os zuavos. "Você é o suíço que se alistou no dia do armistício?" "*Oui, mon lieutenant.*" "Qual sua profissão?" "Motorista de táxi." Ele deu uma olhada rápida para minhas mãos. "Ouça, eu não me importo se você ficar aqui conosco até o fim dos seus dias, mas se por acaso você não quiser dar de cara com os *boches*, é melhor cair fora. Este é um conselho estritamente pessoal." Eu devo ter parecido bastante perplexo, de pé ali com uma faca de descascar nas mãos, porque ele continuou: "Eles estão descendo pela costa; relatos dizem que já chegaram à La Roche-sur-Yon". Eu lhe perguntei onde me aconselhava ir. Ele encolheu os ombros. "Em seu lugar, eu tentaria chegar até Bordeaux e me *débrouiller* para conseguir um barco. Dizem que ainda tem barcos partindo; para a África — e talvez para outra direção também..." "Será que você poderia me dar uma *ordre de marche* para *Bordeaux, mon lieutenant*?" "Não posso, e quanto ao capitão — bom, boa sorte, *et débrouille-toi.*"

Corri para o quarto, juntei minhas roupas civis em um fardo, troquei o fez vermelho por uma boina basca menos chamativa (a boina azul era um acessório tolerável para um soldado francês). Na saída, passei pelo escritório do tenente, ele me pediu para entrar. "Pegue esse documento." Era um velho demonstrativo de pagamento de um certo soldado Jean Rouzier, trinta anos de idade, *soldat de deuxième classe*, nascido em Périgueux, Dordonha. "Se acontecer de você ser capturado pelos *boches*, eles não vão te fazer mal se você for um francês. Para um voluntário suíço com aquela data de alistamento suspeita nos documentos, pode ser diferente. Me dê sua palavra que você não vai usar a não ser em uma emergência, e que vai rasgar quando estiver a salvo." Eu prometi. Me senti comovido até às entranhas. "Agora saia fora daqui. Talvez nos encontremos novamente — em outra direção."

Pulei a cerca, corri para pegar G. Oficialmente eu era um desertor por abandonar o entreposto sem permissão, mas não me importava. Decido com G. deixar as malas grandes para trás e levar só três malas pequenas, com os itens de maior necessidade de G. e meu paletó de civil. Mais lastro ao mar; mais passado deixado para trás; lixo deixado na beira da estrada da fuga. Que os mortos enterrem seus mortos.

Vadios na estrada novamente. Sentimento crescente de pânico voltou. Vagamos para fora da cidade até uma ponte na estrada para Bordeaux, então achamos um comboio de caminhonetes prestes a partir, tentei obter carona, soldados recusaram, disseram que o comboio estava em "*mission spéciale*"; tentei argumentar com eles, discussão virou bate-boca, soldados perceberam meu sotaque, pediram meus documentos, G. mortalmente aterrorizada, exigi falar com um oficial, exibi meus documentos de Dubert (Rouzier não explicaria o sotaque estrangeiro), soldados satisfeitos, disseram, sorrindo amarelo, "Pensamos que você era um paraquedista nazista". Apertos de mão mútuos e tapinhas nos ombros, mas sem carona.

Após alguma espera, achamos um carro civil, nos levou por dez quilômetros, então andamos, daí paramos uma caminhonete militar com uns poucos soldados dizendo que iam para Bordeaux, subimos a bordo com alegria, mas, quando acabamos de partir, um carro colou atrás de nós buzinando como um inferno, daí pulou para fora um ajudante de ordem obeso, ordenou que eu e G. descêssemos da caminhonete, porque G. é uma civil e eu um *isolé* e todos os soldados desgarrados têm que se apresentar no quartel ou delegacia de polícia mais próximos, de acordo com novas ordens. Então eles foram embora escoltados pelo ajudante gordo e nós ficamos para trás sentados nas bagagens à beira da estrada, debaixo de chuva torrencial, comendo ovos cozidos. Fluxo de carros na estrada razoavelmente contínuo de novo, mas principalmente caminhonetes com *poilus* dormindo, com barba por fazer, que não paravam, ou carros pequenos com oficiais parecendo pedantes e despreocupados. Por fim, um minúsculo Fiat caindo aos pedaços parou, repleto de caixas, fardos e crianças, dirigido por uma parisiense voluptuosa de classe trabalhadora que nos disse para subir nos estribos. Enquanto dirigia, ela batia papo, disse que desde Paris tinha carregado muitas pessoas nos estribos, enquanto os carros burgueses esnobes nunca paravam para dar caronas para as pessoas mesmo quando metade do seu espaço estava vazio — "*voilà le malheur de la France.*"[169]

Nós avançamos alguns quilômetros, então fomos parados por gendarmes que nos disseram que não era permitido para ninguém seguir até Bordeaux, exceto carros militares com uma ordem de "missão especial". Pareceu bastante estranho, como se Pétain

---

169 "Está aí o infortúnio da França."

temesse uma revolta. "Permaneçam ao meu lado", ele tinha dito — mas não cheguem perto. Então pegamos a esquerda e decidimos nos aproximar de Bordeaux por estradas vicinais tortuosas que talvez não estivessem sendo vigiadas por gendarmes. Seguimos por uns cinquenta quilômetros, passamos por Mussidan, todo o tempo de pé nos estribos, as partes inferiores dos nossos corpos encharcados da chuva, mantendo a parte superior seca nos enfiando dentro do carro em uma posição toda torta. Chegamos a Bergerac por volta das cinco da tarde, ali a mulher disse que não poderia continuar, crianças completamente exaustas; ela ficaria ali por alguns dias.

Olhei no mapa, vi que a única estrada para Bordeaux passa pela ponte em Libourne, que certamente estaria sendo vigiada por gendarmes, então sem esperanças de tentar chegar lá sem a *ordre de mission* especial; fui até o quartel militar de Bergerac para tentar obter uma. Ali, a *pagaillei* de sempre; multidão de civis bem-apessoados fazendo fila para obter combustível para seus carros — e de fato conseguindo, apesar da ordem de permanecer em suas casas. Fiz meu caminho aos empurrões, fui encaminhado de uma repartição para outra, comecei uma altercação, obtive entrevista com o *Commandant de la Place* — coronel velho, grisalho, parecendo gentil e desamparado. Vários outros oficiais batendo papo na sala. Mostrei meus documentos e expliquei meu caso. "*Mais, mon petit*, sua situação é completamente irregular. Por que você não vai para Lyons?" "Mas Lyons foi ocupada pelos alemães ontem." "Então por que você não ficou onde estava?" "Porque, como um voluntário estrangeiro, fiquei com medo de ser fuzilado pelos alemães." "Mas sua situação é completamente irregular. Você não pode vir para Bergerac com ordens para marchar até Lyons. Nessas horas críticas, todo soldado deve cumprir seu dever e obedecer cegamente aos comandos de seus superiores." Os outros oficiais estavam ouvindo, alguns sorrindo discretamente.

"Mas, *mon colonel*, isto é o que estou tentando fazer. Meu dever é me juntar ao meu regimento: Lyons estando nas mãos do inimigo, estou tentando fazer isso via Bordeaux ou Marselha." "Quem lhe disse para fazer isso?" "O oficial responsável pelo meu último entreposto." "O que ele disse?" Ele disse: "Os alemães estão chegando, *débrouille-toi*". O velho ficou nervoso e toda sua face enrubesceu. "Eu não admito — Eu não aprovo um oficial que diz para um soldado para que ele *débrouille* a si mesmo. Você vai ficar aqui. Vou recebê-lo no nosso quartel." Um jovem tenente interveio: "*Mon colonel*, posso respeitosamente apontar que, uma vez que o armistício esteja assinado, o inimigo tomará o controle de todos os portos e esse homem, sendo um legionário, perderá a oportunidade de se juntar à sua unidade". "Eu não admito. O armistício não está assinado. Como você sabe se vai sequer ser assinado mesmo? Ordenança, leve este homem para o quartel. Dispensado."

Então, estou escrevendo isso em um enxergão na caserna de Bergerac. Enquanto isso, armistício provavelmente assinado e arapuca fechada. *Je m'en fous*. Apenas dormir e tentar parar o moinho na cabeça. G. achou um quarto na cabana de um velho camponês. Queria que tivesse voltado para a Inglaterra e me deixado só. Queria escapar do ímpeto de autopreservação, queria trevas e a volta da infância — cortinas escuras em todas as janelas, neve caindo do lado de fora e canções de ninar.

Terça, 25 de junho. Bayonne.

Estou em Bayonne. G. se foi. Talvez esteja morta. Armistício assinado. Todos os refugiados alemães serão extraditados. A substância de Vera não presta, apenas passei mal. Espera-se que os alemães cheguem dentro da próxima hora.

VIII

De sexta-feira, 21 de junho, em Bergerac, até terça-feira, 25 de junho, em Bayonne, existe um lapso no meu diário. Durante estes cinco dias a tragédia da França chegou em sua cena final e eu atingi um estado de humor em que sentia que não havia mais razão para viver. Estes foram os dias em que meus colegas e amigos, a cuja memória este livro é dedicada, encerraram suas vidas em completo desespero. Eu não sabia disso então; mas estava no ar.

Pensamos que dessa vez a derrota era definitiva; nós tínhamos sido postos para fora de um país europeu atrás do outro; este era o *coup de grâce*, o fim da jornada. Nós não sabíamos que a Inglaterra tocaria a guerra sozinha; nada em sua conduta durante a última década do pré-guerra, nem nos primeiros nove meses da verdadeira guerra, levaria alguém a supor isso; e nós sabíamos ainda menos que ela, continuando em frente, desejaria nossa ajuda, o que era nosso dever, e ofereceria guarida, o que nos era devido. Soubéssemos disso, tivéssemos tido a oportunidade de saber tal coisa a tempo, os homens e mulheres que hoje estão mortos ainda estariam vivos. Ah, nós sabemos que não faria muita diferença para a questão final; sabemos que outros morreram sem que se fizesse muito alarde por causa disso; mas nós também sabemos que faz diferença como e por que um homem morre; seja morto por seus inimigos ou levado a se matar por seus amigos. A culpa pode ser perdoada, mas não se deve ter pressa.

Naqueles dias, eu também não via muito sentido em continuar; mas havia G., e havia curiosidade mais forte que o desespero, e havia talvez covardia e talvez um resto de esperança irracional, e no fundo de tudo havia o gorila peludo, para quem todos esses termos diferentes queriam dizer uma única e a mesma coisa. Mas acima de tudo havia um oficial graduado francês, que eu e G. conhecemos em Bergerac, e que nos contou que os ingleses tinham navios em Bordeaux e embarcavam qualquer um que quisesse se juntar ao seu exército, sem pedir por vistos nem qualquer outra coisa. Parecia bom demais e não acreditamos realmente, mas foi incentivo suficiente para continuarmos. Nós descobrimos que, embora nenhum carro particular tivesse a permissão de entrar na cidade onde o governo tinha estabelecido sua sede, a linha de ônibus regular Bergerac-Bordeaux ainda funcionava — uma das incongruências daqueles dias de caos; então domingo, 23 de junho, eu desertei pela segunda vez, deixando o quartel de Bergerac sem permissão às cinco horas, e eu e G. tomamos o ônibus que saiu às seis horas para Bordeaux.

Eu era o único soldado no ônibus, e pessoas me contaram que na entrada da cidade os gendarmes paravam todos os soldados e os escoltavam para um campo especial para desgarrados, enquanto civis tinham a permissão de passar; então vesti o capote de G., que escondeu meu uniforme. O ônibus foi de fato parado na ponte de Libourne, mas os gendarmes apenas olharam pelas janelas e deixaram o veículo passar sem maiores formalidades. Chegamos a Bordeaux por volta do meio-dia — e descobrimos que último navio para a Inglaterra tinha partido quarenta e oito horas antes.

Também descobrimos que o armistício tinha sido assinado no dia anterior, mas os termos ainda eram mantidos em segredo absoluto, embora quase uma semana tivesse se passado desde que eles tinham sido comunicados ao governo francês. A única declaração vinda da estação de rádio dos Correios e

Telégrafos de Bordeaux era: "Não se pode esconder que as condições são duras". No mesmo boletim de notícias, o comunicado do alto-comando francês falou de "pressão inimiga ao longo da costa Atlântica — St. Malo, Lorient, Poitiers, ocupadas — os italianos iniciam ofensiva nos Alpes", enquanto o comunicado sobre as negociações do armistício dizia: "O governo do marechal Pétain tomou sua decisão com plena liberdade, sem ameaça ou pressão imediata do inimigo...".

Obviamente o governo não ousava revelar os termos do armistício até que as tropas alemãs estivessem suficientemente próximas de Bordeaux para protegê-los da revolução que acreditavam ser iminente. Os sacos de areia e metralhadoras pesadas em frente aos prédios oficiais, os repetitivos, quase suplicantes, avisos da Rádio Bordeaux para que o povo francês "se recuse de desordem e violência e não acredite em todos os rumores sobre os termos do armistício disseminados por encrenqueiros e *provocateurs*" (enquanto o método mais simples contra os rumores teria sido revelar os termos); a fileira de gendarmes em volta de Bordeaux e o clima nas ruas naquele domingo fatal — tudo provava que o velho marechal estava aterrorizado até a morte com a possibilidade de acontecer uma revolução, o que na verdade era algo que estava mais distante de ocorrer na França do que nunca.[170]

Enquanto ouvia a rádio francesa, fui atingido por uma inusitada sensação de *déjà vu*. O *coup d'état* de Hitler, "para sustar a iminente revolução comunista"; o mesmo pretexto usado pelo marechal Metaxas

---

170 NA: Um general britânico, que é também um parlamentar conservador, voltou de Bordeaux reclamando que ele encontrou Weygand muito mais preocupado com o perigo de uma revolução na França do que com as consequências de uma capitulação para os nazistas (*Why France Fell – The Lessons For Us*, UDC, Londres, 1940). [NE: *Por que a França caiu — As lições para nós*, em português. Inédito no Brasil.]

para estabelecer a ditadura na Grécia; o mesmo pretexto para o motim dos generais na Espanha — o destino dos partidos comunistas na Europa, com toda sua pompa e alarde, tinha aparentemente sido servir de parteiros involuntários para regimes fascistas.

Era preciso, claro, a imbecilidade do velho Pétain, oitenta e quatro anos, e o fanatismo político do velho Weygand, setenta e três, para que pudessem engolir os remédios que lhes eram administrados por suas enfermeiras — Laval e sua panelinha. Mas eles de fato engoliram: em 12 de junho, quando o governo ainda estava em Tours, Weygand já acreditava que Maurice Thorez, o líder comunista, tinha estabelecido um novo reino da Comuna em Paris. Essa história tinha, com toda probabilidade, sido divulgada pela propaganda alemã; um simples telefonema de Mandel para Langeron, o *Préfet* de Paris, bastou para provar que isso era um absurdo; mas àquela altura, Pétain e Weygand já estavam convencidos de que "enquanto a vitória significaria revolução, a derrota salvaria a França, pois, ao custo de certa perda de território e prestígio, preservaria a ordem social".[171]

Eles acreditavam nisso, aqueles pobres generais velhos, senis e esclerosados. Eles também acreditavam que todo sindicalista era bolchevique, que socialismo queria dizer assassinato e estupro, e que Hitler era um cavalheiro. Eles tinham engolido tudo, colherada por colherada, enquanto os gângsteres enfiavam os guardanapos para dentro dos seus colarinhos e seus lábios exangues balbuciavam *honneur*, e *gloire*, e *Nous, Phillipe Pétain*, em plural majestático, no microfone.

Tanto em 1792 quanto em 1870, a casta dominante francesa traiu a nação e preferiu os prussianos à revolução. Em 1940 não havia perigo de revolução; o proletariado estava cansado e apático; enquanto a

171 NA: *Why France Fell — The Lessons for Us*, UDC, Londres, 1940.

burguesia tinha encontrado sua representação simbólica em uma múmia viva. Era um teatro de sombras irreal: o fantasma da classe governante francesa cometendo suicídio, com medo do espectro da revolução.

A última embarcação tinha saído de Bordeaux quarenta e oito horas antes. Diziam que os alemães estavam próximos da boca do Gironde e o porto estava isolado. O cônsul britânico também tinha partido para Bayonne. Mas Bayonne fica cento e oitenta quilômetros ao sul e não havia meios de comunicação.

De repente fiquei com medo por causa de G. A rádio tinha apresentado um tom agressivo contra a Inglaterra. "A atitude tomada pelo sr. Churchill é inescusável..." "Franceses não podem ouvir sem protestar as repreensões emitidas por um ministro estrangeiro." A última citação veio de um outro discurso de Pétain (o velho parecia se deleitar em falar ao microfone), e soava bastante grotesco no dia seguinte à capitulação, mas naquele momento não captamos a sua graça. Essa brusca, desavergonhada, mudança de atitude da França com relação ao seu aliado de outros tempos deu à situação um novo aspecto ameaçador. Era pior que as piores expectativas. Era como se a França já fosse *gleichgeschaltet*[172] antes mesmo de saber os termos do armistício.

Até aquele momento, tínhamos ficado tristes, oprimidos, assustados; agora, pela primeira vez, estávamos verdadeiramente em pânico — ou eu estava, pelo menos. Me repreendi por não ter insistido para que G. voltasse para sua casa enquanto ainda era tempo, e me senti responsável pelo que quer que acontecesse a ela. Nós nos arrastamos freneticamente pelo

172 De *Gleichschaltung*, ou "uniformização", termo utilizado pelos nazistas para descrever a política de total alinhamento de todas as instituições sociais à ideologia nazista.

porto e pelas ruas por horas sem fim, caçando uma embarcação, um táxi, qualquer meio de transporte, mas de nada adiantou. Então, de súbito, encontramos Edgar Mowrer, do *Chicago Daily News,* no Consulado Americano. A expressão em seu rosto estava tão acinzentada quanto a nossa. Ele estava igualmente receoso com a Gestapo. Disse que podia ser que os alemães ocupassem a cidade naquela noite, e que tinha acabado de comprar o carro que o cônsul britânico em Bordeaux tinha deixado para trás; ele ia partir às vinte e uma horas via Bayonne-Biarritz-St. Jean de Luz em direção à Espanha e estava disposto a nos dar uma carona até Biarritz.

Eram então dezoito horas e passamos o resto das horas em um café, ouvindo a imundície acústica que jorrava dos alto-falantes, e discutindo, vítimas da pressão nervosa. Eu tentei convencer G. que ela deveria ir com Mowrer, que tomaria conta dela, e me deixar em Bordeaux; eu sabia que não poderia ir até a Espanha, enquanto ela poderia atravessar. Imaginei que se ainda houvesse embarcações de Bayonne para a Inglaterra, elas a levariam, mas não eu, e se eu estivesse lá ela se recusaria a partir e dessa forma desperdiçaria sua última chance; então eu preferiria que nos separássemos de imediato. Foi uma argumentação longa e mórbida. G. chorou, e eu fui até o toalete e tive uma espécie de crise nervosa, na forma de pranto incontrolável, pela primeira vez em minha vida; e, no meio disso, o alto-falante continuou arrotando e vomitando, como se todo o éter estivesse doente com espasmos. Por fim, G. venceu e ambos partimos no carro de Mowrer às vinte e uma horas. Ele disse que, de acordo com suas informações, colunas de tanques alemães tinham cruzado a ponte por sobre Garonne, ao sul de Bordeaux, e havia boa chance de cruzarmos com eles na estrada.

Mas dirigimos sem sermos perturbados por toda a noite, por sobre uma estrada praticamente deserta, sendo parados apenas aqui e ali por patrulhas de gendarmes. Cada vez em que pediam nossos documentos, eu meio que temia que me levassem em custódia como um *isolé*, e eu meio que torcia por isso, para o bem de G.; e, por fim, foi isso mesmo que aconteceu. Foi em Biarritz, aonde chegamos por volta da meia-noite. Procurávamos a casa de alguns amigos de Mowrer; ele parou o carro e procurou pelos números da casa com uma lanterna de mão; e então uma patrulha apareceu, por volta de meia dúzia de homens com rifles. Eles ficaram satisfeitos com os documentos de Mowrer e G., mas não com os meus, e me disseram para acompanhá-los até a polícia. Talvez com alguma eloquência eu conseguisse convencê-los a deixar disso, como eu tinha feito com patrulhas anteriores, mas não tentei realmente. Eu tinha que sair do caminho de G., de alguma forma, e esta era uma oportunidade tão boa quanto qualquer outra para encurtar a história; também achei que era uma sorte caída dos céus que Mowrer estivesse por lá e pudesse cuidar dela até que ela estivesse segura fora do país. Então eu saí do carro e falei para a patrulha que estava pronto para acompanhá-los. Ouvi como em um pesadelo Mowrer me chamar dizendo para eu não ser um maldito idiota e voltar para o carro; eu vi através de um tipo de névoa o rosto branco de G. saindo para fora do carro e compartilhamos um beijo de boa-noite. Então segui pela rua andando por entre os rifles; não olhei para trás, mas sabia que ela nos observava, como tinha observado quando a polícia me levou do flat em Paris pela primeira vez e então pela segunda vez; mas dessa vez, pensamos que seria a última.

IX

Os quatro ou cinco dias seguintes são irreais e como devaneios em minha memória. Havia uma dor indistinta constante, afogada por doses grandes e contínuas de álcool, o que contribuía para minha sensação geral de irrealidade e vertigem. Eu não fiquei violentamente bêbado, mas vivi por volta de uma semana em um mundo embotado, em uma espécie de névoa mental espessa que cegava o fio dos acontecimentos tanto internos quanto externos. Vez ou outra um evento, como a entrada das tropas alemãs em Bayonne, rompia o véu de névoa com o brilho ofuscante, forte, da realidade, mas depois de uns Pernods, a névoa se fechava de volta e eu vagava pelo cenário misericordiosamente irreal.

Eu lembro de ter passado a noite em que a patrulha me prendeu no chão de uma cela suja da *gendarmerie* de Biarritz, em companhia de um desertor bêbado da Força Aérea Francesa, que alternava entre cantar e fazer propostas homossexuais. De manhã, um oficial da polícia me escoltou de bonde até o quartel da infantaria de Château Neuf em Bayonne. No quartel, me contaram que uma embarcação sairia no mesmo dia para um destino desconhecido. Lembro de passar o dia todo dando voltas em uma rodinha com um punhado de outros soldados para saber mais sobre aquela embarcação. Nós fomos até o *Bureau de la Place*, que nos mandou para a *Commission des Transports*, que nos encaminhou para a *Comission du Port*, que então nos mandou de novo para o *Bureau de la Place*. Os outros eram estrangeiros como eu, a maioria checos ou polacos, alistados como voluntários pela duração, aterrorizados até a morte como eu mesmo diante da perspectiva de cair nas mãos da Gestapo. Eu me lembro de fazer fila no portão do jardim da *Comission du Port*, que deveria emitir as permissões para embarcarmos. Havia dois portões na cerca e uma fila diante de cada portão, uma para nós e outra para civis; e os civis passavam um a um, mas nosso portão permanecia fechado, guardado por três soldados com baionetas caladas. Nós gritamos para que um oficial viesse e ordenasse aos sentinelas que nos deixassem entrar, mas nenhum oficial apareceu. Nós tentamos forçar o portão e os sentinelas ameaçaram avançar com as baionetas. Na confusão, uma janela no segundo andar do prédio se abriu e uma mulher, provavelmente uma secretária, olhou para fora. Nós gritamos para que ela chamasse um oficial e ela ergueu os ombros e sorriu; e então fechou a janela de novo. Tudo estava banhado por uma luz do sol escaldante: os soldados, a maioria do front, berrando e lutando em frente ao portão fechado, os sentinelas com suas baionetas caladas, e a mulher sorridente na janela.

Eu lembro que ficamos lá por várias horas e então corremos de volta ao *Bureau de la Place* e então de volta à *Comission du Port*; mas nenhum oficial apareceu e nós gritamos e balançamos o portão em vão. A fila de civis tinha desaparecido e um velho jardineiro estava aparando o canteiro de flores em frente ao prédio, e o sol brilhava e as baionetas das sentinelas ofuscavam. Eles nos disseram que não havia embarcações, de qualquer forma, e que todos os oficiais tinham deixado o prédio, pois havia ordens contraditórias de Bordeaux e eles temiam ser responsáveis por nos embarcar. Nós tentamos achar aquele navio misterioso no ancoradouro, ou qualquer outro barco, mas não havia nenhum, e então eu desisti, e caminhei de volta ao Château Neuf. Eu manquei devagar pelo ancoradouro, pois as velhas botas militares de Périgueux tinham arranhado meu pé até deixá-lo em carne viva; e lembro de um pequeno judeu polonês de uniforme se pendurando em mim e me contando sobre como ele tinha tentado embarcar em um navio para a Inglaterra um dia ou dois atrás; havia tido uma grande multidão e muitos empurrões, e um oficial polonês no passadiço que controlava a documentação dos soldados poloneses tinha mandado todos os judeus voltarem, dizendo que já tinha o suficiente deles ali; e vários soldados judeus choraram e imploraram para que ele os levasse, e um ficou de joelhos e beijou a mão do oficial; mas ele não sabe o que aconteceu depois disso, porque ele não pôde mais suportar e correu para longe. Eu lembro que o polaco e eu fomos em vários bistrôs e ficamos bêbados, e então de alguma maneira o perdi e manquejei de volta ao Château Neuf, onde me incorporaram e me deram uma cama; e então fui dormir por umas doze ou quinze horas e não me importei mais.

Os próximos dois dias estão completamente embaraçados; não houve chamadas de apresentação na caserna e passei a maior parte do tempo deitado no meu enxergão e nem sequer fui até a cantina ouvir o rádio. Mas havia outros vinte soldados no meu dormitório e eles traziam todos os rumores e notícias; eu soube que o armistício italiano foi assinado e os combates tinham cessado, e que havia um dia de luto nacional, e que Pétain tinha feito outro discurso e dito que todos os desastres da França eram devidos ao "amor que o povo tem pelo prazer". Eu também soube que os termos do armistício ainda não tinham sido divulgados, mas que toda a costa atlântica seria ocupada, que os alemães eram esperados em Bayonne na próxima hora, se já não estivessem lá; e que alguém tinha ouvido em uma emissora estrangeira que o armistício estipulava a extradição de todos os refugiados para a Alemanha. Também descobri que um último navio tinha partido de St. Jean de Luz para a Inglaterra na segunda ou terça-feira, e ele tinha sido torpedeado e todos a bordo, afogados; e, como Mowrer tinha St. Jean de Luz como destino, concluí que G. deveria estar naquela embarcação.[173]

Havia uma entrada e saída de gente contínua naquele recinto, mas eu mal me movia no meu enxergão e estava na maior parte do tempo dormindo ou passando mal; não conversava com ninguém, mas na segunda ou terceira noite um soldado se sentou no meu enxergão e começou a falar comigo. Seu rosto me lembrava o de Mario, de certa forma, embora fosse bem barbeado e redondo. Ele perguntou se podia fazer alguma coisa por mim, já que eu aparentava estar doente; e quando eu disse que não, ele disse que isso era muito lamentável, já que nas últimas semanas ele tinha procurado em vão por alguém que pudesse ajudar, sendo um padre da Ordem dos Dominicanos, mobilizado como capelão do Exército, mas esta era aparentemente uma época em que ninguém podia ajudar ninguém. Ele também me contou que era responsável por um convento em St. Zacharie, próximo de Marselha, uma fundação dominicana para ex-prostitutas e ex-detentas. Ele tinha apenas trinta anos e me lembrava muito a Mario; tinha o mesmo jeito peculiar de sorrir; talvez anos vivendo com um bando de mulheres em um local solitário produzisse resultados similares em um jovem padre aos anos que confinamento solitário causam em um jovem revolucionário. Tivemos uma longa conversa sobre cristianismo e socialismo e "Dai a César o que é de César", e então me levantei e jantamos na cantina dos oficiais graduados. Contei-lhe meu verdadeiro nome e minha história e

---

173 NA: Este falso rumor surgiu a partir de relatos de rádio atravessados sobre a tragédia do *Lancastria*, na costa de St. Nazaire, uma semana antes; mas eu só descobri isso três meses depois.

me sinto de certa forma aliviado; também lhe falei que achava que ele tinha aparecido na hora certa; ele disse "*Le bon Dieu est un metteur-en-scène raffiné*".[174] Mas à noite eu estava passando mal de novo e a neblina e névoa tinham retornado.

Há uma passagem no meu diário que não consigo localizar cronologicamente, mas que deve datar do dia seguinte:

"Vaguei por Bayonne, tonto, olhei para a catedral gótica, pensei que G. poderia me explicar tudo sobre ela. Então vi uma placa em uma casa: Maître Lalande, *Avocat à la Cour*. De súbito tive uma ideia: quando os alemães chegarem hoje à noite, a melhor forma de desaparecer é estar na prisão até a guerra e a ocupação acabarem. Um homem preso é um homem esquecido. Então fui e toquei a campainha de Maître Lalande. Ele estava almoçando, veio com o guardanapo na mão, era um tipo idoso, meio obeso, cara de esperto. Perguntei que tipo de infração um homem teria que cometer para ir para a prisão por uns seis meses. A princípio pensou que eu estava bêbado, então entendeu: foi muito gentil, me ofereceu vinho, frutas e dinheiro. Aceitei o vinho, mas derrubei o copo sobre a toalha de mesa. Então ele explicou: se, por exemplo, eu destruísse uma vitrine de loja com um tijolo, eu teria que encarar um tribunal militar e seria *(a)* fuzilado por saquear ou *(b)* absolvido por causa da embriaguez; não havia nada entre uma coisa e outra. Mesma situação com qualquer outra ofensa em que ele conseguia pensar, já que estávamos sob lei marcial. '*Rien à faire, mon pauvre ami: si on vous fusille, ça ne vous avance pas; si on vous acquitte, non plus.*'[175] Ficou ofendido por eu não ter aceitado o dinheiro, me acompanhou

---

174 "O bom Deus é um diretor de cenas refinado."

175 "Não há o que fazer, meu pobre amigo: se te fuzilarem, não tem como seguir em frente; se te absolverem, também não."

até a porta, me beijou em ambas as bochechas. Acho que estava mais bêbado do que eu. Manquei de volta até Château Neuf. Ninguém voltou ainda."

No dia seguinte, ou um dia depois disso, havia tensão nervosa nas casernas; fomos confinados aos nossos aposentos e havia rumores que os alemães tinham chegado na cidade. Durante o dia anterior, vários destacamentos, principalmente das classes mais novas, tinham partido em caminhonetas seguindo para território não ocupado; os termos do armistício previam que "... as forças armadas francesas em território a ser ocupado pela Alemanha devem ser agilmente retiradas para território que não será ocupado, e dispensadas". Mas aparentemente não havia caminhonetas o suficiente e a unidade à qual eu estava designado — a *22ème Compagnie de Passage* — estava atolada.

Não nos foi permitido sair do Château Neuf naquele dia, mas de algum jeito consegui; eu queria saber e eu queria ver. Manquei pelas ruas poeirentas, banhadas de sol, até a ponte sobre o Nive; e então eu vi. Eu os vi a poucos metros — os tanques verde-escuro, chacoalhando lentamente e solenemente sobre a estrada como uma procissão funeral, e as figuras vestidas de preto de pé nos torreões abertos com seus rostos de estátua, e as motocicletas pretas fumacentas com homens de couro preto e óculos escuros na cara por cima delas, e as bandeiras vermelho-flamejante com o círculo branco e a aranha preta no meio, balançando preguiçosamente no calor. As persianas nas janelas estavam fechadas, as ruas vazias, o sol escaldante. Eu me encostei na porta de uma casa, e passava mal, e olhei para eles, e imaginei que, quando passavam, todos olhavam para mim. Pois eles tinham me caçado através de todo o continente, e toda vez que eu buscava uma pausa e parava, pensando que estava seguro, eles tinham vindo atrás de mim, com sua lenta, sacolejante, trovejante procissão fúnebre e a aranha preta preguiçosa em sua bandeira. Eles tinham vindo de Berlim até Paris atrás de mim, via Viena e Praga, e descendo pela costa do Atlântico, até que neste canto mais distante da França eles tinham enfim me alcançado. Eu observei a procissão sombria sob a luz do sol; havia uma figura alta imóvel em um dos torreões; vi seu rosto, o rosto de um jovem camponês da Pomerânia, com olhos saltados, acretinados, e um sorriso vago indeciso entre a gentileza e a brutalidade, encarando as catedrais e vinhedos da França e lambendo os beiços franzidos, como um cão diante de um osso. Eu não conseguiria odiá-lo, por mais que tentasse, mas eu queria ter um rifle para atirar nele — não para matar, mas para ser morto de maneira honesta. Eu nunca compreendi a mentalidade dos terroristas russos e chineses, e dos *franc-tireurs* belgas e sérvios da última guerra, suas ações aparentemente sem sentido que carregavam diante de si a certeza de morte imediata. Agora, parado na porta, doente, maltrapilho e imundo, observando a procissão vitoriosa, entendi que um homem pode matar para acobertar a dor de sua nudez.

Manquei de volta, subindo a estrada ensolarada e tortuosa, e encontrei minha companhia enfileirada no pátio, pronta para partir. Peguei meu kit e me juntei a eles. Não havia caminhonetas, então tínhamos que marchar; nós não marchamos pelo centro, mas fizemos um desvio dando volta na cidade, e nos esquivamos para fora de lá como ladrões. Cruzamos a ponte ferroviária sobre o Adour e ganhamos a estrada poeirenta, seguindo para o leste, em direção à França não ocupada.

Despojos

"Os representantes do povo da França, reunidos em Assembleia Nacional, considerando que ignorância, negligência ou desprezo pelos direitos humanos são as causas únicas das mazelas públicas e da corrupção do governo, resolvem apresentar em declaração solene esses direitos naturais, imprescritíveis e inalienáveis."

Preâmbulo da Declaração dos Direitos dos Homens e dos Cidadãos da Assembleia Nacional da França, 1789

I

Aquela noite nós acampamos em celeiros em uma vilazinha, apenas uns oito quilômetros ao leste de Bayonne, cujo nome esqueci. Nós éramos todos *isolés*, e os homens estavam cansados, emburrados, cheios de bagagens e sem disposição para marchar. No dia seguinte, a situação piorou ainda mais. Nós nos arrastamos ao longo da estrada como um bando de vagabundos errantes, e à tarde, vinte homens dos duzentos que éramos, tinham desaparecido. Suas casas ficavam na zona ocupada e pensavam que, uma vez que chegassem à zona não ocupada, não lhes seria permitido voltar.

O calor era terrível, a estrada poeirenta, os homens estavam sedentos e suarentos. A cada meia hora mais ou menos, nós nos sentávamos no acostamento da estrada, e os três oficiais e três suboficiais que estavam com a gente não podiam fazer nada a não ser seguir o exemplo. Os oficiais, um capitão, um velho tenente e um jovem segundo-tenente, se comportavam com tato e dignidade; eles faziam ouvidos surdos para comentários desagradáveis e tentavam preservar ao menos a aparência de ordem militar. Alguns soldados ainda tinham seu equipamento de combate; durante as piores horas do calor do meio-dia, um atrás do outro ficou para trás e deixou cair o rifle e o capacete de ferro na vala do acostamento. Por volta das três da tarde o capitão ordenou outra parada e nos falou para empilharmos o que restava de rifles, baionetas, capacetes de ferro e cartucheiras ao lado de uma casa de fazenda vazia na estrada. Nós arrumamos tudo em pilhas organizadas, e lá as deixamos e seguimos em frente. Olhando para trás, ver aquelas pilhas de armas no meio da paisagem solitária, debaixo do sol escaldante, me causou uma impressão peculiar.

Mais tarde, descobri que a ideia era levar o maior número de armas possíveis para território não ocupado, apesar de os termos do armistício estipularem que elas deveriam ser deixadas para trás; mas na estrada o capitão mudou de ideia, percebendo que quando chegássemos à linha de demarcação não haveria mais nenhuma arma restante, e também porque ele talvez temesse que cruzássemos com alguma coluna alemã.

Andei a maior parte do tempo com Père Darrault, o jovem padre dominicano. Riachos de suor corriam por sua testa e bochechas; sua face tinha sido queimada pelo sol até adquirir uma cor vermelha-vivo. Eu lhe contei como tinha assistido à chegada da coluna de tanques alemã e sobre o rapaz erguido no torreão, e que pela primeira vez na minha vida tinha sentido uma pulsão real de matar — matar sem ódio. "*C'est logique*", ele disse: "a única alternativa a matar, é pregar". "Tente, então", eu disse. "Vá e pregue para aqueles neandertais motorizados." "O que mais você e seus amigos fizeram durante esses últimos anos a não ser pregar para eles?", ele respondeu; "apenas ocorreu que seus ensinamentos e pregações eram um pouco áridos. Soavam como o farfalhar de folhas secas". Ele deu um longo gole no vinho tinto misturado com água de sua frasqueira. "Seus resultados com eles não foram muito melhores, tampouco", eu disse. "*Mon cher*", ele respondeu com seu sorriso de Mario, "*nós* podemos esperar. Nós podemos esperar e esperar e esperar. Mas vocês não. Esta é a diferença entre nós". "De concreto — o que você pregaria para aqueles homens nos torreões?" "Sempre a mesma palavra simples que temos pregado pelos últimos dois mil anos: Amor." "Esse é seu erro", eu disse. "Amor não é oposto do ódio. Eles podem viver perfeitamente bem lado a lado em compartimentos da mesma cabeça." "Não o amor do qual *nós* falamos. E qual seria a sua alternativa?" Eu estava esperando por isso, pois achava que tinha uma boa resposta, e queria experimentá-la com ele. "O remédio contra o ódio", eu disse, "é ensiná-los a rir e sorrir". Ele segurou o riso. "*Bon Dieu*", ele disse, "fazer um *boche* rir — *c'est possible*. Mas ensiná-lo a sorrir — isso é demais, até para um dominicano".

Na noite daquele segundo dia acampamos em Hasparren, uma vila a vinte e cinco quilômetros de Bayonne e ainda dentro da zona ocupada, cuja fronteira ficava a uns trinta e dois quilômetros para o leste. Como meus pés estavam em más condições, fui até uma farmácia na vila para fazer um curativo neles, e justo então um carro com um casal de idosos, um cachorro gordo e montes de bagagens parou em frente à farmácia e a velha senhora saiu para comprar uma aspirina. Perguntei a ela para onde iam. Ela contou que era para Lourdes — ela estava indo para rezar pela França e ao mesmo tempo esperava se curar de seu reumatismo. Eu pedi uma carona para eles, apenas por uns trinta quilômetros, para ir além da linha de demarcação; a velha senhora choramingou que o carro estava sobrecarregado, os eixos iriam quebrar, que Coco, o cachorro, se assustava com estranhos etc.; mas por fim eles concordaram em me levar até St. Palais, na fronteira da zona não ocupada, se eu pagasse um terço da gasolina — por volta de seis *derniers*.

Partimos; o velho dirigia a uma velocidade de uns vinte e cinco quilômetros por hora ao longo da estreita estrada vicinal para St. Palais. Já estava escuro, e a estrada, vazia. A um ou dois quilômetros depois de Hasparren, fomos detidos pelo brilho de lanternas e uma barricada primitiva de ramos de árvore, erguida no meio da estrada. A princípio achei que era uma batida alemã; então vi três soldados da minha companhia sentados na barricada. Um deles estava sem um dos calçados e seu pé estava enfaixado. Ele mancou até o carro, apoiado nos dois outros, e explicou que ele havia sido ferido no pé e que durante a marcha vindo de Bayonne o ferimento tinha reaberto; ele também estava ansioso para chegar ao território não ocupado, mas nenhum carro tinha parado para lhe dar uma carona, então eles tinham construído a barricada. Sua face estava lívida, mas ele falava em um tom calmo e educado. A velha começou mais uma vez a choramingar sobre os eixos e Coco, e o velho disse que ele tinha sido um oficial na última guerra e, por Deus, os homens haviam lutado melhor e nunca tinham ousado falar de forma tão insolente; e se eles não tirassem a barricada do caminho e nos deixassem passar de imediato, ele os reportaria à *gendarmerie*. Um dos três disse que só poderíamos passar se levássemos o homem ferido; enquanto discutiam, abri a porta e carreguei o homem para dentro, apesar de seus protestos, pois ele era bastante acanhado. O velho guinchou que nós éramos bolcheviques e que Hitler nos ensinaria uma lição, e a mulher guinchou que o marido tinha pressão alta, que a agitação o mataria e que nós éramos *des assassins*, e Coco ganiu e latiu. No meio-tempo, os outros dois tinham tirado a barricada do caminho e disseram ao velho que se ele não calasse a boca e seguisse seu caminho, eles iam partir o pescoço de seu *putain d'un chien*,[176] então, enfim, partimos. Não trocamos uma palavra até chegarmos a St. Palais, onde o homem ferido e eu descemos na frente da Mairie;[177] paguei meus seis *derniers*; a velha gritou, "*Bon Dieu*, esses brutos não sabem nem dizer obrigado". Eu disse que não, mas talvez ela aceitasse uma gorjeta. Eles saíram com o carro, tremendo de indignação, e o velho parecia mesmo que estava prestes a ter um derrame.

176 Em francês: puto de um cachorro.

177 Prefeitura.

A linha de demarcação estava a apenas um quilômetro além da última casa da vila, mas os alemães ainda não a tinham ocupado; eles eram esperados para a manhã seguinte, cedo. O limite era a *Route Nacionale* número 133, que ia do nordeste de St. Jean Pied de Port, passando por Palais e Orthez até Mont de Marsan, aproximadamente paralelo à costa do Atlântico, uma distância média de cinquenta e seis quilômetros em linha reta. O *Maire*[178] de St. Palais era um velho fazendeiro, que nos providenciou café quente e vinho e nos ofereceu camas na escola, mas eu preferi dormir nos campos do outro lado da linha de demarcação. Na manhã seguinte, manquejei até Mauléon, uns vinte quilômetros mais ao leste, onde pretendia aguardar a chegada da minha companhia. Mas o *Bureau de la Place* em Mauléon me contou que a companhia tinha mudado de direção e marchado para Navarrenx, dezesseis quilômetros para o Norte. Então, trotei para Navarrenx.

Todas essas vilazinhas pitorescas nos Baixos Pireneus estavam repletas de retardatários como eu, e as autoridades estavam ocupadas concentrando-os em *cantonnements des isolés* improvisados, onde deveriam ficar até a desmobilização começar; ninguém sabia quando isso ia acontecer. Os acantonamentos consistiam em uns poucos celeiros e currais de gado requisitados pelas autoridades, onde os homens eram abrigados — de cinquenta a duzentos por vila — com um ou dois oficiais no comando deles. Os gendarmes tinham ordens de apreender todos os retardatários solitários e colocá-los no acantonamento mais próximo. Eu poderia ter ficado em Mauléon ou qualquer lugar que eu preferisse, mas estava ansioso para encontrar o meu amigo dominicano de novo e a minha pequena valise, que eu tinha deixado com ele, contendo os úl-

178 Prefeito.

timos resquícios de minhas posses terrenas — umas poucas cartas de G., minhas roupas civis etc. Mas em Navarrenx eles não sabiam de nada sobre a 22ª Companhia de Bayonne — ela parecia ter desaparecido em algum lugar da estrada entre Hasparren e St. Palais.

Nos dois ou três dias seguintes, vaguei pelas estradas desoladas e queimadas dos Baixos Pireneus em busca da minha companhia fantasma, sozinho ou com outros retardatários, que estavam visivelmente se transformando em mendigos itinerantes, mancando debaixo do sol ou conseguindo a ocasional carona. De Navarrenx eu fui para Laas, de Laas para Audage, de Audage consegui uma carona até Pau, e em Pau me mandaram de volta para Audage. Essas andanças vadias de um dia inteiro pela estrada, com a paisagem distante dos brancos Pireneus diante de meus olhos, enquanto o ar límpido parecia ferver à minha volta e o asfalto derreter sobre meus calçados, tinham um curioso efeito calmante; eu não tinha bagagem, nem mesmo um pente ou um pedaço de sabão, dormia em celeiros ou ao relento, não via um jornal fazia semanas, e arrastava meu pé dolorido em uma espécie de transe, com a agradável sensação de desapego de ter perdido tudo que um homem pode perder, incluindo meu nome e até mesmo minha sombra. Apenas uma ou duas vezes, quando achei morangos crescendo à beira da estrada e recordei como G. e eu tínhamos apreciado colhê-los em Roquebillière, que o passado voltou com uma estocada aguda, fina; mas depois de um quilômetro ou dois na estrada, o sol tinha feito isso evaporar da minha cabeça outra vez.

Depois de três ou quatro dias, meu pé tinha chegado a um estado tão ruim que tive que abandonar a busca por minha companhia desaparecida e procurar um acantonamento agradável onde poderia me estabelecer. Nas minhas andanças eu tinha descoberto uma vilazinha esquecida no topo de uma colina perto de Navarrenx. Era na verdade uma mera aglomeração de aproximadamente vinte casas velhas de fazenda e quase em ruínas, com pomares, campos e pastos; havia uma diminuta e velha igreja, um diminuto cemitério, um pequenino memorial de madeira da guerra, e isso era tudo. Não havia nem mesmo uma mercearia ou um bistrô. A vila tinha em torno de cem habitantes, e por volta do mesmo número de *isolés* estava aquartelado em fazendas e estábulos, com um velho capitão e um jovem *aspirant* para ficar de olho neles. Eu gostava daquele lugar; tinha um belo nome: Susmiou.

O velho capitão concordou em me agregar ao seu acantonamento e pedir por instruções sobre o que fazer comigo, uma vez que eu não pertencia à categoria a ser desmobilizada, como o resto dos seus homens. Ele disse que poderia demorar um bom tempo, mas eu não tinha nenhuma razão concebível na terra para ter pressa. Em território não ocupado, sob o nome de *Légionnaire* Dubert, eu estava a salvo; fazia anos que eu não me sentia tão a salvo — e que nunca tinha me importado tão pouco com a minha segurança. Eu não tinha planos, nenhuma esperança e nenhuma expectativa, exceto um resquício de curiosidade. Passei dois meses no *cantonnement des isolés*, e recomecei o meu diário. É um registro rascunhado, incoerente e desordenado, mas manteve minha mente ocupada, e pude transmitir algo sobre o clima reinante entre os soldados do exército derrotado.

3 de julho, 1940

Achei acomodações em um celeiro onde apenas três outros estão dormindo no chão: cabo Gillevic, soldados Lebras e Moog. Gillevic e Lebras são bretões; Gillevic, um gigante ruivo e sardento, bastante ranzinza; Lebras, um camponês fazendeiro escuro de cara arredondada, vagaroso de fala e gesto, não precisamente brilhante. Moog vem do Rennes e na vida civil era um vadio, alto, magro, portador de estrabismo e dezessete outros defeitos físicos que ele enumera com orgulho, incluindo um quadril periodicamente deslocado e "abscessos frios" em ambas as pernas.

Sem palha no celeiro, dormimos em uma pilha de pés de milho, guardadas aqui para servir de forragem para os porcos. O celeiro tem um andar superior onde vinte outras pessoas dormem. Quando eles pisoteiam as tábuas de madeira sobre nossas cabeças, pedaços de teias de aranha caem flutuando em cima de nós. Nunca vi teias tão gigantescas: devem ter décadas de idade, cobertas de pó e sujeira até terem a grossura de um dedo de tecido, dependuradas nas vigas acima como as cortinas de um palco teatral.

Peguei emprestado algumas cópias do *Petite Gironde* dos dois últimos dias. Russos anexaram a Bessarábia, o governo de Pétain se mudou para Clermont-Fernand, preparando sua volta para Paris. Marquet foi nomeado ministro do Interior; Pomaret sai. Papa Pétain brinca de jogo das cadeiras com o seu gabinete. Os jornais são publicados em uma folha só, mais da metade consistindo em anúncios de pessoas que se separaram de suas famílias procurando umas às outras ou então bicicletas perdidas, gatos, bagagem. Apenas publicam comunicados alemães e italianos.[179] O rumor no acantonamento é que a Espanha declarou guerra contra a Grã-Bretanha.

4 de julho, 1940

À noite, um rato passou pelo meu braço. Moog jogou a luz de sua lanterna no teto, viu uma procis-

179 NA: O *Petite Gironde* é impresso na Bordeaux ocupada. Jornais publicados em território não ocupado têm permissão para imprimir os comunicados britânicos também.

são inteira de ratos gorduchos correndo em uma viga. Moog diz que seu primo foi mordido por um rato na bochecha e morreu de envenenamento no sangue. Ci Gît Légionnaire Dubert, Que Acreditava No Socialismo E Morreu De Uma Mordida De Rato.[180]

Pela manhã caminhei usando os chinelos de Lebras até o hospital em Navarrenx (a apenas um quilômetro e meio de Susmiou), enfaixaram meus pés, comprei pente, sabão, escova de dentes. Restam apenas duzentos francos. Lojas em Navarrenx, vazias: sem cigarros, sem fósforos, sem queijo, sem carne, sem hortaliças; meio quilo de maçãs, oito francos (normalmente, um ou dois francos). O verdureiro diz que a culpa é toda dos refugiados vindos do Norte (por volta de seis milhões na zona não ocupada) e o colapso do transporte. "*L'hiver on va crêver de faim.*"[181] Pediu trinta e cinco francos por lâmina de barbear que normalmente custa sete francos, dizendo que é uma *rasoir de luxe*. Não comprei, fiz a barba com a navalha de Lebras (primeira vez na semana). Já dá para torcer as pontas do bigode.

À tarde joguei *manille*, um tipo de uíste simplificado, com Gillevic, Lebras e Moog, e bebi vinho, que o fazendeiro proprietário do nosso celeiro vende por dois francos e cinquenta o litro. Os fazendeiros são pouco receptivos, reservados, aguardando ansiosamente a desmobilização para se verem livres de nós. Falam principalmente um *patois* espanhol, e seus celeiros e estábulos são muito sujos, mas as casas são limpas. Eles odeiam os franceses das províncias do Norte, os chamam de *les boches du nord*. Nunca imaginei que esse ódio era tão grande. Similar à tradicional aversão dos bávaros e dos austríacos com relação aos prussianos. *Vice-versa*, Lebras diz que nunca viu estábulos

180 "Ci Gît", "aqui jaz", em francês.

181 Em francês: "No inverno, vamos morrer de fome".

tão sujos e gado tão malcuidado na Bretanha. Os fazendeiros gostariam que trabalhássemos nos campos, mas sem pagar. Dizem que é uma vergonha ver tantos desocupados sendo alimentados para nada.

5 de julho, 1940

De manhã, grande surpresa. Situação do meu pé melhorou, então fiz uma excursão com Lebras, em seus chinelos, até Castelnau (a vila seguinte na estrada Mauléon, em torno de um quilômetro e meio de onde estávamos). Tem um bistrô ao lado da igreja, e no bistrô estava sentado Père Darrault, com sua tonsura ruiva, bebendo vinho com água e convertendo um judeu argelino. Grande cena. E a companhia perdida também estava em Castelnau, mas de duzentos tinham sobrado só sessenta, o resto tendo simplesmente derretido no caminho. "*Que voulez-vous, nous sommes l'armée en déroute.*"[182] "*L'armée en déroute*" se tornou um slogan popular; todos usam como uma expressão cômica sem nenhum subtexto trágico. Talvez seja um eco do famoso poema de Hugo, o primeiro a ser ensinado na escola:

> "*...C'était un Espagnol de l'armée en déroute,*
> *Qui se trainait, blessé, au bord de la route...*"[183]

Père Darault informou que minha valise foi perdida: todas as bagagens tinham sido reunidas em uma van em Hasparren e enviadas para Castelnau, mas quando a companhia chegou lá, três dias depois, os soldados que as tinham transportado haviam saqueado o conteúdo das valises, malas e mochilas, e desaparecido junto da van. Como uma piada definitiva, eles

182 Em francês: "O que vocês querem, nós somos o Exército vencido".

183 Em francês: "Era um espanhol do Exército vencido/Que se arrastava na beira da estrada, ferido".

tinham defecado nas valises e mochilas vazias, de forma que tudo teve que ser queimado. Então tudo que me resta é meu bloco de anotações, minha caneta-tinteiro, o *carnet* de passagens de ônibus de Paris e cento e oitenta francos.

Père Darault diz que há um significado simbólico nessa completa aniquilação do passado de um homem. Perguntei-lhe sarcasticamente se ele achava que eu devia jogar a caneta e as passagens de ônibus fora também. Ele disse que não: Deus não gosta que suas intenções sejam dramatizadas.

Na parte de trás das passagens de ônibus há um anúncio:

LOTERIE NATIONALE
Améliorez votre sort. Ne laissez pas passer cette chance.[184]

6 de julho, 1940

Vi no *Dépèche de Toulouse* que a frota britânica atacou a frota francesa em Mers el Kebir; relações diplomáticas rompidas. Pedi a M. Pitrel, o fazendeiro proprietário do nosso celeiro, que me permitisse ouvir o rádio; foi a primeira vez que o ouvi desde Bordeaux. Muito engraçado, e.g.: "A imprensa soviética condena com severidade o ataque digno de piratas dos britânicos. Círculos políticos em Moscou estão indignados". Então uma citação de um jornal argentino elogiando a coragem francesa. M. Pitrel disse que são tudo mentiras alemãs; com certeza foi a frota francesa que atacou os ingleses. Os ingleses são tão ruins quanto os *boches*, mas, de qualquer forma, não se pode trocar de amigos de um dia para o outro, é indecente, *ça ne se fait pas.*[185]

---

184 "LOTERIA NACIONAL. Melhore a sua sorte. Não deixe passar esta chance."

185 "Isso não se faz."

Dei a notícia para Gillevic, Lebras e vários outros, mas ninguém pareceu se importar. Cabo Jules, o cozinheiro, disse: "Nós devíamos ter naufragado aquela puta daquela frota antes de os *boches* colocarem as mãos nela. Os alemães sempre afundaram os próprios navios de guerra quando estavam encurralados. *Le Boche c'est un sauvage, mais il a de l'honneur*".[186] Concordância geral; e foi tudo.

Ninguém aqui lê os jornais ou ouve rádio. Eles estão convencidos que é tudo coisa dos alemães (incapazes de distinguir entre o que é propaganda alemã direta vinda dos territórios ocupados, e imprensa controlada indiretamente de zonas livres, eles desconfiam completamente de todos os jornais e estações de rádio). A única coisa com que se importam, que discutem de manhã até a noite, é a desmobilização. Mas ninguém sabe quando ela vai começar. Claro que todos eles cairiam fora e voltariam para casa sem aguardar maiores formalidades, mas existe um decreto dizendo que quem não apresentar um certificado de desmobilização expedido pelas autoridades militares não poderá ser contratado para um emprego e sofrerá outras penas etc.

Mais tarde fui para Navarrenx para tratamento. Vi várias mulheres *émigré* alemãs que antes estavam internadas no campo de concentração de Gurs (seis quilômetros dali); agora que estavam livres, não sabiam para onde ir, o que fazer. Conversei com uma em um café; ela disse que está enviando telegramas para todos os campos de concentração na França não ocupada, tentando localizar o marido; rezando para que ele não esteja no território ocupado.

Centenas de mulheres na mesma situação estão vivendo em Castelnau, a população as chama de *les Gursiennes*. Camponeses alugam cômodos em Navar-

---

186 "O *boche* é um selvagem, mas tem honra."

renx, Sus, Géronce e outros vilarejos nas cercanias. Eles as hospedam ou as deixam trabalhar no campo *au pair*. Elas parecem subnutridas, exaustas, mas arrumadas. Todas vestem turbantes *à la mode*, um lenço colorido em volta da cabeça.

7 de julho

Mais ou menos um terço do nosso acantonamento foi capturado por tropas alemãs alguma vez, mas foram liberados ou escaparam. Jules estava em um fortim em algum lugar pelo Meuse; eles tinham esperado por reforços que nunca chegaram; eles viram os tanques alemães atravessando o rio em balsas a trezentos ou quatrocentos metros dali; o sargento-ajudante deu ordem para não dispararem, explicando que seria estupidez, pois todo mundo ali acabaria morrendo para nada, os alemães já tendo cortado as comunicações; capitão e oficiais já tinham desaparecido na noite anterior. Então ergueram a bandeira branca; alemães foram muito gentis, coletaram as armas, falaram para os soldados franceses irem a pé até um campo de prisioneiros na vizinhança de Mezières; disseram "Não podemos escoltar vocês, temos coisas mais importantes para fazer. Vocês vão achar o caminho sozinhos"; deram para eles um certificado atestando que eram prisioneiros. Metade da companhia foi mesmo até aquele campo, os outros caíram fora. Várias histórias parecidas, monótonas em sua mesmice. Boatos dizem que há algo em torno de dois milhões de prisioneiros, mas por volta do mesmo número deve ter escapado ou ter sido liberado para partir.

Admiração unânime pela eficiência do Exército Alemão. Tanques melhores, camuflagem melhor, disciplina melhor, comida melhor, equipamento melhor. Eles admiram a precisão da artilharia alemã e especialmente o seu serviço de espionagem. O sargento Lepetit alega que eles não só sabiam de todos os nossos planos, mas também do movimento de cada unidade, dos batalhões para cima. Dizem que, na fronteira de Luxemburgo, os alemães os saudaram através de alto-falantes: "Bem-vindos, 2º Batalhão da 51ª, sabemos que vocês chegaram ontem de Metz. Metz era melhor, né?" etc.

Gillevic diz que durante a retirada final seu regimento ficou preso na estrada, uma coluna de caminhonetas com pelo menos três quilômetros de comprimento, aviões alemães circularam por sobre eles, mas nem uma única bomba foi atirada. Outros passaram por experiências semelhantes. "*Ils ne sont pas méchants.*"[187] Moog diz que ele estava em Ruão sob a ocupação germânica; elogia a correção e a disciplina das tropas alemãs: "Qualquer soldado que toma para si um alfinete ou toca uma garota leva um tiro na hora". Enquanto depois ele estava em um campo próximo de Bordeaux e ao se retirarem "nossos homens saquearam vendas e até furtaram um cálice de uma igreja...".

Isso foi depois da sopa noturna, sentados no jardim em frente ao celeiro, e todos competindo para admirar os *boches* e vilificar os franceses. Masoquismo dos derrotados. Todos unânimes que "*nous êtions vendus*" — foram traídos. Traídos pelos generais, pela Quinta-Coluna — "tinha um quinta-colunista no corpo de oficiais de cada companhia" — e pelos políticos. Sem distinção entre esquerda e direita, Reynaud e Laval. Acusações contra os judeus e os refugiados; sargento Lepetit diz que sua companhia foi atacada por uma "coluna de refugiados judeus" nas proximidades de Longwy; todos acreditam, incluindo Jules e Gillevic, que são socialistas. Nenhuma tentativa de discer-

187 "Eles não são cruéis."

nimento, de descobrir padrões de motivação política; tudo é *merde* e *pourriture*,[188] uma ubíqua e completamente abrangente conspiração de traidores. Quando o vinho começou a fazer efeito, todos passaram a falar ao mesmo tempo, acusando tudo e todos — o exército derrotado brincando de cabra cega.

8 de julho

Dois decretos simultâneos: um, do *préfet* local, exposto nas câmaras municipais de Navarrenx, Sus, Susmiou, Castelnau: Todas estrangeiras ex-internas do Campo de Gurs devem deixar o *département des Basses Pyrenées* dentro de vinte e quatro horas, ou serão internadas novamente. Segundo, do governo: Nenhum estrangeiro pode viajar ou se mudar de seu domicílio de fato.

Vi Frau Mueller (a mulher *émigré* que tinha conhecido no dia anterior) em um estado de histeria. Aconselhei-a a permanecer onde estava, seus patronos fazendeiros a protegeriam. Disse que quatrocentas ou quinhentas mulheres ainda estão no campo de Gurs; a Gestapo foi duas vezes com caminhonetas para levar as internas nazistas de volta para casa; essas mulheres nazistas tinham sido boicotadas pela maioria e ao partirem gritaram: "Vocês aguardem. Agora é sua vez. Logo voltamos para cuidar de vocês".

Empolgação no acantonamento: a desmobilização começou. O primeiro lote a ser debandado: todos os homens com mais de quarenta e cinco anos; fazendeiros e trabalhadores com mais de trinta e cinco; voluntários. Mas apenas aqueles cujo domicílio é em território não ocupado. A maioria dos nossos homens é do território ocupado. Não têm notícias de suas famílias desde que a invasão começou, não sabem se

188 "Podridão."

ainda estão vivos, se suas casas ainda estão de pé. O sargento Lepetit diz: o governo está sabotando a desmobilização, talvez porque pretendem entrar em guerra contra a Inglaterra. Ele detesta os ingleses tanto quanto os *boches*, mas "se o governo quer começar uma nova guerra, melhor não contarem comigo". Lebras diz que, se não for desmobilizado até o fim do mês, vai se apresentar a um posto alemão e pedir para eles o desmobilizarem.

9 de julho

Li relato sobre encontro de *députés* em Petit Casino, Vichy, preliminar à Assembleia Nacional. Bonnet se gaba que, em 2 de setembro de 1939 (quando a Polônia já estava em guerra com a Alemanha), ele tinha "infatigavelmente buscado realizar esforços pela paz" e tinha concordado, em nome do governo francês, que uma conferência acontecesse durante as semanas seguintes (i.e., depois que a Polônia fosse engolida pela Alemanha). Reclama que esse acordo se tornou impossível devido à "teimosia dos ingleses e poloneses, que exigiram a retirada preliminar das tropas alemãs da Polônia".

Mas a verdadeira diversão era Spinasse, o principal *député* socialista: "Precisamos romper com as ilusões do passado. Nós acreditamos na liberdade individual, na independência do homem. Esta foi a antecipação de um futuro que nos foge ao alcance...". Laval agradece aos oradores "com poucas palavras repletas de emoção". Então, Tixier-Vignancourt; moção: "Identificar e punir todos os civis e militares responsáveis pela eclosão e propagação da guerra...".

Este é o começo do Terror. Pior que revolução e contrarrevolução: o Terror dos Vigaristas e dos Senis. Boa noite, França.

10 de julho

Boatos sobre a chegada de tropas britânicas em Dunquerque e Boulogne. Pela primeira vez os *tipos* do acantonamento se interessam. Discussão geral sobre as chances da Inglaterra. Fico estupefato ao descobrir que mais da metade acha que a Inglaterra vai vencer no final. Ontem, cantaram louvores à eficiência germânica; agora, elogiam o vigor britânico. Cabra cega. Mas há também algo mais nisso: Eles não gostam da Inglaterra, mas sabem que uma vitória inglesa é sua única chance de se livrarem dos *boches*. Quanto a tomar uma atitude, isso é outra questão. Imagino se algum ideal nesse mundo seria capaz de induzir esses homens a lutarem de novo em, digamos, menos de dez anos. Mas se a chegada dos britânicos em Boulogne for verdade (bate na madeira), as coisas podem mudar tão rápido quanto depois de Bonaparte ter voltado de Elba. A chave para o ânimo de um soldado talvez não seja a crença de que sua causa é justa, mas a promessa de vitória. Um exército com a *certeza* da vitória é invencível; um exército cheio de entusiasmo, idealismo etc. não é. (Veja a Espanha.) Se Boulogne é verdade, até mesmo Lepetit vai cantar "God Save the King".[189] Oxalá.

11 de julho

Sem confirmação sobre Boulogne; mas o haraquiri do parlamento francês está completo, Pétain recebeu *plein pouvoirs*[190] para abolir a Constituição, promulgar uma nova por decreto simples. Novo slogan: *Travail, Famille, Patrie*, para substituir *Liberté, Égalité, Fraternité*. Mandados de prisão contra Kéril-

189 Hino Nacional do Reino Unido.

190 "Plenos poderes."

lis, Pertinax,[191] Buré,[192] e até contra a pobre Tabouis.[193] Talvez Pétain acredite que ela é uma bruxa.

Ninguém está desapontado com Boulogne não ser verdade; aparentemente, depois de ontem, esqueceram de tudo. Quanto à Constituição etc., ninguém tampouco se importa. Única preocupação: desmobilização. Voltar para casa e não ser mais perturbado pela História e outras coisas bobas do tipo. Criei um lema que de pronto se tornou popular:

"*Que l'humanité se débrouille sans moi.*"[194]

12 de julho

Frau Mueller ainda está em Navarrenx; descobriu que o marido está em Le Vernet, sem esperanças de libertação. Ela disse: "Você, um suíço, não consegue entender o que isso significa". Tentado a contar-lhe sobre meu verdadeiro nome e quão bem conheço Le Vernet, mas resisti. A maioria das outras *Gursiennes* ainda estão aqui; para onde elas iriam, o que poderiam fazer? Duas ou três moram com seus homens, liberados de campos alemães; mas a maioria dos homens ainda estão internados; anarquia total na forma como são tratados, tudo aparentemente depende do comandante ou do *préfet* local. Vi o dr. A. e o corcunda dr. Pollak (que se sentaram ao meu lado no

---

191 Pseudônimo de André Geraud, jornalista do *L'Echo de Paris*. Apesar de ter visão política de direita, era opositor dos regimes fascistas.

192 Émile Buré, diretor de diversos jornais franceses na primeira metade do século XX. Na época dos fatos citados, era diretor do jornal *L'Ordre*, cargo que retomaria após o fim da ocupação germânica. Alinhado à direita, era opositor dos regimes fascistas, chegando a defender uma aliança franco-soviética antes da guerra, apesar de ser crítico do socialismo e da esquerda.

193 Geneviève Tabouis, jornalista francesa, colaboradora do diário *L'Œuvre*, além de outras. Constante crítica da política belicista de Hitler, chegou a ser ridicularizada por ele em um discurso, em que foi denunciada como uma "alarmista". A direita francesa costumava acusá-la de querer prever acontecimentos, como uma vidente.

194 "Que a humanidade se vire sem mim."

Commissariat du XVIème quando fui preso pela última vez). Virei a cara e eles não me reconheceram — o bigode ajuda muito.

Fui para Castelnau ver o dominicano. Lá, eles vivem em celeiros como nós, mas Père Darrault conseguiu um bom quarto com um *métayeur* (fazendeiro de gado) bem de vida chamado Siméon, e outro fazendeiro deu a ele as chaves para uma velha *ermitage* (uma pequena casa de veraneio) onde ele medita durante a tarde. Me convidou para cear com Siméon, que nos ofereceu presunto, bacon, ovos, doces, vinho — velho amigável, acredita que perdemos a guerra porque Blum e Pierre Cot embolsaram eles mesmos todo o dinheiro que iria para os armamentos e a força aérea. Diz que Blum chegou à Argentina com um saco de joias — leu isso no *Gringoire* ou algum outro lugar. Tentei contestar, mas sem esperança, e Père Darrault não ajudou — sorria e balançava a cabeça para tudo. Eu o repreendi por isso. Disse que política não é sua área. Nós nos separamos friamente.

13 de julho

Nosso celeiro fede a urina e excremento; todos usam o jardim traseiro; impossível persuadi-los a irem pelo menos uns cem metros em direção aos campos. Pela manhã, lavam as mãos e o rosto no poço; apesar do calor, nunca ficam sequer seminus.

Há quatro ex-milicianos espanhóis em nosso acantonamento; eles tinham sido internados e se ofereceram como voluntários pelo tempo que a guerra durasse. Eles mal falam francês, parecem ainda mais miseráveis que o resto de nós, se mantêm distantes. Sofrem uma espécie de boicote. Sargento Lepetit diz que eles furtam — todo mundo acredita. Tentei falar com eles em espanhol, mas não confiam em mim — assustados e bravios. Ontem discutiram com Fontanin, ordenança do capitão; o capitão, sem inquirir sobre o caso, mandou os quatro para a prisão em Navarrenx sob escolta armada. Quando marchavam para fora, um gritou: "*Libertad, Egalidad, Fraternidad*".

À noite fui para Sus com Jules e Lefèbre, ambos membros do Partido Socialista — trabalhadores dos subúrbios de Paris. Eles chamaram Pétain de "Philippe le Gaga", fizeram troça da "revolução nacional", mas não tinham nenhuma perspectiva positiva, exceto esperança de uma vitória britânica. Perguntei-lhe se estavam dispostos a tentar chegar à Inglaterra. Lefèbre disse que não, quer tentar reencontrar a esposa e os filhos, não sabe sequer se eles estão vivos. Depois — *on verra*.[195] Jules disse (depois de algum vinho) que ele estaria pronto para morrer, mas só se vislumbrasse uma chance de vitória. Cansado de fazer papel de bobo. "Posso me juntar aos Tommies[196] se eles conseguirem chegar até aqui, mas não vou até eles." Sentados no bistrô em Sus até às dez horas da noite; na sala dos fundos, um oficial-ajudante da *gendarmerie* estava sendo feliz com três *Gursiennes* — duas polonesas e uma judia alemã. Ele as fez beber Pernod com rum. Espécie de orgia com moderação. Encontrei a moça judia no toalete, passando mal e chorando; me disse: "Você acha que ele vai me dar uma permissão de viagem?". Quando voltei, Lefèbre me perguntou se eu tinha pegado a garota. Ele me chamou de idiota; ontem ele tinha pegado uma judia de Gurs por vinte francos, e o marido dela estava sabendo disso — "um chapa velho legal, parecia um doutor ou algo assim".

14 de julho

Feriado nacional francês: comemoração da queda da Bastilha. O capitão nos reuniu no memorial de

---

195 "Veremos."

196 Apelido usado para se referir a soldados ingleses, sem teor pejorativo.

guerra feito de madeira que fica em frente ao cemitério, fez um breve discurso; a razão para a derrota era uma conspiração internacional de plutocratas e socialistas, insuflada por judeus.

Mais tarde, o capitão me chamou: disse que eu seria enviado em breve para o Campo de Rivesalt, onde todos os colonos estão sendo reunidos para serem enviados para a Argélia. Mas, se eu preferisse ficar até estar me sentindo fisicamente bem novamente, ele poderia arranjar isso com facilidade. Disse que não, obrigado. Me perguntou se, como estrangeiro, eu concordava com as razões da derrota que ele apresentou em seu discurso. Eu disse que não: plutocracia e socialismo são inimigos mortais, e conspiração judaica, uma invenção nazista. Ele disse, preocupado: "Me pergunto, me pergunto". Ele é um velho tão decente — de quem é a culpa, senão nossa, que não conseguimos abrir seus olhos? Ele disse com orgulho que nunca tinha lido outro jornal na sua vida além do *Action Française*.

De noite no celeiro, Lebras contou histórias de fantasmas e bruxas típicas da Bretanha. Ele acredita em mau olhado, em matar um homem atravessando uma foto dele com uma agulha — seu vizinho morreu dessa forma etc. Disse que certa vez pegou uma garota dando para ela uma poção do amor. Disse que tem um velho feiticeiro bretão que vive em Paris, mas que quando há algo de errado os fazendeiros chamam por ele — custa duzentos francos, mas ele cura gado e homens, expulsa demônios etc.; ele é chamado de "Antiespírito". Gillevic também já ouviu falar dele.

15 de julho

Não vou para Rivesault — ordem cancelada.

Li no *Petite Gironde* que Carl Einstein[197] cometeu suicídio; primeiro cortou as veias no campo de

197 Escritor e crítico de arte judeu alemão, um dos primeiros a reconhecer o valor do cubismo e a defender o valor da arte tradicional africana na Europa.

concentração, foi salvo, libertado, se jogou então no Gave d'Oloron — o rio que corre por Navarrenx — com uma pedra amarrada em seu pescoço. Ontem, me banhei no Gave. Lugar não foi mencionado, mas deve ser perto. Jornal disse: "*Un nommé Carl Einstein, refugié d'Allemagne, neveu du professor Albert Einstein*".[198] Eu o vi pela última vez no Café des Deux Magots, em Paris, por volta de 1939; ele tinha sido um oficial voluntário na Espanha, voltou destroçado pela derrota. Lembro da comoção que seu primeiro livro sobre esculturas africanas causou na Alemanha.

Pensei que virando o *Légionnaire* Dubert e deixando crescer o bigode poderia escapar dos fantasmas do passado. Mas não há escapatória; nem deveria haver. Talvez não seja acaso que em todo lugar que eu vá, nos locais mais inesperados, Frau Muellers e *Gursiennes* e dr. Pollaks corcundas deem as caras. "*Le bon dieu est un metteur-en-scène raffiné.*"

Fui para Castelnau ver Père Darrault. Contei-lhe da morte de Einstein; sobre Frau Mueller, sobre a garota alemã passando mal no bistrô etc. Ele disse que vai todo dia para Navarrenx e Gurs na bicicleta de Siméon, ele tem algumas protegidas entre as *Gursiennes* e os refugiados alemães, está trabalhando duro para convertê-los ao catolicismo. Eu disse: "*Est-ce que c'est le momente?*". Ele disse: "Sim, este é o momento certo; na mais profunda miséria, seus corações se abrem à graça". Ele me levou até sua *ermitage* e provou através de Isaías, dos Evangelhos etc., que o Reino de Deus virá quando o último judeu for convertido à verdadeira fé. A coisa mais notável é que ele não é um fanático, mas um dialético — semelhança impressionante com S. em Vernet quando ele defendeu o pacto

198 "Uma pessoa chamada Carl Einstein, refugiado da Alemanha, sobrinho do professor Albert Einstein." Houve equívoco do jornal. Carl Einstein e Albert Einstein não eram parentes.

Hitler-Stálin; a mesma lógica semiesquizofrênica: um sistema fechado, perfeitamente razoável e lógico por si mesmo, à prova da realidade; invulnerável porque todos os contra-argumentos são desviados em uma tangente. Talvez a maior causa do fracasso dos socialistas foi que eles tentaram conquistar o mundo pela razão. Talvez o gênio de Hitler não seja a demagogia, a mentira, mas a abordagem fundamentalmente irracional das massas, o apelo à mentalidade pré-lógica, totêmica (arquétipos de Jung). Se os cérebros humanos funcionassem como relógios, a utopia seria alcançada em um ano. A metáfora correta não é um relógio, mas vários campos magnéticos se sobrepondo.

Pétain — Philippe le Gaga — formou um novo Gabinete Ministerial, outra vez.

16 de julho

Reportagem sobre o clima em Vichy feita por Raymond Millet para o *Temps* — começa elogiando a atmosfera heroica criada por Pétain e continua: "Ainda assim, ao mesmo tempo, alguns aspectos da cidadezinha residencial ainda lembram uma Feira das Vaidades... Abundam ambições mesquinhas, cortesãos e intrigas... mistura excêntrica de puritanismo e frivolidade...". Eu me pergunto como a censura deixou passar.

Por volta de vinte no nosso acantonamento foram desmobilizados; os outros esperam impacientemente. Completa indiferença aos jornais, rádio, política. Só querem casa.

Rádio diz que a Inglaterra "cede" ao Japão, vai fechar a Estrada da Birmânia.[199] Muito preocupante; por sorte ninguém aqui se importa. Mas talvez eles *sintam* que há algo de errado em lutar pela liberdade e deixar os chineses na mão.

---

199 Estrada que ligava a Birmânia, então colônia inglesa, ao sudoeste da China. Tinha papel crucial no fornecimento de mantimentos e armas para o Exército Chinês.

17 de julho

Os colonos partiram hoje, em direção a Rivesalt. Convidei René para um drinque de despedida. Ele é um *mec* (gigolô), corso, muito bonito, olhos cor de carvão; passou seis meses na prisão quando tinha dezenove anos, então se alistou na *Infantarie Coloniale.* Ele "trabalhava" em Marselha; contou com animação como que se fazia: pegava-se uma garota, morava-se com ela entre quatro e seis semanas, então, quando ela já não tinha mais a quem recorrer, ele a vendia para um bordel em troca de uma comissão de cem a mil francos. Ele é quase analfabeto; me disse que seu cunhado (também corso) conquistou uma turista inglesa em Bastia; ela manda dinheiro para ele regularmente. "O pai dela é um lorde — um tipo de *sénateur*; certa vez ele emprestou o carro para o rei. Me pergunto por que o rei não usou o próprio carro; talvez porque eles são tão democráticos naquelas bandas; todo mundo empresta o que tem, *il se débrouille.*" Os seis meses que pegou de prisão tinham sido por esfaquear um colega. "*Quand il s'agit de pognon, la vie ne compte pas.*"[200]

Fui pra Navarrenx: não tem cigarros, nem fósforo, nem tabaco.

18 de julho

Achei o *Le Temps* do dia 16: discurso do Churchill esparramado por duas colunas da primeira página (só tem uma página), mas mais da metade censurado — em branco. Manchete: "Nós aguentaremos". *Temps* verdadeiramente corajoso.

Moog conta a história de um *aspirant* que, no front, debaixo de bombardeio pesado, fazia a barba e aplicava colônia perfumada toda manhã. "É assim que são nossos oficiais." Gillevic e Lebras concordaram.

200 "Quando o assunto é dinheiro, vidas não contam."

Estranho — pensei que tamanha demonstração de imperturbabilidade os impressionaria; na Inglaterra, isso aconteceria. Então alguém disse que, durante a retirada, ele tentou em vão conseguir uma carona. Por fim, parou o carro de um oficial arrumadinho apontando um rifle para o veículo.

À noite, no bistrô, Jules me conta sobre um combate nas vizinhanças de Rethel que soa bem diferente — uma companhia contendo uma coluna de tanques com armas de 75 mm por várias horas, dizimada até quase o último homem, e incidentes similares. Diz: "Não acredite em toda essa conversa. Eles arrastam tudo na lama, *parce qu'ils en ont le cœur plein*".[201] Se não tivessem sido traídos pelo Alto-Comando, eles teriam dado um bom show. Onde os oficiais eram bons, os homens lutaram "como selvagens"; mas somente dois de cada dez oficiais eram bons.

19 de julho

Rádio e jornal dizem que invasão da Inglaterra é iminente. Achei na escola da vila edição francesa do Livro Azul Britânico[202] sobre os campos de concentração nazistas; dei para o capitão, disse que em breve terá valor por conta da raridade, quando as grandes fogueiras de livros começarem. Ele disse: "Você não crê seriamente que tais coisas podem acontecer na França?".

20 de julho

Frau Mueller diz que, quando a Gestapo chegou a Gurs para levar embora o último lote de internadas nazistas, uma *émigré* judia cutucou um oficial alemão,

---

201 "Porque eles têm o coração cheio [pesado]."

202 Os chamados "livros coloridos" são coleções de correspondência e documentação diplomática publicados por um governo para fins de educação, preservação histórica ou propaganda política. Na Inglaterra, os livros eram publicados com capas azuis. Na Alemanha, havia os Livros Brancos, na Rússia, os Livros Laranjas etc.

perguntou sobre "notícias de sua amada Dresden", reclamou da comida ruim que os franceses davam para elas. Mesma noite, as internadas no alojamento dela a espancaram e decidiram boicotá-la; no dia seguinte ela foi levada para a prisão em Navarrenx. Até agora a Gestapo só levou embora mulheres que pediram para retornar à Alemanha; mas eles podem voltar para buscar as *émigrés* a qualquer hora. E o comandante de Gurs ainda se recusa a liberá-las. Mesma coisa em Vernet. Algumas mulheres conseguiram escapar de Gurs — em Vernet, ninguém teve sucesso.

21 de julho

Desmobilização continua, mas não em direção ao território ocupado. Até o tráfego restrito através da linha de demarcação é interrompido. França cortada em duas — e a maioria das famílias francesas foram cortadas em vários pedaços durante os dias de fuga em pânico. Agora buscam uns aos outros desesperadamente. Quase metade do espaço no *Dépêche*, *Petite Gironde* etc. é tomada por anúncios impressos deste tipo:

"*André Roure, que desapareceu em 17 de junho nas proximidades de Azay-le-Rideau, por favor comunique-se com seus pais via* Le Temps *de Clermont-Ferrand.*"

"*Famílias Combier, Durand, Scholer de Neuilly estão em Cusset, Allier.*"

"*5me Cie C.R.M. de Revigny (Meuse) está na Gendarmerie de Vichy (Allier).*"

E por aí vai, milhares por dia. Como se uma explosão gigante tivesse espalhado fragmentos de famílias por todo o país.

22 de julho

Franco reivindica Gibraltar. Pétain demite uma série de funcionários públicos, sobreviventes da era da

Front Populaire. Novo decreto prevê que todo funcionário público é passível de ser despedido sem compensação, durante um período de expurgo que vai de agora até 31 de outubro. Outro decreto: nenhum soldado tem permissão de sentar-se em café *terrasses*. Outro, em preparação, vai regular o tamanho das roupas de banho, em polegadas acima dos tornozelos e abaixo dos quadris. Admirável mundo novo com nuances sutis: fascismo-racial na Alemanha, fascismo-clerical na Espanha, fascismo-senil na França.

O pobre velho capitão recebeu um telegrama: sua esposa está morrendo. Parte amanhã. Me mostrou os jornais de hoje: Laval passa a cuidar da imprensa, rádio, propaganda; leu em voz alta partes nauseabundas de comentários elogiando Hitler. Eu disse: "O que mais você esperava?". Ele disse: "Algo diferente. *Je ne comprends plus rien*".[203]

23 de julho

Mais dez partiram para Pau para serem desmobilizados; todos falam, sonham, têm febre sobre voltar para casa. Onde está a minha? Não consigo deixar de invejá-los. A amargura de perceber que entre cem semelhantes, noventa e nove atravessam o dilúvio que afogou a existência de uma sem sequer molharem os pés. Eu não me importo de perecer com outros, mas eu me importo em me sentir uma exceção e um tolo.

Fui me banhar no Gave, em Navarrenx, a despeito das lembranças de Einstein. Me sequei ao sol e li que os estados bálticos votaram a favor de *Anchluss* com a Rússia, e um discurso de Hitler. Socialismo de fachada e heroísmo de fachada. À noite mandei a filha de M. Pitrel — uma garotinha de nove anos nervosa e trêmula, nós a chamamos de gafanhoto — trazer um litro de vinho; ela não voltou e tivemos que enviar uma equipe

---

203 "Já não entendo mais nada."

de busca com tochas, que a localizou várias horas depois se escondendo em uma vala: ela tinha quebrado a garrafa e estava com medo de retornar. Ela tremia e soluçava em sua vala, debaixo da luz das tochas — isto era genuíno, a intensidade de emoção e solidão daquela criança — enquanto sentimentos de massa parecem se mover seguindo padrões distorcidos e de fachada.

24 de julho

Mistler escreve no *La Garonne*: "A França está ocupada expurgando qualquer tipo de ideologia de sua mente. Ela foi vítima de mentiras demais".

Lebras me contou uma história fascinante sobre por que o Partido Fascista de Doriot era tão popular entre os fazendeiros da Bretanha. Até 1936, os fazendeiros vendiam seu trigo por setenta francos para a cooperativa, que era uma empresa privada gerida por grandes proprietários de terra, monopolizando o mercado. Quando a Frente Popular chegou ao poder, criou o *Office du Blé*, gerenciado diretamente pelo governo, que, ao cortar lucros de intermediários, pagou cento e oitenta francos em vez de setenta. Ao que o jornal de Doriot, enviado de graça para cada fazendeiro, iniciou uma campanha: "O governo rouba seu dinheiro — peça a eles duzentos em vez de cento e oitenta...". Lebras (do seu jeito devagar, gaguejante, sorrindo de lado): "... *Merde alors*, nós conversamos e concluímos, se o governo paga cento e oitenta francos em vez de setenta, tem que ter alguma coisa de suspeita aí, e eles poderiam muito bem pagar duzentos. Mas Blum e seus judeus se recusaram, então todos votamos em Doriot" (cujo partido era largamente financiado pela cooperativa de proprietários de terra).

Eu achava que conhecia o proletariado — agora eu percebo que aqueles que encontrei em reuniões do partido, em células do PC, etc., eram exceções, uma vanguarda seleta, inteiramente atípica. Em três semanas aqui aprendi mais sobre psicologia das massas do que em sete anos de atividades comunistas. Bom Deus! Em que mundo imaginário nós vivíamos. Temos que recomeçar bem do começo — todos nós.

25 de julho

O *Petit Journal* (o jornal de La Rocque) propõe abolir "ofensivas expressões estrangeiras", e.g. "salão de grelha", "lavatório" e "chá das cinco".

Novo decreto cria comissão especial para revisar todas as naturalizações concedidas para estrangeiros desde 1927; qualquer um naturalizado depois desta data pode ser privado da cidadania francesa, assim como sua esposa e filhos.

Atravessando a ponte de Navarrenx, subitamente ouço chamarem meu nome — o verdadeiro. Era o corcunda dr. Pollak; falei para ele calar a boca, pelos céus, mas não consegui me livrar dele. Me contou que ficou o tempo todo se perguntando como consegui escapar do Campo Buffalo. Ele tinha sido enviado poucos dias depois para um campo na Bretanha; quando os alemães avançaram, o comandante e sua equipe desapareceram da noite para o dia; os internos foram cada um para um lado. Pollak e um grupo de outros homens de idade, todos acima dos cinquenta, em maioria judeus, partiram e seguiram a estrada em direção ao Sul. E no segundo dia trombaram com uma coluna alemã. O oficial comandante alemão perguntou que espécie de procissão engraçada eles eram; eles tiveram que explicar. O.C. disse: "Não tenham medo; nós na Reichswehr somos soldados e não nos importamos com raça; acampem aqui, e estejam todos na Prefeitura de M. [uma vila próxima] às cinco da tarde, e verei o que posso fazer por vocês; mas cinco da tarde em ponto, não esqueçam".

Eles estavam em torno de sessenta pessoas, velhos judeus, *émigrés*, mortos de medo, mas alemães disciplinados; às cinco da tarde estavam na Prefeitura, o grupo completo. Aguardaram um quarto de hora em meio a soldados alemães atônitos que os encaravam, mas não foram importunados; então o O.C. apareceu, disse que tinha requisitado uma caminhoneta com um motorista francês, que os levaria até o território não ocupado; e assim foi. Agora P. está aqui para tirar a esposa do campo de Gurs — o regulamento diz que internas mulheres devem ser liberadas se marido com documentação válida vier buscá-las; mas o comandante de Gurs cria complicações.

Durante todo o dia som de tiros ao longe. Alemães praticam tiro ao alvo com as armas navais francesas em Biarritz.

26 de julho

Novos decretos. Jean Zay, Viennot, e dois outros *députés* uniformizados que tinham embarcado para o norte da África durante as negociações do armistício (contando em continuar lutando nas colônias) serão julgados em uma corte marcial por deserção (Jean Zay, ex-ministro da Educação, era uma das figuras bastante populares do gabinete de 1936 de Blum).

Todo francês que deixou o país entre 10 de maio e 30 de junho sem "razão válida" vai ser privado da nacionalidade francesa, e seus bens confiscados.

Mostrei os decretos para Gillevic. Ele disse: "Está certo, *ils nous ont vendus*".[204] Não tem salvação.

Estranho como todo o Exército aparentemente adotou certas expressões do submundo de Paris — até camponeses da Bretanha, que nunca as ouviram antes. E.g. *mec*. Algum tempo atrás a expressão usada para se referir a um colega soldado era: *copain* (aprox., parceiro); mais tarde virou *type* (aprox., chapa, mas

204 "Eles nos venderam."

com um tom levemente derrogatório); enfim, *mec* (gigolô). Aparentemente Le Bon[205] está correto em dizer que a mentalidade de uma massa tem tendência a usar como denominador comum o nível de seu componente mais baixo.

Soldado do acantonamento Sus se afogou enquanto nadava no Gave. Ia ser desmobilizado amanhã.

27 de julho

Pitrel tem um pequeno cão pastor engraçado, Médor; esta manhã, Jules, o cozinheiro, realizou uma pequena cirurgia cosmética nele, arrancando fora suas orelhas e rabo com a faca de trinchar. Médor ganiu e uivou por uma hora, a gafanhoto teve um ataque histérico, e metade do acantonamento ficou parada se divertindo.

Os fazendeiros nos odeiam cada vez mais, porque apenas uns doze concordaram em trabalhar dez horas nos campos deles sem pagamento, em troca de um mero *casse-croûte*.[206] Todo dia eles reclamam com o *aspirant* (o velho capitão partiu) que nós roubamos galinhas e ovos, o que é uma inverdade; nós só roubamos maçãs. As maçãs são de má qualidade, eles as deixam apodrecer debaixo das árvores e as dão para os porcos, mas eles têm a coragem de nos pedir dois francos por meio quilo. Nós fizemos varas longas com pontas afiadas e, nos debruçando por sobre a cerca, arpoamos as maçãs caídas no chão antes que os porcos as peguem.

Noticiário da noite: Mandel[207] preso em Marrocos sob a acusação de "tramar contra a segurança do Estado".

---

205 Gustave Le Bon, pensador francês. Foi um dos pioneiros no estudo da psicologia das multidões.

206 Um lanche. Literalmente, "um pedaço de casca".

207 Georges Mandel, jornalista e político socialista francês. Foi uma das primeiras lideranças da Resistência Francesa. Foi executado por milícias ligadas ao governo de Vichy em 1944.

28 de julho

Maurice Prax resume o primeiro mês após a assinatura do armistício no *Petit Parisien*: "... neste breve período uma maravilhosa revolução foi realizada". Pena que não a notamos.

Tédio no acantonamento cria modas e manias toda semana. Primeiro, todo mundo jogava *manille*; daí, era pescar no Gave; agora, todos começaram a esculpir bengalas, com uma serpente rastejando em espiral até o topo, folhas ornamentais entremeadas, e uma inscrição gravada com um prego quente sobre a cabeça da serpente: *Souvenir de Susmiou — Guerre de 1939-1940*. Todos os bastões são exatamente iguais. Um inventou o modelo, os outros imitaram; ninguém tenta bolar um padrão só seu.

Mais dois soldados se afogaram no Gave. Se banhar no rio está proibido.

Père Darrault vai ser desmobilizado amanhã. Jantar de despedida com Siméon. Ele está muito feliz em voltar para seu convento. Me contou uma história engraçada sobre uma prostituta de Marselha que buscou refúgio no convento; na semana seguinte, uma gangue de gigolôs apareceu em um belo carro americano, pediram a Darrault que a devolvessem. Ele se recusou, eles vieram uma segunda vez quando ele estava ausente, e a carregaram com eles. Uma semana depois, ele recebeu uma carta pedindo SOS da garota, que estava em um bordel em Marselha; ela queria voltar, mas estava assustada com as ameaças. Então Darrault montou um plano, pegou um carro e um chofer emprestado com alguns amigos pios, sequestrou a garota, e a enviou para outro convento dominicano no *Massif Central*. No dia seguinte, a gangue apareceu, furiosa; Père Darrault, sorrindo, os convidou a revistar todo o convento; os gângsteres partiram, convencidos que a garota tinha se juntado a uma gangue rival.

Disse ao Père que a história era digna de ser incluída nos *Contos picarescos*, mas, claro, ele nunca os leu (embora lhe fosse permitido ler certos livros do Índex). Tive que prometer que, se me visse em meio à encrenca, eu iria me esconder no convento dele. Ele me acompanhou até o meio do caminho entre Castelnau e Susmiou; noite estrelada; então me pediu que lhe permitisse que me concedesse a benção — para ele mesmo se sentir mais seguro. Não pude recusar; tive que me ajoelhar na trilha, e ter palavras em latim murmuradas sobre mim; não me senti ridículo, mas sim até bastante emocionado. Imagino o que G. pensaria daquela cena.

29 de julho

Rádio diz que o ataque final contra a Inglaterra é questão de dias ou até mesmo horas. Não acredito; Hitler não apostaria sua série de sucessos em uma jogada arriscada. Apostei cinco litros de vinho com Fontanin que nenhuma tentativa de invasão acontece nos próximos três meses. Todo trânsito com a zona ocupada está interrompido de novo. Todo mundo furioso, porque desmobilização atrasada outra vez.

Como consolo, apelo no rádio para que os elencos da Opéra e da Opéra Comique retornem de pronto a Paris; acomodações especiais garantidas. *Le boche s'amuse.*[208]

Sinto falta de Père Darrault — única pessoa com quem eu podia conversar. Mas ele me deixou a chave da *ermitage*, então fui lá à noite com uma garrafa de

---

208 "Os alemães se divertem."

vinho para meditar e tentar escrever um pouco, mas não teve jeito. Este diário é o máximo de esforço que sou capaz de fazer.

Fiquei tão habituado a ser chamado de Dubert que, quando o velho Pollak me saudou no outro dia na ponte, soou esquisito. Mas às vezes me sinto tão perdido que repito para mim mesmo meu nome a meia-voz, o verdadeiro nome — passa uma sensação de completa irrealidade. Nunca tinha compreendido a importância que uma pessoa dá ao próprio nome, e que sensação excêntrica, de amputação, é perdê-lo.

30 de julho

Novo decreto: Todos que incitem um soldado ou marinheiro francês a se juntar ao exército inimigo (?) é passível de ser punido com a morte.

31 de julho

Ataque maciço em Dover; cento e sessenta aviões alemães participando, mas aparentemente rechaçados com perdas pesadas. Vagas demonstrações de interesse no celeiro. Lebras diz: "*La Er Ah Ef tappe pas mal surles boches*". [209] Dos oito presentes no alojamento, seis acreditam que os invasores vão ser escorraçados. Mas quanto a reconquistar o continente, aí é diferente.

Novo *caporal,* [210] que escapou dez dias atrás de um campo de prisioneiros na zona ocupada, diz que mulheres e crianças foram evacuadas *en masse* de áreas bombardeadas da Alemanha ao sul da França. Diz que toda a região do Ruhr está em ruínas. "Nós sabíamos de mais coisas naquele campo do que vocês

209 "A Força Aérea Real (RAF) não bateu pouco nos *boches*."

210 Cabo.

mulas sabem aqui." Diz que, se Roosevelt for reeleito, os EUA vão declarar guerra e Hitler já era. Ceticismo e alguma contrariedade, mas bem fraca. Súbito clarão de entendimento: *Estes homens têm medo de ter esperanças porque foram enganados muitas vezes. Eles estão na defensiva contra a tentação da esperança.*

Fiquei bastante empolgado com isso. Fui à *ermitage* trabalhar; em vez disso, caí em devaneios (como na prisão em Sevilha): roubar um avião, voar sem paradas até Croydon.[211] Me pergunto se a direção é norte-oeste ou norte-oeste-norte. Fim realista do sonho: pousando em Croydon, trancado em um campo de concentração. Abençoado seja o estadismo de longa visão deles.

Alguns homens, preguiçosos demais para descer as escadas à noite, adquiriram o hábito de urinarem em um canto do andar superior do celeiro. Desce escorrendo por toda a parede. Não adianta discutir com eles.

1º de agosto

Os quatro espanhóis voltaram da prisão. Ainda mais reservados, desconfiados, inacessíveis. Me lembram os homens do Alojamento dos Leprosos. Mas o clima agora é de certa forma mais amigável a eles. Jules lhes dá porções duplas da sopa do meio-dia.

Comunicado de Vichy anuncia a formação de Suprema Corte de Justiça para julgar todos os responsáveis por começar a guerra. Comentários da imprensa: "Para o cadafalso" — "Sem perdão" — "Exterminem todos". Alemanha demonstrou mais dignidade após a derrota de 1918; mas, então, tinha ocorrido uma revolução social-democrática.

---

211 Vizinhança ao sul de Londres.

De tarde, o *aspirant* anunciou que o acantonamento inteiro partirá amanhã para Géronce, a treze quilômetros daqui na estrada Navarrenx-Oloron. Somos por volta de apenas oitenta agora, e os acantonamentos menores serão fundidos conforme a desmobilização continua.

2 de agosto. Géronce (Basses Pyrénees)

Ontem, durante a sopa da noite, Jules e Lefèbre me convidaram para tomar um drinque e celebrar nossa despedida de Susmiou. Eles estavam com ares misteriosos, disseram que haveria uma grande surpresa, não me contavam aonde estávamos indo. Saímos depois da sopa e marchamos por vários quilômetros até X., um lugar onde eu ainda não tinha ido. Bebemos dois litros e jogamos damas; nada aconteceu. Por volta das vinte e uma ou vinte e duas horas, um civil gordo entrou, piscou para Jules, e então sumiu. Nós pagamos e saímos. O gordo nos levou até sua fazenda, fechou as venezianas; Jules disse que eu era o voluntário suíço de quem ele tinha falado; o gordo era o *Maire* de X. e nós íamos ouvir uma transmissão de rádio francesa feita de Londres. O *Maire* nos ofereceu vinho, mexeu em seu rádio por volta de uma hora, não ouvimos uma palavra, tudo estava embaralhado, mas muito empolgante — como nos velhos tempos, ouvindo a estação do Comintern em Berlim. Apenas por um segundo ouvi a voz familiar e desapaixonada do locutor da BBC — como se falasse com uma multidão de estudantes inteligentes, enfatizando com seus modos que ele os trata como se fossem adultos. Nós ouvimos alguns acordes da Marseillaise, algo sobre a resistência no norte da África francês, e duzentos e quarenta aviões nazistas derrubados. Brigamos sobre se os duzentos e quarenta tinham sido em um dia, semana ou mês. Sentimos todos muito alegres e bêbados.

3 de agosto

Há três bistrôs em Géronce; em Susmiou, não tinha um sequer; então, todos bêbados. Esta manhã conseguimos tabaco e pagamento — meu primeiro desde que virei soldado: 10 francos e 50 = 21,50 cêntimos.

Ontem, na marcha de Susmiou para cá, passamos pelo Campo de Concentração de Gurs. Enorme — por volta de um quilômetro e meio de arame farpado seguindo a estrada. Vimos os alojamentos, nas cores cinza e preto, como em Vernet; mas roupas de baixo femininas de todas as cores secando coquetemente em varais ao sol, e até mesmo no arame farpado; as mulheres todas arrumadas, apetitosas, muitas de shorts — uma visão traiçoeiramente feliz. Gestapo esteve aqui anteontem.

Durante a marcha sob o sol escaldante, aquela voz da BBC ressoava no meu ouvido como uma velha e familiar melodia — levemente improvisada, entediada, blasé, ingênua. A fascinação de um país onde colegiais se comportam como adultos e adultos como colegiais.

4 de agosto

Consegui uns exemplares da *Paris Soir*, impressos em Marselha, completamente arrepiantes. Manchete de capa: "O Marechal e o Camponês — Uma Lenda Moderna". Pétain recebeu um velho camponês "para uma calorosa conversa de homem para homem". Ao sair, o camponês disse em lágrimas: "*C'est un homme*, um camponês honesto como eu mesmo". (Philippe Le Gaga tem uma propriedade na Riviera onde ele cultiva repolhos ou algo assim.) Pétain disse: "Esta entrevista me convenceu de que tenho a plena confiança da classe camponesa".

Outra manchete: "Queremos uma Hollywood Francesa". Atores e estrelas se reúnem na Riviera, planos de construir um centro nacional de cinema francês, fofocas sobre Suzy e Lucy e Marcel e Maurice;[212] "eles vão em bicicletas, deixando seus carros ousados nas garagens; suas faces mostram a consciência do gravoso desafio de *La Patrieii*, mas também da nova serenidade da ressurreição francesa, que já se iniciou...".

Mesma edição: "Por uma Moralidade Francesa". Entusiasmo generalizado por um novo decreto tornando compulsórias roupas de banho de duas peças, descendo até os joelhos, para homens e mulheres em Nice. "Sem mais shorts, sem mais mulheres francesas disfarçadas de homens — *la Révolution Nationale marche*."

Notícias menores: De Gaulle condenado à morte por traição — todo francês servindo em um "exército estrangeiro" passível de ser sentenciado à pena de morte — mais um punhado de diplomatas foi despedido — Paul-Boncour designado para o invejável posto de embaixador no Chile.

Citação do *La Croix*, o jornal católico: "Vitória nem sempre significa o que o homem médio entende por esta palavra... Nossa vitória provavelmente começou em junho de 1940".

Imagino o que Père Darault diria sobre isso. Recebi um cartão postal dele, enviado de Lourdes. Hoje é

---

212 "Suzy" pode se referir tanto à Suzy Delair quanto Suzy Prim, ambas atrizes francesas da época que participaram de atividades colaboracionistas. Não foi possível determinar a quem Koestler se referia pelo nome "Lucy", se é que se referia mesmo especificamente a alguém; a única atriz francesa com alguma proeminência no período em que este livro foi escrito e que possuía nome similar foi Luce Fabiole. "Marcel" pode ser referência a qualquer um dos atores com esse nome que permaneceram em atividade na época, como Marcel Carpentier, Marcel Vallée ou Marcel Pérès, entre outros. "Maurice", porém, pode-se dizer com mais segurança que é uma referência a Maurice Chevalier, uma das maiores estrelas francesas da época, de renome internacional, e que tomou parte em diversos esforços pró-colaboracionistas, embora tenha alegado, ao ser julgado no pós-guerra, que o fez relutantemente, e apenas para proteger os sogros judeus, exilados no sul da França. Chevalier foi inocentado.

domingo e todo mundo está mais bêbado ainda. Pena não poder ir ouvir a rádio de Londres outra vez; X. fica muito longe de Géronce.

6 de agosto

Desde 31 de julho, toda comunicação postal, telefônica e telegráfica com a zona ocupada está interrompida. As pessoas dizem que é melhor assim — França permanecerá dividida em duas enquanto a guerra perdurar.

Declarações antissemitas na Rádio Vichy. Campos de trabalho para a juventude francesa; todo garoto de dezenove anos vai ter que trabalhar seis meses em um campo. Novas rações da cesta doada pelo governo: meio quilo de açúcar, duzentos e cinquenta gramas de *pâtés*[213] (macarrão etc.) por mês; setenta gramas de arroz, oitenta gramas de sabão, cento e quarenta gramas de margarina ou outras gorduras — isso por mês. Suponho que isso vai lhes abrir os olhos um pouco — por enquanto ainda estão sonâmbulos. Editorial no *Les Temps*: "Nova Ordem será baseada na colaboração Continental; *retificações de fronteiras não possuem importância*; nações vão se entender umas com as outras porque todas vão viver sob um regime corporativo, autoritário e totalitário".

O moral no acantonamento está muito ruim. Chevalier, que sempre foi quieto e gentil, está com uma *crise de nerfs*. Ele é um encadernador de Reims, não tem notícias de sua jovem esposa faz meses; ela está esperando um bebê, que nasceria por esses dias. Ele quis fugir durante a noite, caminhar até o posto alemão, pedir para ser enviado para casa. Gillevic o acalma; à noite ambos estão bêbados, e Chevalier passando mal por sobre a palha toda. Comida agora é muito pior do que em Susmiou, rumores que os novos

213 Massas.

cozinheiros e os novos tenentes estão pegando para si porções de nossa parte de batatas e carnes e vendendo para os camponeses. Novo cozinheiro-chefe é um *légionnaire*, primeiro que conheci, origem belga, onze anos de serviço na África. Não é um aperitivo encorajador. Diz que vai servir por mais quatro anos, então vai ter direito a uma pensão de três libras por mês, vai casar com uma viúva e abrir um bistrô.

7 de agosto

De manhã, um novo tenente nos reuniu e leu para nós instruções idiotas do quartel-general divisional — deve-se manter blecaute nos acantonamentos. Todos ficaram olhando para ele, pensaram que tinha ficado doido. Todo mundo furioso. Acreditam que os oficiais estão enrolando com a desmobilização para receber salário por mais um mês ou dois.

Jornal diz que a nova lei trabalhista vai abolir sindicatos, introduzir semana de cinquenta e uma horas. Abetz[214] foi designado como embaixador alemão em Paris — um tapa na cara de Pétain. Comentário de Jules: "*Le plus on leur baise le cul, le plus ils nous chient sur la tête*".[215] O *Paris-Soir* (edição de Marselha) dá conselhos para pais sobre como localizar suas crianças perdidas no meio do caos da fuga. Diz que há milhares de "viajantes do globo de seis e oito anos de idade nas estradas da França". Muita conversa sobre reforma da educação. "O professor francês deve se tornar um camponês novamente e ensinar pequenos futuros camponeses; as virgens francesas devem aprender a cozinhar e costurar — não latim ou matemática."

---

214 Otto Abetz, diplomata alemão. Em julho de 1940 ele recebeu a tarefa de custodiar obras de arte localizadas no território francês que fosse ocupado pelos alemães, confiscando tanto obras de órgãos públicos quanto coleções particulares. O governo Pétain protestou formalmente contra a prática, solicitando a devolução das obras confiscadas.

215 "Quanto mais lhes fodemos as bundas, mais cagam na nossa cabeça."

De tarde andei pelas colinas, encontrei uma coluna de espanhóis trabalhando como lenhadores sob a escolta de gendarmes. Eles vivem no campo de Gurs (tem uma seção para homens, também), estão internados desde a derrota na Espanha, não recebem pagamento pelo dia de trabalho de dez horas, nem mesmo um cigarro. Lembrei que Frau Mueller tinha me contado sobre fato semelhante: todos *émigrés* alemães que tinham se juntado ao Exército Francês pela duração da guerra estão agora em Marrocos, compondo brigadas de trabalho empregadas nos trabalhos mais pesados (pedreiras e construção de estradas) em um clima assassino; sem salário; à noite, contidos por arame farpado; não serão desmobilizados — mantidos como escravos *sine die.*[216] O dito que a Europa está deslizando de volta aos tempos da Era da Escravidão foi usado tantas vezes como um exagero propagandista que não percebemos que está de fato se tornando verdade. Esses batalhões de trabalho são em todos os aspectos equivalentes a grupos de escravos. Comparados com os padrões de vida em Roma, os alojamentos em Vernet e Gurs são piores que as antigas *ergastulae.*[217] O trabalho é em parte mais difícil do que o descrito por Cato e Varro; a comida é com certeza pior. Sem perspectiva de receber um *peculum.*[218] A privação de sexo, absoluta, enquanto *servi* se casavam ou viviam na promiscuidade. Completa ilusão crer que os horrores da Antiguidade dos livros de escola eram piores (relativamente ou absolutamente) que a realidade contemporânea. Fatos e provas são abundantes; mas a consciência não os alcança; é mais fácil para a imaginação apreender o passado do que o presente.

216 "Sem data para acabar." Expressão latina.

217 Ergástulo, uma espécie de calabouço romano usado para conter e punir escravos, normalmente em condições desumanas de aprisionamento.

218 O pagamento, salário.

Chevalier tem outra *crise de nerfs*. Estranho que nosso grupo em Vernet, com nossos nervos moídos depois de cinco a dez anos de perseguição, tenha tido mais autocontrole do que o saudável, relativamente ileso *poilus*. Fontanin contou uma história: ele tinha comprado um par de ovos em Susmiou, pediu à esposa do fazendeiro responsável por onde ele estava aquartelado que os cozinhasse para ele — e ela lhe cobrou cinco *sous* (metade de um dia de salário) para cozinhar dois ovos enquanto estava com o fogo aceso. Ao que Chevalier subitamente começou a gritar: "*Oh, les salauds — les salauds — oh, ils nous emmerdent...*" [219] e a chorar. Muito desagradável.

8 de agosto

Jabo morreu. Notícia no *Dépêche de Toulouse*: "Vichy, 7 de agosto. M. Vladmir Jabotinsky, jornalista e escritor, presidente da Nova Organização Sionista, morreu em Nova Iorque aos cinquenta e nove anos. Ele tinha ido para a América com o propósito de alavancar uma Legião Judaica que iria lutar ao lado da Inglaterra".

Sai de cena uma das grandes figuras trágicas deste século, despercebida. Herói adorado das massas judias na Rússia e Polônia; criador da primeira Legião Judaica que ajudou a conquistar a Palestina; sentenciado a quinze anos de trabalho forçado por organizar a resistência judaica ao pogrom árabe em Jerusalém; traduziu Dante e Shakespeare para o hebraico moderno; escrevia e conversava em oito línguas; o orador mais fascinante que já vi. Semelhança impressionante com Radek[220] — ambos judeus de Odessa. Um gran-

---

219 "Ah, os desgraçados — os desgraçados — ah, eles nos cobrem de merda..."

220 Karl Radek, líder comunista de origem judaica ativo na Polônia, Alemanha e União Soviética entre 1904 e 1936. Acusado de traição pelo governo stalinista, morreu em um campo de trabalhos forçados em 1937.

de amigo a menos — não restam muitos mais, livres, intactos. Primeiro me perguntei por que a agência de notícias de Vichy se importava com um judeu morto; relendo o obituário, notei uma intenção propagandista, enfatizando que os judeus estão ao lado da Inglaterra, ou seja, anti-França.

Mais conversa sobre reforma educacional; *inspecteurs* não mais selecionados via *concours* (provas eliminatórias), mas indicados pelo Ministério, "que assim exercerá controle direto sobre suas condutas morais".

Esporte e mais esporte: "A nova geração será educada em uma atmosfera heroica".

9 de agosto

Esta manhã Desmet veio de Oloron para nos visitar. Homenzinho briguento, surdo de um ouvido e pró-Doriot. Ele não é *démobilisable*, estando domiciliado na Zona B (área restrita no Norte); então ele foi enviado uma semana atrás para se juntar aos recém-formados Batalhões de Trabalho Franceses em Oloron. Fomos ao bistrô, Desmet, Lebras, Sargente Lepetit e eu. Desmet disse que os Batalhões de Trabalho não funcionam ainda, mas, se for verdade que o salário é de apenas setenta e cinco cêntimos por dia, todo mundo vai desertar. Então ele disse que a França tinha, no começo da guerra, dezesseis aeroplanos, o resto foi roubado pela *Front Populaire* ou enviado para a Espanha. Disse-lhe que deveria estar enganado, talvez fossem dezesseis de um tipo específico — ele disse que não, dezesseis de todos os tipos, ele tinha lido em um jornal chamado *L'Independent* publicado em Bordeaux. Falei-lhe que ele devia ter visto com os próprios olhos várias centenas de aeroplanos nos cinejornais, em manobras etc. Ele disse, eram provavelmente ingleses, ou os cinejornais eram falsos, mas o número de dezesseis é oficial. Lebras e Lepetit assentiram: "Sim. É verdade. A gente tinha nada. *On nous a vendu*".[221] Eu disse: "*Vous êtes une bande d'idiots*";[222] Desmet disse: "*Et toi, tu es moitié boche*".[223] E foi isso. *À la recherche de la fraternité.*[224]

A tragédia é que nos movemos em um círculo vicioso; sem educação das massas, não há progresso político; mas sem progresso político, não há educação das massas.

10 de agosto

Informado pelo tenente que todos os voluntários estrangeiros devem ser enviados ao campo em Septfont, Tarn-et-Garonne, para desmobilização; parto amanhã, junto dos quatro espanhóis. Disse-lhe que estava alistado por cinco anos e não era *démobilisable*; respondeu *il s'en fout*,[225] estrangeiro é estrangeiro. Eu estava na lista dele. Eu também, *je m'en fous*;[226] viajo com despesas pagas pelo Estado e estou cheio de Géronce. Mas o *légionnaire* cozinheiro vai ficar, possivelmente graças a alguma velhacaria.

Alguns *démobilisés* deixaram seus uniformes, todos jogados em uma pilha na sala de aulas da escola; então, à noite, entrei na escola, achei uma túnica boa, quase nova, com belas faixas vermelhas de artilheirista, novo cinto, novas faixas para as panturrilhas, e mochila; estou certamente muito aprumado.

---

221 "Fomos vendidos."

222 "Vocês são um bando de idiotas."

223 "E você, você é meio *boche*."

224 "Em busca da fraternidade."

225 "Ele está pouco se fodendo."

226 "Estou pouco me fodendo."

Então, mais uma vez *en route*. Noite passada no celeiro com Lebras, Gillevic, Chevalier (Moog foi ao hospital). Indo embora sem arrependimentos, cheio de curiosidade para onde a jornada vai me levar. Sonhei ontem à noite que G. estava sentada na cozinha de Mme. Corniglion, ao lado do grande fogão; eu cheguei muito cansado, ela disse com uma voz de repreensão: "Atrasado como sempre".

II

A jornada durou exatamente três meses e, quando enfim reencontrei G., não foi na cozinha de Corniglion, mas em Londres; e fui eu que falei as palavras "Atrasada como sempre" como cumprimento, pois ela tinha ficado presa no trânsito por conta de um alerta de ataque aéreo.

Foi uma longa e cansativa jornada de Géronce, Baixos Pireneus, até Septfont, Tarn-et-Garonne; de Septfont para Marselha, de Marselha para um certo porto africano, de lá para outro porto africano, dali para Lisboa, e de Lisboa para Londres.

O primeiro estágio da jornada de Géronce até Septfont foi o mais curto em distância, mas quase o mais longo em tempo corrido. Foi bastante impressionante como amostra das condições de transporte na França não ocupada. A distância era por volta de duzentos e oitenta quilômetros, mas levamos três dias para cobri-la e tivemos que trocar de trens cinco vezes.

Estávamos em oito: os quatro espanhóis, um mascate turco que tinha casado com uma francesa na Normandia, um estudante romeno, eu e o sargento responsável pelo nosso *détachement*. Tanto o romeno quanto o turco eram judeus, e, portanto, barrados de retornarem à zona ocupada; eles tinham decidido se juntar a um Batalhão de Trabalho e labutar por setenta e cinco cêntimos por dia — até a duvidosa data em que judeus se tornassem seres humanos novamente. Os espanhóis, por outro lado, esperavam ser desmobilizados, para receberem o bônus de mil francos (cinco libras) devidos a todo soldado dispensado, e arranjar trabalho como marujos. Na verdade, como descobri depois, eles foram desmobilizados, mas, como a maioria dos voluntários espanhóis, eles nem obtiveram seus mil francos nem a liberdade; em vez disso, foram escoltados de volta para Gurs e vários outros campos de concentração, que tinham deixado nove meses antes para arriscarem suas vidas pela hospitaleira França. Dois dos nossos quatro espanhóis tinham sido feridos.

Chegamos a Septfont no começo da noite de 13 de agosto; no departamento de registro me contaram o que eu já sabia — especificamente, que o tenente em Géronce foi um idiota, e que o lugar para onde ele deveria ter me mandado era o entreposto da Legião Estrangeira em Marselha. Então, eles datilografaram uma nova ordem e outro passe ferroviário, para Marselha, aonde cheguei dois dias depois, em 15 de agosto.

Eram nove da manhã quando saí andando da Gare St. Charles, mochila nas costas. A multidão nas ruas da grande cidade portuária fez com que eu me sentisse tonto e empolgado. Desde o armistício eu vinha vegetando em uma espécie de transe nessas vilas desoladas dos Pireneus; agora eu me sentia como se estivesse emergindo de um longo sonho.

Aquele primeiro dia em Marselha foi cheio de surpresas. A menos de noventa metros dos degraus da estação ferroviária eu ouvi uma voz chamar, "*Halt, Genosse Koestler*",[227] e quando superei o choque, vi a conspicuamente alta figura do dr. Breitscheid, ministro do Interior alemão durante a República de Weimar, impedindo meu caminho. Ele estava parado em frente ao Hotel Normandie conversando com um amigo, deschapelado, com seu cabelo branco uma cabeça acima da turba que se movia pela rua.

"O que é este vestido chique?", ele perguntou, olhando para mim de cima a baixo, e vi pela expres-

227 "Alto, camarada Koestler", em alemão.

são em seu rosto que minha aparência devia ter mudado. Mas da última vez em que nos tínhamos visto, em Paris, seu cabelo também não estava branco e sua face não era aquela pronunciada máscara de cera. Fomos até seu aposento, no terceiro andar do Hotel Normandie; Mrs. Breitscheid estava fazendo café em uma espiriteira. Contei-lhes minha história, e então batemos na parede que dava para o quarto ao lado e o camarada dr. Hilferding apareceu em seu roupão. Hilferding tinha sido ministro das Finanças naqueles dias havia muito sumidos; tanto ele quanto Breitscheid eram líderes do Partido Social-Democrata Alemão e amigos próximos.

Sentamo-nos na cama do pequeno quarto de hotel, e eles me contaram as novas.

Feuchtwanger tinha conseguido chegar aos Estados Unidos de alguma forma aventurosa. Ernst Weiss, o romancista, tinha cometido suicídio tomando veronal em Paris. Walter Hasenclever, o dramaturgo, tinha cometido suicídio abrindo as veias em um campo de concentração próximo de Avignon. Kayser, do corpo editorial do *Paris Tageszeitung*, tinha ingerido estricnina em um outro campo. Willi Muezenberg, que foi por um tempo chefe da seção de propaganda da Europa Ocidental do Comintern, e mais tarde inimigo nº 1 da Terceira Internacional, líder virtual dos exilados alemães, tinha desaparecido de um campo de concentração na Saboia durante a ofensiva alemã e nada mais tinha se ouvido falar sobre ele desde então. (Alguns meses depois, notícias chegaram. Muenzenberg foi encontrado morto em uma floresta nas proximidades de Grenoble, com uma corda em volta do pescoço. Se ele foi morto pela Gestapo alemã, pela GPU russa, ou por seu próprio desespero, provavelmente nunca vai ser determinado.)

Sentamos na cama do pequeno quarto de hotel, bebendo café e comendo uvas. Tanto Breitscheid quanto Hilferding tinham vistos para os Estados Unidos, mas suas permissões de saída francesas haviam sido negadas. Os alemães ainda não tinham pedido por suas extradições, mas os franceses eram leais à barganha e mantinham a mercadoria pronta para a entrega. Perguntei a Breitscheid por que eles não tentavam partir sem as permissões de saída. Por certo deveria haver meios de se obter documentos com nomes falsos, ou cruzar os Pireneus por alguma passagem não vigiada? Eu sabia que outros tinham feito isso com sucesso. Mas Breitscheid não queria ouvir nada disso; ele ainda esperava que Vichy concedesse as permissões de saída; ele até mesmo tinha recebido promessas de algumas autoridades francesas. Ele e Hilferding tinham crescido dentro das tradições do Partido Social-Democrata, o partido da legalidade e correção estritas, o singular e grandioso produto da democracia alemã. O Partido Social-Democrata tinha acreditado no senso de honra do marechal Hindenburg, que os vendeu para Hitler; Breitscheid e Hilferding acreditavam na decência de outro velho marechal, que os entregou para a Gestapo. Seus destinos individuais refletiram o de sua nação — a tragédia da credulidade e da ilusão.

Quando deixei o Hotel Normandie, uma hora depois, Breitscheid disse: "Até o momento não se requisitaram extradições e não creio que acontecerá alguma. É impensável. A inclusão do Parágrafo 19 no Tratado foi uma mera formalidade, para humilhar os franceses; mas eles nunca o executarão".

Isso foi em 15 de agosto de 1940. Seis meses depois, em 11 de fevereiro de 1941, dr. Breitscheid e dr. Hilferding, junto de vinte outros refugiados políticos, foram entregues pelas autoridades francesas para os alemães.[228]

A segunda surpresa do dia me aguardava em Fort St. Jean, o entreposto central da Legião Estrangeira na França. Cheguei lá bem na hora do almoço, ao meio-dia, e, depois de entregar minha documentação no escritório, fui levado até o grande refeitório, todo pintado com imagens lúridas das conquistas da Legião na Argélia, Marrocos, Indochina e Senegal. Sentei-me em uma mesa com quinze outros soldados, todos em roupas civis; e a primeira frase que ouvi foi:

---

228 NA: Como isso foi feito, foi revelado algum tempo depois por um jornal inglês.

"...Na noite de sábado, 8 de fevereiro, três oficiais de alta patente da polícia francesa chegaram no hotel em Arles e os levaram até a Delegacia de Polícia local. Eles declararam que os alemães tinham descoberto o endereço deles e que em uma hora estariam lá para prendê-los. 'Nós, a polícia, estamos aqui para salvá-los', eles disseram. 'Vocês permanecerão escondidos por alguns dias; então, receberão um visto espanhol e ajuda para fugirem.' ... 'Onde vocês estão nos levando?', o dr. Breitscheid então perguntou. Para seu horror, o policial respondeu que eles iriam para um quartel-general especial da polícia em Vichy. 'Isso quer dizer que vocês vão nos extraditar', declarou o dr. Breitscheid. 'Você tem uma opinião muito ruim da França, M. Breitscheid', foi a resposta que tinha intenção de acalmá-los. Mrs. Breitscheid, porém, insistiu em acompanhá-los e eles viajaram por toda noite até Vichy, em dois carros.

"Em Vichy, foram detidos no quartel da polícia. Seus pertences pessoais foram confiscados, assim como qualquer item com que pudessem tirar a própria vida. Não lhes foi permitido se lavar ou fazer a barba. Na noite do dia seguinte, lhes contaram que seriam extraditados. Os alemães tinham requisitado a extradição deles pela primeira vez, lhes informaram, em 17 de dezembro, e tinham repetido a requisição três vezes desde então. Eles receberam as terríveis notícias com grande coragem.

"Mrs. Breitscheid ... tentou ver o ministro do Interior. No formulário de admissão, ela declarou que a razão de sua visita era 'Extradição do dr. Breitscheid e dr. Hilferding'. O atendente olhou para o formulário e disse: 'Você não crê realmente que posso entregar isso para o ministro', e rasgou a papeleta. Em 10 de fevereiro, após aguardar por duas horas, Mrs. Breitscheid teve a permissão de ver seu marido uma última vez. Na manhã seguinte, dr. Breitscheid e dr. Hilferding foram levados de Vichy em dois carros separados, até a fronteira entre as zonas ocupada e não ocupada, e entregues para os alemães."

"There's again no bloody salt in the bloody soup" [229] — em inglês. Então alguém disse: "Sal ou sem a porra do sal, eu não provei uma sopa decente desde que cheguei nesta porra de país" — em inglês. Os dezesseis homens na mesa ao lado estavam discutindo um tema semelhante, em inglês, e o mesmo nas mesas à direita e à esquerda. Ao todo, eram sessenta deles. Todos os sessenta tinham sido membros da Força Expedicionária Britânica, capturados pelos alemães nas proximidades de St. Valéry; todos os sessenta tinham conseguido escapar e foram internados pelos franceses em Fort St. Jean.

Eles tinham um dormitório grande só para eles, e a maior parte dos dez dias que passei no Fort, passei com eles. Suas histórias de fuga poderiam encher um *Decamerão*; a mais famosa era o episódio conhecido como "A travessia do Somme pelo tenente H.". Tenente H. e tenente R., o primeiro, um advogado londrino, o segundo, um estudante da Universidade de Londres, tinham escapado da *Gefangenenlager*[230] alemã durante a noite, obtido roupas civis, e estavam prestes a cruzar o rio Somme em um barco a remo abandonado que tinham encontrado, quando dois oficiais alemães surgiram nas margens. Os alemães explicaram para eles em francês macarrônico que eles queriam atravessar o rio. H., cujo francês era tão ruim quanto dos alemães, disse "*S'il vul plê*", com um gesto apropriado, e os alemães subiram no barco, e foram levados até a outra margem. Quando saíram, os alemães disseram "*Danke schön*", [231] e H. disse, "*S'il vul plê, deux francs*", mostrando dois dedos para deixar o pedido claro. Os alemães pagaram os dois francos e disseram "*Bon shur*"; H. e R. responderam "*Merci*" e seguiram seu caminho.

---

229 "De novo, não tem porra de sal nesta porra de sopa." "*Bloody*", literalmente "sangrento", é uma gíria típica da Inglaterra.

230 Campo de prisioneiros.

231 "Muito obrigado", em alemão.

Aquele dia da minha chegada em Fort St. Jean provou ser decisivo para mim, pois, uma quinzena depois, H., R. e eu conseguimos nos esquivar do comandante do forte, das autoridades portuárias francesas e da Comissão Ítalo-Germânica de Armistício e partir da nossa maneira bem sorrateira para a Inglaterra.

Partimos separadamente, mas nos encontramos em uma certa cidade na África, e no caminho pegamos mais dois internos do dormitório de Fort St. Jean, um tenente escocês da Tropa Médica e um primeiro-sargento dos Engenheiros Reais. Em meados do outono, nós cinco tínhamos chegado com segurança ao nosso destino.

A história dessa longa jornada só poderia ser contada com tamanha camuflagem dos fatos que perderia todo o sabor da realidade. Mas há uma razão a mais para não entrar no assunto. Desde o dia de sua chegada em Marselha, a história pessoal do autor se esvaneceu. Ele se alongou um tanto em contá-la na medida em que suas aventuras pessoais foram típicas da espécie de homem à qual ele pertence: os exilados, os perseguidos, os homens caçados da Europa; os milhares e milhões que, por razões de raça, nacionalidade, ou crença, se tornaram a escória da terra. O "eu" desta narrativa, seus pensamentos, receios e esperanças e até mesmo suas incongruências e contradições representam os pensamentos e receios e esperanças, mas acima de tudo o desespero incandescente de uma porção considerável da população do continente.

Mas este deixa de ser o caso no último capítulo desta história. O fato é que o autor escapou, e a maneira que o fez, não são mais típicas, mas acidentais e devido a meras circunstâncias pessoais. Pois aqueles que escaparam são a exceção, e aqueles que pereceram são a regra para a categoria de homens com os quais este livro lida.

III

Os vários preparativos para deserção e partida tomaram por volta de uma quinzena — a minha última na França.

Era a segunda metade de agosto, 1940; a quinzena na qual os sindicatos franceses foram dissolvidos em nome do interesse dos trabalhadores; quando as pessoas foram proibidas de beber drinques nos bistrôs e forçadas a comprar em garrafas, em nome do antialcoolismo; quando as primeiras janelas de lojas judias foram estilhaçadas em Marselha e Lyons, em nome da Revolução Nacional; e quando a Ópera de Paris reabriu, para uma audiência composta principalmente de oficiais alemães e com a *Danação de Fausto* de Berlioz sendo encenada no palco.

Era também a quinzena em que os ataques aéreos em massa na Inglaterra atingiram seu primeiro pico, e uma invasão era aguardada diuturnamente. Dia após dia, o *Paris Soiri*, impresso em Marselha, berrava em fontes de letra grossas, "A Batalha Decisiva Começou", "Docas do Tâmisa Aniquiladas", "Londres É Uma Cidade Morta". A intenção era ser um consolo e um pedido de desculpas, voltado ao povo francês: "Vocês estão vendo o que acontece com quem não capitula". Mas na página traseira, e às vezes até na primeira página, outros itens apareciam em tamanhos de letras mais modestos: "Boulogne em chamas", "Força Aérea Real devolve o golpe, bombardeia Berlim", "Mau clima causa atrasos nos planos de invasão", "Ingleses dizem ter destruído 180 aeroplanos em um dia".

Nos bondes e nos cafés, nas filas dos açougues, da padaria e do mercado, os comentários das pessoas tinham mudado levemente de tom. Era uma mudança muito sutil — as próprias pessoas mal tinham consciência dela — e ainda assim inconfundível. Isso foi causado por dois fatos, que tinham inconscientemente deixado marcas em suas mentes. O primeiro deles era que a Inglaterra estava obviamente seguindo com a guerra — enquanto dois meses atrás todos tinham sido convencidos de que ela estava tentando apenas conseguir resistir umas poucas semanas a mais para preservar sua imagem antes de chegar a um acordo com Hitler. O segundo fato era que, se a Inglaterra seguia em frente, talvez houvesse uma possibilidade de que ela até mesmo ganhasse; uma possibilidade ínfima, verdade, mas uma possibilidade de qualquer forma. E esta era a única chance, na medida em que se podia vislumbrar, de tirar os *Bochesi* e os *Macaronis* da França.

Esses dois fatos eram tão óbvios que até a mente mais cega, confusa e apática não podia deixar de percebê-los. E ainda assim a esfera emocional da mente é mais forte do que a racional, e essas considerações teriam falhado em produzir mudanças na atitude das pessoas se não tivesse ocorrido uma mudança prévia em sua orientação emocional.

O caráter preciso dessa mudança emocional não é fácil de definir. *NÃO* era nenhum tipo de entusiasmo pelas políticas inglesas, ou seus objetivos de guerra, ou pelos franceses que estavam lutando do lado dos ingleses. O nome do general De Gaulle era conhecido por poucas pessoas antes de Reynaud convidá-lo para seu gabinete; esses poucos o respeitavam como um excelente técnico e um homem de coragem; mas seu nome estava longe de ser capaz de reunir multidões. E era muito cedo para reunir multidões, de qualquer forma. O golpe ainda era muito recente.

Não, a mudança de sentimento com relação à Inglaterra era algo menos direto e na realidade não tinha nada a ver com política. Era necessário se livrar de todos os preconceitos "históricos" e em vez disso ouvir as conversas nos bondes e nos cafés até que enfim fosse possível entender que o sentimento que tinha gerado essa atitude empática era simplesmente *Schadenfreude* — em outras palavras, o prazer secreto que todos usufruímos na desgraça do nosso próximo. A França tinha passado por três invasões em um século — a Inglaterra, nenhuma. A França tinha sofrido cada desgraça imaginável durante a Primeira Guerra Mundial de 1914, e na segunda de 1939-40; a Inglaterra tinha permanecido praticamente intocada, altiva, alheia. A propaganda alemã tinha explorado esse sentimento de inveja e amargura com virtuosismo; o contato com os soldados britânicos na França, que eram pagos vinte vezes mais que o *poilus*, eram mais bem alimentados, tinham uniformes melhores, que compravam todo o chocolate na cantina e toda feminilidade disponível na vila — tinham contribuído em grande parte para isso; as acusações de Vichy, que a Grã-Bretanha tinha forçado a França a ir para a guerra e então a deixado na mão, o tinham sancionado oficialmente. Mas agora, enfim, a Inglaterra tinha "recebido o seu"; agora, enfim, debaixo de uma chuva de bombas incendiárias e explosivos de alto calibre, *les Anglais* estavam provando o que os franceses sentiram em 1915 e em 1939; agora, enfim, esses ilhéus de sangue-frio, burros, altivos, tinham se tornado *humanos* na visão dos franceses, ao passar pelas mesmas desgraças. Agora eles estavam pagando a conta; e as mulheres que viviam lá tinham deixado de ser senhoras turistas arrogantes que queriam uma banheira em vez de um *bidet*, e tinham se tornado mães tomadas de medo mortal, do tipo que escondem os filhos em estações de metrô e celeiros; e aquelas crianças inglesas, com seus joelhos nus obscenos e ridículas cartolinhas, tinham enfim se tornado *des pauvres gosses*[232] que molhavam as calças quando uma bomba caía por perto.

Então, o homem francês nas ruas era comovido pela pena? Não. Ele já tinha o suficiente para fazer tendo pena de si mesmo e colocando anúncios nos jornais para localizar a própria esposa e filhos, que talvez tivessem sido deixados na zona ocupada ou talvez tivessem se perdido na estrada. Não era pena, mas a satisfação de um instinto por justiça; e, mais uma vez, não justiça em um sentido abstrato, mas o próprio desejo humano de que, se a casa de alguém fosse destruída por um terremoto, a do vizinho deveria ser também. Os ingleses tinham pagado, e agora estavam quites. Seu sofrimento lhes tinha comprado absolvição. Isto não quer dizer que alguém tinha descoberto um súbito entusiasmo avassalador por eles, mas meramente que o obstáculo emocional para uma avaliação mais objetiva dos seus próprios interesses havia sido removido. Agora, por fim, estava aberto o caminho para a descoberta de que era interesse da França que a Inglaterra ganhasse a guerra.

Desta descoberta até uma ação positiva ainda há um longo, muito longo, caminho. Mas perceber claramente os próprios interesses é um passo importante; talvez o mais importante na psicologia das massas. Tivesse a humanidade inteira chegado como um todo nessa fase, a utopia estaria ao alcance.

232 "As pobres crianças."

IV

O barco deixou o Quai de la Joliette no porto de Marselha por volta da meia-noite. Era uma lua nova e as estrelas brilhavam e sua luz era forte. A costa com sua longa grinalda de lâmpadas a gás foi sumindo aos poucos. Os faróis emergindo da água escura, com seus olhos verdes e vermelhos, eram os últimos entrepostos da França, dormindo sob as estrelas em sua nudez enorme, desonrada, humilhada, miserável e amada.

Foi uma longa jornada e a noite se demorava no deque, fazendo convite a reflexões fúteis. Fúteis, pois todas se voltavam ao passado, e mais precisamente à questão da fatalidade histórica. Era a tragédia da França meramente acidental, devida a um alinhamento de estrelas desafortunado? Ou era devido às ainda desconhecidas leis secretas da ascensão e declínio das raças e nações? A França poderia ter sido salva?

Aceitando as explicações pela derrota dadas pelos patriotas de Vichy, a resposta seria "Não". De acordo com eles, as razões eram a preguiça e a ganância da classe trabalhadora e das classes baixas em geral — em outras palavras, do povo francês; seu ódio à autoridade e preferência por regimes democráticos — em outras palavras, a própria essência de sua tradição histórica. Na opinião do marechal Pétain, a batalha da França foi perdida em 1789 com a queda da Bastilha; e esse deplorável evento era a prova da iniquidade do caráter nacional francês. Outras razões oferecidas eram: o alcoolismo, o declínio das taxas de natalidade e a desintegração da família.

Tudo isso, é claro, se assomava para confirmar a tese germânica da degeneração da raça francesa. Preguiça, egoísmo, alcoolismo, baixa natalidade são supostamente os sintomas clínicos do declínio. A adesão dos governantes de um país derrotado à filosofia do vitorioso não era surpreendente; mas havia o perigo de isso se espalhar para outras partes do mundo. De fato, se tornou aparente desde então que uma parte considerável da opinião pública na América, e até mesmo na Inglaterra, parece adotar a mesma visão sobre as causas da derrota francesa — acreditar na decadência racial daquela nação, considerar a tragédia francesa como o resultado de uma fatalidade biológica.

Biologia, porém, é apenas o substituto fascista para a sociologia. A razão pela qual teorias raciais têm tamanha atração até mesmo para pessoas distantes de qualquer simpatia totalitarista consciente pode restar no caráter igualmente insatisfatório de seu antídoto filosófico, o "fatalismo econômico" da escola materialista. Seria tolice negar, como a última praticamente fez, a influência do fator racial a longo prazo; e é bem possível que, olhando para trás, digamos, ano 2941, o futuro historiador possa descobrir elementos de ordem racial-biológica que darão alguma pista adicional sobre o que aconteceu na Europa em nossa era. Mas, para a interpretação de eventos em períodos curtos, medidos em décadas ou até mesmo uns poucos séculos, biologia racial demonstra ser um instrumento completamente inadequado. A História tem que ser escrita em termos sociológicos, e a biologia confinada ao desenrolar de eventos na selva — a não ser que o fascismo seja vitorioso e transforme toda a História da humanidade em um livro da selva.

A França poderia ser salva? Sim, é claro. Ela sucumbiu não à decadência racial, mas a um fenômeno social que pode ser apropriadamente chamado de "Psicose da Muralha da China".

A Linha Maginot, como a Muralha da China, estava destinada a proteger e preservar uma civilização altamente desenvolvida e estagnada, contra a intrusão de bárbaros ávidos. Estagnada porque, na segunda metade do último século, na corrida competitiva pela industrialização, ela ficou atrás de seus grandes vizinhos, a Alemanha e a Grã-Bretanha. E ficou para trás principalmente por causa das riquezas de seu solo, que lhe permitiram continuar sendo um país de Pão e Vinho, em um ambiente de Vapor e Aço.

O individualismo francês era uma consequência da saturação; o conservadorismo francês estava enraizado na classe camponesa, mais especialmente no fazendeiro de propriedades médias, a espinha da nação. Assim, era um conservadorismo essencialmente provinciano, longe de qualquer sentimento imperialista agressivo. A França tinha colônias, mas não um império. Ela pensava em termos de "*La Patrie*", o que expressava o amor aguerrido do camponês ao solo, e lhe faltava inteiramente o senso de império mercantil britânico. Seu principal interesse era preservar o *status quo*; um jornalista alemão certa vez descreveu a França como viajando com alegria em um pequeno carro movido a mula, em meio ao fluxo febril de locomotivas e automóveis pela rodovia do destino europeu. Era esse arcaísmo idílico que fazia a vida na França parecer tão encantadora externamente, e tão estagnada internamente. O último esforço grandioso para preservar o idílio do século XIX em meio ao totalmente não idílico século XX foi a construção da Muralha da China.

Com a mesma quantia e esforço, a França poderia ter construído um exército moderno, mecanizado e tridimensional. Por que os avisos de Reynaud e De Gaulle não foram ouvidos, eles que do começo dos anos 1930 em diante denunciaram a obsolescência do sistema de fortificações lineares e defenderam um sistema de unidades independentes altamente motorizadas, móveis, e relativamente autossuficientes, com uma força aérea avassaladora? A resposta superficial é: porque o arteriosclerosado Estado-Maior Francês não queria ser perturbado com novas ideias. Mas eles só conseguiram se safar com isso porque a Muralha da China era de fato uma projeção do desejo profundo da nação de ser deixada a sós. O conceito de De Gaulle de um exército ofensivo poderia ter salvado a paz ao dar à aliança com os poloneses e os checos algum significado real. Mas naquela altura a França não queria mais *salvar* a paz via qualquer esforço construtivo; ela queria ser *deixada* em paz — e essa nuance psicológica fez toda a diferença, e na verdade selou seu destino.

Assim, as bençãos do pão e do vinho se tornaram a maldição da França. Se tentarmos isolar o fio dominante na complicada trama da evolução nacional, somos levados a aproximadamente estas fases: riquezas naturais — saturação — individualismo — arcaísmo provinciano — estagnação — isolacionismo — medo neurótico de serem perturbados — psicose da Muralha da China.

Como a França poderia então ter sido salva? Em um mundo de impiedosa expansão imperialista, um país de principalmente pão e vinho não tem chances a longo prazo de defender sua posição contra um vizinho principalmente de aço e vapor. Mas em um mundo de colaboração internacional e solidariedade não tem apenas a chance, mas a garantia de sobrevivência. Mudar a ordem do mundo de impiedade para fraternidade é, claro, o sonho desejoso dos mais fracos; e a França era a mais fraca, numericamente e em potencial industrial. Mas em 1918 ela teve essa chance única. Abriu-se mão em Versalhes. Não foi a nação francesa que deu uma recepção delirante ao presidente Wilson,[233] que abriu mão, mas sua classe governante. Marne e Verdun foram conquistas de uma raça vigo-

233 Woodrow Wilson, presidente dos Estados Unidos de 1913 a 1921. Foi o idealizador da Liga das Nações, o predecessor das Nações Unidas.

rosa; Compiègne e Versalhes foram os crimes de uma classe degenerada.[234]

A nação francesa não tem maiores responsabilidades sobre a loucura suicida de seus líderes do que os estadunidenses têm por terem apoiado Coolidge,[235] ou os britânicos por terem acreditado em Munique. Mas eles têm desculpas melhores. O medo de uma terceira invasão em um século explica sua disposição para aceitar a política de *sécurité*. Pagaram por isso com a deformação mental que é a consequência de viver atrás de uma Muralha da China. Individualismo *laissez-faire* degenerou em *je-m'en-foutisme*, *joi de vivre* em hedonismo, tolerância em irresponsabilidade. Quando a Frente Popular assumiu o poder em 1936, foi Blum que iniciou o Pacto de Não Intervenção, e assim assinou a sentença de morte de seus camaradas na Espanha, porque ele foi levado a crer que ajudar a república espanhola incitaria a Alemanha a ir à guerra. A esquerda francesa era mais francesa do que esquerda — sacrificou a solidariedade à classe trabalhadora ao seu desejo de permanecer "atrás da muralha".

Ainda assim, o episódio da *Front Populaire*, abortivo como foi, causou um choque mortal nos governantes da França, e provocou uma mudança fundamental em sua visão de mundo. Ali estava uma nova ameaça a *sécurité*, mais perigosa do que os bárbaros vindos de fora, porque eles não podiam construir uma Linha Maginot contra eles. Mas, ao mesmo tempo, os bárbaros começaram a desenvolver ideias verdadeiramente civilizadas: a abolição de sindicatos, a dissolução de partidos de esquerda. O único defeito de

234 Marne e Verdun são localidades de vitórias do Exército Francês na Primeira Guerra Mundial. Compiègne e Versalhes são onde foram assinados os termos do armistício e das compensações de guerra.

235 Calvin Coolidge, presidente dos Estados Unidos de 1923 a 1929. De postura isolacionista, ele sustou a adesão dos Estados Unidos à Liga das Nações.

Hitler era ser alemão. Não fosse isso, ele poderia ser uma melhor "garantia de segurança" para os interesses investidos do que um povo francês desobediente pegando em armas.

Esse dilema da classe governante francesa era tão real quanto o dilema dos comunistas franceses. Ambos eram confrontados por dois males e hesitaram em determinar qual era o menor; ambos estavam enredados nas contradições mais e mais profundas de suas "linhas do partido"; ambos seguiram pela trilha escorregadia da traição; e em ambos os casos é às vezes impossível distinguir entre traidores conscientes e cúmplices involuntários...

No caso da classe governante francesa, as principais paradas na descida foram a Renânia, Áustria, Munique, Bordeaux, Vichy. Foi, por assim dizer, um suicídio em parcelas. As capitulações contínuas, intermitentes a bravatas belicosas, eram uma expressão desse dilema insolúvel. Apenas uns poucos foram longe a ponto de proclamar abertamente, como fizeram os *Cagoulards*,[236] a pretensa tropa de choque das altas finanças: "Melhor Hitler do que a *Front Populaire*". Eles eram os *enfants terribles* da direita, mas gozavam de sua aprovação e proteção mais ou menos secreta. Uma minoria de políticos corruptos e uma minoria de oficiais cegados pelo ódio de classe se tornaram a Quinta-Coluna de Hitler durante a guerra. A maioria do *milieu bien pensant*,[237] das classes altas, eram ferramentas não conscientes.

Os partidos da direita não tinham razão para odiar Hitler, e quando foram forçados à guerra, não lutaram contra o fascismo, mas pela manutenção do *status quo*. Eles sabiam pelo que lutavam, mas não contra o que lutavam.

---

236 Grupo terrorista de inclinação fascista que operou na França de 1935 a 1941.

237 "O meio bem-pensante." A classe intelectual.

Para a esquerda, por outro lado, e especialmente para a classe trabalhadora, a situação era exatamente oposta; eles sabiam contra o que lutavam, mas não pelo que lutavam. Assim, tanto a direita quanto a esquerda tinham apenas metade dos seus corações na batalha; e as duas metades não se encaixavam.

Porque, durante os últimos vinte anos, a ideia da Muralha da China tinha mudado o caráter deles; não se destinava mais a proteger a comunidade nacional, mas uma casta privilegiada em decadência; a muralha tinha encolhido e a maioria da nação era considerada como se vivesse *extramuros*. Do lado de dentro, em uma quebradiça cadeira Luís XIV, sentava-se uma envelhecida Marianne[238] de rosto emaciado, seu lindo cabelo castanho substituído por um *toupet*.[239] Assustada até a morte pelo barulho do povo De Fora da Muralha, ela aguardava pelo príncipe bárbaro que a salvaria. Ela sabia, é claro, qual o preço que teria que pagar; e, enquanto tentava convencer a si mesma de que ele se comportaria como um cavalheiro, ela esperava com uma curiosidade envergonhada por sua desonra. E quando aconteceu, e o salvador tinha atirado longe o elmo frígio e a peruca dela, ela olhou no espelho com horror, e o mundo olhou com horror para sua face.

E o que vem depois?

Em uma de suas últimas edições de agosto, o semanário favorito de Pétain, o *Gringoire*, publicado na França não ocupada, exibiu em sua primeira página um cartum no qual Winston Churchill é apresentado como um bonequinho, pendurado em uma tira de borracha presa ao dedo indicador de um enorme e sorridente Ancião de Sião de cabelos negros, barba preta e nariz adunco.

---

238 Personagem símbolo da república francesa, famosamente retratada no quadro *A liberdade liderando o povo*, de Eugène Delacroix.

239 Peruca.

Industriosamente, a propaganda de Vichy está construindo um novo dragão, apresentando John Bull,[240] Judaísmo Mundial, Socialismo, e Plutocracia, Blum, Rothschild e De Gaulle, Maçons, Estrangeiros e os Franceses Livres, tudo em uma coisa só; um dragão listrado como uma zebra por conta de todas essas tintas, e tão feroz quanto em sua aparência.

É, claro, perigoso subestimar os efeitos da propaganda, até mesmo do tipo mais estúpido, em uma nação desesperada, isolada do resto do mundo. Certos termos chamativos sem dúvida geraram uma resposta em vários segmentos de pessoas, como os slogans antissindicatos entre os camponeses e a classe média; e o antissemitismo, a magia negra fascista, está se espalhando por toda a França, até mesmo em meio à classe trabalhadora. Vai demorar muito até as depredações mentais de Vichy (e da década anterior) serem desfeitas; a visão de que a derrota de Hitler irá automaticamente trazer a regeneração da França consigo é embasada em uma falta de atenção a realidades sociais e psicológicas.

Mas na principal questão em jogo, a atitude do povo francês com relação à guerra, os perigos da propaganda de Vichy são limitados pelas considerações expostas no capítulo anterior. Os motivos da campanha antibritânica — autojustificação e pressão germânica — são bastante óbvios; e o cidadão na rua imagina a influência alemã sobre a imprensa e a rádio da França como ainda mais direta do que é; de certa maneira, ele visualiza um soldado *boche*, de pistola na mão, de pé logo atrás do microfone e da cadeira do editor. Ele pode acreditar que os judeus e os maçons arruinaram a França; mas ele não põe fé em nenhum comunicado e comentário sobre a presente situação militar. Ele demora para formar uma opinião defini-

240 Personagem símbolo da Inglaterra.

tiva sobre qualquer coisa nesse mundo confuso, mas uma vez formada ele se agarra a ela teimosamente; e a simples verdade, que para se livrarem dos *boches* a Inglaterra precisa ganhar a guerra, é uma espécie de rochedo firme no lodaçal caótico de sua mente.

Mas a mera razão é inócua se não gera ação. *Quando* isso acontecerá depende apenas em pequena medida da propaganda, e em muito maior proporção do desenrolar da situação militar. Enquanto não receberem encorajamento definitivo de fatos incontroversos, o povo francês permanecerá um observador parcial, mas passivo. Acreditar no contrário seria uma falácia perigosa. O povo francês foi desiludido de forma muito profunda para arriscarem suas vidas mais uma vez sem ter certeza da vitória. Eles têm que aprender a ter esperança de novo, como um homem por muito tempo preso à cama tem que reaprender a andar. Quando a balança do sucesso pender para o lado da Inglaterra, as barricadas irão emergir dos pavimentos das cidades da França, os franco-atiradores irão aparecer por trás de janelas de sótãos, e o povo vai lutar como nos antigos dias de glória — mas não antes.

V

A última parada naquela longa jornada foi Lisboa. Eu tinha que aguardar seis semanas por uma oportunidade para chegar à Inglaterra, e durante essas seis semanas, no fim do outono de 1940, eu vi pela última vez a procissão dos proscritos passar.

Lisboa era o funil da Europa, o último portão aberto de um campo de concentração se estendendo por sobre a maior parte da superfície do continente. Assistindo aquela interminável procissão, percebia-se que o catálogo de possíveis razões para perseguição sob a Nova Ordem era muito mais vasto do que até mesmo um especialista poderia imaginar; na verdade, cobria o alfabeto inteiro, de A para Austríaco Monarquista a Z de Sionista[241] Judeu. Cada nação europeia, religião, partido estavam representados naquela procissão, incluindo alemães nazistas da facção oposicionista de Strasser e fascistas italianos que caíram em desgraça.

A parte mais conspícua dessa tragédia de todo um continente ainda recaiu sobre os refugiados alemães presos na França. A informação trazida pelos poucos que escaparam e o material reunido por vários comitês em Lisboa eram muito erráticos para permitir um balanço estatístico, mas formavam uma imagem bastante abrangente.

Uma porção considerável dos exilados políticos alemães ainda estava em campos de concentração, como Le Vernet, ou aprisionados pela segunda ou terceira vez, aguardando a extradição para a Alemanha por força do parágrafo 19 do Tratado de Armistício. Conforme o número de suicídios aumentava, precau-

241 "Zionist", em inglês.

ções especiais eram tomadas pelas autoridades francesas para garantir que fossem entregues sem danos.

Outro segmento dos exilados alemães tinha se juntado previamente ao Exército Francês pela duração da guerra. Agora que a guerra tinha acabado, eles eram mantidos nos batalhões de trabalho forçado em Marrocos, trabalhando em minas e pedreiras, reduzidos a um estado de escravidão.

Outra parte tinha sido convocada para prestar serviços auxiliares no último período da guerra. Eles foram reunidos em *compagnies de prestataires*, equivalentes ao Corpo de Pioneiros britânicos. Suas sinas variaram de acordo com a unidade a que estavam ligados. Várias unidades colocadas sobre comando inglês foram embarcadas com a Força Expedicionária Britânica e presumivelmente aportaram na Inglaterra. Um certo número que não pôde ser embarcado recebeu caminhonetas e combustível dos britânicos antes de eles partirem, para que pudessem avançar sobre o território não ocupado. Eles chegaram com suas caminhonetas até Nantes, vinte e quatro horas antes de os alemães ocuparem a cidade. Lá os franceses os arrancaram dos veículos, os prenderam na cadeia local e os entregaram aos alemães quando estes chegaram.

Outra unidade de *prestataires* estava escavando trincheiras em algum lugar próximo de Soissons. Eles trabalhavam debaixo de escolta, sem uniformes e sem documentos de identificação pessoal. Uma noite, durante a ofensiva alemã, a escolta desapareceu — oficiais, homens, caminhonetes, e tudo mais. A unidade, se demonstrando incapaz de decidir em que direção seguir, se dividiu em vários grupos. Um foi capturado pelos alemães. Um segundo alcançou uma vila francesa, onde foram tomados por paraquedistas e vários foram baleados ou linchados. Os restantes foram enviados para um campo de concentração nas proximidades de Paris. Quarenta e oito horas antes de Paris cair, eles ainda estavam lá; o que aconteceu com eles, desde então, não se sabe.

Uma minoria considerável dos exilados alemães restantes conseguiu, através de vários meios aventurosos, alcançar o sul da França não ocupada. Eles estavam se escondendo em vilazinhas nos Pireneus nas redondezas do campo de Gurs, onde suas mulheres estavam sendo mantidas, e na costa mediterrânea. Seus destinos dependiam dos gendarmes, *maires* e *préfets* locais. Qualquer um desses tinha poder para colocá-los de volta na cadeia ou em um campo de concentração, sem trâmites legais.

Por fim, uns poucos deles tinham conseguido chegar até Marselha e obter vistos para os Estados Unidos ou outros países americanos. Eles eram endinheirados e pertencente à elite intelectual, com conexões com o mundo lá fora, escritores, jornalistas, acadêmicos, um punhado de talvez uma centena em meio a dezenas de milhares. Os vistos para os Estados Unidos lhes foram concedidos com base em uma lista de "intelectuais de destaque" que tinha sido estabelecida por comitês em Nova Iorque. Até mesmo para essa pequena seleção de homens bem conhecidos foram necessárias semanas e meses de espera, correspondências, filas e humilhações, até o carimbo mágico ser colocado em seus passaportes. E quando enfim isso foi feito, eles tiveram que esperar e entrar na fila por mais uma semana ou mais uma quinzena para obterem seus vistos de trânsito por Portugal. Quando isso também foi obtido, veio o suplício final de ter que lutar contra a burocracia, desorganização e incapacidade dos vários comitês de refugiados de providenciar suas passagens para Nova Iorque. E quando isso também foi feito e o milagre da fuga parecia ter se tornado realidade, as autoridades francesas recusaram suas permissões de saída.

Um certo número conseguiu cruzar os Pireneus por passagens não vigiadas nas montanhas. Alguns deles foram presos pelos espanhóis e enviados de volta à França. Alguns foram colocados em prisões espanholas, alguns entregues a agentes da Gestapo na Espanha. Alguns chegaram até Portugal e trouxeram essas notícias.

Notícias de mais prisões: H., o psicanalista com quem costumávamos jogar pôquer em Paris, preso em Marselha quando tentava entrar clandestinamente em um navio com destino à Indochina. S., o crítico de cinema, preso quando já estava no deque de um barco que ia para Orã. D., o arquiteto, preso enquanto escalava, de mochila nas costas, os Pireneus. A mercadoria tinha que ser mantida pronta para ser entregue.

E mais suicídios: Irmgard Keun, autora de *Depois da meia-noite*,[242] o melhor romance satírico sobre a Alemanha Nazista.[243] Otto Pohl, veterano socialista, ex-cônsul austríaco em Moscou, ex-editor do *Móskauer Rundschau*. Walter Benjamin, escritor e crítico, meu vizinho do número 10 da *rue* Domblaste em Paris, o quarto membro das nossas festas de pôquer dos sábados, e uma das mais bizarras e sagazes pessoas que já conheci. A última vez que o encontrei eu estava em Marselha, junto de H., um dia antes da minha partida, e ele me perguntou: "Se alguma coisa der errado, você tem alguma coisa para tomar?", pois naqueles dias todos carregávamos alguma "coisa" nos nossos bolsos como conspiradores em um romance barato de espionagem. Eu não tinha nada (a coisa da Vera não prestava), e ele dividiu o que tinha comigo, sessenta e dois tabletes de um sedativo obtido em Berlim durante a semana que se seguiu à queima do Reichstag. Ele o fez relutantemente, pois não sabia se os

242 Inédito no Brasil. Título original: *Nach Mitternacht*.

243 NA: Felizmente, descobriu-se que isso foi só um boato falso.

trinta e um tabletes que tinham ficado com ele seriam suficientes. Eles foram. Uma semana depois da minha partida, ele fez o caminho através dos Pireneus até a Espanha, um homem de cinquenta e cinco anos, com problemas cardíacos. Em Port Bou, a *Guardia Civil* o prendeu. Disseram-lhe que na manhã seguinte ele seria enviado de volta à França. Quando vieram pegá-lo para levá-lo ao trem, ele estava morto.

E quantos desconhecidos? Velhos judeus e jovens antifascistas, se esquivando de seus guardiões em um momento de desatenção, matando a si mesmos apressadamente, secretamente; saindo sorrateiros da vida da mesma forma como sorrateiros estavam por trás de arame farpado e postos de fronteira, após até mesmo esta última permissão de saída lhes ter sido negada.

E a procissão do desespero continuou e continuou fluindo por este último porto livre, a boca escancarada da Europa, vomitando o conteúdo de seu estômago envenenado. E eles passavam marchando de dois em dois, o aristocrata polonês e o mascate judeu, o patriota francês e o pacifista alemão, o padre católico e o camarada comunista; e eles fizeram fila, dois a dois, em frente às arcas, os filhos de Sem e os filhos de Jafé, os homens e as mulheres, dois e dois de tudo que é carne, que tem sopro de vida. Pois jorraram todas as fontes do grande abismo e abriram-se as comportas do céu. E o dilúvio caiu por quarenta dias sobre a terra e as águas prevaleceram sobre a terra; mas não havia ainda arco-íris aparecendo nas nuvens.

Epílogo

A. Carta para o coronel Blimp[244]

B. Carta para o camarada Blimp

244 Personagem cômico criado pelo cartunista britânico David Low em 1934, o Coronel Blimp ("Coronel Dirigível") é um tipo pomposo, intratável e ufanista. O sucesso do personagem levou o termo a ser usado como apelido farsesco para se referir aos comandos das Forças Armadas britânicas.

A

Caro Coronel Blimp,

... Obrigado por sua carta de boas-vindas a esse país, que, como você descreve, "se mantém como uma sólida rocha de liberdade e decência diante dos escombros do continente". Por favor, perdoe a demora em responder sua carta, devida a certas formalidades (seis semanas de aprisionamento em Pentonville) pelas quais tive que passar após minha chegada. Não importa realmente; já nos habituamos, eu e os que são como eu. Posso lhe assegurar que foi a cadeia mais decente em que estive até agora; se eu escrever um Baedeker[245] das prisões da Europa, eu lhe daria três estrelas.

Mas a razão pela qual eu realmente não me importei foi porque, por todas essas noites em Pentonville, a despeito de ser mantido enclausurado a sós durante os ataques aéreos, em uma cela completamente escura do segundo andar, eu me senti *seguro* pela primeira vez desde o irromper da guerra. Peço-lhe para que reflita por um instante neste curioso fenômeno mental. Para mim e os meus semelhantes, "segurança" tem apenas um significado: compartilhar os perigos coletivos da guerra e estar a salvo de perseguição individual, tortura e as mais humilhantes formas de morte. O poeta austríaco Rilke escreveu certa vez esta prece: "Senhor, não te peço para que me deixes viver minha própria vida, mas te suplico, deixe-me morrer minha própria morte". Amém.

Durante minha estadia em Marselha, após a capitulação, em um país que atingiu o fundo do poço da

245 Série de guias de viagem publicadas na Alemanha e Inglaterra.

humilhação, em 15 de agosto, ao meio-dia, subitamente as sirenes de ataque aéreo dispararam, após terem permanecido em silêncio por dois meses. Era só um ensaio, para prevenir que as sirenes enferrujassem, mas causou uma estranha saudade caseira dos bons e velhos dias da guerra, quando tudo ainda não estava perdido. Eu estava sentado em um bonde e vi nos rostos das pessoas ao meu redor que elas pensavam coisas semelhantes. Por um momento, elas entenderam que um homem pode ser mais feliz em meio a uma chuva de explosivos e bombas incendiárias do que sob a *Pax Suasticana*. Para eles, era só uma questão de dignidade e bolsas alimentícias maiores; para nós, é uma questão de existência física.

Se você compreende isso, então você talvez compreenda o que a Inglaterra significa para nós. Ela é a inimiga dos nossos inimigos; e talvez um dia possa vir a ser nossa aliada.

Não dê ouvidos àqueles que fingem que este já é o caso; ou àqueles entre meus irmãos refugiados que andam por aí carregando sinos de leprosos, gritando que o maior desejo em seus corações é morrer pelo Império Britânico. Eles não estão mentindo, mas em sua atribulação eles acabaram tão confusos que pensam que Hong Kong fica no continente. Não, eu e os que são como eu não desejamos morrer por Hong Kong, nem por uma terceira Versalhes (a primeira data de 1871) e a perpetuação da *vendetta* europeia; nem por uma paz que seria uma declaração de guerra para a próxima geração. Nem temos nenhum entusiasmo por uma ordem econômica que queima as colheitas que produz, e lembra uma certa galinha que, em vez de ovos de ouro, bota uma bomba-relógio por dia e então se apruma jubilosa para chocá-la.

Mas nada disso deve perturbá-lo; pois, nessa luta contra o inimigo comum, estamos presos a você na vida e na morte. Se você perecer, nós perecemos, e se nossos irmãos no continente não o ajudarem, você não vencerá.

Um estranho alinhamento histórico nos jogou juntos, de forma que estamos ambos na situação da noiva indiana; se um de nós morrer, o outro será queimado vivo com o cadáver, na grande pira funerária da civilização europeia.

Sinceramente seu.

B

Caro Coronel Blimp,

... Obrigado por sua carta de boas-vindas a este país que você chama de "um abismo de reacionarismo e hipocrisia", o que pode ser comprovado pelo fato do meu aprisionamento. Infelizmente, sua prova não é mais válida, uma vez que fui libertado incondicionalmente — em parte graças a uma carta de recomendação do seu primo, coronel Blimp, como fui informado nesse ínterim.

Devo também confessar que me alistei como voluntário no Exército, sem aguardar que o governo definisse nossos objetivos de guerra.[246] A alternativa seria seguir o exemplo do seu meio-irmão,[247] que se recusou a manusear uma bomba d'água imperialista, o que resultou na destruição de seu apartamento por um bomba incendiária não dialética. Temos que escolher entre essas alternativas; um terceiro caminho pode existir teoricamente, mas para todos os fins práticos, não há nenhum.

Claro, estou tão descontente quanto você sobre o fato de que nossos objetivos de guerra ainda não foram definidos. Claro, é ridículo pedirmos aos nossos camaradas na Alemanha que derrubem seus governantes sem sermos capazes de lhes dizer o que acon-

246 NA: Na primavera de 1941, quando isto foi escrito, a imprensa liberal e a socialista estavam engajadas em uma campanha ardente exigindo que o governo emitisse uma declaração definindo os "objetivos de guerra" da Grã-Bretanha, da mesma maneira que os Ctorze Pontos do Presidente Wilson.

247 NA: Deve-se também lembrar que naquele momento o Partido Comunista Britânico estava instruindo seus membros a recusar qualquer participação na "Guerra Imperialista", até mesmo participando na Defesa Antiaérea.

tecerá depois. Ambos sabemos que um alemão não cometerá alta traição (pois isso é o que pedimos que ele faça) em troca da promessa de uma ração maior de manteiga, nem em nome da "democracia" — que na memória da geração mais jovem de lá quer dizer principalmente desemprego mais pagamentos de reparação; e que eles preferem marchar que nem ganso do que fazer fila para coletar pagamento assistencial. Também sabemos que o caráter nacional germânico não é dominado por completa perversidade, como seu primo coronel acredita, mas por um tipo de sentimentalidade agressiva, desde a época do *Nibelungen*.[248] Nós sabemos que o problema todo é focar sua libido política em uma bandeira mais fascinante que a suástica, e que a única que serviria seria a da União Europeia. Nós temos que ensiná-los a cantar "Europa, Europa über alles", ou eles nunca ficarão quietos. Outras soluções foram tentadas nos últimos doze séculos desde os dias de Carlos Magno, e nunca tiveram sucesso. Se não convencermos seu primo disso, nossos netos terão que fazê-lo na próxima guerra, a não ser que eles percam a chance de nascerem por falta de pais disponíveis.

Sim, por vitória nós imaginamos algo inteiramente diferente das ideias de seu primo, mas para os propósitos práticos do momento isto não importa. Pois ambos sabemos que os alemães e os outros povos do continente não se revoltarão antes dos primeiros sinais de derrota militar. No momento, nossa situação me lembra daquela história sobre a criança da favela, a quem a mãe dá uma casca de pão seco para comer e diz: "Imagine que tem molho nela". Ao que a crian-

---

248 *O Anel do Nibelungo*, ciclo de óperas de Richard Wagner baseado em diversas fontes mitológicas e literárias de origem germânica e escandinava.

ça pergunta: "Por favor, mãe, posso imaginar que, em vez disso, tem geleia?". Por enquanto, ainda estamos nos engasgando com a crosta seca da guerra, e se o seu primo prefere imaginar que tem molho nisso, lhe permita. De nossa parte, nós sabemos que vai ser geleia.

A propósito, como você define a diferença entre nossa geleia e o molho do coronel? Nós vimos que uma economia socialista pode se associar a uma autocracia (Rússia), e que capitalismo pode ser combinado com um planejamento econômico eficiente (Alemanha). Temo que em poucos anos nosso grito de guerra, "Capitalismo ou Socialismo", vai ter tanto impacto na realidade quanto disputas teológicas sobre o sexo dos anjos. Se, porém, prosseguirmos empiricamente, e extrairmos as tendências em movimento na História moderna, chegaremos a dois pares de alternativas, se sobrepondo às nossas mais antigas:

Em economia: (A) Caos ou (B) Planejamento (i.e., Capitalismo de Estado = Socialismo de Estado).

Em política: (1) Autocracia ou (2) Democracia (i.e., o governo do povo via representatividade).

Eu sei que a marca de igualdade nos parênteses depois de (B) vão chocá-lo. Mas não encontrei ninguém que poderia me explicar a diferença entre capitalismo de Estado e socialismo de Estado em termos econômicos. A diferença está na estrutura política do Estado, e, portanto, está implícita na segunda alternativa.

Agora, se combinarmos A+1 nós temos a forma clássica da tirania, enterrada para sempre na História. A combinação B+1 produz totalitarismo, que rejeitamos. A combinação A+2 leva a uma plutocracia, ou à galinha que bota bombas-relógio. Sobra B+2, que ainda não foi tentado, e que parece ser a única opção promissora. Claro, não pode ser produzida em laboratório. Um novo movimento vai ter que se erguer em uma nova atmosfera moral onde os meios justificam os fins, e não o contrário. A criação dessa atmosfera — isto é o que imagino — que é pelo que lutamos.

Mas se o coronel prefere molho — permita. Ri melhor quem ri por último. Eu gostaria que o tempo da grande e libertadora gargalhada tivesse chegado. Pois este é o nosso singular e definitivo objetivo de guerra: ensinar este planeta a gargalhar de novo. No momento, ainda estamos uivando como cachorros no escuro. Eu gostaria que o tempo de gargalhar já tivesse chegado.

Fraternalmente seu.

Fonte:
Georgia
Papel:
Cartão LD 250g/m2 e pólen Soft LD 80g/m2
da Suzano Papel e Celulose